VeLOCIDAD

DEaN KOONTZ
VeLOCIDAD

SUMA
de letras

Título original: *Velocity*
Publicado de acuerdo con Lennart Sane Agency AB
© Dean Koontz, 2005
© De la traducción: Mariano García Noval, 2006
© Santillana Ediciones Generales, S. L., 2006
© De esta edición: Aguilar, Altea, Taurus, Alfaguara, S.A., 2006
    Av. Leandro N. Alem 720, (1001) Ciudad de Buenos Aires

ISBN-10: 987-04-0450-2
ISBN-13: 978-987-04-0450-7

Hecho el depósito que indica la ley 11.723
Impreso en la Argentina. *Printed in Argentina*
Primera edición: julio de 2006

Diseño de cubierta: Eduardo Ruiz
Diseño de interiores: Raquel Cané

Koontz, Dean
Velocidad - 1a ed. - Buenos Aires : Aguilar, Altea, Taurus, Alfaguara, 2006.
400 p. ; 24x15 cm.

ISBN 987-04-0450-2

1. Narrativa Estadounidense-Novela. I. Título
CDD 813

*Este libro está dedicado a Donna y Steve Dunio,
Vito y Lynn Cerra, Ross y Rosemary Cerra.
Nunca podré saber por qué Gerda me dio el sí,
pero ahora hay un loco en su familia.*

«Un hombre puede ser destruido pero no derrotado».
ERNEST HEMINGWAY,
El viejo y el mar.

«Y ahora vives en caminos en línea,
y nadie sabe ni le importa quién es su vecino
a no ser que su vecino moleste demasiado,
pero todos corren de un lado para otro en automóviles,
acostumbrados a las carreteras y sin establecerse
en ninguna parte».
T. S. ELIOT,
Coro de *La piedra.*

Primera parte
TÚ ELIGES

Con su cerveza de barril y una sonrisa, Ned Pearsall hizo un brindis por su difunto vecino, Henry Friddle, cuya muerte le agradaba sobremanera.

A Henry lo había asesinado un enano de jardín. Había caído del techo de su casa de dos pisos sobre aquella figura de aspecto alegre. El gnomo era de cemento. Henry no.

El cuello roto, el cráneo fracturado: Henry murió a causa del impacto.

Esta muerte-por-enano había ocurrido hacía cuatro años. Ned Pearsall todavía brindaba por ella al menos una vez a la semana.

Ahora, desde una banqueta de la esquina de la impecable barra de caoba, un forastero, el único cliente aparte de él, expresó su curiosidad ante la duradera animosidad de Ned.

—¿Tan mal vecino era el pobre hombre para que todavía le tenga tanta bronca?

En circunstancias normales Ned habría ignorado la pregunta. Tenía incluso menos afición por los turistas que por las galletas saladas.

El local ofrecía cuencos gratis de galletas porque eran baratas. Ned prefería mantener viva su sed con maníes bien salados.

Para asegurarse la propina de Ned, Billy Wiles, el camarero, le ofrecía en ocasiones un paquete de Planters.

La mayor parte de las veces Ned tenía que pagar los cacahuetes. Esto lo irritaba, bien porque no podía captar la realidad económica del negocio o porque disfrutaba irritándose, lo que era más probable.

Con una cabeza que recordaba a una pelota de *squash* y unos pesados hombres redondeados como los de un luchador de sumo, Ned sólo podía considerarse un hombre atlético si el parloteo de barra y el despliegue de rencor se consideran deportes. En esas lides era un atleta olímpico.

En todo lo que se relacionaba con Henry Friddle, Ned podía ser tan elocuente con los extraños como lo era con sus vecinos de toda la vida de Vineyard Hills. Cuando, como ahora, el único cliente era un desconocido, Ned encontraba el silencio aún menos deseable que la conversación con un «maldito extranjero».

El mismo Billy nunca había sido demasiado conversador, ni tampoco de esa clase de camareros que consideran la barra como un escenario. Prefería escuchar.

—Henry Friddle era un cerdo —declaró Ned al extraño.

Este último tenía el pelo tan negro como el carbón, con trazos de canas en las sienes, ojos grises iluminados por el interés y una voz profunda y suave.

—«Cerdo» es una extraña palabra.

—¿Sabe lo que hacía el degenerado en el tejado de su casa? Intentaba mear sobre las ventanas de mi comedor.

Billy Wiles, que estaba limpiando la barra, ni siquiera dirigió una mirada al turista. Ya había escuchado la historia tantas veces que conocía todas las reacciones al respecto.

—El cerdo de Friddle creyó que la altura daría más fuerza a su chorro —explicó Ned.

—¿A qué se dedicaba? —dijo el extranjero—. ¿Era ingeniero aeronáutico?

—Era profesor universitario. Daba literatura contemporánea.

—Leer ese tipo de cosas quizá lo arrastró al suicidio —dijo el turista, y esto lo hizo más interesante de lo que Billy creyera en un principio.

—No, no —contestó Ned con impaciencia—. La caída fue accidental.

—¿Estaba borracho?

—¿Por qué cree que estaba borracho? —preguntó Ned.

El extranjero se encogió de hombros.

—Trepó a un tejado para orinar sobre sus ventanas.

—Era un hombre enfermo —explicó Ned, y dio un golpecito con un dedo a su vaso vacío para indicar su deseo de otra ronda.

—Henry Friddle estaba consumido por la venganza —dijo Billy mientras servía una Budweiser.

Tras una silenciosa comunión con su bebida, el turista le preguntó a Ned Pearsall:

—¿Por la venganza? ¿Entonces meó usted primero en las ventanas de Friddle?

—No fue del todo así —respondió Ned con un tono áspero que le sugería al extraño que evitara juzgarlo.

—Ned no lo hizo desde su tejado —dijo Billy.

—Así es. Fui hasta su casa como un hombre, me detuve en el jardín y apunté a las ventanas de su comedor.

—En ese momento Henry y su esposa estaban cenando —dijo Billy.

Antes de que el turista pudiera expresar su rechazo ante tal acción, Ned agregó:

—¡Estaban comiendo codornices, por el amor de Dios!

—¿Ensució sus ventanas porque comían codornices?

Ned explotó indignado.

—No, por supuesto que no. ¿Acaso le parezco un demente? —Y volvió sus ojos hacia Billy.

Éste alzó las cejas como diciendo: «¿Qué puedes esperar de un turista?».

—Sólo trato de transmitir lo pretenciosos que eran —aclaró Ned—. Siempre comiendo codornices o caracoles, o queso suizo.

—Unos jodidos impostores —dijo el turista con un sutil tono de burla que Ned Pearsall no detectó, aunque sí Billy.

—Exacto —confirmó Ned—. Henry Friddle tenía un Jaguar, y su mujer, esto no lo va a creer, su mujer un coche hecho en Suecia.

—Detroit era demasiado vulgar para ellos —dijo el turista.

—Exacto. ¿Hasta dónde puede llegar la frivolidad para que alguien se haga traer un coche desde Suecia?

—Apuesto a que también eran expertos en vinos.

—¡Ya lo creo! ¿No los habrá conocido, por casualidad?

—Conozco el estilo. Tenían muchos libros.

—¡Vaya si lo sabe! —declaró Ned—. Solían sentarse en la galería de su casa *olisqueando* su vino y leyendo libros.

—Dando un espectáculo. No es tan difícil de imaginar. Pero si no meó en las ventanas de su comedor porque eran tan pretenciosos, ¿entonces por qué lo hizo?

—Por miles de razones —le aseguró Ned—. El incidente del zorrino. El problema del fertilizante del jardín. Las petunias muertas.

—Y el enano del jardín —agregó Billy mientras enjuagaba copas en la pileta.

—El enano del jardín fue la gota que colmó el vaso —reconoció Ned.

—Que alguien se vea impulsado a orinar agresivamente por culpa de unos flamencos rosados de plástico puedo entenderlo —dijo el turista—, pero, francamente, no por un enano.

Ned frunció el ceño al recordar la afrenta.

—Es que Ariadna le puso mi cara.

—¿Qué Ariadna?

—La mujer de Henry Friddle. ¿Alguna vez oyó un nombre más cursi?

—Bueno, el apellido Friddle la baja un poco a la tierra.

—Era profesora de arte en la misma facultad. Ella misma esculpió el gnomo, hizo el molde, vertió el cemento y lo pintó.

—Que a uno lo tomen como modelo para una escultura también puede entenderse como un homenaje.

La espuma de la cerveza sobre el labio superior de Ned le daba un aspecto rabioso mientras protestaba:

—Era un gnomo, amigo. Un gnomo borracho. La nariz era roja como una manzana. Llevaba una botella de cerveza en cada mano.

—Y el cierre del pantalón abierto —agregó Billy.

—Muchas gracias por recordármelo —gruñó Ned—. Pero lo peor es que, colgando por fuera de los pantalones, se veía la cabeza y el cuello de un ganso muerto.

—Muy creativo —dijo el turista.

—Al principio no sabía qué demonios significaba *eso*...

—Simbolismo. Metáfora.

—Sí, sí. Terminé por entenderlo. Cualquiera que pasaba por ahí lo veía y se desternillaba de risa a mi costa.

—No creo que necesitaran ver al enano para eso —dijo el turista.

Ned manifestó su acuerdo sin entender.

—Así es. Sólo con oír hablar del asunto la gente comenzaba a reírse. Por eso destrocé al enano con una maza.

—Y ellos lo llevaron a juicio.

—Peor: pusieron otro enano. Como intuía que iba a romper el primero, Ariadna había hecho un segundo enano y lo había pintado.

—Yo pensaba que la vida aquí, en la región de los viñedos, era apacible.

—Entonces —continuó Ned— me dijeron que si destrozaba el segundo, pondrían en el jardín un tercer enano, además de fabricar un lote completo de enanos para vender a todo el que quisiera un «gnomo Ned Pearsall».

—Suena como una amenaza vacía —dijo el turista—. Me pregunto si de verdad habrá gente que quiera tener algo semejante.

—Miles de personas —le aseguró Billy.

—Este pueblo se convirtió en un lugar lamentable desde que la chusma del paté y el *brie* comenzó a venir desde San Francisco —dijo Ned con hosquedad.

—Eso quiere decir que cuando usted ya no se atrevió a destrozar el segundo enano con la maza no tuvo otro remedio que mear sus ventanas.

—Exacto. Pero no se crea que fui a hacerlo en caliente. Estuve pensándolo durante una semana. Entonces los regué con un buen chorro.

—Después de lo cual Henry Friddle subió a su tejado con la vejiga llena en busca de justicia.

—Sí. Pero esperó hasta la cena de cumpleaños que le preparé a mi madre.

—Un momento inolvidable —apostilló Billy.

—¿Acaso la mafia ataca a miembros inocentes de una familia rival? —preguntó Ned con indignación.

Si bien la pregunta era retórica, Billy decidió esmerarse por su propina:

—No. La mafia tiene *nivel*.

—Una palabra que esta clase de profesores ni siquiera puede pronunciar —dijo Ned—. Mamá cumplía setenta y seis años. Le podía haber dado un infarto.

—Entonces —dijo el turista—, Friddle se cayó del tejado cuando intentaba orinar en las ventanas de su comedor y se rompió el cuello contra el gnomo Ned Pearsall. Resulta bastante irónico.

—No sé si irónico —respondió Ned—. De lo que estoy seguro es de que fue *dulce*.

—Cuéntale lo que dijo tu madre —le pidió Billy.

Tras un sorbo de cerveza, Ned accedió:

—Mamá me dijo: «Cariño, alabado sea el Señor. Esto demuestra que Dios existe».

Tras tomarse un instante para asimilar estas palabras, el turista dijo:

—Parece una mujer muy religiosa.

—No siempre lo fue. Pero a los setenta y dos años se pescó una neumonía.

—Seguro que conviene tener a Dios cerca en un momento como ése.

—Ella pensaba que si Dios existía tal vez la salvaría. Si no existía, sólo habría perdido un poco de tiempo en oraciones.

—El tiempo es nuestro bien más preciado —proclamó el turista.

—Es verdad —coincidió Ned—. Pero mamá no lo desperdició demasiado porque casi siempre se las arreglaba para rezar mientras veía la televisión.

—Qué historia tan edificante —dijo el turista, y pidió una cerveza.

Billy abrió una botella de Heineken, tomó un vaso limpio y helado y murmuró:

—Ésta corre por cuenta de la casa.

—Muy amable de tu parte. Gracias. Pensaba que eras demasiado tranquilo y callado para ser camarero, pero ahora creo que entiendo por qué.

Desde su solitario y lejano puesto en la barra, Ned Pearsall levantó su vaso para brindar.

—Por Ariadna. Que en paz descanse.

Aunque probablemente fuera contra su voluntad, el turista volvía a mirarlo, interesado.

—¿Otra tragedia con enanos? —le preguntó.

—Cáncer. A los dos años de que Henry se cayera del techo. Le aseguro que no se lo deseaba.

Mientras se servía su fresca Heineken por un lado del vaso esmerilado, el extranjero dijo:

—La muerte tiene su manera de poner en perspectiva las discusiones mezquinas.

—La echo de menos —dijo Ned—. Tenía un tren delantero espectacular, y no siempre llevaba corpiño.

El turista chasqueó la lengua.

—Podía estar trabajando en el jardín —recordó Ned casi soñando— o paseando al perro y ese precioso par se meneaba con tanta suavidad que lo único que uno podía hacer era contener la respiración.

El turista buscó su cara en el espejo de atrás de la barra, tal vez para comprobar si se veía tan desconcertado como se sentía.

—Billy, ¿no tenía el par de tetas más hermoso que se pueda pedir? —preguntó Ned.

—Ya lo creo que sí —coincidió el camarero.

Ned se bajó de la banqueta y, tambaleándose en dirección al baño de hombres, se detuvo ante el turista.

—Esas tetas no se arrugaron ni siquiera cuando el cáncer la marchitó. Cuanto más flaca estaba, más grandes le quedaban en proporción. Casi hasta el final se la veía *caliente*. Qué desperdicio, ¿no, Billy?

—Un desperdicio —repitió éste mientras Ned seguía su camino hacia el baño.

Tras un silencio, el turista dijo:

—Eres un tipo interesante, Billy Barman.

—¿*Yo*? Jamás meo las ventanas de la gente.

—Creo que eres como una esponja. Lo absorbes todo.

Billy tomó un trapo y repasó algunos vasos que ya se habían lavado y secado.

—Pero a la vez eres una piedra —dijo el turista—, porque si te exprimen no sueltas nada.

Billy seguía repasando los vasos.

Los ojos grises del desconocido, que titilaban de interés, brillaron aún más.

—Eres un hombre con una filosofía, algo raro en esta época, cuando la mayor parte de la gente no sabe quién es o en qué cree o por qué.

Esto también era un estilo de charla de barra de bar con el que Billy estaba familiarizado, si bien no lo escuchaba a menudo. Comparado con las explosiones de Ned Pearsall, estas observaciones de borrachín podían parecer eruditas, pero no eran más que psicoanálisis inducido por la cerveza.

Estaba desconcertado. De repente el turista parecía distinto a los acostumbrados calentadores de silla que conocía.

Sonriendo y moviendo la cabeza, Billy dijo:

—Filosofía... Usted me halaga.

El turista dio un sorbo a su Heineken.

Aunque Billy no tenía intención de añadir nada más, se escuchó a sí mismo continuar:

—Quédate tranquilo, no te enfades, no te compliques, no esperes demasiado, disfruta de lo que tienes.

El extranjero sonrió.

—Sé autosuficiente, no te involucres, deja que el mundo se vaya al infierno si así lo quiere.

—Tal vez —concedió Billy.

—Reconozco que no es Platón —dijo el turista—, pero no deja de ser una filosofía.

—¿Usted tiene alguna? —preguntó Billy.

—En este momento creo que mi vida sería mejor y más plena si simplemente pudiera evitar la conversación con Ned.

—Eso no es una filosofía —le dijo Billy—. Es un hecho.

A las cuatro y diez Ivy Elgin llegó a su trabajo. Era una buena camarera y un objeto de deseo sin igual.

A Billy le gustaba, pero no pretendía nada con ella. Su ausencia de interés lo hacía único entre los hombres que trabajaban o bebían en el bar.

Ivy tenía el pelo color caoba, los ojos límpidos del color del brandy y el cuerpo que Hugh Hefner había estado buscando toda su vida.

A pesar de tener veinticuatro años, realmente no parecía darse cuenta de encarnar la esencial fantasía masculina de la carne. Nunca era seductora. Por momentos podía ser algo coqueta, pero sólo de una manera encantadora.

Su belleza y su saludable aspecto de corista eran una combinación tan erótica que sólo con su sonrisa podía derretir la cera de los oídos de un hombre.

—Hola, Billy —dijo Ivy mientras se dirigía directamente a la barra—. Vi una zarigüeya muerta en Old Mill Road, a unos cuatrocientos metros de Kornell Lane.

—¿De muerte natural o aplastada por un coche? —preguntó él.

—Totalmente aplastada.

—¿Qué crees que puede haber sido?

—Por el momento no hay nada claro —dijo mientras le entregaba su cartera para que la guardara detrás de la barra—. Es lo primero muerto que veo en una semana, así que depende de qué otros cuerpos aparezcan, si es que aparecen.

Ivy se consideraba una arúspice. Los arúspices, una clase sacerdotal en la antigua Roma, adivinaban el futuro a partir de las entrañas de animales muertos en sacrificios.

Eran respetados, incluso venerados por los demás romanos, pero lo más probable es que no recibieran muchas invitaciones a fiestas.

Ivy no era morbosa. La aruspicina no ocupaba el centro de su vida. No era frecuente que hablara con los clientes sobre el tema. Tampoco tenía estómago como para ponerse a revolver entrañas. Para ser una arúspice, era demasiado impresionable.

En cambio, encontraba un significado en la especie del cadáver, en las circunstancias del descubrimiento, en su posición relacionada con los puntos cardinales y en otros aspectos arcanos de su condición. Rara vez se cumplían sus predicciones, pero ella persistía.

—No importa lo que signifique —le dijo a Billy mientras sacaba su libreta y un lápiz—, es un mal signo. Una zarigüeya muerta nunca trae buena suerte.

—Yo mismo lo he notado.

—Sobre todo cuando su hocico apunta al norte y su cola al este.

Un poco después de que llegara Ivy, varios hombres sedientos entraban en fila por la puerta, como si ella fuera un espejismo en un oasis que hubieran estado buscando todo el día. Sólo unos pocos se sentaban a la barra; los demás se quedaban en las mesas, moviéndose de una a otra.

A pesar de que la clientela del bar no era muy adinerada, los ingresos de Ivy gracias a las propinas excedían lo que ganaría si tuviera un doctorado en Economía.

Una hora más tarde, a las cinco, Shirley Trueblood, la segunda camarera de la tarde, se presentó para ocupar su turno. De cincuenta y seis años, corpulenta, con perfume de jazmín, Shirley tenía su propio séquito. Algunos hombres en los bares siempre necesitan un afecto maternal. Ciertas mujeres están dispuestas a ofrecerlo.

Ben Vernon, el cocinero del turno de día, se fue a su casa al terminar su jornada. Entonces se presentó el cocinero de la tarde, Ramón Padillo. La taberna sólo ofrecía comida rápida: hamburguesas, papas fritas, alitas de pollo, quesadillas, nachos...

Ramón había notado que las noches en las que trabajaba Ivy Elgin se servían muchos más platos especiados que cuando ella no atendía. Los hombres pedían muchas más cosas con salsa fuerte, vaciaban una buena cantidad de botellitas de tabasco y pedían jalapeños en sus hamburguesas.

—Creo que inconscientemente acumulan calor en sus gónadas para estar preparados por si ella se muestra dispuesta —le contó una vez Ramón a Billy.

—Ninguno de los que vienen por aquí tiene una oportunidad con Ivy —le aseguró Billy.

—Nunca se sabe —dijo Ramón con timidez.

—No me digas que tú también estás atiborrándote de guindillas.

—Tantas que algunas noches tengo una acidez mortal —respondió Ramón—. Pero estoy *preparado*.

Junto con Ramón llegaba el camarero nocturno, Steve Zillis, cuyo turno coincidía con el de Billy una hora. Tenía veinticuatro años, diez menos que Billy, aunque veinte menos en madurez.

Para Steve, el colmo del humor sofisticado consistía en decir cualquier tontería lo bastante obscena como para sonrojar a un hombre. Podía hacerle nudos al cabo de una cereza con la lengua, llenarse el orificio nasal derecho de maníes y dispararlos certeramente a un vaso que pusiera como blanco y también expulsar humo de cigarrillo por la oreja derecha.

Como siempre, Steve saltó por encima de la puerta del extremo de la barra en lugar de empujarla para pasar.

—¿Qué se cuenta, Kemosabe*?

---

* Palabra en lengua navajo cuya traducción literal es «arbusto-mojado». (N. del T.)

22

—En una hora me voy y recupero mi vida —dijo Billy.

—*Esto* es vida —protestó Steve—. El centro de la acción.

La tragedia de Steve Zillis era que lo decía en serio. Para él aquel vulgar bar era un glamoroso cabaret.

Después de atarse un delantal tomó tres aceitunas de un recipiente, hizo malabarismos con ellas a una velocidad asombrosa y las fue atrapando una a una con la boca. Si dos borrachos colgados de la barra aplaudían ruidosamente, Steve se regocijaba como si fuera un famoso tenor del Metropolitan de Nueva York que acabara de conquistar a un público refinado y entendido.

A pesar del fastidio que le provocaba la compañía de Steve, esa última hora del turno de Billy pasaba rápido. El bar estaba lo bastante lleno como para mantener ocupados a los dos camareros mientras los borrachines del fin de la tarde daban rodeos para volver a sus casas y los clientes de la noche comenzaban a llegar. Esa hora de transición era la preferida de Billy. Los clientes se encontraban plenamente coherentes y más contentos de lo que estarían más tarde, una vez que el alcohol ingerido los condenara a la melancolía.

Como las ventanas daban al este y el sol se ponía por el oeste, una suave luz pintaba los cristales. Los apliques de luz del techo transmitían un brillo cobrizo sobre los rojizos paneles de caoba y la barra.

En el aire se mezclaban el aroma de la madera del suelo macerada por la cerveza con el de la cera de las velas, las hamburguesas y los aros de cebolla fritos.

Sin embargo, a Billy no le gustaba tanto el lugar como para quedarse por allí una vez terminado su turno. A las siete se marchaba rápidamente. Steve Zillis habría hecho una salida mucho más aparatosa. Él, en cambio, se fue tan discreto como un fantasma.

Fuera todavía quedaban dos horas de luz estival. El cielo era de un azul eléctrico en el este y de un tono más pálido en el oeste, donde el sol todavía lo desteñía.

Al llegar a su Ford Explorer observó un papel blanco rectangular bajo el limpiaparabrisas.

Una vez en su asiento, con la puerta todavía abierta, desplegó el papel esperando encontrar algún anuncio de lavado de coches o de servicio doméstico. En su lugar, descubrió un mensaje cuidadosamente escrito a máquina:

> *Si no llevas esta nota a la policía y la involucras, mataré a una adorable maestra rubia en algún lugar del condado de Napa.*
> *Si llevas esta nota a la policía, mataré en cambio a una mujer mayor que se dedica a las obras de caridad.*
> *Tienes seis horas para decidir. Tú eliges.*

En ese momento Billy no sintió que el mundo desaparecía bajo sus pies, pero así era. El descenso todavía no había comenzado, pero lo haría pronto.

Capítulo
2

Mickey Mouse recibió una bala en la garganta. La pistola de nueve milímetros sonó tres veces más en rápida sucesión, desgarrando la cara del Pato Donald.

Lanny Olsen, el tirador, vivía al final de una calle de asfalto agrietado, contra una rocosa ladera, desde donde no se podía ver el famoso valle de Napa.

Como compensación a su poco atractivo domicilio, la propiedad recibía la sombra de hermosos ciruelos y elevados olmos, coloreados por azaleas salvajes. Y tenía privacidad. El vecino más cercano vivía tan lejos que Lanny podía dar una fiesta a todo volumen sin molestar a nadie. Esto no le ofrecía ninguna ventaja ya que por lo general se acostaba a las nueve y media; su idea de una fiesta era un cajón de cervezas, una bolsa de papas fritas y una partida de póquer.

La ubicación de su propiedad, además, resultaba propicia para el tiro al blanco. Era el tirador más experimentado de toda la comisaría.

De niño quería dedicarse a los dibujos animados. Tenía talento. Los perfectos retratos de Mickey Mouse y del Pato Donald que estaban pegados al fardo de heno que hacía las veces de blanco eran obra suya.

Mientras expulsaba el cargador vacío de su pistola, dijo:

—Deberías haber estado aquí ayer. Le disparé en la cabeza a doce Correcaminos seguidos, sin errar ningún tiro.

—El Coyote se habrá quedado asombrado —respondió Billy—. ¿Nunca disparas a blancos más convencionales?

—¿Qué diversión puede haber en eso?

—¿Nunca disparas a los Simpson?

—A Homero, Bart... a todos menos a Marge —dijo Lanny—. A Marge nunca.

Lanny habría asistido a la Escuela de Arte si su dominante padre, Ansel, no hubiera decidido que su hijo lo siguiera como agente de la ley, del mismo modo que el propio Ansel había seguido los pasos de su padre.

Pearl, la madre de Lanny, fue comprensiva mientras su enfermedad se lo permitió. Cuando Lanny tenía dieciséis años, a ella le diagnosticaron un linfoma de Hodgkin. La radioterapia y los medicamentos la fueron minando inexorablemente. Incluso en épocas en que el linfoma estaba bajo control, no volvió a recuperar plenamente sus fuerzas.

Preocupado por la capacidad de su padre como enfermero, Lanny nunca fue a la Escuela de Arte. Se quedó en casa, hizo su carrera como agente de la ley y cuidó de su madre.

Inesperadamente, fue Ansel el primero en morir. Había detenido a un conductor por exceso de velocidad, y éste lo detuvo a *él* con un tiro a quemarropa de su treinta y ocho milímetros.

Al haber contraído el linfoma a una edad atípicamente temprana, Pearl vivió con él durante un tiempo bastante prolongado. Había muerto diez años atrás, cuando Lanny tenía treinta y seis. Todavía era joven como para cambiar de carrera y entrar en la Escuela de Arte, pero la inercia resultó ser más fuerte que el deseo de una nueva vida.

Heredó la elegante casa victoriana, de elaborado diseño y con una galería alrededor, que mantenía en impecable estado. Con un trabajo que no le apasionaba y sin familia propia, tenía tiempo de sobra para la casa.

Mientras Lanny insertaba un nuevo cargador en la pistola, Billy sacó el mensaje mecanografiado de un bolsillo.

—¿Qué te parece esto?

Lanny leyó los dos párrafos mientras, en la tregua de los disparos, los mirlos regresaban a las altas copas de los olmos cercanos. Al terminar, no sonrió ni frunció el ceño, una de las dos reacciones que Billy esperaba.

—¿De dónde lo sacaste?

—Alguien lo dejó debajo del limpiaparabrisas.

—¿Dónde tenías estacionado el auto?

—En el bar.

—¿Estaba dentro de un sobre?

—No.

—¿Alguien te vigilaba? Quiero decir, cuando lo tomaste de debajo del limpiaparabrisas y lo leíste.

—Nadie.

—¿Qué piensas?

—Eso es lo que vine a preguntarte —le recordó Billy.

—Una travesura. Una broma pesada.

Mientras observaba las amenazadoras palabras, Billy dijo:

—Ésa fue mi primera reacción, pero después...

Lanny se movió a un lado, alineándose con nuevos blancos de heno adornados con dibujos de cuerpo entero de Elmer Gruñón y Bugs Bunny.

—Pero después te preguntas: ¿y si...?

—¿Acaso tú no?

—Claro. Todos los policías lo hacen, todo el tiempo, si no terminarían muertos antes de lo que piensan. O dispararían en el momento equivocado.

No mucho tiempo atrás, Lanny había herido a un borracho belicoso al que creyó armado. En lugar de una pistola, el tipo tenía un teléfono móvil.

—Pero no puedes estar siempre elaborando hipótesis —continuó—. Tienes que dejarte llevar por la intuición. Y tu intuición es igual que la mía. Es una broma. Además, seguro que conoces a unos cuantos sospechosos.

—Steve Zillis —dijo Billy.

—Bingo.

Lanny se puso en posición de disparo, con la pierna derecha un poco atrás para mantener el equilibrio, la rodilla izquierda flexionada y ambas manos en la pistola. Respiró hondo y disparó a Elmer cinco veces mientras una bandada de mirlos salía despavorida de los olmos y se dispersaba por el cielo.

Tras contar cuatro disparos mortales y una herida, Billy dijo:

—La cuestión es que... no parece algo que haga... o que pueda hacer Steve.

—¿Por qué no?

—Es un tipo que lleva un globito de goma en el bolsillo para sorprender con un pedo ruidoso cuando considera que puede ser divertido.

—¿Y?

Billy volvió a doblar el mensaje mecanografiado y se lo metió en el bolsillo de la camisa.

—Que parece demasiado complejo para Steve, demasiado... sutil.

—El joven Steve es tan sutil como un boxeador —convino Lanny.

Retomó su posición y descargó la segunda mitad del cargador en Bugs Bunny, consiguiendo cinco tiros mortales.

—¿Y si fuera en serio? —preguntó Billy.

—No lo es.

—¿Pero si lo fuera?

—Los lunáticos homicidas sólo juegan así en las películas. En la vida real los asesinos se limitan a asesinar. Para ellos se trata de poder; poder y a veces sexo violento... pero no van a molestarte con rompecabezas y acertijos.

Consciente de no haber disipado las dudas de Billy, Lanny continuó:

—Incluso si fuera cierto, aunque no lo es, ¿crees que hay algo en esa nota que nos permita actuar?

—Maestras rubias, mujeres mayores.

—En algún lugar del condado de Napa.

—Sí.

—El condado de Napa no es San Francisco —dijo Lanny—, pero tampoco un yermo despoblado. Se trata de mucha gente en muchos pueblos. Ni juntando el departamento de policía con cada una de las fuerzas policiales de todo el condado habría suficientes hombres para cubrir todas esas posibilidades.

—No necesitas cubrirlas todas. Él califica a sus objetivos: una *adorable* maestra rubia.

—Eso es una apreciación —objetó Lanny—. Una maestra rubia que tú encuentras adorable puede ser una bruja para mí.

—Nunca pensé que tuvieras tan altas pretensiones con las mujeres.

Lanny sonrió.

—Tengo mis manías.

—De todos modos está también la mujer mayor *que se dedica a las obras de caridad.*

Mientras insertaba un tercer cargador en la pistola, Lanny dijo:

—Una gran cantidad de mujeres mayores se dedican a la caridad. Vienen de una generación que se preocupaba por el prójimo.

—¿Entonces no vas a hacer nada?

—¿Qué quieres que haga?

Billy no tenía sugerencias, sólo un comentario.

—Me da la sensación de que tenemos que hacer algo.

—Los policías, por naturaleza, reaccionamos ante el delito, no antes de que se produzca.

—¿Entonces primero tendrá que matar a alguien?

—No va a matar a nadie.

—Dice que lo va a hacer —objetó Billy.

—Es una broma. ¿No dices que Steve Zillis es especialista en las flores que tiran agua y demás chascos?

Billy asintió.

—Probablemente tengas razón.

—Seguro que tengo razón. —Señalando las coloridas figuras que aún quedaban en la pared reforzada con blancos de heno, Lanny añadió—: Ahora, antes de que el atardecer arruine mi puntería, quiero liquidar al elenco de *Shrek.*

—Pensé que era una buena película.

—No soy crítico —dijo Lanny con impaciencia—, simplemente un tipo que se divierte un poco mientras perfecciona sus habilidades laborales.

—De acuerdo, está bien, me voy de aquí. Nos vemos el viernes para el póquer.

—Trae algo —dijo Lanny.

—¿Como qué?

—José trae su guiso de cerdo y arroz. Leroy, cinco clases de salsa y nachos para untar. ¿Por qué no preparas tamales?

Mientras Lanny hablaba, Billy hizo una mueca.

—Parecemos un grupo de solteronas preparando un té.

—Somos patéticos —dijo Lanny—, pero todavía no estamos muertos.

—¿Cómo lo sabes?

—Si estuviera muerto y en el infierno —dijo Lanny—, no me darían el gusto de dejarme dibujar caricaturas. Y estoy seguro de que esto no es el paraíso.

Cuando Billy llegó hasta su Explorer, Lanny Olsen ya había comenzado a hacer volar a Shrek, la princesa Fiona, el burro y sus amigos.

La parte oriental del cielo presentaba un color azul zafiro. En la bóveda occidental, el azul había comenzado a perder su color dejando entrever un tono dorado debajo y bajo éste un trazo rojo.

De pie junto a su vehículo, entre las sombras que crecían, Billy observó por un instante cómo Lanny afinaba su puntería y, por enésima vez, intentaba matar su sueño perdido de ser caricaturista.

Capítulo 3

Una princesa encantada, encerrada en la torre de un castillo, pasando los años en un sueño profundo hasta que la despertara un beso, no podría haber sido más encantadora que Barbara Mandel en su cama de Whispering Pines.

Bajo la caricia de una lámpara, su cabello dorado se desparramaba sobre la almohada tan lustroso como un lingote surgido del crisol de un fundidor.

Billy Wiles, de pie junto a un extremo de la cama, nunca había visto una muñeca de porcelana con una complexión tan pálida o tan impecable como la de Barbara. Su piel parecía traslúcida, como si la luz penetrara en su interior e iluminara su rostro desde dentro.

Si decidía correr a un lado la fina manta y la sábana, la expondría a una indignidad desconocida para cualquier princesa encantada. Tenía una sonda insertada en el estómago. El médico había prescrito una alimentación lenta y continua. El goteo de la bomba susurraba suavemente mientras le brindaba una comida constante.

Estaba en coma desde hacía casi cuatro años. Su estado no era de los más graves. A veces bostezaba, suspiraba, movía su mano derecha hacia la cara, su garganta, su pecho. En ocasiones hablaba, aunque nunca más que unas pocas palabras crípticas, a nadie en particular, sino a algún fantasma de su mente.

Incluso cuando hablaba o movía la mano, permanecía alejada de todo lo que la rodeaba. Estaba inconsciente, sin respuesta a estímulos externos.

En ese momento yacía tranquila, con la frente totalmente despejada, los ojos inmóviles bajo los párpados, los labios apenas entreabiertos. Ni siquiera un fantasma respiraría con menos ruido.

Billy extrajo de un bolsillo de su campera una pequeña libreta de espiral que tenía un bolígrafo enganchado. Colocó todo sobre la mesa de luz.

La pequeña habitación estaba amueblada con sencillez: una cama de hospital, una mesa de noche, una silla. Tiempo atrás Billy había añadido una banqueta que le permitía sentarse lo suficientemente alto como para contemplar a Barbara.

La residencia Whispering Pines ofrecía buenos cuidados, pero un entorno austero. La mitad de los pacientes convalecía; la otra mitad estaba meramente almacenada ahí dentro.

Sentado en la banqueta junto a ella, le contó cómo había sido su día. Comenzó con una descripción del amanecer y terminó con Lanny disparando a su colección de personajes de dibujos animados.

A pesar de que ella nunca había respondido a nada de lo que él dijera, Billy sospechaba que desde su profunda fortificación Barbara podía escucharlo. Necesitaba creer que su presencia, su voz, su afecto la aliviaban.

Cuando no tuvo más que decir, se quedó observándola. No la veía como estaba ahora, sino como era antes —vívida, vital— y como sería hoy si el destino hubiese sido más amable.

Tras unos instantes sacó del bolsillo de la camisa el mensaje doblado y volvió a leerlo.

Acababa de terminar cuando Barbara habló en unos murmullos que casi desaparecían más rápido de lo que el oído podía captar: «Quiero saber lo que dice...».

Electrizado, se levantó de la banqueta. Se asomó por encima de la barra de la cama para contemplarla más de cerca. Hasta ahora nada de lo que ella decía en su estado de coma parecía guardar relación con algo de lo que *él* decía o hacía durante sus visitas.

—¿Barbara?

Permaneció inmóvil, con los ojos cerrados, los labios abiertos, aparentemente en la misma quietud de los últimos años.

—¿Puedes escucharme?

Le tocó la cara con las yemas de sus temblorosos dedos. Barbara no respondió.

Ya le había contado lo que decía el extraño mensaje, pero ahora se lo leyó por si las palabras que había murmurado se referían a eso.

Al terminar, no tuvo ninguna reacción. Billy pronunció su nombre sin efecto alguno.

Se sentó una vez más en la banqueta y tomó el cuaderno de la mesa. Apuntó con el bolígrafo sus cinco palabras y la fecha en que las había pronunciado.

Tenía una libreta para cada año de aquel sueño artificial. A pesar de que cada una contenía sólo cien hojas pequeñas, ninguna estaba llena porque ella no hablaba en cada visita; realmente no hablaba en casi ninguna.

Quiero saber lo que dice.

Después de anotar esa inusual frase, retrocedió varias páginas en la libreta sin leer las fechas, sino sólo algunas de sus palabras.

Los corderos no podrían perdonar
Chicos con cara de carne
Mi lengua infantil
La autoridad de su lápida
Padre, papas, pollos, peras, prisma
Tiempo de oscuridad
No deja de hincharse
Un gran esfuerzo
Todos los fulgores apagados
Veintitrés, veintitrés

Billy no encontraba coherencia en sus palabras, ni tampoco una clave que lo encaminara a ella.

De vez en cuando, al cabo de las semanas y los meses, sonreía débilmente. Dos veces se había reído con suavidad.

En otras ocasiones, sin embargo, susurraba palabras que lo perturbaban, e incluso a veces lo asustaban.

Desgarrado, golpeado, jadeando, sangrando
Sangre y fuego

Hachas, cuchillos, bayonetas
Rojo en los ojos, sus frenéticos ojos

Estas temibles palabras no las había pronunciado con un tono de fatalidad. Se producían en el mismo murmullo sin inflexiones con el que decía palabras menos inquietantes. No obstante, a Billy le preocupaban. Le preocupaba que en el fondo de su coma se encontrara en un lugar oscuro y tétrico, que se sintiera atrapada y amenazada, y sola.

En ese momento Barbara frunció el ceño y volvió a hablar: «El mar...».

Cuando Billy anotó esto, ella continuó: «Qué es...».

El silencio de la habitación se hizo más profundo, como si una atmósfera pesada presionara todas las corrientes de aire para que su voz delicada llegara directa a Billy.

Su mano derecha se alzó hacia los labios como para sentir la textura de sus propias palabras. «Qué es lo que sigue diciendo».

Era lo más coherente que había presenciado en una sola visita, e incluso en todo el coma.

—¿Barbara?

—Quiero saber lo que dice... el mar.

Bajó su mano hacia el pecho. Las arrugas se desvanecieron de su frente. Sus ojos, que mientras hablaba giraban bajo los párpados, volvieron a detenerse.

Billy aguardó con el bolígrafo listo sobre el papel, pero ella se plegó al silencio de la habitación. Y éste se hizo más profundo, así como la quietud, hasta que sintió que debía irse o encontrar un destino similar al de una mosca prehistórica preservada en ámbar.

Barbara podía yacer en esa cama durante horas, o días, o para siempre.

La besó, pero no en la boca. Le habría parecido una violación. Sintió su mejilla suave y fresca contra sus labios.

Hacía tres años, diez meses y cuatro días que estaba en ese coma en el que había caído sólo un mes después de aceptar el anillo de compromiso de Billy.

Capítulo 4

Billy no gozaba del aislamiento de Lanny, pero vivía en un terreno sombreado por alisos y cedros olorosos junto a una calle con pocas casas.

No conocía a sus vecinos. Tampoco los habría conocido si vivieran más cerca. Agradecía su falta de interés.

El dueño original de la casa y el arquitecto habían negociado evidentemente entre sí su estructura híbrida, mitad bungalow, mitad cabaña de moda. Las líneas eran las de un bungalow. Las paredes de cedro, plateadas por la intemperie, se parecían a las de una cabaña, al igual que el porche delantero, con sus recios postes sosteniendo el techo.

A diferencia de la mayoría de las casas que mezclan estilos, ésta parecía acogedora. Las ventanas, con cristales biselados en forma de diamante —típicos de bungalow—, parecían enjoyadas cuando estaban encendidas las luces. Durante el día, la veleta con forma de ciervo en posición de salto giraba con una gracia perezosa incluso durante los turbulentos revuelos del viento.

La cochera, donde también tenía su taller de carpintería, se encontraba separada detrás de la casa.

Cuando Billy estacionó su Explorer y cerró la enorme puerta tras él, una lechuza ululó desde una rama sobre el techo de la cochera mientras caminaba a través del jardín trasero hacia la casa.

Ninguna otra lechuza respondió, aunque a Billy le pareció escuchar el chillido de unos ratones, y casi podía sentirlos temblar entre los arbustos, ávidos por alcanzar los matorrales detrás del solar.

Su mente estaba empantanada, los pensamientos turbios. Se detuvo y aspiró profundamente, saboreando el aire empapado con la fragancia de la corteza y las agujas de los cedros. El aroma astringente limpió su interior.

No deseaba estar lúcido. No era un gran bebedor, pero ahora necesitaba una cerveza.

Las estrellas parecían duras. También se las veía brillantes en el cielo despejado, pero sobre todo le parecían duras.

Ni los escalones ni los tablones de la galería hicieron el menor ruido. Tenía tiempo de sobra para mantener el lugar impecable.

Tras tirar abajo la cocina, él mismo había hecho las alacenas. Eran de madera de cerezo con un toque oscuro. Él mismo colocó las baldosas del suelo: cuadrados de granito negro, que hacían juego con la mesada.

Limpia y sencilla. Su intención era construir toda la casa en ese estilo, pero entonces perdió el rumbo.

Se sirvió una botella fría de Guinness en una jarra y la mezcló con *bourbon*. Cuando *decidía* beber le gustaba que hubiera un sabor fuerte tanto en la textura como en el gusto.

Se estaba preparando un bocadillo de fiambre cuando sonó el teléfono.

—¿Hola?

El que llamaba no respondió ni siquiera cuando Billy volvió a decir «hola».

Normalmente habría pensado que habían cortado la línea, pero no esa tarde.

Sin dejar de escuchar sacó el mensaje mecanografiado del bolsillo. Lo desplegó y lo alisó sobre la mesada de granito negro.

Vacía como una campana sin badajo, la comunicación no presentaba ninguna clase de ruido. No había inhalaciones ni exhalaciones, como si el tipo estuviera muerto y ya no necesitara respirar.

Se tratara de un bromista o de un asesino, el propósito del individuo era desconcertar, intimidar. Billy no le dio el gusto de un tercer «hola». Escuchaba los mutuos silencios como si se pudiera deducir algo de la nada.

Tras casi un minuto, Billy comenzó a preguntarse si no estaría imaginando una presencia en el otro extremo de la línea. Si en realidad era el autor de la nota, sería un error colgar primero. Si cortaba la comunicación lo tomaría como una señal de temor, o al menos de debilidad.

La vida le había enseñado a ser paciente. Por otra parte, tenía un buen concepto de sí mismo, de manera que no le preocupó que lo tomaran por tonto. Esperó.

Cuando el que había llamado colgó, el sonido claro de la desconexión y luego el tono de marcado demostraron que había estado allí.

Antes de seguir preparándose el bocadillo, recorrió las cuatro habitaciones y el baño y bajó las cortinas de todas las ventanas.

Sentado a la mesita de la cocina, se comió el bocadillo. Se tomó una segunda cerveza, esta vez sin añadir *bourbon*.

No tenía televisión. Los programas de entretenimiento lo aburrían y no necesitaba las noticias.

Sus pensamientos eran su única compañía durante la cena. No tardó demasiado en terminar su comida.

Los libros se alineaban a lo largo de una pared del salón desde el suelo hasta el techo. Durante la mayor parte de su vida Billy había sido un lector voraz. Había perdido interés en la lectura tres años, diez meses y cuatro días antes. Un amor compartido por las novelas lo había unido a Barbara.

Sobre un estante descansaba una colección de libros de Dickens que Barbara le había regalado por Navidad. Ella sentía pasión por Dickens.

En aquellos días necesitaba mantenerse ocupado. El simple hecho de sentarse en un sillón con un libro entre las manos le producía inquietud. De alguna manera se sentía vulnerable. Además, algunos libros contenían ideas perturbadoras. Le hacían pensar en cosas que quería olvidar, y aunque sus pensamientos se volvieran insufribles, no podía dejarlos atrás.

El artesonado del techo del salón era consecuencia de su necesidad de mantenerse ocupado. Cada artesón estaba decorado con molduras dentadas. El centro de cada uno de ellos presentaba un racimo de hojas de acanto talladas a mano sobre roble blanco, oscurecido para combinar con la caoba circundante. El estilo del techo no se ajustaba ni a una cabaña ni a un bungalow, pero eso a él no le importaba. El proyecto lo había mantenido ocupado durante meses.

En su estudio, el artesonado tallado era incluso más elaborado que el del salón. No se dirigió al escritorio, donde la computadora, que llevaba años sin usar, se burlaba de él, sino que se sentó a la mesa de trabajo donde se desplegaban sus herramientas de tallado. Allí también había pilas de madera de roble blanco, que tenían un dulce olor a bosque. Los bloques eran la materia prima para los diseños que decorarían el techo de su dormitorio, que actualmente era de yeso.

Sobre la mesa había un reproductor de CD y dos pequeños altavoces. Puso un disco de música electrónica.

Talló hasta que le dolieron las manos y se le nubló la vista. Entonces apagó la música y se dirigió a la cama.

Recostado de espaldas en la oscuridad, mirando fijamente el techo que no podía ver, esperó a que se le cerraran los ojos. Esperó.

Escuchó algo sobre el tejado, algo que rascaba y que se escuchaba por encima de las sacudidas de los cedros. La lechuza, sin duda.

La lechuza no ululó. Tal vez se tratara de un mapache. O de otra cosa.

Echó una mirada al reloj digital que había sobre la mesa de luz: las doce y veinte.

Tienes seis horas para decidir. Tú eliges.

Todo estaría bien por la mañana. Siempre era así. Bueno, no siempre, pero sí las veces suficientes como para justificar la perseverancia.

Quiero saber lo que dice el mar. Qué es lo que sigue diciendo.

Cerró los ojos durante unos pocos minutos, pero eso no sirvió de nada. Se tenían que cerrar solos para que sobreviniera el sueño.

Miró cómo el reloj cambiaba de las 12:59 a la 1:00.

Había encontrado la nota bajo el limpiaparabrisas cuando salió del bar a las siete. Habían pasado seis horas.

Alguien había sido asesinado. O no. Seguramente no.

Se durmió bajo las garras que rascaban, bajo las garras de la lechuza, si es que era una lechuza.

Capítulo 5

El bar no tenía nombre. O más bien su función era su nombre. El cartel del poste, en el desvío de la autopista hacia el aparcamiento rodeado de olmos, sólo decía «Bar».

Jackie O'Hara era el dueño del lugar. Gordo, pecoso, amable, era para todos un amigo o un tío postizo.

No tenía interés en ver su nombre en el cartel. De niño, Jackie quería ser cura. Quería ayudar a la gente, guiarlos hacia Dios. El tiempo le enseñó que no sería capaz de dominar sus apetitos. Cuando todavía era joven llegó a la conclusión de que sería un mal cura, algo que no se correspondía con la naturaleza de su sueño.

Encontró dignidad dirigiendo un bar limpio y amigable, pero le parecía que esa sencilla satisfacción con sus propios logros se convertiría en vanidad si le ponía su nombre al bar.

En opinión de Billy Willes, Jackie habría sido un buen cura. Todo ser humano tiene apetitos difíciles de controlar, pero muy pocos tienen humildad, gentileza y conciencia de sus debilidades.

Bar «Vineyard Hills». Taberna «Bajo los olmos». Taberna «A la luz de las velas». Taberna «El descanso del camino». Los clientes le ofrecían a diario nombres para el lugar. Jackie encontraba sus sugerencias o bien torpes e inapropiadas, o bien sentimentaloides.

Cuando Billy llegó a las 10:45 de la mañana del martes, quince minutos antes de que abriera el bar, los únicos coches del estacionamiento eran el de Jackie y el de Ben Vernon, el cocinero.

De pie junto a su Explorer, estudió las bajas colinas que se recortaban en la distancia, en el extremo donde se perdía la autopista. Eran de color marrón oscuro donde las había arrasado el hombre y marrón pálido donde la hierba silvestre había perdido su tono verde debido al calor estival.

Propiedades Peerless, una empresa internacional, estaba construyendo en un terreno de trescientas cincuenta hectáreas un complejo vacacional de altísimo nivel que se llamaría Vineland. Además de un hotel con campo de golf, tres piscinas, cancha de tenis y otras instalaciones, el proyecto incluía ciento noventa millones de dólares en casas de fin de semana, a disposición de aquellos que se tomaran en serio su tiempo libre. Los cimientos se habían trazado a comienzos de primavera. Ya se estaban levantando las paredes.

En una pradera mucho más cerca de las estructuras palaciegas de las colinas más altas, a menos de treinta metros de la autopista, un espectacular mural se acercaba a su finalización. Era de madera, de unos veintidós metros de alto, cuarenta y cinco de largo y tridimensional, pintado de gris con perfiles negros. El mural, de estilo *art déco,* presentaba una imagen estilizada de poderosas máquinas, con los volantes y las bielas de una locomotora. También había enormes palancas de cambios, extraños armazones y misteriosas formas mecánicas que nada tenían que ver con un tren. En la sección que insinuaba una locomotora aparecía representada una gigante y estilizada figura de hombre en ropa de trabajo, con el cuerpo inclinado de izquierda a derecha como si hiciera frente a un viento pertinaz, como si empujara uno de los enormes volantes, como si estuviera atrapado en la máquina e hiciera fuerza hacia adelante con tanto pánico como determinación, y como si descansar por un instante y abandonar la sincronización significara ser hecho pedazos.

Aún no funcionaba ninguna de las partes móviles del mural animado; no obstante, creaba una convincente ilusión de movimiento, de velocidad.

Un famoso artista de un solo nombre —Valis— había diseñado la obra por encargo y la había construido con un equipo de dieciséis colaboradores. El mural debía simbolizar el ritmo vertiginoso de la vida moderna, el hostigado individuo avasallado por las fuerzas de la sociedad.

El día que el complejo comenzara a funcionar, el propio Valis prendería fuego a su obra y la quemaría hasta la base para simbolizar la libertad del enajenado curso de la vida que el nuevo complejo representaba.

La mayoría de los habitantes de Vineyard Hills y los alrededores se burlaban del mural, y cuando lo llamaban *arte,* pronunciaban la palabra entre comillas.

A Billy no le disgustaba esa mole, pero que le prendieran fuego no tenía sentido para él.

El mismo artista había atado una vez veinte mil globos rojos llenos de helio en un puente de Australia para que diera la impresión de que los globos lo soportaban. Mediante control remoto, hizo reventar al mismo tiempo todos los globos. En ese caso, Billy no comprendía ni el «arte» ni la idea de reventarlos.

A pesar de no ser un entendido, sentía que ese mural podía ser considerado o arte bajo o alta artesanía. Quemarlo tenía tan poco sentido para él como que un museo arrojara sus pinturas de Rembrandt a una hoguera. Tantas cosas de la sociedad contemporánea lo consternaban que no perdería el sueño por un asunto tan pequeño. Y la noche del incendio tampoco acudiría a mirar el fuego.

Entró en el bar. El aire transportaba un aroma tan intenso que parecía tener sabor. Ben Vernon estaba cocinando chile. Detrás de la barra, Jackie O'Hara hacía inventario de las reservas de alcohol.

—Billy, ¿no viste ese programa especial en el canal seis anoche?

—No.

—¿No viste ese especial de los ovnis, el de las abducciones alienígenas?

—Estaba tallando mientras escuchaba música.

—Un tipo dice que fue llevado a una nave nodriza que orbitaba alrededor de la Tierra.

—¿Y eso qué tiene de novedoso? Se oyen cosas así todo el tiempo.

—Dice que un grupo de alienígenas le hizo un examen proctológico.

Billy empujó la puerta de la barra.

—Eso dicen todos.

—Lo sé. Tienes razón. Pero no lo comprendo. —Jackie frunció el ceño—. ¿Por qué una raza alienígena superior, mil veces más inteligente que nosotros, atraviesa trillones de kilómetros sólo para mirar nuestros traseros? ¿No serán unos pervertidos?

—El mío nunca despertó su interés —aseguró Billy—. Y tampoco creo que hayan mirado el de este tipo.

—Se lo veía muy creíble. Es autor de un libro. Quiero decir que incluso antes de éste publicó unos cuantos más.

Mientras se ataba un delantal, Billy dijo:

—El simple hecho de publicar un libro no le da credibilidad a nadie. Hitler publicó libros.

—¿En serio? —preguntó Jackie.

—Ajá.

—¿Hitler... Hitler?

—Bueno, no fue *Bob* Hitler.

—Me estás tomando el pelo.

—Ve a averiguarlo.

—¿Y qué escribía? ¿Historias de espías y esas cosas?

—Algo así —dijo Billy.

—Este tipo escribía ciencia ficción.

—Vaya sorpresa.

—*Ciencia* ficción —enfatizó Jackie—. El programa fue realmente inquietante. —Recogiendo un pequeño plato blanco de la barra, lanzó un sonido de impaciencia y disgusto—. Lo único que falta es que tenga que comenzar a descontarle dinero a Steve por lo que consume.

Sobre el plato había entre quince y veinte cabos de cerezas al marrasquino. Cada uno estaba atado en un nudo.

—A los clientes les parece divertido —dijo Billy.

—Porque están medio borrachos. En cualquier caso, pretende ser un gracioso, pero no lo es.

—Cada uno tiene su propia idea de lo que es ser gracioso.

—No, quiero decir, pretende ser alegre, ir contento por la vida, pero no es así.

—Ésa es la única actitud que le conozco —dijo Billy.

—Pregúntale a Celia Reynolds.

—¿Quién es?

—Vive al lado de Steve.

—Los vecinos suelen tener encontronazos —sugirió Billy—. No siempre puedes creer lo que dicen.

—Celia dice que tiene arrebatos en el patio de atrás.

—¿Qué quiere decir con arrebatos?

—Se pone como loco, dice ella. Destruye cosas.

—¿Qué cosas?

—Una silla de comedor, por ejemplo.

—¿De quién?

—Suya. La golpeó hasta convertirla en un montón de astillas.

—¿Por qué?

—Echa maldiciones y está furioso mientras lo hace. Parece que descarga su ira.

—Sobre una silla.

—Así es. Y ataca sandías con un hacha.

—Tal vez le gustan las sandías —dijo Billy.

—No se las *come*. Se limita a cortar y cortar hasta que no queda otra cosa más que pulpa.

—Maldiciendo todo el tiempo.

—Correcto. Maldiciendo, refunfuñando, gruñendo como un animal. Sandías enteras. Un par de veces lo hizo con muñecos.

—¿Qué clase de muñecos?

—Ya sabes, como esas mujeres de las vidrieras.

—¿Maniquíes?

—Sí. Los ataca con un hacha y una maza.

—¿De dónde sacará los maniquíes?

—Ni idea.

—No me suena nada bien.

—Habla con Celia. Ella te contará.

—¿Le preguntó a Steve por qué lo hace?

—No. Le da miedo hacerlo.

—¿Le crees?

—Celia no es una mentirosa.

—¿Crees que Steve es peligroso? —preguntó Billy.

—Probablemente no, pero quién sabe.

—Tal vez deberías despedirlo.

Jackie alzó las cejas.

—¿Y si después resulta ser uno de esos tipos que ves en los noticieros de la tele? ¿Y si aparece *aquí* con un hacha?

—Sea como fuere —dijo Billy— no suena nada bien. Ni siquiera tú mismo lo crees.

—Sí que lo creo. Celia va a la iglesia tres veces por semana.

—Jackie, tú bromeas con Steve. Se te ve relajado con él.

—Siempre estoy un poco alerta.

—Nunca lo he notado.

—Bien, pues lo estoy. Pero no quiero ser injusto con él.

—¿Injusto?

—Es un buen camarero, hace su trabajo. —Una expresión avergonzada le sobrevino. Sus gordas mejillas enrojecieron—. No debería estar hablando así de él. Es por culpa de todos esos cabos de cereza. Eso me molestó un poco.

—Veinte cerezas —dijo Billy—. ¿Cuánto pueden costar?

—No se trata del dinero. Es ese juego con su lengua... es casi obsceno.

—Nunca he oído a nadie quejarse al respecto. Hay unas cuantas clientas en particular que disfrutan observándolo.

—Y los gays —dijo Jackie—. No quiero que esto se convierta en un bar de solteros, ya sean gays o heterosexuales. Quiero que esto sea un bar *familiar*.

—¿*Existe* algo parecido a un bar familiar?

—Por supuesto. —A Jackie se le notaba herido. A pesar de su falta de nombre, el bar no era un antro—. Ofrecemos a los niños porciones de papas fritas y aros de cebolla, ¿o no?

Antes de que Billy pudiera responder, el primer cliente del día atravesó la puerta. Eran las 11:04. El tipo quería su desayuno: un Bloody Mary con una rama de apio.

Jackie y Billy atendían juntos la barra mientras duraba el movimiento de la hora del almuerzo, y Jackie servía la comida en las mesas mientras Ben despachaba los platos desde la cocina.

Estaban más ocupados que de costumbre porque los martes era día de chile, pero ni siquiera por esa razón necesitaban una camarera para el primer turno. La tercera parte de la clientela tomaba su almuerzo en un vaso, y el otro tercio se conformaba con maníes o con salchichas que tomaban directamente de un cuenco de la barra, o con las galletas gratuitas.

Mientras mezclaba bebidas y servía cerveza, Billy Wiles estaba preocupado por la persistente imagen que invadía su mente:

Steve Zillis haciendo pedazos un maniquí, dando hachazos y hachazos.

A medida que transcurría su turno y nadie aparecía con la noticia de una maestra asesinada a balazos o una anciana filantrópica muerta a golpes, los nervios de Billy se fueron tranquilizando. En la somnolienta Vineyard Hills, en el pacífico valle de Napa, las noticias de un asesinato brutal circularían rápidamente. La nota debía de haber sido una broma.

Tras una lenta tarde, Ivy Elgin llegó al trabajo a las cuatro, y pisándole los talones la seguían hombres sedientos, en un estado tal que habrían movido la cola de haberla tenido.

—¿Algo muerto hoy? —le preguntó Billy, y se estremeció ante su pregunta.

—Una mantis religiosa en mi porche trasero, justo en el umbral —dijo Ivy.

—¿Qué crees que significa?

—Lo que reza ha muerto.

—No te sigo.

—Todavía estoy tratando de desentrañarlo.

Shirley Trueblood llegó a las cinco, vestida en su estilo de matrona con un uniforme amarillo con solapas y puños blancos.

Tras ella llegó Ramón Padillo, que olisqueó el aroma del chile y gruñó:

—Necesita una pizca de comino.

Steve Zillis apareció a las seis, oliendo a loción para después de afeitar con esencia de verbena y enjuague bucal de menta, y dijo:

—¿Qué se cuenta, Kemosabe?

—¿Me llamaste anoche? —preguntó Billy.

—¿Quién? ¿Yo? ¿Por qué iba a llamarte?

—No lo sé. Recibí una llamada; la conexión era mala, pero pensé que tal vez eras tú.

—¿Después de eso me llamaste?

—No. Apenas podía escuchar la voz. Sólo tuve un pálpito de que podrías ser tú.

Escogiendo tres gordas aceitunas de una bandeja de condimentos, Steve dijo:

—De todos modos, anoche salí con un amigo.

—¿Terminas de trabajar a las dos de la mañana y luego *sales*?

Steve hizo una mueca y guiñó un ojo.

—Había luna, y yo soy un *perro*.

Lo pronunciaba *peeerro*.

—Si saliera a las dos de la mañana, me iría derecho a la cama.

—Sin rencores, amigo, pero tú no eres precisamente un ejemplo de «chispa».

—¿Qué quieres decir?

Steve se encogió de hombros y a continuación comenzó a hacer malabarismos con las resbaladizas aceitunas con increíble destreza.

—La gente se pregunta por qué un buen mozo como tú vive como una vieja solterona.

Contemplando a los clientes, Billy dijo:

—¿Qué gente?

—Mucha gente. —Atrapó la primera aceituna con la boca, la segunda, la tercera, y masticó vigorosamente ante el aplauso de la clientela de la barra.

Durante la última hora de su turno, Billy observó de manera mucho más notoria de lo habitual a Steve Zillis. No vio, sin embargo, nada sospechoso.

O aquel tipo no era el bromista o resultaba mucho más astuto y tramposo de lo que parecía.

Bien, no tenía importancia. Nadie había sido asesinado. La nota era una broma pesada; y tarde o temprano se conocería el final del chiste.

Cuando Billy dejaba el bar a las siete de la tarde, Ivy Elgin se le acercó con una excitación contenida en sus ojos color brandy.

—Alguien va a morir en una iglesia.

—¿Cómo lo sabes?

—La mantis. Lo que reza ha muerto.

—¿Qué iglesia? —preguntó él.

—Vamos a tener que esperar para comprobarlo.

—Tal vez no sea en una iglesia. Tal vez sólo vaya a morir un pastor local o un cura.

Su mirada embriagadora sostenía la suya.

—No había pensado en eso. Puede que tengas razón. ¿Pero dónde encaja la zarigüeya?

—No tengo ni la menor idea, Ivy. No tengo talento para la adivinación, como tú.

—Lo sé, pero eres amable. Siempre te preocupas, y nunca te burlas de mí.

A pesar de trabajar con Ivy cinco días a la semana, el impacto de su extraordinaria belleza y sexualidad podían hacerle olvidar, por momentos, que ella era en cierto modo más niña que mujer, más dulce y cándida, virtuosa cuando no pura.

Billy dijo:

—Voy a pensar en la zarigüeya. Quizá hay en mí algo de adivino y todavía no me di cuenta.

La sonrisa de Ivy podía hacer perder el equilibrio.

—Gracias, Billy. Por momentos este don... puede ser una carga. No me sirve de mucha ayuda.

En el exterior, el aire estival de la tarde era amarillo limón con el sol oblicuo, y las sombras de los olmos que se arrastraban desde el este conformaban un manto púrpura un poco escaso de negro.

Cuando se aproximó a su Ford Explorer, vio una nota bajo el limpiaparabrisas.

Capítulo 6

A pesar de que no tenía noticias de la aparición de ningún cadáver, Billy se detuvo cerca del Explorer, dudando qué hacer, reticente a leer un segundo mensaje. Lo único que deseaba era sentarse con Barbara un rato y luego regresar a casa. No iba a verla todos los días de la semana, pero sí más de la mitad.

Sus visitas a Whispering Pines constituían uno de los cimientos sobre los que se edificaba su sencilla vida. Anhelaba esos momentos tanto como sus horas de descanso y de tallado.

No era tonto, ni tampoco simplemente listo. Sabía que su vida de reclusión podía fácilmente degenerar en soledad. Una delgada línea separa al fatigado ermitaño del terrible eremita. Más fina aún es la línea entre el eremita y el amargo misántropo.

Tomar la nota del limpiaparabrisas, hacer una bola y arrojarla a un lado sin leerla seguramente sería cruzar la primera de esas líneas. Y quizá no hubiera marcha atrás.

No tenía mucho de lo que esperaba en la vida. Por naturaleza era lo bastante prudente para reconocer que si arrojaba la nota, también estaría echando por tierra todo lo que ahora lo sostenía. Su vida no sólo sería distinta, sino peor.

Mientras decidía qué hacer, no escuchó al patrullero que entraba en la playa de estacionamiento. En el momento en que arrancaba la nota del limpiaparabrisas, se sorprendió ante la súbita aparición de Lanny Olsen a su lado, de uniforme.

—Otra más —declaró Lanny, como si hubiera estado esperando la segunda nota.

Su voz tenía un tono de amenaza. El espanto atravesaba su cara. Sus ojos eran las ventanas de un lugar embrujado.

El destino de Billy era vivir en una época que negaba la existencia de las abominaciones, que adjudicaba el nombre de *horror* a cada abominación, que redefinía cada horror como un crimen, cada crimen como una ofensa, cada ofensa como mero enojo. No obstante, el aborrecimiento creció en él antes de saber exactamente qué era lo que había llevado allí a Lanny Olsen.

—Billy. Dios mío, Billy.

—¿Qué?

—Estoy sudando. Mira cómo sudo.

—¿Qué? ¿Qué pasa?

—No puedo dejar de sudar. No hace tanto calor.

De pronto Billy se sintió grasiento. Se pasó la mano por la cara y miró la palma, esperando encontrar mugre. Ante sus ojos parecía limpia.

—Necesito una cerveza —dijo Lanny—. Dos cervezas. Necesito sentarme. Necesito pensar.

—Mírame.

Lanny no lo miró a la cara. Su atención se centraba en la nota que Billy tenía en la mano. El papel permanecía doblado, pero Billy sintió algo en su garganta, algo que se abría como una flor lujuriosa, aceitosa y llena de pétalos: la náusea provocada por la intuición.

La pregunta correcta no era *qué*, sino *quién*, y Billy lo preguntó. Lanny se pasó la lengua por los labios.

—Giselle Winslow.

—No la conozco.

—Yo tampoco.

—¿Dónde?

—Daba clases de inglés en Napa.

—¿Rubia?

—Sí.

—Y adorable —adivinó Billy.

—Alguna vez lo fue. La golpearon casi hasta matarla. Alguien la atacó con saña, alguien que sabía cómo hacerlo, cómo hacer que durara.

—*Casi* hasta matarla.

—Terminó estrangulándola con un par de medias suyas.

Billy sintió débiles las piernas. Se apoyó en el Explorer. No podía hablar.

—Su hermana la encontró hace apenas dos horas.

La mirada de Lanny permanecía fija en la hoja de papel doblada en la mano de Billy.

—El departamento del comisario no tiene jurisdicción allí —continuó Lanny—, así que queda en manos de la policía de Napa. Al menos es algo. Me da tiempo para respirar.

Billy encontró su voz, pero era ronca y no le sonó como de costumbre.

—La nota decía que mataría a una maestra si no iba a la policía, pero yo acudí a ti.

—Decía que la mataría si no ibas a la policía y la *involucrabas*.

—Pero acudí a ti, lo intenté. Quiero decir, por amor de Dios, lo intenté, ¿no es así?

Lanny por fin lo miró a los ojos.

—Me viniste a ver de manera informal. En realidad no acudiste a la policía. Fuiste a ver a un amigo que resulta que es policía.

—Pero acudí a ti —protestó Billy, y se avergonzó ante la negación, ante la justificación.

La náusea trepaba por las paredes de su estómago, pero apretó los dientes y se esforzó por controlarse.

—Nada de todo eso parecía real —dijo Lanny.

—¿Qué es «todo eso»?

—La primera nota. Parecía una broma, una broma pesada. Ningún policía olería algo real en esa nota.

—¿Estaba casada? —preguntó Billy.

Un Toyota paró a unos veinticinco metros del Explorer. En silencio observaron cómo el conductor salía del coche y entraba en el bar. A esa distancia no se podría escuchar su conversación. Sin embargo, se mantuvieron cautos.

La música *country* se escapó por la puerta del local durante unos instantes. En la gramola, Alan Jackson cantaba un tema sobre su corazón roto.

—¿Estaba casada? —volvió a preguntar Billy.

—¿Quién?

—La mujer. La maestra. Giselle Winslow.

—No lo creo, no. Al menos no ha aparecido ningún marido en escena hasta el momento. Déjame ver la nota.

Billy, que retenía el papel, preguntó:

—¿Tenía hijos?

—¿Eso qué importa?

—Importa —dijo Billy.

Advirtió que su mano vacía se había tensado en un puño. Era un amigo el que se encontraba ante él, según sus parámetros de lo que significa amistad. Sin embargo, sólo con esfuerzo logró relajar el puño.

—A mí me importa, Lanny.

—¿Niños? No lo sé. Probablemente no. Por lo que escuché, debía vivir sola.

Dos ráfagas de tráfico pasaron por la autopista: ruidos de motores, la suave percusión del aire desplazado. Cuando volvió la calma, Lanny dijo con preocupación:

—Escucha, Billy, potencialmente yo estoy en problemas.

—¿Potencialmente? —Encontró graciosa la elección de esa palabra, pero no era de las que le hacían reír.

—Absolutamente nadie en el departamento habría tomado en serio esa maldita nota, pero dirán que yo debería haberlo hecho.

—Quizá *yo* debería haberlo hecho —dijo Billy.

Lanny disintió inquieto:

—Eso no vale, es a posteriori. Es basura. No hables así. Necesitamos una defensa mutua.

—¿Defensa contra qué?

—Contra lo que sea. Billy, escucha, no tengo un expediente perfecto.

—¿Qué expediente?

—Mi expediente en la policía, el archivo de mi trabajo. He recibido un par de informes negativos.

—¿Qué hiciste?

Los ojos de Lanny se achicaban cuando se sentía ofendido.

—Maldita sea, no soy un policía corrupto.

—No dije que lo fueras.

—Tengo cuarenta y seis años, jamás he tocado un centavo de dinero sucio, y jamás lo haré.

—Está bien. De acuerdo.

—No *hice* nada.

El ofuscamiento de Lanny posiblemente fuera fingido; no podía mantenerlo. O quizá alguna sombría imagen mental lo atemorizaba, porque sus ojos entrecerrados se abrieron. Se mordía el labio inferior como si quisiera destrozar con los dientes un pensamiento inquietante, escupirlo y no volverlo a considerar.

Aunque miró el reloj, Billy esperó.

—Lo que sí es cierto —prosiguió Lanny— es que a veces soy un policía vago. Por culpa del aburrimiento, ya sabes. Y tal vez porque... porque en realidad nunca quise esta vida.

—No me debes ninguna explicación —le aseguró Billy.

—Lo sé. Pero el asunto es que... quiera o no quiera esta vida, es lo que hay. Es todo lo que tengo. Quiero tener la oportunidad de conservarla. Tengo que leer esa nueva nota, Billy. Por favor, dame la nota.

Comprensivo pero reacio a entregar el papel, que ahora estaba húmedo con su propio sudor, Billy lo desdobló y leyó.

> *Si no acudes a la policía y la involucras, mataré a un hombre soltero al que el mundo no echará de menos.*
> *Si acudes a la policía, mataré a una joven madre de dos niños.*
> *Tienes cinco horas para decidir. Tú eliges.*

A la primera lectura, Billy comprendió cada terrible detalle de la nota, pero tuvo que releerla. Entonces se la entregó a Lanny.

La ansiedad, el desgaste de la vida corroían el rostro de Lanny Olsen mientras repasaba las frases.

—Es un enfermo hijo de puta.

—Debo ir a Napa.

—¿Por qué?

—Para entregar estas dos notas a la policía.

—Espera, espera, espera —dijo Lanny—. No sabes si la segunda víctima será de Napa. Puede ser en St. Helena o en Rutherford...

—O en Angwin —interrumpió Billy—, o en Calistoga.

Ansioso por ir al grano, Lanny dijo:

—O Yountville o Circle Oaks, u Oakville. No sabes en qué lugar. No sabes nada.

—Sé algunas cosas —dijo Billy—. Sé lo que es correcto.

Lanny miró fijamente la nota, se enjugó el sudor del rostro y dijo:

—Los verdaderos asesinos no practican estos juegos.

—Éste sí lo hace.

Tras doblar la nota y colocarla en el bolsillo de la camisa de su uniforme, rogó:

—Déjame pensar un minuto.

Billy recuperó al instante el papel del bolsillo de Lanny y dijo:

—Piensa todo lo que quieras. Yo me voy a Napa.

—Pero hombre, esto está mal, muy complicado. No seas estúpido.

—Si decido no jugar será el fin del juego.

—De modo que, simplemente, vas a matar a una joven madre de dos niños. ¿Es eso?

—Fingiré no haber oído eso.

—Entonces lo repito. Vas a matar a una joven madre de dos niños.

Billy sacudió la cabeza.

—No voy a matar a nadie.

—Tú eliges —citó Lanny—. ¿Tu elección será dejar huérfanos a dos niños?

Lo que Billy vio en ese momento en la cara de su amigo, en sus ojos, era algo que nunca antes había advertido ni en la mesa de póquer ni en cualquier otro lugar. Le parecía estar frente a un extraño.

—Tú eliges —repitió Lanny.

Billy no quería que se produjera un distanciamiento entre ellos. Vivía en el lado más sociable de la línea que separaba al recluido del eremita, y no quería verse a sí mismo atravesando esa línea divisoria.

Tal vez intuyendo la preocupación de su amigo, Lanny adoptó una actitud más flexible:

—Todo lo que te pido es que me tires una soga. Estoy sobre arenas movedizas.

—Por el amor de Dios, Lanny.

—Lo sé. Apesta. No hay manera de cambiarlo.

—No vuelvas a intentar manipularme de ese modo. No me presiones.

—No lo haré. Lo siento. Es sólo que el comisario es un cabeza dura. Tú lo sabes. Con mi expediente, todo lo que necesita es quitarme la placa, y todavía me quedan seis años para conseguir una pensión completa.

Mientras siguiera mirando a Lanny a los ojos y viera en ellos la desesperación, e incluso algo peor que la desesperación que no se atrevía a nombrar, no podría aceptar el compromiso. Debía mirar para otro lado e imaginar que hablaba con el Lanny que conocía antes de ese encuentro.

—¿Qué es lo que me pides que haga?

Advirtiendo una capitulación en la pregunta, Lanny habló en un tono todavía más conciliador.

—No te arrepentirás de esto, Billy. Todo saldrá bien.

—No dije que vaya a hacer lo que se te ocurra. Sólo necesito saber de qué se trata.

—Comprendo. Y lo aprecio. Eres un verdadero amigo. Todo lo que te pido es una hora, una hora para *pensar*.

Mientras desplazaba su mirada del bar hacia el asfalto cuarteado bajo sus pies, Billy dijo:

—No queda mucho tiempo. Con el primer mensaje eran seis horas. Ahora son cinco.

—Sólo te pido *una*, una hora.

—Él debe de saber que salgo del trabajo a las siete, así que es probable que el reloj comience a marcar desde ese momento. Medianoche. Entonces antes del amanecer matará a una persona o a otra y, por acción o inacción, yo habré elegido. Haga lo que haga, no me gusta pensar que decidí por él.

—Una hora —prometió Lanny—, y entonces acudiré al comisario Palmer. Sólo tengo que pensar cómo plantearlo, desde qué ángulo puedo salvar mi pellejo.

Un graznido familiar, pero raramente escuchado en ese entorno, despertó la atención de Billy desde el asfalto hacia el cielo.

Blancas sobre el azul zafiro, tres gaviotas planeaban contra el cielo del poniente. Raras veces se aventuraban tan lejos al norte desde la bahía de San Pablo.

—Billy, necesito esas notas para el comisario Palmer.

Billy, con la mirada puesta en las gaviotas marinas, dijo:

—Será mejor que las conserve yo.

—Las notas son la prueba —se quejó Lanny—. Ese bastardo de Palmer tendrá otra cosa que echarme en cara si no tengo la prueba bajo mi protección.

Mientras la tarde de verano se encaminaba hacia la oscuridad y las gaviotas se dirigían hacia sus nidos costeros, éstas parecían tan fuera de lugar como para considerarse un presagio. Sus penetrantes gritos produjeron un prolongado escalofrío en la nuca de Billy.

—Sólo tengo la nota que acabo de encontrar —dijo él.

—¿Dónde está la primera? —preguntó Lanny.

—La dejé en la cocina, al lado del teléfono.

Billy contempló la posibilidad de entrar en el bar y preguntarle a Ivy Elgin el significado de aquellos pájaros.

—Está bien. De acuerdo —dijo Lanny—. Entonces dame la que tienes. Palmer querrá venir a hablar contigo. Para ese momento ya tendremos la primera nota.

El problema era que Ivy aseguraba poder leer presagios únicamente en las cosas *muertas*.

Billy vaciló, y Lanny insistió:

—Por el amor de Dios, mírame. ¿Qué pasa con los pájaros?

—No lo sé —respondió Billy.

—¿Qué es lo que no sabes?

—No sé qué pasa con los pájaros. —De mala gana, Billy sacó la nota del bolsillo y se la entregó a Lanny—. Una hora.

—Es todo lo que necesito. Te llamaré.

Cuando Lanny se dio la vuelta, Billy le puso una mano sobre el hombro, deteniéndolo.

—¿Qué quieres decir con que me vas a llamar? Dijiste que traerías a Palmer.

—Primero te llamaré, en cuanto haya decidido cómo pergeñar la historia para cubrirme.

—Pergeñar —dijo Billy; le pareció una palabra odiosa.

Ahora en silencio, el círculo de gaviotas se orientaba hacia el sol del poniente.

—Cuando te llame —dijo Lanny—, te diré lo que voy a decirle a Palmer, para no ponernos en evidencia. *Entonces* acudiré a él.

Billy deseó no haberle entregado la nota. Pero *era* la prueba, y la lógica dictaba que Lanny la conservara.

—¿Dónde estarás dentro de una hora? ¿En Whispering Pines?

Billy asintió con la cabeza.

—Tengo pensado ir por allí, pero sólo unos quince minutos. Después iré a casa. Llámame allí. Pero hay algo más.

Impaciente, Lanny dijo:

—Medianoche, Billy. ¿Recuerdas?

—¿Cómo sabe este psicópata qué elección voy a tomar? ¿Cómo supo que acudí a ti y no a la policía? ¿Cómo sabe lo que haré en las próximas cuatro horas y media?

Lanny frunció el ceño como respuesta.

—A menos que... —conjeturó Billy— me esté vigilando.

Mientras examinaba los coches que había en el estacionamiento, el bar y la barrera de olmos de alrededor, Lanny dijo:

—Todo iba tan bien.

—¿Sí?

—Como un río. Ahora es una piedra.

—Siempre es una piedra.

—Es bastante cierto —dijo Lanny, y se alejó hacia su patrullero.

El hijo único de la señora Olsen parecía derrotado, cargado de hombros y con el trasero pesado.

Billy quería preguntarle si todo seguía bien entre ellos, pero eso era demasiado directo. No podía pensar en otro modo de articular la pregunta. Entonces se escuchó a sí mismo decir:

—Hay algo que nunca te dije y debería haberte dicho.

Lanny se detuvo y miró hacia atrás, contemplándolo con agobio.

—Todos estos años tu madre estuvo enferma y tú la cuidaste, renunciaste a lo que querías... eso requirió más valentía de la que necesita un policía.

Como si se sintiera incómodo, Lanny volvió a mirar los árboles y dijo casi con desencanto:

—Gracias, Billy.

Parecía verdaderamente conmovido al escuchar que alguien reconocía su sacrificio. Luego, como si un perverso sentido de la vergüenza lo obligara a desestimar, si no a burlarse de su virtud, agregó:

—Pero nada de todo eso me asegura la jubilación.

Billy lo observó meterse en el coche y alejarse.

En el silencio de las gaviotas marinas ya lejanas, el día sin aliento se desvanecía, mientras las montañas, los prados y los árboles iban trazando más sombras sobre sí mismos.

En el extremo más alejado de la autopista, el hombre de madera de trece metros luchaba por protegerse de las enormes ruedas demoledoras de la industria o de la ideología brutal, o del arte moderno.

Capítulo 7

El rostro de Barbara sobre la almohada era la desesperación y la esperanza de Billy, su pérdida y su ilusión. Era su sostén en dos sentidos, el primero beneficioso. Su sola visión sostenía a Billy con seguridad y equilibrio sin importar las vicisitudes del día.

Menos feliz, cada recuerdo suyo de la época en que había sido una persona activa y vital constituía un eslabón de la cadena que lo ataba. Si ella se hundía del coma a la inconsciencia total, la cadena tiraría con fuerza, y él se hundiría con ella en las aguas más oscuras.

Acudía allí no sólo para ofrecerle su compañía con la esperanza de que ella pudiera reconocer su presencia aun dentro de su prisión interna, sino también para saber de qué preocuparse y de qué no, cómo quedarse quieto, y quizá para encontrar una paz fugitiva.

Esa tarde, la paz era más fugitiva que de costumbre.

Su atención se desplazaba a menudo del rostro de la joven a su reloj, y a la ventana detrás de la cual el día, ya de un tono ocre, se disolvía en un amargo anochecer.

Sostenía su pequeña libreta. Pasó las páginas, leyendo las misteriosas palabras que ella había pronunciado. Cuando encontraba una secuencia que lo intrigaba en particular, la leía en voz alta:

suave llovizna negra...
muerte del sol...
el espantapájaros de un traje...
hígados de gansos gordos...
calle estrecha, casas altas...
una cisterna para retener la bruma...
formas extrañas... movimiento fantasmal...
campanadas cristalinas...

Su esperanza residía en que, haciéndole escuchar su enigmática habla comatosa, Barbara se sintiera impulsada a hablar, acaso para ampliar sus afirmaciones y brindarles un mayor sentido.

Otras noches su táctica había arrancado a veces una respuesta. Pero nunca aclaraba lo que había dicho previamente, sino que pronunciaba una nueva y distinta secuencia de palabras igualmente inescrutables.

Esa noche ella respondió con silencio, y de vez en cuando con un suspiro limpio de todo color emotivo, como si fuera una máquina que respirara en un ritmo superficial con exhalaciones más sonoras causadas por fuentes de poder azarosas.

Tras leer en voz alta dos secuencias, Billy volvió a guardar la libreta en el bolsillo.

Estaba nervioso, le había leído las palabras con demasiada intensidad, demasiado rápido. En un punto se escuchó a sí mismo y pensó que sonaba enojado, lo que no le haría ningún bien a Barbara.

Caminó de un lado a otro de la habitación. Fue hacia la ventana.

Whispering Pines se elevaba junto a un viñedo en suave pendiente. Las vides se extendían perfectamente alineadas, con hojas color verde esmeralda que se transformarían en carmesíes en otoño y pequeñas uvas duras aún a muchas semanas de la madurez. Los senderos entre las hileras de vides aparecían moteados de negro por las sombras de la última hora del día, teñidas de púrpura por el mosto que se había esparcido como fertilizante.

A unos veinticinco o treinta metros de la ventana se hallaba un hombre quieto en uno de esos senderos. No llevaba consigo herramientas ni parecía estar trabajando. Si era un vinicultor de paseo, no debía de tener mucho apuro. Estaba de pie, con las piernas separadas y las manos en los bolsillos del pantalón. Parecía estudiar la residencia.

Desde esa distancia y con esa luz, no se podía distinguir ningún detalle de la apariencia del hombre. Permanecía parado entre las vides, dándole la espalda al sol poniente, que sólo lo mostraba como una silueta.

Al escuchar unos pies que corrían por escaleras huecas, que no eran otra cosa que los latidos de su corazón, Billy se obligó a reaccionar contra la paranoia. Cualquiera que fuese el problema que se presentara, necesitaría estar en calma y con la mente clara para lidiar con él.

Se alejó de la ventana y volvió junto a la cama.

Los ojos de Barbara se movían bajo los párpados. Los especialistas decían que eso indicaba un estado de sueño.

Considerando que cualquier coma era un sueño mucho más profundo que el sueño normal, Billy se preguntó si el de ella sería más intenso que los sueños comunes, llenos de acción frenética, sonidos y colores.

Le preocupó que sus sueños fuesen pesadillas, vívidas y perpetuas.

Cuando le besó la frente, Barbara murmuró:

—El viento está en el este...

Billy esperó, pero ella no dijo nada más, a pesar de que sus ojos se movían y giraban de fantasma en fantasma bajo los párpados cerrados.

Como esas palabras no contenían amenaza alguna y como ninguna insinuación de peligro oscurecía su voz, prefirió pensar que su sueño actual, al menos, debía ser benévolo.

Aunque no quería hacerlo, tomó de la mesa de luz un sobre cuadrado con su nombre escrito con letra fluida. Se lo metió en el bolsillo sin leerlo, pues sabía que provenía del médico de Barbara, Jordan Ferrier.

Cuando había que discutir asuntos médicos de peso, el doctor siempre utilizaba el teléfono. Recurría a mensajes escritos sólo cuando pasaba de la medicina al trabajo del diablo.

Nuevamente en la ventana, Billy descubrió que el observador del viñedo había desaparecido.

Momentos más tarde, cuando abandonó Whispering Pines, esperaba en parte encontrar una tercera nota sobre el parabrisas, pero no fue así.

Probablemente, el hombre del viñedo era un tipo normal y corriente, ni más ni menos.

Billy fue directo a su casa, estacionó el auto en la cochera, subió los escalones de la galería trasera y encontró la puerta de la cocina entreabierta.

Capítulo 8

A Billy no lo habían amenazado en ninguna de las notas. El peligro al que hacía frente no era de carne y hueso. Habría preferido el peligro físico a esta amenaza moral.

No obstante, cuando encontró la puerta trasera entreabierta, consideró esperar en el jardín hasta que llegara Lanny con el comisario Palmer. Esta posibilidad ocupó sus pensamientos sólo un momento. No le importaba si Lanny y Palmer pensaban que era un cobarde, pero no quería pensar eso de sí mismo.

Entró en la casa. No había nadie en la cocina.

La luz se filtraba levemente a través de las ventanas. Con cautela, encendió las luces y atravesó la casa.

No encontró ningún intruso en las habitaciones ni en los armarios. Curiosamente, tampoco encontró indicios de intrusión.

Cuando regresó a la cocina, comenzó a preguntarse si no habría olvidado cerrar con llave al salir de casa a primera hora de la mañana. Tuvo que descartar esa posibilidad cuando vio la llave de repuesto sobre la mesada de la cocina, cerca del teléfono. Debería estar pegada a la base de alguna de las veinte latas de pintura o barniz para madera acumuladas en una repisa de la cochera. Billy había utilizado por última vez esa llave hacía cinco o seis meses. Era imposible que lo hubieran vigilado durante tanto tiempo.

Posiblemente el asesino había sospechado de la existencia de otra llave y había intuido que la cochera era el lugar más probable para esconderla. El taller de carpintería de Billy, profesionalmente equipado, ocupaba dos tercios de la cochera, con numerosos cajones, armarios y estantes en los que se podría ocultar un objeto tan pequeño. Su búsqueda tenía que haberle llevado horas.

Si el asesino, tras visitar su casa, pretendía anunciar su intrusión dejando la llave de repuesto en la cocina, la lógica sostenía que se podría haber ahorrado el tiempo y la molestia de la búsqueda. ¿Por qué, en cambio, no había roto uno de los cuatro cristales de la puerta trasera?

Mientras Billy intentaba descifrar este enigma, de pronto advirtió que la llave yacía en el mismo lugar de la mesada de granito negro en el que había dejado el primer mensaje mecanografiado del asesino. Éste había desaparecido.

Miró a su alrededor, pero no encontró la nota ni en el suelo ni en la otra mesada. Abrió los cajones más cercanos, pero no estaba en ninguno...

De repente comprendió que el asesino de Giselle Winslow no era el que había estado allí. El intruso había sido Lanny Olsen.

Lanny sabía dónde guardaba la llave de repuesto. Cuando le pidió la primera nota como prueba, Billy le había dicho que estaba allí, en la cocina. Lanny también le había preguntado dónde lo podía encontrar en una hora, si en su casa o en Whispering Pines.

Una sensación de profunda inquietud se apoderó de Billy, un sentimiento generalizado de desconfianza y duda que le heló la sangre.

Si Lanny tenía pensado de antemano ir allí y recoger la nota como prueba esencial —no más tarde junto con el comisario Palmer, sino en ese momento—, debería habérselo dicho. Decepcionado, pensó que Lanny no tenía ánimo para servir y proteger al prójimo, ni siquiera para cubrir a un amigo, sino que lo que más le importaba era salvar su propio pellejo.

Billy no quería creer algo semejante. Buscó excusas para Lanny. Quizá después de alejarse del bar en su patrullero decidió que debía tener ambas notas antes de ir a ver al comisario Palmer. Y quizá no quiso llamar a Whispering Pines porque sabía lo importante que eran aquellas visitas para Billy.

En ese caso, no obstante, habría dejado una nota en la mesada.

A menos que... si su intención era destruir ambas notas en vez de acudir a Palmer y más tarde argumentar que Billy nunca lo había consultado antes del asesinato de Winslow, una nota explicativa semejante habría constituido la prueba para refutarlo.

Lanny Olsen siempre le había parecido un buen hombre, no exento de defectos, pero básicamente bueno, justo y decente. Había sacrificado sus sueños para atender a su madre durante muchos años.

Billy dejó caer la llave de repuesto en el bolsillo de los pantalones. No tenía intención de volver a pegarla a la base de una lata de su cochera.

Le habría gustado saber cuántos malos informes había en el legajo de Lanny, exactamente cuán perezoso había sido.

En retrospectiva, Billy se dio cuenta de que había más desesperación en la voz de su amigo de lo que notó en su momento:

En realidad nunca quise esta vida... pero el asunto es que... lo quiera o no, eso es lo que hay. Es todo lo que tengo. Y quiero una oportunidad para conservarlo.

Hasta los mejores hombres tenían un punto débil. Lanny podía estar más cerca de él de lo que Billy podría imaginarse.

El reloj de pared marcaba las 20:09.

En menos de cuatro horas, sin importar la elección que hiciera Billy, alguien moriría. Quería quitarse esa responsabilidad de encima.

Se suponía que Lanny lo llamaría a las 20:30, pero no tenía intención de esperar. Tomó el teléfono y marcó su número del celular.

Tras cinco llamadas, fue derivado a la casilla de mensajes.

—Soy Billy —dijo—. Estoy en casa. ¿Qué demonios pasa? ¿Qué has hecho? Llámame *ahora mismo*.

El instinto le indicó que no intentara localizar a Lanny a través del dispositivo de la comisaría. Dejaría una huella que tendría consecuencias que ahora no podía prever.

La traición de su amigo, si es que era eso, lo había hecho sentirse en cierto modo culpable, a pesar de no haber hecho nada malo. Habría sido más lógico un arrebato de dolor y furia. En cambio, el rencor se apoderó de él de forma tan profunda y rápida que su pecho se tensó y tuvo dificultades para tragar.

Destruir las notas y mentir acerca de ellas le ahorraría a Lanny el despido de la policía, pero la situación de Billy no haría más que empeorar. Sin pruebas, se le haría más difícil convencer a las autoridades de que su historia era verdadera y de que podría arrojar alguna luz sobre la psicología del asesino.

Si ahora acudía a ella, corría el riesgo de que pensaran que sólo lo movía el afán de notoriedad o de que lo tomaran por un camarero que se excedía probando las copas que servía. O por un sospechoso.

Paralizado por ese pensamiento, permaneció completamente quieto durante un minuto, sopesando la situación. *Un sospechoso.*

Se le había secado la boca. La lengua se le pegaba al paladar.

Se aproximó a la pileta de la cocina y llenó un vaso con agua de la canilla. Al principio, a duras penas pudo con el primer trago, pero luego vació el vaso en tres largos tragos. El agua, demasiado fría y bebida con demasiada rapidez, le produjo un breve dolor agudo en el pecho, al que siguió un mareo. Dejó el vaso en el escurridor. Se inclinó sobre la pileta hasta que se le pasó el mareo. Se mojó su grasosa cara con agua fría y se lavó las manos con agua caliente.

Caminó de un lado a otro de la cocina. Por un momento se sentó a la mesa, pero luego se volvió a levantar.

A las 8:30 se detuvo junto al teléfono, mirándolo fijamente, a pesar de tener razones para creer que no sonaría.

A las 8:40 utilizó su teléfono móvil para llamar al móvil de Lanny y así no ocupar la línea de casa. Volvió a saltar el contestador.

La cocina estaba muy caliente. Sintió que se asfixiaba.

A las 8:45 salió a la galería trasera. Necesitaba aire fresco. Dejó la puerta completamente abierta por si sonaba el teléfono.

El cielo, de un color añil por el este, temblaba de forma tenue por el oeste con las vibraciones iridiscentes de un ocaso anaranjado y verde.

El bosque circundante estaba completamente oscuro. Si hubiera alguien oculto entre todos esos árboles, agazapado entre los helechos y filodendros, sólo un perro de olfato agudo podría encontrarlo.

Cientos de ranas, todas invisibles, comenzaron a croar entre las sombras que descendían, pero en la cocina, más allá de la puerta, todo era silencio.

Quizá Lanny había necesitado algo más de tiempo para encontrar una manera de enfocar el asunto ante el comisario.

Tal vez se estaba ocupando del tema. No podía de repente y de forma tan drástica hacer todo por puro interés personal. No dejaba de ser un policía, vago o no, desesperado o no. Más pronto que tarde se daría cuenta de que no podría vivir con la idea de que, obstaculizando la investigación, contribuiría a que se produjeran más muertes.

Una especie de gota de tinta empapó el cielo por el este, mientras que en el oeste todo era fuego y sangre.

Capítulo 9

A las nueve, Billy abandonó la galería trasera, entró en casa y cerró la puerta con llave.

En apenas tres horas se decidiría el destino de una persona, se determinaría una muerte y, si el asesino seguía un patrón, alguien sería asesinado antes del amanecer.

Tomó la llave del auto, que yacía sobre la mesa de la cocina.

Se planteó salir en busca de Lanny Olsen. Lo que antes le había parecido rencor realmente era mera exasperación. Ahora sí sentía rencor, oscuro y amargo. Necesitaba a toda costa un enfrentamiento.

Protégeme del enemigo que tiene algo que ganar y del amigo que tiene algo que perder.

Lanny había tenido que trabajar ese día. Ya había acabado su turno.

Lo más seguro era que estuviese metido en su casa. Si no se encontraba allí, sólo podía estar en un puñado de restaurantes, bares y casas de amigos.

Un sentido de la responsabilidad y una extraña clase de esperanza desesperada mantenían a Billy prisionero en su cocina, junto al teléfono. Ya no esperaba que Lanny llamara, pero el asesino podía hacerlo. La muda presencia en la línea la noche anterior había sido la del asesino de Giselle Winslow. Billy no tenía pruebas, pero tampoco dudas. Quizá llamara también esta noche. Si lograba hablar con él, quizá se podría conseguir o saber algo.

No se hacía ilusiones de que se pudiera engatusar a un monstruo semejante para que hablara o para convencerlo de que dejara de matar. Pero sería muy útil escucharlo pronunciar unas pocas palabras ya que de su voz se podrían obtener datos como su grupo étnico, su región de origen, la educación, la edad aproximada.

Con suerte, el asesino también podría revelar ingenuamente algún hecho relevante acerca de él. Una pista, un pequeño brote de información que floreciera bajo un determinado análisis, de modo que Billy se pudiera presentar con algo creíble ante la policía.

Enfrentarse a Lanny Olsen podía ser emocionalmente satisfactorio, pero no sacaría a Billy de la caja en la que el asesino lo había metido.

Colgó la llave del auto de un gancho.

La noche anterior, en un momento de nervios, había bajado todas las persianas. Esa mañana, antes del desayuno, había levantado las de la cocina. Ahora volvió a bajarlas.

Permaneció en el centro de la estancia. Echó una mirada al teléfono. Puso la mano derecha sobre el respaldo de una silla con la intención de sentarse, pero no la movió.

Se limitó a quedarse allí, mirando fijamente el pulido granito negro bajo sus pies.

Mantenía la casa inmaculada. El granito lucía lustroso, impecable.

La negrura bajo sus pies parecía no tener sustancia, como si estuviera parado en el aire, alto en la noche, con ocho kilómetros de atmósfera abriéndose por debajo, sin alas que lo sostuvieran.

Empujó la silla fuera de la mesa y se sentó. En menos de un minuto bajó a la tierra.

En tales circunstancias, Billy no tenía ni idea de cómo actuar, de qué *hacer*. La simple tarea de dejar pasar el tiempo lo derrotaba, a pesar de no haber hecho otra cosa durante años.

Como no había cenado, se acercó a la heladera. No tenía hambre ni le atraía nada de lo que había.

Echó una mirada a la llave del auto, que seguía colgada del gancho. Se acercó al teléfono y se quedó contemplándolo. Se sentó a la mesa.

Enséñanos a que nos importe y a que no nos importe. Enséñanos a estar sentados tranquilos.

Tras unos instantes se dirigió al estudio, donde pasaba tantas noches tallando adornos arquitectónicos en un rincón de su mesa de trabajo.

Recogió varias herramientas y un pedazo de roble blanco en el que había empezado a tallar un racimo de hojas de acanto. Regresó con todo eso a la cocina.

En el estudio había un teléfono, pero esa noche Billy prefería la cocina. Además, el estudio contaba con un cómodo sofá, y le preocupaba sentir la tentación de tumbarse, quedarse dormido y no enterarse de la llamada del asesino o de cualquier otra cosa.

Fuese o no razonable esta preocupación, se instaló en la mesa de la cocina con la madera y las herramientas.

Sin el torno de tallado, sólo podía dedicarse a los detalles más delicados de las hojas, un trabajo de bajorrelieve con aspiraciones de elaborada artesanía. La hoja producía un sonido hueco en el roble, como si fuera hueso y no madera.

A las diez y diez, a menos de dos horas del plazo, decidió de repente acudir al comisario.

Su casa no pertenecía a ningún distrito; el comisario tenía jurisdicción allí. El bar se encontraba en Vineyard Hills, pero el pueblo era demasiado pequeño para tener su propia comisaría de policía; también allí la ley la representaba el comisario Palmer.

Billy tomó la llave del gancho de la pared, abrió la puerta, salió a la galería... y se detuvo.

Si acudes a la policía, mataré a una joven madre de dos hijos.

No quería escoger. No quería que *nadie* muriese.

En todo el condado de Napa podía haber docenas de jóvenes madres con dos hijos. Tal vez cien, doscientas, o incluso más.

Incluso con cinco horas era imposible identificar y alertar a todas las posibles víctimas. Tendrían que utilizar los medios de comunicación para avisar a la gente. Y eso podía llevar días.

Ahora, con menos de dos horas, no se podía hacer nada. Posiblemente llevaría más de dos horas sólo interrogarlo.

La joven madre, obviamente seleccionada con anterioridad por el homicida, sería asesinada.

¿Y si los niños se despertaban? Los mataría para no dejar testigos. El demente no había prometido matar *sólo* a la madre.

En el húmedo aire nocturno, un olor resinoso se elevaba de la frondosa alfombra de hojas que cubría el suelo del bosque y se diseminaba desde los árboles hasta la galería.

Billy regresó a la cocina y cerró la puerta.

Más tarde, mientras trabajaba en los detalles de una hoja, se pinchó en el pulgar. No se puso apósito. El pinchazo era pequeño; cicatrizaría pronto.

Cuando se raspó un nudillo, estaba demasiado concentrado en el tallado como para molestarse en prestarle atención. Trabajaba deprisa, y ni siquiera notó cuando se produjo un tercer corte minúsculo.

Para un observador, en el caso de que hubiera uno, habría parecido que Billy *deseaba* sangrar. Como sus manos seguían ocupadas, las heridas continuaron sangrando. La madera absorbió la sangre.

Transcurrido cierto tiempo, advirtió que el roble se había decolorado por completo. Abandonó el tallado y dejó a un lado el punzón.

Se sentó un rato, se miró fijamente las manos y respiró de manera agitada sin ninguna razón. Pasado un tiempo, la hemorragia se detuvo y ya no volvió a aparecer cuando se lavó las manos en la pileta.

A las 23:45, después de secarse las manos con un paño de cocina, sacó una Guinness fría de la heladera y se la bebió directamente de la botella. La terminó demasiado rápido.

Cinco minutos después de la primera cerveza, abrió una segunda. La sirvió en un vaso para obligarse a beberla a sorbos y que así durara más.

Se quedó parado con la Guinness delante del reloj de pared. 23:50. Cuenta regresiva.

Por mucho que Billy quisiera mentirse a sí mismo, no podía engañarse. Había tomado una decisión, de acuerdo. *Tú eliges*. Incluso la inacción era una elección.

La madre que tenía dos hijos... ella no moriría esta noche. Si el fanático homicida mantenía su parte del acuerdo, la madre dormiría toda la noche y vería el amanecer.

Ahora Billy formaba parte de ello. Podía negarlo, podía huir, podía dejar las persianas bajadas durante el resto de su vida y cruzar la línea que separa al recluido del eremita, pero no podría escapar al hecho fundamental de que formaba parte de ello.

El asesino le había ofrecido una sociedad, y él no quería participar en ella. Pero ahora resultaba ser uno de esos tratos de negocios, una de esas agresivas ofertas de participación que los periodistas de las páginas financieras denominaban *captación hostil*.

Terminó su segunda Guinness mientras llegaba la medianoche. Deseaba una tercera. Y una cuarta.

Se dijo a sí mismo que necesitaba mantener la cabeza despejada. Se preguntó por qué, y no obtuvo una respuesta creíble.

Su parte del trato se había cumplido esa noche. Había hecho su elección. El psicópata llevaría a cabo la suya.

Esa noche no sucedería nada más, excepto que, sin la cerveza, Billy no sería capaz de dormir. Posiblemente se tendría que poner a tallar de nuevo.

Le dolían las manos. No a causa de las tres insignificantes heridas, sino por haber agarrado las herramientas con demasiada fuerza, por haber sostenido el trozo de roble como si se tratara de un madero en un naufragio.

Si no dormía, no estaría en condiciones de afrontar el día que tenía por delante. Por la mañana llegarían noticias de otro cadáver. Se enteraría de a quién había escogido para morir.

Puso el vaso en la pileta. Ya no lo necesitaba porque no le importaba que la cerveza durara. Cada botella era como un golpe, y no quería nada más que quedar fuera de combate.

Se llevó una tercera cerveza al salón y se sentó en la mecedora. Bebió en la oscuridad.

La fatiga emocional puede ser tan cansadora como el agotamiento físico. Se había quedado sin fuerzas.

A la 1:44 lo despertó el teléfono. Voló de la silla como catapultado. La botella de cerveza vacía rodó por el suelo.

Esperando escuchar a Lanny, descolgó bruscamente el teléfono de la cocina a la cuarta llamada. Su «hola» no obtuvo respuesta.

El que escuchaba. El psicópata.

Billy sabía por experiencia que una estrategia de silencio no lo llevaría a ninguna parte.

—¿Qué quieres de mí? ¿Por qué yo?

El que llamaba no respondió.

—No voy a seguir tu juego —dijo Billy, pero era inútil porque ambos sabían que él ya había sido invitado.

Se habría sentido satisfecho si el asesino hubiese respondido al menos con una suave risa de desprecio, pero no se oyó nada.

—Estás enfermo, eres un retorcido. —Como eso no inspiró respuesta alguna, Billy añadió—: Eres un despojo humano.

Pensó que sonaba débil y poco efectivo y, para la época en que vivía, sus insultos estaban lejos de ser fuertes. Alguna banda de *heavy metal* probablemente se llamara Enfermos y Retorcidos, y seguro que otra se llamaba Despojo Humano.

El psicópata no tragó el anzuelo. Cortó la comunicación.

Billy colgó y se dio cuenta de que le temblaban las manos. Tenía las palmas húmedas y se las secó en la camisa.

A continuación lo asaltó un pensamiento que debía habérsele ocurrido antes, la noche anterior, cuando lo llamó el asesino. Volvió al teléfono, levantó el aparato, escuchó un momento el tono de marcado y luego marcó 69, llamando así automáticamente al lugar desde donde acababan de llamarlo.

Al otro lado de la línea, el teléfono sonó, sonó y sonó, pero nadie respondió. Sin embargo, el número que aparecía en la pantalla digital del teléfono de Billy le resultó familiar. Era el de Lanny.

Capítulo 10

Elegante bajo la luz de las estrellas y entre los robles, la iglesia se elevaba junto a la autopista, a cuatrocientos metros del desvío hacia la casa de Lanny.

Billy condujo hasta el extremo suroeste de la playa de estacionamiento. Bajo la total oscuridad que proporcionaba un gigantesco roble de California, apagó las luces delanteras y paró el motor.

Pintorescos muros de estuco blanco con decorativos contrafuertes ascendían hasta las anaranjadas tejas. En un nicho del campanario aparecía una estatua de la Santa Madre con sus brazos abiertos para recibir a la sufriente humanidad.

Aquí, cada niño bautizado podía parecer un santo en potencia. Aquí, cada boda parecería la promesa de felicidad para toda la vida sin importar las respectivas naturalezas del novio o de la novia.

Por supuesto, Billy tenía una pistola. A pesar de ser un arma vieja, seguía funcionando. La había limpiado y conservado adecuadamente. Junto con la pistola guardaba una caja con balas del calibre treinta y ocho. No mostraban signos de corrosión.

Cuando sacó el arma de la caja donde la guardaba, le dio la impresión de que pesaba más de lo que recordaba. Ahora, cuando la tomó del asiento del acompañante, la sintió aún más pesada. En teoría, esta Smith & Wesson pesaba alrededor de un kilo, pero quizá el peso extra que sentía lo constituía su historia.

Salió del auto y lo cerró con llave.

Por la autopista pasó un coche solitario. El barrido de las luces se deslizó a algo más de treinta metros de Billy. La vicaría se encontraba en el extremo de la iglesia. Ni aunque el cura fuera insomne habría podido escuchar el coche.

Billy caminó deprisa bajo la copa del roble en dirección a un prado. La vegetación le llegaba a las rodillas.

En primavera, cascadas de amapolas se esparcían a lo largo de este terreno en pendiente, tan anaranjadas como un flujo de lava. Ahora estaban muertas y desaparecidas.

Se detuvo para dejar que sus ojos se acostumbraran a la oscuridad sin luna. Inmóvil, escuchó. El aire estaba quieto. No se oía el rumor del tráfico de la distante autopista. Su presencia había silenciado a los grillos y los sapos. Casi podía escuchar las estrellas.

Con confianza en su visión adaptada a la oscuridad, pero en ninguna otra cosa más, se encaminó por el prado ligeramente elevado en dirección a la calle llena de baches que llevaba hacia la casa de Lanny Olsen.

Le preocupaban las serpientes de cascabel. En noches de verano tan cálidas como ésta, cazaban ratones de campo y pequeños conejos. Sano y salvo, llegó a la calle y encaró la subida, pasando dos casas, ambas oscuras y silenciosas.

En la segunda casa, un perro irrumpió al otro lado de las rejas del jardín. No ladró, sino que corrió de un lado a otro a lo largo de las altas verjas, tratando de llamar la atención de Billy.

La casa de Lanny se encontraba a algo más de un kilómetro de ese lugar. En cada ventana, luces de diferentes intensidades hacían brillar los cristales o doraban las cortinas.

Billy se agazapó en el jardín detrás de un ciruelo. Podía ver el ala oeste de la casa, que era la principal, y el lado norte.

Cabía la posibilidad de que todo el asunto fuese una broma y que Lanny fuese el responsable.

Billy realmente no sabía a ciencia cierta que una maestra rubia hubiese sido asesinada en la ciudad de Napa. Él había aceptado la palabra de Lanny. No había visto ninguna nota del homicidio en el periódico. El asesinato supuestamente había sido descubierto demasiado tarde ese día para aparecer en las ediciones más recientes. Por otra parte, él raramente leía el periódico.

Del mismo modo, jamás veía la televisión. De vez en cuando escuchaba el informe meteorológico en la radio, mientras conducía, pero en general prefería la música *country* o *swing* que tenía puesta en el equipo.

Un dibujante de caricaturas podía también ser considerado un bromista. La vena graciosa de Lanny había sido reprimida durante tanto tiempo que era más un filamento que una veta. Como compañía resultaba razonablemente agradable, pero no garantizaba un torrente de carcajadas.

Billy no tenía intención de apostar su vida —ni siquiera un centavo— a que Lanny le hubiera gastado una broma pesada.

Recordó lo sudoroso, ansioso y tenso que había estado su amigo en el estacionamiento del bar la tarde anterior. Si algo se podía decir de Lanny es que era totalmente transparente. De haber querido ser actor en lugar de dibujante de caricaturas, y si su madre nunca hubiese tenido cáncer, habría acabado siendo en cualquier caso un policía con un expediente problemático.

Tras estudiar el lugar, seguro de que nadie observara desde una ventana, Billy cruzó el jardín, atravesó la galería delantera y echó un vistazo al ala sur de la casa. Allí también todas las ventanas brillaban suavemente.

Dio una vuelta por la parte de atrás, manteniendo la distancia, y vio que la puerta trasera estaba abierta. Una cuña de luz yacía como una alfombra sobre el oscuro suelo de la galería, dando la bienvenida a los visitantes a través del umbral de la cocina.

Una invitación tan atrevida parecía sugerir una trampa.

Billy esperaba encontrar en el interior a Lanny Olsen muerto.

Si no acudes a la policía y la involucras, mataré a un hombre soltero al que el mundo no echará de menos.

Al funeral de Lanny no asistiría un cortejo multitudinario, tal vez ni siquiera llegaría a cien, pero algunos lo echarían de menos. No el mundo, pero sí unos cuantos.

Cuando Billy tomó la decisión de salvar a la madre de dos niños, no se dio cuenta de que estaba condenando a Lanny. De haberlo sabido, quizá habría tomado otra decisión. Elegir la muerte de un amigo sería más duro que condenar a un desconocido. Incluso si el desconocido era una madre de dos niños.

No quería pensar en eso.

Hacia el final del jardín se elevaba el tronco de un roble muerto que había sido cortado tiempo atrás. Tenía un metro y pico de ancho y medio metro de alto. A un lado del tronco había un agujero erosionado por la intemperie y la podredumbre, en cuyo interior se encontraba una bolsa de plástico que contenía una llave de repuesto de la casa.

Después de tomar la llave, Billly rodeó cautelosamente la fachada principal de la casa y regresó al escondite que le proporcionaba el ciruelo.

Nadie había apagado ninguna luz. No se podía ver ninguna cara en ninguna de las ventanas; y ninguna de las cortinas se movía sospechosamente.

Una parte de él quería llamar a la policía, pedir ayuda rápidamente y revelar la historia, pero sospechaba que ése sería un movimiento imprudente.

No comprendía las reglas del extraño juego y no podía saber en qué consistiría *ganar* para el asesino. Quizá el psicópata encontraba divertido implicar a un inocente camarero en dos asesinatos.

Billy había sobrevivido una vez como sospechoso. La experiencia lo había cambiado. Profundamente. Se resistiría a volver a cambiar. Había perdido mucho de sí mismo la primera vez.

Abandonó la protección del ciruelo. Subió en silencio los escalones de la galería delantera y se dirigió directamente hacia la puerta.

La llave funcionaba. La madera no rechinó, las bisagras no lo delataron y la puerta se abrió en silencio.

Capítulo 11

La casa tenía un vestíbulo típicamente victoriano con una puerta de madera oscura. Un pasillo con paneles de madera conducía hacia el fondo de la vivienda, y unas escaleras indicaban el camino hacia el primer piso.

Sobre una de las paredes habían pegado una hoja de papel sobre la cual aparecía dibujada una mano. Parecía la mano de Mickey Mouse: un pulgar gordo, tres dedos y un pliegue en la muñeca que parecía indicar un guante.

Dos dedos aparecían doblados contra la palma. El pulgar y el índice formaban una pistola que apuntaba hacia las escaleras.

Billy comprendió el mensaje, pero prefirió ignorarlo por el momento.

Dejó la puerta principal abierta por si necesitaba salir rápido.

Sosteniendo la pistola con el cañón apuntando hacia arriba, caminó bajo un techo abovedado hacia la izquierda del pasillo. El salón seguía como cuando vivía la señora Olsen, diez años atrás. Lanny no lo utilizaba demasiado.

Lo mismo podía decirse del comedor. Lanny normalmente comía en la cocina o en el despacho mientras veía la televisión.

En el pasillo, pegada a la pared, otra mano de caricatura apuntaba hacia el pasillo y las escaleras, en dirección opuesta a la que avanzaba.

Aunque la televisión del despacho se encontraba apagada, unas llamas resplandecían en la chimenea de gas y falsos rescoldos brillaban como si fueran reales en un lecho de falsas cenizas.

Sobre la mesa de la cocina había una botella de Bacardi, una botella de plástico de dos litros de Coca Cola y un balde de hielo. Sobre un plato junto a la Coca Cola brillaba un pequeño cuchillo de hoja de sierra y un limón del que se habían cortado unas pocas rodajas.

Junto al plato se veía un vaso alto medio lleno con un brebaje oscuro en el que flotaba una rodaja de limón y unos pocos fragmentos de hielo derritiéndose.

Tras robar la primera nota del asesino de la cocina de Billy y destruirla junto con la segunda para salvar su empleo y la esperanza de una pensión, Lanny había intentado ahogar su culpa con unos tragos de ron y Coca Cola. Si las botellas de Coca Cola y Bacardi estaban llenas cuando comenzó, era evidente que hizo considerables progresos hacia un estado de embriaguez suficiente como para amortajar los recuerdos y atontar la conciencia hasta la mañana siguiente.

La puerta de la despensa estaba cerrada. A pesar de que Billy dudaba de que el psicópata acechara allí dentro entre alimentos enlatados, no se sentiría cómodo dándole la espalda hasta que echara un vistazo.

Con el brazo derecho fuertemente pegado a su flanco y la pistola apuntando hacia el frente, giró deprisa el picaporte y tiró de la puerta con la mano izquierda. Nadie esperaba dentro de la despensa.

Sacó un trapo limpio de un cajón de la cocina. Tras limpiar el tirador de metal del cajón y el picaporte de la despensa, metió una punta del trapo bajo su cinturón y lo dejó colgando a un lado a la manera de un camarero.

Sobre una mesada cerca del horno estaban la billetera de Lanny, las llaves del coche, dinero suelto y el teléfono móvil. Allí también se encontraba su pistola de servicio de nueve milímetros y la pistolera Wilson Combat.

Tomó el teléfono celular, lo encendió y llamó al contestador. El único mensaje guardado era el que él mismo le había dejado a Lanny esa noche.

Soy Billy. Estoy en casa. ¿Qué demonios pasa? ¿Qué has hecho? Llámame ahora mismo.

Tras escuchar su propia voz, borró el mensaje.

Tal vez eso fuera un error, pero no se le ocurría de qué manera el mensaje podía probar su inocencia. Por el contrario, dejaría claro que esperaba ver a Lanny esa noche que acababa de pasar y que se había enfadado con él, lo cual lo convertiría en sospechoso.

Le había dado vueltas al mensaje durante el camino hacia el estacionamiento de la iglesia y durante su caminata a través del prado. Borrarlo parecía lo más sensato si encontraba lo que esperaba encontrar en el primer piso.

Apagó el celular y utilizó el trapo para limpiar las huellas digitales. Lo volvió a meter al cajón del que lo había sacado.

Si alguien hubiera estado observando en ese momento, se habría imaginado a Billy como un experto tranquilo y habilidoso. En realidad, estaba medio descompuesto de miedo y angustia.

Un observador también habría pensado que Billy, a juzgar por su meticulosa atención a los detalles, ya había borrado huellas de crímenes anteriormente. Ése no era el caso, pero esta brutal experiencia había agudizado su imaginación, mostrándole los peligros de las pruebas circunstanciales.

Una hora antes, a la 1:44, el asesino había llamado a Billy desde esa casa. La compañía telefónica tendría un registro de esa breve llamada.

Quizá la policía pensaría que eso probaba que Billy no podía haber estado allí en el momento del asesinato. Aunque posiblemente sospecharían que el propio Billy había hecho la llamada a un cómplice en su casa con el desacertado propósito de tratar de establecer su presencia en cualquier otra parte en el momento del asesinato.

Los policías siempre sospechaban lo peor de cualquiera. *Su* experiencia les había enseñado a ser así.

Por el momento, no se le ocurría nada sobre los registros de la compañía telefónica. Lo apartó de su pensamiento. Asuntos más urgentes reclamaban su atención. Como encontrar el cadáver, si es que existía alguno.

No creyó que debiera perder tiempo buscando las dos notas del asesino. Si todavía estuvieran intactas, lo más probable habría sido encontrarlas sobre la mesa en la que Lanny había estado bebiendo o en la mesada junto a su billetera, el dinero y el celular.

Las llamas de la chimenea del despacho, en esa cálida noche de verano, lo llevaron a una conclusión lógica acerca de las notas.

Pegada en un armario de la cocina había una mano de caricatura que apuntaba a la puerta batiente y al pasillo de la planta baja.

Por fin Billy estaba dispuesto a tomar una dirección, pero la angustia y el miedo lo oprimían y lo inmovilizaban.

La posesión de un arma de fuego y la voluntad de utilizarla no le proporcionaban el valor suficiente como para avanzar inmediatamente. No esperaba encontrar al psicópata. De alguna manera el asesino podría ser menos intimidante de lo que él pensaba.

La botella de ron lo tentó. No había sentido ningún efecto con las tres Guinness. El corazón le había estado latiendo desbocadamente durante más de una hora, a toda velocidad.

Para ser un hombre tan poco bebedor, últimamente había tenido que recordar ese hecho lo bastante como para indicar que en su interior un borrachín en potencia anhelaba ser liberado.

El valor para actuar le vino de un miedo a *abstenerse* de actuar y de una aguda percepción de las consecuencias de encomendarse a las manos del psicópata.

Dejó la cocina y avanzó por el pasillo hasta el vestíbulo. Al menos las escaleras no estaban oscuras; había luz en el rellano y en la parte de arriba.

Mientras subía, no se molestó en pronunciar el nombre de Lanny. Sabía que no recibiría respuesta, y de cualquier manera dudaba de poder pronunciar palabra.

Capítulo 12

A lo largo del pasillo superior había tres dormitorios, un baño y un armario. Cuatro de esas cinco puertas estaban cerradas.

A ambos lados de la entrada del dormitorio principal había manos de caricatura que apuntaban hacia la puerta abierta.

Reacio a verse guiado de esta manera, pensando en animales conducidos por una rampa hacia el matadero, Billy dejó el dormitorio principal para el final. Primero revisó el baño y luego el armario y los otros dos dormitorios, en uno de los cuales Lanny tenía una mesa de dibujo.

Limpió con el trapo todos los picaportes después de tocarlos.

Cuando ya sólo le quedaba el dormitorio principal por revisar, se quedó detenido en el pasillo, escuchando. El silencio era absoluto.

Sentía algo en la garganta, como si no pudiera tragar. Entró en la habitación, que se encontraba iluminada por dos lámparas.

El empapelado con diseño de rosas elegido por la madre de Lanny no había sido reemplazado después de que ella muriera y tampoco, pocos años después, cuando Lanny se mudó de su antiguo dormitorio a éste. El tiempo había oscurecido el fondo creando una sombra que recordaba a una mancha de té.

El edredón había sido uno de los favoritos de Pearl Olsen: todo rosado con flores bordadas en las esquinas.

Durante la enfermedad de la señora Olsen, tras sus sesiones de quimioterapia y los debilitadores tratamientos de radiación, Billy se había sentado a menudo junto a ella en ese dormitorio. A veces le hablaba o simplemente la observaba dormir. A menudo le leía. Le gustaban las historias tradicionales de aventuras; historias ambientadas en la India de los rajaes. Historias con geishas, samuráis y guerreros chinos y piratas del Caribe.

Pearl se había ido, y ahora también Lanny. Estaba vestido con su uniforme, sentado en un sillón, con las piernas estiradas sobre un escabel, pero igualmente se había ido. Le habían disparado en la frente.

Billy no quería verlo. Le espantaba la idea de conservar esta imagen en sus recuerdos. Quería irse.

Huir, sin embargo, no era una opción. Nunca lo había sido, ni ahora ni veinte años atrás. Si huía, sería cazado y destruido.

La cacería seguía y, por razones que no comprendía, él era la presa final. La velocidad no lo salvaría. La velocidad nunca había salvado al zorro. Para escapar de los sabuesos y los cazadores, el zorro necesitaba astucia y cierto gusto por el riesgo.

A Billy no le gustaba sentirse como un zorro. Se sentía como un conejo, aunque no corriera tanto.

La ausencia de sangre en el rostro de Lanny y en la herida sugería dos cosas: que la muerte había sido instantánea y que la parte trasera del cráneo había reventado.

El empapelado de detrás del sillón no estaba sucio con manchas de sangre ni restos de cerebro. Lanny no había sido baleado mientras estaba allí sentado ni le habían disparado en ningún otro lugar de la habitación.

Como Billy no encontró sangre en ningún otro lugar de la casa, supuso que el asesinato había ocurrido fuera.

Tal vez Lanny se había levantado de la mesa de la cocina, de su ron y su Coca Cola, medio borracho o completamente ebrio, ávido de aire fresco, y había salido fuera. Tal vez se dio cuenta de que su puntería no sería lo bastante certera como para acudir al baño y entonces salió al jardín para buscar alivio.

El psicópata debía de haber utilizado una lona de plástico o algo por el estilo para mover el cuerpo por la casa sin ensuciarla.

Aun si el asesino era fuerte, llevar al hombre muerto desde el jardín trasero hasta el dormitorio principal, y además por las escaleras, habría resultado un trabajo duro. Duro y aparentemente innecesario. Para hacerlo, no obstante, debería tener una importante razón.

Los ojos de Lanny permanecían abiertos. Ambos sobresalían ligeramente de sus órbitas. El izquierdo estaba torcido, como si fuera bizco.

Presión. Durante el instante en que la bala había transitado por el cerebro, la presión dentro del cráneo se elevó antes de ser liberada.

Una novela del club de lectores yacía sobre el regazo de Lanny, un ejemplar más pequeño y barato que el de la edición disponible en las librerías. Al menos doscientos libros similares se apilaban en los estantes de un rincón del dormitorio.

Billy podía ver el título, el nombre del autor y la ilustración de la portada. La historia trataba de la búsqueda de un tesoro y del amor verdadero en el Pacífico Sur.

Mucho tiempo atrás, Billy había leído esta novela a Pearl Olsen. A ella le había gustado, aunque le gustaban todas.

La inmóvil mano derecha de Lanny descansaba sobre el libro. Parecía haber marcado la página con una fotografía, una pequeña porción de la cual sobresalía entre las páginas.

El psicópata había *arreglado* todo esto. La escena lo satisfacía y tenía un significado emotivo para él, o quizá era un mensaje, un acertijo, una adivinanza.

Antes de alterar la escena, Billy la estudió. Nada parecía convincente o agudo, nada que pareciera haber excitado al asesino lo suficiente como para motivarlo a desplegar tanto esfuerzo en su creación.

Billy lo sintió por Lanny; pero con mayor pasión *odió* que su amigo no pudiera permitirse cierta dignidad ni siquiera en la muerte. El demente lo había arrastrado alrededor y lo había preparado como si fuera un maniquí, un muñeco, como si él sólo hubiera existido para la diversión y manipulación de un desquiciado.

Lanny había traicionado a Billy, pero eso ya no importaba. En el filo de la oscuridad, en el borde del vacío, pocas ofensas eran dignas de recuerdo. Las únicas cosas que merecían recordarse eran los momentos de amistad y risa. Si ellos habían estado en desacuerdo durante el último día de Lanny, ahora pertenecían al mismo equipo, frente al mismo y singular adversario.

Billy creyó oír un ruido en el pasillo.

Sin vacilar, empuñando la pistola con ambas manos, abandonó el dormitorio y atravesó el pasillo deprisa, moviendo la treinta y ocho milímetros de izquierda a derecha en busca de un blanco. Nada.

Las puertas del baño, del armario y del otro dormitorio estaban cerradas como las había dejado.

No sentía una necesidad apremiante por revisar nuevamente esas habitaciones. Quizá simplemente había escuchado un ruido normal y corriente de la vieja casa, que protestaba contra el peso del tiempo; casi con certeza no había sido el sonido de una puerta abriéndose o cerrándose.

Se secó la palma húmeda de su mano izquierda en la camisa, se pasó la pistola a esa mano, se secó la mano derecha, volvió a tomar la pistola con ésta y se dirigió hacia las escaleras.

Desde el piso de abajo, desde la galería principal, no vino nada más que el silencio de la noche estival, el arrullo de la muerte de la noche.

Capítulo 13

Mientras se mantenía con los oídos bien abiertos junto a las escaleras, Billy comenzó a sentir un fuerte dolor en las sienes. Notó que sus dientes estaban más apretados que un torno.

Intentó relajarse y respirar por la boca. Giró la cabeza de lado a lado, haciendo trabajar los tensos músculos del cuello.

La tensión podía ser buena si la utilizaba para mantenerse concentrado y alerta. El miedo podía paralizar, pero también afilar el instinto de supervivencia.

Regresó al dormitorio principal.

Al acercarse a la puerta, de pronto pensó que el cuerpo y el libro habían desaparecido. Pero no, Lanny seguía sentado en el sillón.

Billy tomó dos pañuelos de una caja que había sobre una de las mesitas. Utilizándolos como guante improvisado, retiró la mano del cadáver del libro. Sin mover el libro, lo abrió en el lugar marcado por la fotografía.

Esperaba encontrar oraciones o párrafos que hubieran sido señalados de algún modo, otro mensaje. Pero el texto estaba intacto.

De nuevo ayudándose con el pañuelo de papel, recogió la fotografía, una instantánea de una joven rubia y hermosa. No había nada en la imagen que ofreciera una pista acerca de su profesión, pero Billy supo que había sido profesora.

Posiblemente su asesino había encontrado esa instantánea en la casa de la chica, en Napa, antes o después de destrozar brutalmente toda su belleza.

Sin duda el psicópata había dejado la fotografía en el libro para confirmar a las autoridades que los dos asesinatos habían sido obra del mismo hombre. Se estaba jactando. Reclamaba el mérito que se había ganado.

La única sabiduría que podemos esperar adquirir es la sabiduría de la humildad...

El psicópata no había aprendido esa lección. Quizá su imposibilidad para aprenderla lo condujera a su caída.

Si era posible sentir el corazón destrozado a causa del destino de un extraño, la fotografía de esta joven mujer habría cumplido con ese cometido si Billy la hubiese contemplado demasiado tiempo. La puso de nuevo en el libro y la dejó atrapada entre sus páginas amarillentas.

Después de colocar la mano del cadáver sobre la portada, como estaba, juntó en su puño los dos pañuelos de papel. Se dirigió al baño de la habitación, tiró de la cadena con los pañuelos y acto seguido los arrojó al remolino de agua del inodoro.

Se quedó junto al sillón del dormitorio, sin estar seguro de qué hacer a continuación.

Lanny no se merecía que lo dejaran allí solo sin el beneficio de una plegaria o de justicia. Si bien no era un amigo *íntimo*, había sido un amigo. Por otra parte, era el hijo de Pearl Olsen, y sólo eso significaba bastante.

Con todo, llamar al departamento de policía, aunque fuera de forma anónima, y denunciar el crimen podía ser una equivocación. Ellos querrían una explicación por la llamada que se había hecho desde esa casa a la de Billy justo después del asesinato, y todavía no había decidido qué les diría.

Otros aspectos, cosas que él ignoraba, podrían señalarlo con el dedo de la sospecha. Prueba circunstancial.

Tal vez la intención última del asesino era implicar a Billy en estos y otros asesinatos.

Sin lugar a dudas, el psicópata veía esto como un juego. Las reglas, si las había, sólo las conocía él, igual que únicamente él sabía la definición de *victoria*. Conseguir el premio, capturar al rey, apuntarse la última jugada podría significar, en este caso, que Billy fuera condenado a cadena perpetua por ninguna causa racional, ni siquiera por el hecho de que el psicópata mismo escapara de la justicia, sino por pura *diversión*.

Teniendo en cuenta que ni siquiera podía distinguir la forma del campo de juego, a Billy no le agradaba la idea de ser interrogado por el comisario John Palmer.

Necesitaba tiempo para pensar. Al menos unas pocas horas. Hasta el amanecer.

—Lo siento —le dijo a Lanny.

Apagó una de las lámparas de al lado de la cama y luego la otra.

Si la casa estaba iluminada como la tarta de cumpleaños de un centenario en medio de la noche, alguien podría notarlo. Y hacerse preguntas. Todos sabían que Lanny Olsen era de los que se acostaban temprano.

La vivienda se encontraba en el punto más alto y solitario de una calle cortada. Prácticamente nadie conducía hasta allí a menos que se dirigiera expresamente a ver a Lanny, y no era probable que nadie lo visitara en las próximas ocho o diez horas.

La noche había convertido el martes en miércoles. El miércoles y el jueves eran los días libres de Lanny. Nadie lo echaría de menos en el trabajo hasta el viernes.

No obstante, uno por uno, Billy volvió a recorrer todos los dormitorios del primer piso y apagó igualmente todas sus luces, así como las de las escaleras, desconfiado ante la oscuridad a sus espaldas.

Una vez en la cocina, cerró con llave la puerta que daba a la galería.

Su intención era llevarse la llave de repuesto de Lanny.

A medida que recorría una vez más la planta baja, apagó todas las luces, incluso los troncos de gas de la chimenea del despacho, utilizando el cañón de la pistola para apretar los interruptores.

De pie en la galería, cerró asimismo la puerta y limpió el picaporte.

Se sintió observado cuando bajaba las escaleras. Registró el jardín, los árboles y echó una última ojeada a la casa.

Todas las ventanas estaban a oscuras, y la noche era negra. Billy se alejó de esa cerrada oscuridad hacia una oscuridad abierta bajo el cielo color tinta en el que las estrellas parecían flotar, temblar.

Capítulo 14

Caminó a paso ligero colina abajo por el costado de la calle, preparado para esconderse entre la vegetación del borde de la calzada en caso de que aparecieran luces.

Frecuentemente miraba hacia atrás. Hasta donde podía percibir, nadie lo seguía.

La noche sin luna favorecía a un perseguidor. También habría favorecido a Billy, pero él se sentía expuesto por las estrellas.

En la casa de las rejas, el perro que había visto antes corrió una vez más de un lado a otro, suplicando a Billy con un quejido. Parecía desesperado.

Simpatizó con el animal y comprendió su condición. Sin embargo, su caso y la necesidad de elaborar una estrategia no le permitían detenerse y consolar a la bestia.

Por otra parte, toda expresión de ansiada amistad ocultaba una potencial dentellada. Toda sonrisa revela los dientes.

De modo que continuó bajando por la calle, mirando de vez en cuando hacia atrás y agarrando firmemente la pistola, y luego giró a la izquierda hacia el prado, donde bordeó el césped por temor a las serpientes.

Una pregunta se imponía más urgentemente que otras: ¿era el asesino alguien que conocía o un extraño?

Si el demente había estado en la vida de Billy mucho antes de la primera nota y era un oculto sociópata que ya no podía mantener sus impulsos homicidas en secreto, identificarlo podía ser difícil pero no imposible. El análisis de las relaciones y la búsqueda de un recuerdo anómalo podrían desenterrar pistas. El razonamiento deductivo y la imaginación con toda probabilidad le ayudarían a esbozar el rostro, a explicar el retorcido motivo.

En el caso de que el loco fuera un extraño que había elegido a Billy por azar para el tormento y la destrucción, la labor detectivesca sería mucho más difícil. Imaginar un rostro nunca visto y sondear un motivo de la nada no resultaría tan fácil.

No mucho tiempo atrás en la historia del mundo, la violencia cotidiana —dejando a un lado las atrocidades de las naciones en guerra— era en gran medida de naturaleza personal. Las peleas, la defensa del honor, el adulterio, las disputas por dinero despertaban los impulsos asesinos.

En el mundo moderno, y más aún en el posmoderno, y más incluso en el post posmoderno, gran parte de la violencia se había vuelto impersonal. Los terroristas, las bandas callejeras, los sociópatas solitarios, los sociópatas en grupos y plegados a una visión utópica mataban gente que no conocían, contra la que no tenían una queja fundamentada, sólo por el hecho de llamar la atención, de establecer una afirmación, de intimidar, o incluso por el vértigo de hacerlo.

El psicópata, ya fuera conocido o desconocido para Billy, era un adversario temible. A juzgar por todas las pruebas, era atrevido pero no inconsciente, psicopático pero con autocontrol, astuto, ingenioso, sagaz, con una mente barroca y maquiavélica.

En contraste, Billy Wiles se hacía camino en el mundo tan sencilla y discretamente como podía. Su mente no era barroca, sus deseos no eran complejos. Sólo esperaba vivir, y vivir con una esperanza cautelosa.

Mientras se apresuraba a través del alto césped, que rozaba sus piernas y parecía susurrar palabras conspirativas de brizna en brizna, sintió que tenía más en común con un ratón de campo que con una lechuza de pico afilado.

El gran roble de extensa copa se hizo visible. Cuando Billy pasó debajo de él, presencias invisibles se agitaron entre las ramas sobre su cabeza, poniendo a prueba su capacidad de ocultamiento, pero no hubo alas que emprendieran vuelo.

Detrás del Ford Explorer, la iglesia surgía como una escultura de hielo hecha con agua con trazos de fósforo.

Al acercarse, abrió el auto con el control remoto, que le respondió con dos leves pitidos y un guiño doble de las luces de freno.

Se metió dentro, cerró la puerta y bajó los seguros. Acto seguido tiró la pistola sobre el asiento del acompañante.

Cuando intentó meter la llave para encender el motor, algo lo disuadió. Habían pegado al volante con cinta adhesiva un pedazo de papel doblado.

Una nota. La tercera.

El asesino debía de haber estado estacionado junto a la autopista, vigilando el desvío hacia la casa de Lanny Olsen, para ver si Billy tragaba el anzuelo.

El vehículo estaba cerrado. El psicópata sólo podía haber entrado rompiendo una ventanilla, pero ninguna estaba rota. La alarma del auto no había sonado.

Hasta entonces, cada momento de esta pesadilla se había sentido de manera muy real. Pero el descubrimiento de esta tercera nota parecía empujar a Billy contra una membrana que dividía el mundo real de la fantasía.

Con un terror como de ensueño, Billy quitó la nota del volante y la desdobló.

Las luces del interior, que se habían activado automáticamente al subir al coche, todavía estaban encendidas, porque acababa de cerrar con llave. El mensaje —una pregunta— aparecía de forma clara y concisa.

¿Estás preparado para tu primera herida?

Capítulo 15

stás preparado para tu primera herida?

Como si un dispositivo einsteniano hubiese puesto el tiempo en cámara lenta, la nota se deslizó entre sus dedos y pareció flotar, flotar como una pluma hacia su regazo. La luz se apagó.

En un trance de terror, estirando la mano derecha para alcanzar la pistola que se encontraba en el asiento del acompañante, Billy giró asimismo lentamente hacia la derecha, con la intención de mirar por encima de su hombro hacia el oscuro asiento trasero.

Parecía haber muy poco espacio allí atrás para que se ocultara un hombre; sin embargo, Billy se había metido en el coche a toda velocidad, sin aliento.

A tientas, extendió la mano en busca de su esquiva pistola y con las yemas rozó la culata cuadriculada del arma... y la ventanilla de la puerta del conductor estalló.

Cuando el cristal de seguridad se deshizo en una punzante masa sobre su pecho y muslos, la pistola resbaló de entre sus dedos y cayó al suelo.

Mientras los cristales caían, antes de que Billy pudiera volver la cara hacia la embestida, el psicópata irrumpió dentro del coche y lo agarró de un mechón del pelo, en la coronilla, retorciéndolo y tirando con fuerza.

Atrapado por el volante y el tablero, mientras le seguían tirando sin piedad del pelo, incapaz de arrastrarse hacia el asiento del acompañante para buscar la pistola, clavó sus uñas sobre la mano que lo retenía, pero sin efecto porque estaba protegida por un guante de cuero.

El psicópata era fuerte, despiadado, implacable.

El pelo de Billy ya habría sido arrancado de raíz. El dolor resultaba insoportable. Se le nubló la vista.

El asesino quería empujarlo hacia fuera y hacia adentro a través de la ventanilla rota.

Billy notó que la nuca raspaba con el marco de la ventanilla. Otro raspón violento lo obligó a apretar los dientes y le hizo emitir un grito ronco.

Se aferró al volante con la mano izquierda y al respaldo de su asiento con la derecha, intentando resistir. Sentía que le iban a arrancar un buen manojo de pelo. Se lo arrancarían, y él quedaría libre.

Pero el pelo no cedió, y él no quedó libre, por lo que pensó en la bocina. Si tocaba la bocina, si daba un bocinazo, aparecería ayuda y el psicópata huiría.

Al instante advirtió que sólo el cura de la vicaría podría escucharlo, y si se presentaba, el asesino no huiría. No, le dispararía al sacerdote en la cabeza tal como había disparado a Lanny.

Tal vez habían transcurrido diez segundos desde que la ventana estallara y la nuca de Billy fuera inexorablemente arrastrada a través de la ventanilla.

El dolor rápidamente se había hecho tan intenso que las raíces del pelo parecían extenderse a lo largo de su rostro —ya que la cara le dolía del mismo modo, tan sensible como si la hubieran alcanzado las llamas— e incluso también hacia sus hombros y brazos, puesto que en cuanto las tenaces raíces cedieran, asimismo lo haría la fuerza de aquellos músculos.

La nuca se resentía con el contacto del marco de la ventanilla. Numerosos fragmentos del cristal de seguridad le rasgaban la piel.

Ahora le estaban empujando la cabeza hacia atrás. ¡Con qué rapidez podían cortarle la garganta, con qué facilidad se podía quebrar su columna vertebral!

Dejó de aferrarse al volante. Buscó a sus espaldas a tientas la manija de la puerta.

Si pudiera abrirla y empujar con la suficiente fuerza, podría hacer perder el equilibrio al asaltante, derribarlo y o bien conseguir zafarse de sus garras o quedarse definitivamente sin pelo.

Para alcanzar la manija —resbaladiza por el sudor de los dedos— debía torcer el brazo por detrás de manera tan dolorosa y estirar la mano haciendo un giro tan difícil que no tenía espacio de acción suficiente para llevar a cabo tal empresa.

Como si intuyera la intención de Billy, el psicópata apoyó todo su peso contra la puerta.

Ahora la cabeza de Billy estaba casi por completo fuera del coche, y de pronto una cara apareció sobre él, mirándolo desde arriba. Una presencia sin rasgos. Un fantasma encapuchado.

Pestañeó para aclarar la vista.

No era una capucha, sino un pasamontañas oscuro.

Incluso con una luz tan pobre, Billy pudo ver la mirada febril que centelleaba a través de los agujeros del pasamontañas.

Algo se derramó sobre su nariz, algo húmedo, frío, acre y sin embargo dulce; un penetrante olor medicinal.

Tragó aire impresionado; luego intentó contener la respiración, pero aquella única inhalación ya lo había perdido. Humos astringentes quemaban sus fosas nasales. Su boca rezumaba saliva.

La cara enmascarada pareció inclinarse hacia la suya, como una luna oscura que muestra sus cráteres al acercarse.

Capítulo 16

El sedante perdió su efecto. Como un palillo golpeando un tambor, el dolor poco a poco sacó a Billy de la inconsciencia.

Notaba en la boca como si hubiese tomado jarabe mezclado con lejía. Dulce y amargo. La vida misma.

Por un momento no supo dónde estaba. En principio no le preocupó. Despertado de un letargo, se sentía bañado por un sueño artificial y deseaba volver a él.

Finalmente el dolor implacable lo obligó a preocuparse, a mantener los ojos abiertos, a analizar la sensación y a tratar de orientarse. Se encontraba acostado de espaldas sobre una superficie dura; la playa de estacionamiento de la iglesia.

Podía oler los aromas débiles del alquitrán, el aceite, el combustible. La vaga fragancia de nueces y resina que el roble despedía en lo alto en la oscuridad. Su propio sudor ácido.

Al pasar la lengua por los labios, sintió el sabor de la sangre.

Cuando se secó la cara, Billy la encontró pegajosa, con una sustancia viscosa que probablemente fuera una mezcla de sudor y sangre. En la oscuridad, no podía ver lo que había recogido con la mano.

El dolor se concentraba sobre todo en su cuero cabelludo. En un principio supuso que se debía al efecto prolongado de los tirones que le habían dado.

Un malestar cada vez más intenso, acompañado de una serie de punzadas aún más agudas, se extendía por toda su cabeza, aunque no desde la coronilla, donde su pelo había sido severamente puesto a prueba, sino desde la frente.

Cuando pudo levantar una mano y explorar vacilante el origen del dolor, encontró algo duro y filamentoso que sobresalía de su frente, unos centímetros por debajo del nacimiento del pelo. A pesar de que al tacto era suave, despertó un espasmo de dolor agudísimo que lo hizo gritar.

¿Estás preparado para tu primera herida?

Dejó la exploración de la herida para más tarde, hasta que pudiera ver el daño que le había causado.

La herida no sería mortal. El psicópata no había intentado matarlo, solamente herirlo, tal vez dejarle una cicatriz.

El respeto de Billy hacia su adversario había crecido hasta el punto de que no pensaba que pudiera cometer errores, al menos errores graves.

Se incorporó. El dolor le atravesó la frente, y volvió a hacerlo cuando se puso de pie.

Se quedó parado balanceándose, vigilando el lugar. Su asaltante se había ido.

Altas en la noche como un racimo de estrellas móviles, las luces de un avión bramaron por el oeste. Si hacía esa ruta probablemente se tratara de un transporte militar dirigiéndose a una zona en guerra. Una zona en guerra distinta a la que se estaba librando allí.

Abrió la puerta del Explorer.

Los fragmentos del cristal de seguridad estaban desparramados por el asiento. Tomó una caja de pañuelos de papel de la guantera y la utilizó para barrer los pringosos despojos que había sobre el tapizado.

Buscó la nota pegada en el volante. Evidentemente el asesino se la había llevado.

Encontró la llave bajo el pedal del freno. Tomó la pistola del suelo del asiento del acompañante.

Le habían permitido conservar el arma para lo que quedaba del juego. El psicópata no le tenía miedo.

La sustancia con la que lo habían dormido —cloroformo o alguna otra clase de anestesia— tenía un efecto prolongado. Al inclinarse hacia adelante se sintió mareado.

Sentado al volante, con la puerta cerrada y el motor encendido, le preocupó no estar en condiciones de conducir.

Encendió el aire acondicionado, apuntando dos salidas de ventilación hacia el rostro.

Mientras esperaba a que se le pasara el mareo, las luces del interior se apagaron de forma automática y volvió a encenderlas.

Torció el espejo retrovisor para examinarse la cara. Se veía como un demonio pintado: rojo oscuro, pero con los dientes brillantes; rojo oscuro, pero con el blanco de los ojos anormalmente níveo.

Cuando volvió a ajustar el espejo, pudo ver al fin el origen de su dolor.

Verlo no significó creerlo de inmediato. Prefirió pensar que el mareo de la anestesia iba acompañado de alucinaciones.

Cerró los ojos y respiró hondo un par de veces. Luchó por aclarar la imagen en su mente, y al volver a mirarse deseó no ver lo mismo.

Nada había cambiado. A lo largo de la frente, unos centímetros por debajo del nacimiento del pelo, tres largos anzuelos de pesca se clavaban en su carne. La punta dentada de cada gancho sobresalía de la piel, así como la varilla. La curva de cada gancho permanecía bajo la delgada carne de su frente.

Tembló y desvió la vista del espejo.

Hay días de duda, sobre todo en las noches solitarias, en las que incluso los devotos se preguntan si son herederos de un reino mayor que la tierra y si conocerán la misericordia o si en cambio no son más que animales como los otros, sin otra herencia que el viento y la oscuridad.

Así era esta noche para Billy. Había conocido otras parecidas. La duda siempre se había desvanecido. Se dijo a sí mismo que se desvanecería una vez más, a pesar de que esta vez era más fría y parecía susceptible de dejar una marca más profunda.

Al principio el psicópata había parecido un jugador para quien el asesinato era un deporte. Los anzuelos de pesca en la frente, empero, no estaban pensados como una mera jugada; y esto no era un juego.

Para el psicópata, estas muertes eran algo más que asesinatos, pero ese algo más no era una jugada de ajedrez ni de póquer. El homicidio tenía para él un significado simbólico, y lo perseguía con una intención más seria que la de divertirse. Tenía alguna meta secreta más allá de los propios asesinatos, un objetivo que esperaba cumplir.

Si *juego* era la palabra equivocada, Billy necesitaba encontrar la correcta. Hasta que no la supiera, jamás comprendería al asesino, y no podría encontrarlo.

Con el pañuelo de papel se limpió con cuidado los coágulos de sangre de las cejas, quitándolos casi por completo de los párpados y las pestañas.

La visión de los anzuelos de pesca había aclarado su mente. Ya no se sentía mareado.

Sus heridas necesitaban atención médica. Encendió las luces delanteras y salió del estacionamiento de la iglesia.

Cualquiera que fuese el objetivo final del psicópata, cualquiera que fuese el simbolismo que pretendía adjudicarle a los anzuelos, también habría esperado que Billy acudiera a un médico. El médico exigiría una explicación de los ganchos, y cualquier respuesta de Billy complicaría aún más su situación.

Si decía la verdad, se estaría relacionando con los asesinatos de Giselle Winslow y Lanny Olsen. Sería el sospechoso principal.

Sin ninguna de las tres notas, no podía ofrecer pistas de la existencia del psicópata.

Las autoridades no considerarían los anzuelos como pista creíble, ya que se preguntarían si no se trataba de un caso de auto-mutilación. Los asesinos a veces se infligían heridas como coartada para representar el papel de víctimas y por consiguiente desviar las sospechas.

Conocía el cinismo con el que algunos policías considerarían sus dramáticas y extravagantes aunque superficiales heridas. Lo sabía con exactitud.

Además, Billy solía salir de pesca. Pescaba truchas. Estos considerables ganchos tenían la medida indicada para pescar un gran ejemplar si se utilizaba una carnada viva en lugar de una mosca. Entre sus aparejos de pesca en casa tenía anzuelos idénticos a los que ahora le hacían sangrar.

No se atrevió a consultar a un médico. Tendría que curarse él mismo.

Eran las 3:30 de la madrugada y no circulaba absolutamente nadie por las carreteras rurales. La noche era tranquila, pero el auto levantaba sus propios remolinos, que penetraban por la ventanilla rota. Bajo las luces halógenas del Ford, los viñedos llanos, las laderas cubiertas de vides y los picos boscosos se sucedían familiares ante sus ojos pero, kilómetro a kilómetro, se volvieron tan ajenos a su corazón como cualquier yermo extranjero.

Segunda parte

¿ESTÁS PREPARADO PARA TU SEGUNDA HERIDA?

Capítulo 17

En febrero, tras la extracción de una muela con las raíces hundidas en el hueso de la mandíbula, el dentista le había recetado a Billy un analgésico, Vicodin. Sólo había utilizado dos de las diez pastillas.

La etiqueta farmacéutica especificaba que la medicación debía ser ingerida con alguna comida. No había cenado, y aun así no tenía apetito. Necesitaba que el medicamento fuese efectivo. Sacó de la heladera las sobras de una lasaña casera.

A pesar de que se le habían cerrado las heridas de la frente con coágulos y la hemorragia se había detenido, el dolor era constante y hacía que cada vez se hiciera más difícil pensar de forma coherente. Decidió no esperar siquiera los pocos minutos necesarios para calentar el plato en el microondas. Colocó el plato frío sobre la mesa de la cocina.

En el frasco de pastillas, una etiqueta rosada aconsejaba no consumir bebidas alcohólicas mientras se tomara el analgésico. Al diablo con eso. No tenía intención de conducir un vehículo ni de manejar complicadas máquinas en las próximas horas.

Se tragó la pastilla y se llevó a la boca una porción de lasaña, acompañándolo todo con cerveza Elephant, una marca danesa que se jactaba de tener más alcohol que las demás.

Mientras comía, pensó en la maestra muerta, en Lanny sentado en el sillón del dormitorio, en lo que el asesino haría a continuación.

Esas líneas de pensamiento no eran lo más indicado para el apetito o la digestión. A la profesora y a Lanny ya no se los podía ayudar, y tampoco había forma de predecir el próximo movimiento del psicópata.

En cambio, pensó en Barbara Mandel, sobre todo en cómo había sido la joven, no en cómo era ahora en Whispering Pines. Inevitablemente, estos recuerdos lo llevaron hacia el futuro y comenzó a pensar en lo que le sucedería a ella si él moría.

Recordó el pequeño sobre cuadrado del médico. Lo sacó del bolsillo y lo abrió desgarrando el sobre.

El nombre Dr. Jordan Ferrier aparecía grabado en relieve en el borde superior de la tarjeta color crema. Tenía una caligrafía precisa: *Estimado Billy, cuando comenzaste a programar tus visitas a Barbara con el fin de evitarme durante mis guardias habituales, supe que había llegado el momento del informe semestral acerca de su estado. Por favor, llámame a mi oficina para que concertemos una entrevista.*

Las gotas resbalaban por la botella de cerveza Elephant. Utilizó la tarjeta del doctor Ferrier como posavasos para proteger la mesa.

—Por qué no llamas *tú* a *mi* oficina para una entrevista —gruñó Billy.

La fuente de la lasaña estaba por la mitad. A pesar de no tener hambre, se la comió toda, con ansia, masticando enérgicamente, como si comer pudiera saciar su furia con la misma facilidad que saciaba el hambre.

Finalmente el dolor de la frente se calmó de manera considerable.

Se dirigió a la cochera, donde guardaba el equipo de pesca y sacó de la caja una pinza pico de loro con reborde para cortar alambre.

De nuevo en la casa, después de cerrar con llave la puerta trasera, se dirigió al baño y se examinó la cara frente al espejo. La máscara de sangre se había secado. Parecía un habitante del infierno.

El psicópata había insertado los tres ganchos con cuidado. Aparentemente, había procurado hacer el menor daño posible.

Para un policía desconfiado, semejante ternura habría alentado la teoría de que él mismo se había infligido tales heridas.

En un extremo del gancho se encontraba la curva y la punta. En el otro había un ojo al que se podía atar el lastre. Si tiraba de la punta o del ojo haría que se desgarrara aún más la carne.

Utilizó la pinza para cortar el ojo de uno de los ganchos. Atrapó la punta con el pulgar y el índice y la extrajo.

Cuando consiguió extraer los tres ganchos, se dio una ducha tan caliente como pudo soportar.

Tras la ducha, esterilizó las heridas lo mejor que pudo con alcohol y luego con agua oxigenada. Se aplicó Neosporin y cubrió las heridas con paños de gasa que fijó con tela adhesiva.

A las 4:27 de la madrugada, según el reloj de la mesita, Billy se metió en la cama. Una cama doble, con dos almohadas. Su cabeza sobre una mullida almohada, la dura pistola bajo la otra.

Ojalá el juicio sobre nosotros no sea demasiado duro...

Mientras sus párpados caían por su propio peso, vio a Barbara con la mente, sus pálidos labios pronunciando palabras inescrutables.

Quiero saber lo que dice, el mar. Qué es lo que sigue diciendo.

Se durmió antes de que el reloj indicara que había transcurrido media hora.

En su sueño, Billy estaba en coma, incapaz de moverse o hablar, aunque consciente del mundo a su alrededor. Aparecían médicos en batas de laboratorio y pasamontañas blancos, trabajando en su cuerpo con escalpelos de acero, tallando racimos de sangrientas hojas de acanto.

Un dolor, sordo pero persistente, lo despertó a las 8:40 de la mañana del miércoles.

Al principio no podía distinguir entre la pesadilla del sueño y la de la realidad. Luego pudo hacerlo.

Aunque quería otra pastilla de Vicodin, fue al baño y tomó dos aspirinas de un frasco.

Con la intención de bajar las aspirinas con jugo de naranja, caminó hasta la cocina. Había olvidado meter la fuente de la lasaña en el lavavajillas. La botella vacía de cerveza Elephant seguía sobre la tarjeta del doctor Ferrier.

La luz de la mañana inundaba el ambiente. Las persianas estaban levantadas, y cuando se había ido a la cama permanecían cerradas.

Pegada a la heladera encontró una hoja de papel doblada, el cuarto mensaje del asesino.

Capítulo 18

Sabía sin lugar a dudas que había cerrado con llave la puerta trasera cuando regresó del garaje con la pinza. Ahora estaba abierta.

Salió a la galería y recorrió con la vista el lado occidental del bosque. Unos pocos olmos en primer plano, los pinos detrás. El sol matinal creaba sombras en la arboleda y alcanzaba rincones oscuros sin iluminarlos demasiado.

Mientras su mirada recorría el verde en busca del delator reflejo de los cristales de unos prismáticos, advirtió un movimiento. Formas misteriosas se movían entre los árboles, tan fluidas como las sombras de las aves en vuelo, titilando pálidamente cuando el sol las tocaba.

Una sensación extraña le estremeció. Entonces las formas salieron de los árboles y sólo aparecieron ciervos: un macho, dos hembras y un cervatillo.

Pensó que algo los habría asustado en el bosque, pero avanzaron sólo unos pocos metros por su jardín antes de detenerse. Tranquilos como ciervos del paraíso, se dedicaron a pastar entre la hierba tierna.

Al regresar a la casa, Billy cerró con llave la puerta trasera a pesar de que esto ya no le proporcionaba ninguna seguridad. Si el asesino no poseía una llave, entonces tenía en su poder ganzúas y estaba experimentado en su utilización.

Dejando la nota tal cual estaba, Billy abrió la heladera y sacó un cuarto de jugo de naranja.

Mientras se lo tomaba y tragaba las aspirinas, clavó los ojos en la nota pegada en la heladera. No la tocó.

Puso dos rebanadas de pan en la tostadora. Una vez listos, los untó con mantequilla de maní y se los comió en la mesa de la cocina.

Si no leía la nota, si la quemaba y tiraba las cenizas por la rejilla, estaría saliendo del juego. El primer problema de eso era el mismo que había punzado su conciencia anteriormente: la inacción contaba como una opción.

El segundo problema era que él mismo se había convertido en víctima de un ataque. Y le habían prometido más.

¿Estás preparado para la primera herida?

El psicópata no había subrayado o escrito en cursiva «primera», pero Billy comprendía dónde residía el énfasis. A pesar de tener sus defectos, el autoengaño no era una de ellos.

Si no leía la nota, si se desentendía, estaría aún menos capacitado de lo que estaba ahora para imaginar lo que podría ocurrir. Cuando el hacha cayera sobre él, ni siquiera tendría tiempo de oírla cortar el aire.

Por otra parte, esto no era de ninguna manera un juego para el asesino, algo de lo que se había dado cuenta Billy la noche previa. Privado de su compañero de juego, el psicópata no se limitaría a recoger la pelota e irse a casa. Llevaría hasta el final lo que tuviera en mente.

A Billy le habría gustado tallar hojas de acanto.

Quiso completar un crucigrama. Era bueno en eso.

Lavar la ropa, trabajar en el jardín, limpiar las alcantarillas, pintar el buzón: podía perderse entre las sencillas tareas de la vida cotidiana y buscar consuelo en ellas.

Le habría gustado ir al bar a trabajar y dejar que las horas pasaran en una sucesión de ocupaciones repetitivas y conversaciones inanes.

Todo el misterio que necesitaba —y todo el drama— lo encontraba en sus visitas a Whispering Pines, en las enigmáticas palabras que a veces pronunciaba Barbara y en su persistente creencia de que había una esperanza para ella. No necesitaba nada más. No tenía nada más.

No tenía nada más hasta *esto*, que no necesitaba ni quería, pero de lo que no podía escapar.

Una vez que se hubo comido las tostadas, llevó el plato y el cuchillo la pileta. Los lavó, los secó y los guardó en su sitio.

En el baño se quitó la venda de la frente. Cada gancho lo había herido dos veces. Las seis cicatrices se veían rojas y crudas. Lavó las heridas con delicadeza y después volvió a aplicarse alcohol, agua oxigenada y Neosporin. Acto seguido se colocó un vendaje limpio.

Su frente estaba fresca al tacto. Si el anzuelo estaba sucio, sus precauciones no podrían prevenir una infección, sobre todo si la punta había dañado el hueso.

Estaba a salvo del tétanos. Cuatro años antes, cuando estaba arreglando el garaje para convertirlo en taller de carpintería, se había hecho un corte profundo en la mano izquierda con una bisagra que la corrosión había dejado quebradiza y afilada, por lo que se puso la vacuna contra el tétanos. El tétanos no le preocupaba. No moriría de tétanos.

Tampoco moriría a causa de unas heridas de anzuelos infectados. Esto era una preocupación falsa para que su mente descansara de amenazas más reales y considerables.

Fue a la cocina y arrancó la nota de la heladera. La hizo una bola y se dirigió hacia la basura. Pero, en lugar de tirarla, la alisó sobre la mesa y la leyó.

> *Quédate en tu casa esta mañana. Un socio mío irá a verte a las 11:00. Espéralo en la galería delantera.*
> *Si no te quedas en casa, mataré a un niño.*
> *Si informas a la policía, mataré a un niño.*
> *Pareces enfadado. ¿Acaso no te he tendido la mano de la amistad? Sí, lo he hecho.*

Socio. La palabra inquietó a Billy. No le gustaba nada esa palabra.

En algunas ocasiones los sociópatas homicidas trabajan en pareja. Los policías los llaman «amigos asesinos». En Los Ángeles, el estrangulador de Hillside resultó ser un par de primos. El francotirador de Washington D.C. eran dos hombres. En la familia Manson se contaban más de dos.

Un simple camarero sólo podía esperar recibir lo mejor de un despiadado psicópata, no de dos.

A Billy no se le pasó por la cabeza ir a la policía. El demente había demostrado su sinceridad dos veces; si desobedecía, mataría a un niño.

En esta ocasión, al menos, disponía de una opción que no implicaba seleccionar a nadie para la muerte.

A pesar de que las cuatro primeras líneas de la nota eran directas, el significado de las dos últimas no era fácil de interpretar.

¿Acaso no te he tendido la mano de la amistad?

La burla era evidente. Billy también detectó un toque provocador que sugería que allí se ofrecía información que le podía resultar útil sólo si era capaz de entenderla.

Releer el mensaje seis veces —ocho, incluso diez— no le aportó ninguna claridad. Sólo frustración.

Con la nota, Billy volvía a tener una prueba. Aunque no era gran cosa y en sí misma no impresionaría a la policía, decidió esconderla en un lugar seguro.

Se dirigió al salón y revisó la colección de libros. En los últimos años para él no había sido nada más que algo que desempolvar.

Escogió *En nuestro tiempo*. Insertó la nota entre la portada y la dedicatoria y volvió a colocar el ejemplar en la estantería. Pensó en Lanny Olsen, muerto en un sillón con una novela de aventuras en su regazo.

Fue al dormitorio en busca de la Smith & Wesson de treinta y ocho milímetros que escondía bajo la almohada.

Mientras manipulaba la pistola, recordó lo que se sentía al dispararla: el cañón volvía a su sitio, la empuñadura se endurecía contra la carne de la palma y el retroceso viajaba a través de los huesos de la mano y el brazo, sacudiendo la médula como un banco de peces agita el agua.

En un cajón de la cómoda había una caja abierta de munición. Se metió tres balas de repuesto en cada uno de los bolsillos de los pantalones.

Eso parecía suficiente precaución. Viniera lo que viniera, no sería una guerra. Sería algo violento y brutal, pero breve.

Estiró la cama para que diera la impresión de que no había pasado la noche en ella. Aunque no utilizaba cubrecamas, ahuecó las almohadas y dobló las sábanas de modo que quedaron tan estiradas como la piel de un tambor.

Cuando recogió la pistola de la mesa de luz, recordó no sólo el retroceso, sino también lo que se sentía al matar a un hombre.

Capítulo 19

Jackie O'Hara contestaba su teléfono celular con una frase que a veces utilizaba cuando trabajaba detrás de la barra:

—¿Qué puedo hacer por usted?

—Habla Billy, jefe.

—Oh, Billy, ¿sabes de qué hablaban anoche en el bar?

—¿De deportes?

—Al diablo con eso. No somos un maldito bar de deportistas.

Mientras miraba por la ventana de la cocina hacia el jardín, donde ya no estaba el ciervo, Billy dijo:

—Perdón.

—Para estos tipos, los deportistas, la bebida no significa nada.

—Es que hay distintas maneras de colocarse.

—Así es. Ellos fuman un poco de marihuana o incluso son capaces de volverse locos con algo de Starbucks. No somos un maldito bar de deportistas.

Como ya había oído esto antes, Billy trató de llevar adelante la conversación:

—Para nuestros clientes, la bebida es una especie de ceremonia.

—Más que una ceremonia. Es un mandamiento, una solemnidad, casi un sacramento. No para todos, pero sí para la mayoría. *Es una comunión.*

—De acuerdo. ¿Entonces estuvieron hablando de Pie Grande?

—Ojalá. La mejor charla de bar, la más intensa de todas, solía ser sobre Pie Grande, platos voladores, el continente perdido de la Atlántida, lo que pasó con los dinosaurios...

—... qué hay en la cara oculta de la Luna —interrumpió Billy—, el monstruo del lago Ness, el Santo Sudario de Turín...

—... fantasmas, el Triángulo de las Bermudas, todo el repertorio clásico —continuó Jackie—. Pero hace mucho tiempo que no se habla de eso.

—Lo sé —reconoció Billy.

—Hablaban de estos profesores de Harvard, Yale y Princeton, estos científicos que dicen que van a utilizar la clonación, las células madre y la ingeniería genética para crear una raza superior.

—Más listos, rápidos y mejores que nosotros —dijo Billy.

—Tan superiores a nosotros —dijo Jackie— que ni siquiera serán humanos. Salió en *Time,* o quizá en *Newsweek;* y los científicos sonriendo, orgullosos de sí mismos, ahí, en una *revista.*

—Lo llaman «futuro posthumano» —dijo Billy.

—¿Qué va a ser de nosotros cuando seamos *post?* —se preguntó Jackie—. Post es lo que ya fue. ¿Una *raza superior?* ¿Estos tipos no han oído hablar de Hitler, por casualidad?

—Ellos se creen distintos —dijo Billy.

—¿No tienen espejos? Algunos idiotas están cruzando genes humanos y animales para crear cosas... cosas nuevas. Uno de ellos quiere crear un cerdo que tenga cerebro humano.

—¿Estás bromeando?

—La revista no dice por qué un cerdo, como si tuviera que ser obvio que sea un cerdo y no un gato, una vaca o una ardilla. Por amor de Dios, Billy, ¿no es ya bastante duro tener un cerebro humano en un cuerpo humano? ¿Qué clase de infierno sería tener un cerebro humano en un cuerpo de cerdo?

—Tal vez no vivamos para verlo —afirmó Billy.

—Lo verás, a menos que esté en tus planes morir mañana. A mí me gustaba Pie Grande. Me gustaba el Triángulo de las Bermudas, y no digamos los fantasmas. Ahora toda esa mierda de locos es *real.*

—Te llamo —dijo Billy— para avisarte de que hoy no podré ir a trabajar.

Con verdadera preocupación, Jackie preguntó:

—¿Qué sucede? ¿Estás enfermo?

—Estoy un poco mareado.

—No tienes voz de resfriado.

—No creo que sea un resfrío. Es como algo del estómago.

—A veces los resfríos de verano empiezan así. Toma cinc. Hay uno que se aplica por la nariz. Funciona bien. Mata cualquier resfrío.

—Voy a hacer la prueba.

—Es demasiado tarde para vitamina C. Deberías haber empezado a tomarla antes.

—Tomaré algo de cinc. ¿Te llamo muy temprano? ¿Fuiste tú el que cerró el bar anoche?

—No. Me fui a casa a las diez. Toda esa charla sobre cerdos con cerebros humanos sólo me dio ganas de irme a casa.

—¿Entonces cerró Steve Zillis?

—Sí. Es un chico digno de confianza. Me arrepiento de haberte dicho todo lo que te conté. Si quiere hacer pedazos maniquíes y sandías en su patio trasero es asunto suyo, mientras cumpla con su trabajo.

Las noches de los martes normalmente pasaban lentas en el bar. Si el tráfico se aligeraba, Jackie prefería cerrar el bar antes de la hora normal, las dos de la mañana. Un bar abierto con pocos o ningún cliente a esas horas era una tentación para los profesionales del crimen y ponía a los empleados en una situación arriesgada.

—¿Una noche movida? —preguntó Billy.

—Steve dijo que después de las once fue como si el mundo se hubiera terminado. Tuvo que abrir la puerta y echar un vistazo afuera para asegurarse de que el bar no había sido teletransportado a la Luna o alguna otra parte. Apagó las luces antes de la medianoche. Gracias a Dios no hay más que un martes a la semana.

—A la gente le gusta pasar *parte* de su tiempo con sus familias —dijo Billy—. Ésa es la tragedia de un bar familiar.

—¿Eres un tipo gracioso, verdad?

—No por lo general.

—Si te aplicas el cinc por la nariz y no te sientes mejor —dijo Jackie—, vuelve a llamarme y te diré por dónde puedes metértelo.

—Creo que habrías sido un buen cura. De verdad que sí.

—Ponte bien, ¿de acuerdo? Los clientes te echan de menos cuando no estás.

—¿En serio?

—En realidad no. Pero al menos no dicen que están contentos con tu ausencia.

En otras circunstancias, quizá sólo Jackie O'Hara podría haberle arrancado a Billy Wiles una sonrisa.

Colgó. Miró su reloj: 10:31.

El «socio» estaría allí en menos de media hora.

Si Steve Zillis había abandonado el bar poco antes de medianoche, habría tenido tiempo de sobra para ir hasta la casa de Lanny, matarlo y mover el cuerpo hasta el sillón del dormitorio principal.

Si Billy hubiera evaluado a los sospechosos, no habría apostado mucho por Steve. Pero, de vez en cuando, una posibilidad remota acababa imponiéndose.

Capítulo
20

En la galería delantera había dos mecedoras de teca con almohadones de color verde oscuro. Billy rara vez necesitaba la segunda silla.

Esa mañana, vestido con una camiseta blanca y unos pantalones, se sentó en la más alejada de los escalones de la galería. No se meció. Permaneció quieto.

A su lado había una mesa de cóctel de teca. Sobre ella yacía un posavasos de corcho y encima un vaso de Coca Cola.

No había probado la gaseosa. La había preparado para distraerse, para evitar tomar la caja de galletitas Ritz. Ésta no contenía otra cosa que la pistola con silenciador. Sólo quedaban tres galletas, apiladas sobre la mesa, junto a la caja.

Brillante, claro y caluroso, el día era demasiado seco para agradar a los vinicultores, pero a Billy le gustaba.

Desde la galería, entre los aromáticos cedros, podía ver un largo trecho de la carretera rural que se elevaba suavemente hacia su casa y continuaba más allá. No había mucho tráfico. Distinguió algunos de los vehículos, pero no supo a quiénes pertenecían.

Elevándose del abrasador asfalto, reverberantes fantasmas del calor hechizaban la mañana.

A las 10:53 apareció una figura en la distancia, a pie. Billy no esperaba que el socio llegara caminando. Supuso que no era el hombre.

Al principio la figura podía haber sido un espejismo. El asfixiante calor lo distorsionaba, lo hacía disolverse como si se tratara de un reflejo en el agua. Por un momento pareció evaporarse, luego reapareció.

Bajo la intensa luz, parecía alto y delgado, anormalmente delgado, como si se tratara de un espantapájaros que ahuyentaba a las aves con sus ojos de botones.

Se desvió de la carretera del condado y siguió por la calle. Atravesó el césped y, a las 10:58, llegó adonde comenzaba la escalera del porche.

—¿Señor Wiles? —preguntó.

—Sí.

—Supongo que me está esperando.

Tenía la voz destemplada, ronca, de quien ha marinado su laringe en whisky y la ha cocinado a fuego lento con años de humo de cigarrillo.

—¿Cómo se llama? —preguntó Billy.

—Mi nombre es Ralph Cottle, señor.

Billy pensó que no le respondería. Si el tipo se escondía tras un nombre falso, *John Smith* habría sido suficiente. *Ralph Cottle* sonaba real.

Cottle era tan delgado como el calor distorsionante lo había hecho parecer a distancia, pero no tan alto. Su escuálido cuello parecía a punto de quebrarse bajo el peso de la cabeza.

Llevaba zapatillas de tenis blancas oscurecidas por el tiempo y la mugre. Brillante por zonas y deshilachado en los puños, su liviano traje de verano color cacao colgaba de él con no más gracia de la que habría colgado de una percha. Su camisa de poliéster era holgada, estaba manchada y le faltaba un botón.

Se trataba de ropa de saldo del más barato de los tugurios, y él le había dado un prolongado uso.

—¿Puedo pasar a la sombra, señor Wiles?

Parado al pie de las escaleras, daba la impresión de que el peso del sol podía derribarlo. Parecía demasiado frágil para representar una amenaza, pero uno nunca podía fiarse.

—Hay una silla para usted —dijo Billy.

—Gracias, señor. Aprecio su gentileza.

Billy se puso más tenso a medida que Cottle subía las escaleras, pero se relajó un poco cuando el hombre se sentó en la otra mecedora.

Cottle tampoco se meció, como si hacer mover la silla fuera una tarea más extenuante de lo que podía resistir.

—¿Le molesta si fumo, señor? —le preguntó.

—Sí. Me molesta.

—Comprendo. Es un hábito desagradable.

De un bolsillo interior de la chaqueta, Cottle sacó una petaca de Seagram's y desenroscó el tapón. Sus huesudas manos temblaban. No preguntó si podía beber. Se limitó a dar un trago.

Aparentemente, tenía suficiente control sobre su dependencia de la nicotina como para ser educado. La petaca, por otra parte, le indicaba cuándo era necesario acudir a ella, y él no podía desobedecer a su voz interior.

Billy sospechó que había otras botellitas metidas en los demás bolsillos, junto con cigarrillos y cerillas, y posiblemente un par de porros. Eso explicaba por qué llevaba traje con el calor que hacía: no era sólo ropa, sino un lugar en el que transportar sus múltiples vicios.

El trago no mejoró el color de su cara. Su piel ya estaba bronceada por un exceso de sol y colorada debido a una intrincada red de vasos capilares reventados.

—¿Cuánto ha tenido que andar? —preguntó Billy.

—Sólo desde el desvío. Hice dedo y me dejaron allí. —Billy se quedó estupefacto, ya que Cottle agregó—: Me conoce mucha gente por esta zona. Saben que soy inofensivo, desaliñado pero no sucio.

De hecho, el pelo rubio se veía limpio, aunque despeinado. También estaba afeitado, con la cara curtida lo bastante fuerte como para resistir raspones incluso con la maquinita empuñada por una mano tan inestable.

Su edad era difícil de determinar. Podría tener cuarenta o sesenta, pero no treinta o setenta.

—Es un hombre muy malo, señor Wiles.

—¿Quién?

—El que me envió.

—Usted es su socio.

—Tanto como un mono.

—Así es como lo llamó: socio.

—¿Acaso le parezco un mono?

—¿Cómo se llama?

—No lo sé. No quiero saberlo.

—¿Qué aspecto tiene?

—No le vi la cara. Espero no vérsela nunca.

—¿Llevaba pasamontañas? —adivinó Billy.

—Sí, señor. Y ojos que miraban con la frialdad de una serpiente. —Su voz se quebró en sintonía con sus manos, y volvió a tomar un trago de la botella.

—¿De qué color tiene los ojos? —preguntó Billy.

—A mí me parecían tan amarillos como la yema de huevo, pero eso era sólo por la luz que los iluminaba.

Recordando el encuentro en el estacionamiento de la iglesia, Billy dijo:

—Había mucha luz para que yo pudiera ver el color... sólo noté un brillo fogoso.

—No soy un hombre tan malo, señor Wiles. No soy como él. Lo que yo soy es débil.

—¿Por qué ha venido aquí?

—Dinero, entre otras cosas. Me pagó ciento cuarenta dólares, todo en billetes de diez.

—¿Ciento cuarenta? ¿Regateó con él esos cuarenta?

—No, señor. Ésa fue la suma exacta que me ofreció. Dijo que eran diez dólares por cada año de su inocencia, señor Wiles.

En silencio, Billy lo contempló con atención.

Los ojos de Ralph Cottle habrían sido alguna vez de un azul vibrante. Tal vez el alcohol los había desvaído, ya que eran los ojos azules más pálidos que había visto, como el azul desmayado de la parte más alta del cielo, donde hay demasiada poca atmósfera para proporcionar colores ricos y donde el vacío más allá apenas está oculto.

Tras un momento, Cottle interrumpió el contacto de sus miradas, miró el jardín, los árboles, el camino.

—¿Sabe lo que eso significa? —preguntó Billy—. ¿Mis catorce años de inocencia?

—No, señor. Y no es de mi incumbencia. Él sólo quería que lo tuviera en cuenta para decírselo.

—Usted dijo que era el dinero «entre otras cosas». ¿Qué más hay?

—Me habría matado si no hubiera venido a verlo.

—¿Amenazó con matarlo?

—Él no amenaza, señor Wiles.

—Suena como una amenaza.

—Él sólo dice lo que es, y usted sabe que es verdad. Si yo no venía a verlo, moriría. Y además no de muerte fácil.

—¿Sabe usted lo que hizo él? —preguntó Billy.

—No, señor. Y no me lo diga.

—Ahora somos dos los que sabemos que él es real. Podemos corroborar mutuamente nuestras historias.

—Ni siquiera se atreva a hablar de ese modo.

—¿No se da cuenta? Él cometió un error.

—Desearía ser su error —dijo Cottle—, pero no lo soy. Usted piensa demasiado en mí, y no debería.

—Pero hay que detenerlo —dijo Billy.

—Yo no voy a ser quien lo haga. No soy el héroe de nadie. No me diga lo que hizo él. Ni se atreva.

—¿Por qué no habría de hacerlo?

—Ése es su mundo. No el mío.

—Hay un solo mundo.

—No, señor. Hay billones de mundos. El mío es distinto del suyo, y así seguirá siendo.

—Estamos sentados aquí, en el mismo lugar.

—No, señor. Parece el mismo lugar, pero son dos, ¿de acuerdo? Usted sabe que es así. Puedo verlo en su persona.

—¿Ver qué?

—Veo la forma en que usted se parece un poco a mí.

Impresionado, Billy respondió:

—Usted no puede ver nada. Ni siquiera es capaz de mirarme.

Ralph Cottle volvió a buscar los ojos de Billy.

—¿No vio la cara de mujer en el frasco, como un medusa?

La conversación de pronto se había desviado del tema principal en una extraña dirección.

—¿Qué mujer? —preguntó Billy.

Cottle volvió a dar otro sorbo de la petaca.

—Dijo que la tenía en ese frasco desde hacía tres años.

—¿Frasco? Mejor que deje de darle a la petaca, Ralph. Lo que dice no tiene mucho sentido.

Cottle cerró los ojos con una mueca, como si pudiera ver lo que ahora describía.

—Es un frasco de dos cuartos, tal vez más grande, con una tapa enorme. Él cambia regularmente el formaldehído para evitar que se oscurezca.

Más allá del porche, el cielo era cristalino. Lejos, bajo la luz clara, un halcón solitario volaba en círculos, limpio como una sombra.

—El rostro tiende a plegarse sobre sí mismo —continuó Cottle—, así que al principio lo que se ve no es un rostro. Es como algo marino, apretado pero blando. Entonces él mueve con cuidado el frasco, hace girar suavemente el contenido, y el rostro... florece.

La hierba del pastizal es dulce y verde, luego más alta y dorada donde sólo la naturaleza se ocupa de ella. Ambas producen fragancias distintas, cada cual áspera y agradable a su manera.

—Al principio se reconoce una oreja —prosiguió Ralph Cottle—. Las orejas están fijas, y el cartílago les da forma. También hay cartílago en la nariz, pero no logra conservar tan bien la forma. La nariz es sólo un bulto.

Desde las alturas resplandecientes, el halcón descendió formando un círculo cada vez más estrecho, describiendo silenciosas y armónicas curvas.

—Los labios están llenos, pero la boca no es más que un agujero, y los ojos son agujeros. No hay pelo, porque él corta únicamente de una oreja a otra, desde el borde de la frente hasta el extremo de la barbilla. No se puede saber si se trata de una cara de mujer o de hombre. Él dice que ella era hermosa, pero no hay belleza en el frasco.

Billy dijo:

—Es sólo una máscara, látex, un truco.

—No, es real. Es tan real como un cáncer terminal. Él dice que fue el segundo acto de una de sus mejores representaciones.

—¿Representaciones?

—Tiene cuatro fotografías de la cara. En la primera, ella está viva. Después, muerta. En la tercera, el rostro aparece arrancado a medias. En la cuarta, la cabeza, su pelo, están ahí, pero el tejido suave de su rostro ha desaparecido, sólo queda hueso, la sonrisa de una calavera.

Pasando de sus gráciles volteretas a un descenso en picado, el halcón se abalanzó sobre el pastizal.

La botellita le indicó a Ralph Cottle que necesitaba una nueva dosis, y bebió para fortalecer los cimientos de su valor desmoronado. Tras una espiración, dijo:

—En la primera fotografía, cuando ella estaba viva... tal vez era tan bonita como él dice. No es tan fácil de determinar porque... ella es puro terror. El miedo le hace fea.

El pastizal, anteriormente inmóvil bajo el calor paralizante, se agitó brevemente en un determinado lugar, donde las plumas golpeaban los tallos.

—El rostro en esa primera imagen —dijo Cottle— es peor que el del frasco. Mucho peor.

El halcón salió de entre la hierba y se elevó. Sus garras sostenían algo pequeño, quizá un ratón de campo, que se resistía aterrorizado, o no. A esa distancia, no se podía estar seguro.

La voz de Cottle era como una lima raspando contra una madera añeja.

—Si no hago exactamente lo que quiere, prometió poner *mi* cara en un frasco. Y mientras la prepara, me mantendrá vivo, y despierto.

En el claro y diáfano cielo, el halcón, que se elevaba de nuevo, era tan negro y nítido como una sombra. Sus alas removían el aire radiante, y las altas corrientes de aire parecían las corrientes prístinas de un río por el que él nadaba, y menguaba, y desaparecía, tras matar sólo lo necesario para sobrevivir.

Capítulo 21

Inmóvil en la mecedora, Ralph Cottle dijo que vivía en una cabaña destartalada junto al río. El lugar, de dos habitaciones y una galería con vistas, había sido construido en la década de 1930 y desde entonces se estaba viniendo abajo.

Tiempo atrás, unos desconocidos habían utilizado la cabaña para sus vacaciones de pesca. No tenía electricidad. Un cubículo externo servía de baño. La única agua corriente era la del río.

—Creo que para ellos en un primer momento era un lugar donde escapaban de sus mujeres —dijo Cottle—. Un lugar para beber y emborracharse. Y sigue igual.

Una chimenea proporcionaba calor y permitía cocciones sencillas. Todo lo que Cottle utilizaba para alimentarse lo sacaba a cucharadas de una lata caliente.

En su momento había sido propiedad privada. Ahora pertenecía al condado, tal vez expropiada por impuestos atrasados. Como gran parte de los terrenos gubernamentales, apenas estaba cuidado. Ningún burócrata o guardabosques fastidiaba a Ralph Cottle desde el día, once años atrás, en que había vaciado y limpiado la cabaña, colocado su bolsa de dormir y se había establecido allí como un ocupante ilegal.

No había vecinos a la vista o al alcance de un grito. La cabaña era un establecimiento aislado, que le iba a Cottle como anillo al dedo.

Hasta las 3:45 de la madrugada anterior, cuando un visitante con pasamontañas lo despertó bruscamente: *entonces* lo que parecía una acogedora privacidad se convirtió en un aterrorizante aislamiento.

Cottle se había quedado dormido sin apagar la lámpara de aceite con la que leía novelas del oeste y se emborrachaba hasta caer agotado. A pesar de esa luz, no había captado ningún detalle útil del aspecto del asesino. No podía calcular el peso o la altura de aquel hombre. Aseguró que su voz no tenía características notorias.

Billy intuyó que Cottle sabía más, pero le daba miedo decirlo. La ansiedad que ahora hervía en sus desvaídos ojos azules era tan pura e intensa, si bien no tan inmediata, como el terror que describió de la fotografía de la mujer desconocida a partir de la cual el psicópata había «cosechado» un rostro.

A juzgar por la longitud de sus esqueléticos dedos y por los impresionantes huesos de sus nudosas muñecas, Cottle alguna vez había estado preparado para defenderse. Ahora, según él mismo admitía, era débil, no sólo emocional y moralmente, sino físicamente.

No obstante, Billy se reclinó hacia delante en su silla y trató de ponerlo de su parte:

—Corrobore mi versión ante la policía. Ayúdeme...

—Ni siquiera puedo ayudarme a mí mismo, señor Wiles.

—Alguna vez habrá sabido cómo.

—No quiero recordarlo.

—¿Recordar qué?

—Nada. Ya se lo dije: soy débil.

—Suena como si quisiera ser débil.

Acercando la botellita a sus labios, Cottle sonrió débilmente y, antes de beber un trago, dijo:

—¿Nunca escuchó eso de que los débiles heredarán la tierra?

—Si no quiere hacerlo por usted, hágalo por mí.

Pasándose la lengua por los labios, severamente cuarteados por el calor y el efecto deshidratante del whisky, Cottle preguntó:

—¿Por qué tendría que hacerlo?

—Los débiles no se limitan a quedarse mirando cómo destruyen a otro hombre. Los débiles no son lo mismo que los cobardes. Son dos razas distintas.

—Con insultos no logrará que coopere. Yo no insulto. Y no me importa. Sé que no soy nada, y para mí está bien así.

—Que haya venido aquí a hacer lo que él quiere no significa que esté seguro allá en su cabaña.

Mientras enroscaba el tapón de la petaca, Cottle respondió:

—Más seguro que usted.

—Para nada. Usted no tiene nada que hacer. Escuche, la policía le brindará protección.

Una risa seca surgió del borracho.

—¿Por eso usted acudió tan rápido a ellos? ¿Por su *protección*?

Billy no respondió.

Alentado por el silencio de Billy, Cottle encontró una voz más aguda que resultaba menos mezquina que engreída:

—Usted no es nada, igual que yo, pero todavía no lo sabe. No es nada, no soy nada, no somos nada, y en lo que a mí respecta, si ese psicópata con la cabeza llena de mierda me deja tranquilo, puede hacer lo que quiera con quien sea porque él tampoco es nada.

Mientras observaba cómo Cottle desenroscaba la tapa de la petaca que acababa de enroscar, Billy dijo:

—¿Y qué pasa si lo arrojo de una patada en el culo por esas escaleras y lo echo de mi propiedad? A veces me llama para poner a prueba mis nervios. ¿Y si cuando me llame le digo que usted estaba borracho, incoherente, y que no pude entender nada de lo que dijo?

El rostro bronceado y enrojecido de Cottle no podía empalidecer, pero el pequeño botón de su boca, contraído de satisfacción personal tras su sermón, ahora se aflojó y derramó torpes excusas.

—Señor Wiles, le ruego por favor que no se sienta ofendido ante mis toscos modales. No puedo controlar lo que sale de mi boca más de lo que entra en ella.

—Él quería asegurarse de que me contara lo del rostro en el frasco, ¿no es así?

—Sí, señor.

—¿Por qué?

—No lo sé. No lo *consultó* conmigo, señor. Se limitó a poner en mi boca las palabras que debía transmitirle, y aquí estoy, porque quiero vivir.

—¿Por qué?

—¿Señor?

—Míreme, Ralph.

Cottle se encontró con su mirada. Billy dijo:

—¿Por qué quiere vivir?

Como si Cottle nunca antes la hubiese considerado, la pregunta pareció clavar en su mente algo doloroso, algún aspecto todavía inquieto, aún belicoso y amargo que por un momento pareció al fin dispuesto a considerar. Luego sus ojos se volvieron evasivos y aferró con ambas manos la petaca de whisky.

—¿Por qué quiere vivir? —insistió Billy.

—¿Qué más hay aparte de esto? —Evitando los ojos de Billy, Cottle levantó la petaca con ambas manos, como si se tratara de un cáliz—. Daría otro trago —dijo, como si pidiera permiso.

—Adelante.

Dio un breve sorbo, e inmediatamente otro.

—El tipo quiso que usted me contara lo del rostro en el frasco porque quiere que tenga esa imagen en la cabeza.

—Si usted lo dice.

—La idea es intimidarme, desconcertarme.

—¿Lo consiguió?

En lugar de responder, Billy dijo:

—¿Qué otra cosa más le mandó que me dijera?

Como si se dispusiera a ir al grano, Cottle volvió a enroscar el tapón de la petaca y esta vez la puso en el bolsillo del saco.

—Tendrá cinco minutos para tomar una decisión.

—¿Qué decisión?

—Quítese el reloj y colóquelo sobre la baranda de la galería.

—¿Por qué?

—Para contar los cinco minutos.

—Puedo contarlos con el reloj en la muñeca.

—El reloj en la baranda es la señal para él de que comenzó la cuenta regresiva.

Al norte había bosques, umbrosos y frescos en el caluroso día. A continuación, la hierba verde, luego altos pastizales dorados, más allá unos pocos robles de copa espesa y un par de casas más abajo en la ladera y hacia el este. Hacia el oeste se encontraba la carretera del condado, con árboles y campos tras ella.

—¿Ahora está mirando? —preguntó Billy.

—Prometió que lo haría, señor Wiles.

—¿Desde dónde?

—No lo sé, señor. Por favor, por favor, sólo quítese el reloj y colóquelo sobre la barandilla.

—¿Y si no lo hago?

—No hable así, señor Wiles.

—Pero ¿y si no lo hago?

Su voz áspera alcanzó un tono más agudo cuando Cottle dijo:

—Ya se lo dije: me quitará el rostro, conmigo despierto mientras lo haga. *Ya se lo dije.*

Billy se puso en pie, se quitó el Timex y lo colocó sobre la balaustrada de manera que la esfera se pudiera ver desde las dos mecedoras.

A medida que el sol se acercaba al cenit de su arco, iba penetrando en el paisaje y creando sombras en todas partes excepto en el bosque. Los árboles, cómplices bajo su manto verde, no revelaban secretos.

—Debe sentarse, señor Wiles.

La claridad caía desde el aire, y un resplandor amarillo distorsionaba los campos y arboledas, forzando a Billy a aguzar la vista a lo largo de los innumerables lugares en los que se podía ocultar un hombre, camuflado bajo la reverberante luz del sol.

—No le encontrará —aseguró Cottle—, y a él no le va a gustar que lo intente. Vuelva, siéntese.

Permaneció de pie junto a la baranda.

—Acaba de desperdiciar medio minuto, señor Wiles, cuarenta segundos.

Billy no se movió.

—Usted no sabe en qué trampa ha caído —dijo Cottle inquieto—. Cada minuto que él le otorga va a necesitarlo para *pensar.*

—Entonces hábleme de la trampa.

—Debe permanecer sentado. Por amor de Dios, señor Wiles. —Cottle forzaba su voz del mismo modo que una anciana preocupada habría restregado sus manos—. Él quiere que usted se quede sentado *en la silla.*

Billy regresó a la mecedora.

—Sólo quiero terminar con esto —añadió Cottle—. Lo único que quiero es hacer lo que me pidió y largarme de aquí.

—Ahora es usted el que pierde tiempo.

Ya había transcurrido uno de los cinco minutos.

—De acuerdo, está bien —convino Cottle—. Ahora es él el que habla. ¿Comprende? Es él.

—Adelante, pues.

Cottle se humedeció nerviosamente los labios. Sacó la petaca del saco, sin intención de beber por el momento, aferrándola simplemente con ambas manos, como si se tratara de un talismán con el poder oculto de despejar la niebla del whisky que borroneaba sus recuerdos, asegurándole que transmitiría el mensaje con la suficiente claridad como para salvar su rostro de ser conservado en un frasco.

—Mataré a alguien que conoces. Tú seleccionarás para mí a alguien de tu entorno —citó Cottle—. Ésta es tu oportunidad de librar al mundo de algún imbécil.

—El retorcido hijo de puta —gruñó Billy, y descubrió que sus manos estaban convertidas en puños, sin nada para golpear.

—Si no escoges un blanco para mí —continuó citando Cottle—, *yo* elegiré a alguien de tu entorno para matarlo. Tienes cinco minutos para decidir. Tú eliges, si es que tienes los huevos para hacerlo.

Capítulo 22

El esfuerzo por recordar las palabras precisas del mensaje redujeron a Ralph Cottle a un manojo zumbante de nervios. A su alrededor se agolpaban incontables preocupaciones, que podían advertirse en sus ojos alertas, en su rostro contraído, en sus manos temblorosas; Billy casi podía oír las despavoridas alas del espanto.

Mientras Cottle recitaba el desafío del psicópata y sus condiciones, con el castigo de la muerte suspendido sobre él si se equivocaba, la petaca había sido un talismán con el poder de inspirarlo, pero ahora necesitaba su contenido.

Mirando fijamente el reloj que seguía sobre la balaustrada de la galería, Billy dijo:

—No necesito cinco minutos. Diablos, ni siquiera necesito los tres que quedan.

Sin pretenderlo, por no acudir a la policía e involucrarla ya había contribuido a la muerte de una persona de su entorno: Lanny Olsen. Mediante la inacción, había salvado a una madre de dos hijos, pero había condenado a su amigo.

El mismo Lanny había sido en parte, sino del todo, responsable de su propia muerte. Se había apropiado de las notas del asesino y las había destruido para salvar su trabajo y su pensión, pagándolo con su vida.

Sin embargo, parte de culpa era de Billy. Podía sentir su peso; y siempre lo sentiría.

Lo que el psicópata exigía ahora de él era algo nuevo y lo más terrible hasta el momento. Esta vez no era por no actuar, ni por no advertir, sino con un propósito consciente: Billy tenía que señalar a alguien que conocía para morir.

—No lo haré —dijo.

Tras tragar una o dos veces, Cottle movió la boca húmeda de la botella de un lado a otro de sus labios, como si pretendiera besarla antes que seguir bebiendo. A través de la nariz, inhaló ruidosamente los gases que se elevaban.

—Si usted no lo hace, lo hará él —dijo Cottle.

—¿Por qué *habría* de hacerlo? Haga lo que haga estoy jodido, ¿no?

—No lo sé. Ni quiero saberlo. No es asunto mío.

—¡Claro que lo es!

—No es asunto mío —insistió Cottle—. Debo permanecer aquí sentado hasta que usted me comunique su decisión; luego se la transmitiré a él, y ya no seré más parte del asunto. Sólo le quedan algo más de dos minutos.

—Iré a la policía.

—Es demasiado tarde para eso.

—Estoy hundido en la mierda hasta las rodillas —admitió Billy—, pero más tarde lo estaré todavía más.

Cuando Billy se levantó de la mecedora, Cottle dijo cortante:

—¡*Siéntese!* Si usted intenta irse del porche antes que yo, recibirá un disparo en la cabeza.

El desgraciado acumulaba botellas en sus bolsillos, no armas. Incluso si Cottle poseía un arma, Billy tenía la seguridad de que podría arrebatársela.

—No de mi parte —dijo Cottle—. *De parte de él.* Nos está viendo ahora mismo a través de la mira de un potente rifle.

La sombra de los bosques al norte, el resplandor del sol sobre la colina por el este, las formaciones rocosas y las ondulaciones en los campos del lado sur de la carretera del condado...

—En este momento puede estar leyendo nuestros labios —dijo Cottle—. Es el mejor rifle de francotirador, y él está capacitado para usarlo. Puede alcanzarlo casi a mil metros de distancia.

—Tal vez es eso lo que quiero.

—Está dispuesto a hacerle el favor. Pero él no cree que usted esté preparado. Dice que al final lo estará. A la larga, dice él, usted le pedirá que lo mate. Pero no todavía.

Aun con el peso de su culpa, Billy Wiles se sintió de pronto como una pluma, y temió que llegara un repentino viento. Se acomodó en la mecedora.

—Si es demasiado tarde para acudir a la policía —añadió Cottle— es porque dejó pruebas en la casa de ella, en su cuerpo.

El día continuaba tranquilo, pero entonces apareció el viento.

—¿Qué pruebas?

—Por un lado, algunos cabellos de usted en el puño de ella y bajo sus uñas.

Billy se quedó boquiabierto.

—¿De dónde consiguió pelos míos?

—De la rejilla de su ducha.

Antes de que la pesadilla comenzara, cuando Giselle Winslow todavía estaba viva, el psicópata ya había estado en esta casa.

La sombra de la galería ya no mantenía a raya el calor del verano. Era como si estuvieran sobre el asfalto bajo el sol.

—¿Qué otra cosa además de los cabellos?

—No lo dijo. Pero no es nada que la policía pueda asociar con usted... salvo que por alguna razón llegue a estar bajo sospecha.

—Algo que él puede hacer que suceda.

—Si la policía empieza a pensar que tal vez deban pedirle una muestra de ADN, usted está acabado.

Cottle echó una mirada al reloj. Billy hizo lo mismo.

—Queda un minuto —aconsejó Cottle.

Capítulo 23

Un minuto. Billy Wiles contempló su reloj como si se tratara del reloj de una bomba en su cuenta regresiva hacia la detonación.

No pensaba en los segundos que volaban ni en las pruebas colocadas en la escena del crimen de Giselle Winslow, ni en estar en la mira de un potente rifle.

Componía en cambio una agenda mental de la gente que conocía. Los rostros pasaban con rapidez a través de su mente. Aquellos que le gustaban. Aquellos hacia los que sentía indiferencia. Aquellos que le desagradaban.

Había lagunas oscuras. Podía ignorarlos. Sin embargo, apartar la mente de semejante pensamiento demostraba ser tan difícil como ignorar un cuchillo contra su garganta.

Un cuchillo de otra clase, un cuchillo de culpa lo liberó por fin de estas consideraciones. Al advertir cuán seriamente había estado calculando el valor comparativo de la gente de su vida, estableciendo cuál de ellos tenía menos derecho a vivir que otros, no pudo reprimir un estremecimiento.

—No —dijo segundos antes de que su tiempo terminara—. No, jamás voy a elegir. Puede irse al infierno.

—Entonces él elegirá por usted —le recordó Cottle a Billy.

—Que se vaya al infierno.

—Está bien. Es su decisión. Queda sobre sus hombros, señor Wiles. No es de mi incumbencia.

—¿Ahora qué?

—Usted permanezca en la silla, señor, no se mueva de ahí. Se supone que debo ir adentro, al teléfono de la cocina, esperar a que él llame y hacerle saber su decisión.

—Yo iré dentro —dijo Billy—. Yo responderé la llamada.

—Me está volviendo loco —dijo Cottle—, va a conseguir que nos maten a los dos.

—Es mi casa.

Cuando levantó la botella hacia su boca, las manos de Cottle temblaban tanto que el vidrio chocó contra sus dientes. El whisky le resbaló por el mentón. Sin secarse, dijo:

—Quiere que usted permanezca sentado en la silla. Si intenta entrar, él le volará los sesos antes de alcanzar la puerta.

—¿Qué sentido tiene?

—Después me volará los sesos a mí también, por no haber podido lograr que me obedezca.

—No lo va a hacer —disintió Billy, comenzando a intuir parte de la perspectiva del psicópata—. No está preparado para terminarlo, no así.

—¿*Usted* qué sabe? Usted no sabe. Usted no sabe nada.

—Él tiene un plan, un propósito, algo que para usted o para mí no tiene sentido, pero que sí lo tiene para él.

—No seré más que un maldito borracho inútil, pero hasta *yo* me doy cuenta de que usted es un mentiroso de mierda.

—Quiere que todo se desarrolle como él lo concibió —dijo Billy más para sí mismo que para Cottle—, y no lo va a dejar a la mitad volando dos cabezas.

Mientras escrutaba ansiosamente el caluroso día más allá del porche, escupiendo saliva al hablar, Ralph Cottle dijo:

—¡Maldito terco hijo de puta! ¿Por qué no me escucha? ¡No me está escuchando!

—Estoy escuchándolo.

—Más que cualquier otra cosa, quiere que las cosas se hagan a *su* manera. No quiere hablar con usted. ¿Lo comprende? Quizá no quiere que usted escuche su voz.

Eso tenía sentido si el psicópata era alguien que Billy conocía. Cottle prosiguió:

—O quizá lo único que no quiere es escuchar su basura más de lo que quiero yo. No lo sé. Si usted prefiere levantar el teléfono para demostrarle quién manda, entonces haga que se enfurezca y él le volará los sesos, a mí me importa un bledo. Pero entonces él me matará a mí también, y usted no puede elegir por mí. *¡No puede elegir por mí!*

Billy sabía que sus instintos estaban en lo cierto: el psicópata no les dispararía.

—Sus cinco minutos han terminado —dijo Cottle con preocupación, señalando con la cabeza el reloj sobre la baranda—. *Seis minutos. Más de seis minutos.* A él no le va a gustar.

En verdad, Billy no *sabía* si el psicópata se abstendría de disparar. Sospechaba que sería así, lo intuía, pero no lo *sabía*.

—Su tiempo terminó. Van casi siete minutos. *Siete minutos.* Él espera que me levante y entre.

Los pálidos ojos azules de Cottle bullían de miedo. Tenía tan poco por lo que vivir, y sin embargo estaba desesperado por seguir vivo.

¿Qué más hay aparte de esto?, había dicho él.

—Vaya — dijo Billy.

—¿Qué?

—Vaya adentro. Vaya al teléfono.

Al incorporarse de la mecedora, Cottle dejó caer la petaca abierta. Varias gotas de whisky se derramaron por el suelo. El hombre no se inclinó para recuperar su tesoro. De hecho, en su apuro por alcanzar la puerta, dio una patada a la botella y la lanzó girando por todo el suelo de la galería. Una vez en el umbral, miró hacia atrás y dijo:

—No estoy seguro de lo que tardará en llamar.

—Limítese a recordar cada palabra que diga —lo instruyó Billy—. Recuerde *exactamente* cada palabra.

—De acuerdo, señor. Lo haré.

—Y cada entonación. Recuerde cada palabra y *cómo la dice*, y luego venga a contarme.

—Lo haré, señor Wiles. Cada palabra —prometió Cottle, y entró en la casa.

Billy permaneció solo en el porche. Tal vez todavía en el punto de mira de un rifle.

Capítulo 24

Tres mariposas, geishas del aire, danzaron fuera del brillo del sol hacia las sombras de la galería. Sus sedosos kimonos, plegándose y desplegándose una y otra vez en graciosos remolinos de color, tan tímidos como rostros escondidos detrás de los pliegues de abanicos pintados a mano, volaron, veloces, hacia la claridad de la que habían venido.

Representación.

Tal vez era ésa la palabra que definía al asesino, la que llevaría a una explicación de sus actos, que si eran comprendidos revelarían su talón de Aquiles.

Según Ralph Cottle, el psicópata se había referido al asesinato de una mujer y al desollamiento de su cara como el «segundo acto» de una de sus «mejores representaciones».

Suponiendo que el psicópata consideraba el asesinato básicamente como un juego emocionante, Billy se había equivocado. El gusto por hacerlo podía ser parte del asunto, pero este hombre no estaba entera ni principalmente motivado por un perverso sentido de la diversión.

Billy no sabía bien qué deducir de la palabra *representación*. Quizá para su enemigo el mundo era un escenario, la realidad un fraude, y todo era artificio. No sabía cómo esta visión podía explicar su conducta homicida —o predecirla—, no tenía ni idea.

Enemigo representaba un pensamiento equivocado. *Enemigo* era alguien que no podía ser destruido. Una palabra mejor era *adversario*. Billy no había perdido la esperanza.

Con la puerta delantera abierta, el timbre del teléfono se escucharía desde la galería. Todavía no lo había oído.

Meciendo perezosamente la silla, no para convertirse en un blanco más difícil sino para disimular su ansiedad y así robarle al asesino la posibilidad de obtener satisfacción de su parte, Billy estudió el roble californiano más cercano, y luego el siguiente.

Había enormes árboles viejos con amplias copas. Sus troncos y ramas se veían negros ante la clara luz del sol. Bajo esos sombríos árboles, un francotirador podría encontrar un lecho de ramas que le sirviera de plataforma para acomodarse y de trípode para su rifle.

Las dos casas más cercanas ladera abajo, una a cada lado de la carretera, quedaban de sobra dentro del alcance de los mil metros. Si no había nadie en esas casas, el psicópata podría haber irrumpido en ellas y ahora estar apostado en alguna ventana del primer piso.

Representación.

Billy era incapaz de pensar en otra persona en su vida para quien esa palabra tuviera mayor relevancia que para Steve Zillis. El bar era como un escenario para él.

¿Era lógico, no obstante, que el psicópata, un asesino en serie violento, con gusto por la mutilación, pudiera tener un sentido del humor tan simple y un concepto del teatro tan pueril que pudiese entretenerse lanzando maníes por la nariz, atando cabos de cereza y contando chistes de rubias tontas?

Billy echó repetidas miradas al reloj de la baranda.

Tres minutos era una espera razonable, incluso cuatro. Pero cinco ya le parecieron demasiados.

Comenzó a levantarse de la silla, pero escuchó en su memoria la voz de Cottle: *«¡No puede elegir por mí!»*, y el peso de la responsabilidad le hizo volver a la mecedora.

Como Billy había retenido a Cottle en la galería más de los cinco minutos de plazo, el psicópata podía estar tomándose una revancha, haciéndolos esperar lo suficiente como para atacarles los nervios, para enseñarles a no joder con el que imponía las reglas.

Ese pensamiento lo tranquilizó durante un minuto. Luego se le ocurrió una posibilidad más ominosa.

Como Cottle no había entrado en la casa directamente tras los cinco minutos, y como Billy se había retrasado dos o tres minutos más, tal vez el asesino interpretaba esa falta de puntualidad como que Billy se negaba a escoger una víctima, lo que de hecho era el caso.

Hecha esa consideración, el psicópata habría decidido que no había ningún motivo para llamar a Ralph Cottle. En ese momento podría haber agarrado su rifle y salido del bosque o de alguna de las casas loma abajo.

Si él había elegido una víctima adelantándose a escuchar la respuesta de Billy, cosa que seguramente habría hecho, estaría ansioso por ponerse manos a la obra.

Una de las personas en la vida de Billy, la más importante, era desde luego Barbara, indefensa en Whispering Pines.

Independientemente de cualquier experiencia o conocimiento que justificara su confianza, Billy sintió que este extraño drama todavía se encontraba en el primero de sus tres actos. Su desgraciado antagonista estaba lejos de sentirse preparado para dar por finalizada su representación; por consiguiente, Barbara no estaba en peligro inminente.

Si el psicópata sabía algo sobre el objeto de su tormento —y por lo visto sabía mucho—, comprendería que la muerte de Barbara arrebataría en el acto a Billy todo espíritu de lucha. La resistencia era esencial para el drama. El conflicto. Sin Billy, no habría segundo acto.

Debía tomar medidas para proteger a Barbara. Pero necesitaba pensar profundamente *cómo,* y tenía tiempo para hacerlo.

Si estaba equivocado al respecto, si Barbara era la próxima, entonces su mundo estaba a punto de convertirse en un breve y amargo purgatorio antes de ser trasladado de inmediato al infierno.

Siete minutos habían pasado desde que Cottle entrara, y el tiempo seguía transcurriendo.

Billy se levantó de la mecedora. Sentía las piernas débiles. Tomó la pistola de la caja de galletas Ritz. No le importaba si el desequilibrado lo veía.

Cuando llegó al arco de la puerta, exclamó:

—¿Cottle? —No recibió respuesta. Gritó—: ¡Cottle, maldición! Entró en la casa, cruzó el salón y pasó a la cocina.

Ralph Cottle no estaba allí. La puerta trasera estaba abierta, y Billy sabía que la había dejado cerrada y con llave.

Salió a la galería trasera. Cottle tampoco estaba allí, ni en el jardín. Se había ido.

El teléfono todavía no había sonado, pero Cottle se había ido. Tal vez al no recibir la llamada, había interpretado el silencio como una señal de que el asesino lo consideraba un fracaso. Podía haberle dado pánico y haber salido corriendo.

Regresó a la casa, cerrando tras de sí la puerta, y recorrió la cocina con la mirada, buscando algo fuera de lugar. No tenía ni idea de lo que podía ser.

Todo parecía estar como siempre, en orden.

La incertidumbre dejó paso a la desconfianza, y ésta se convirtió en sospecha. Cottle debía de haberse llevado algo, colocado algo, *hecho* algo.

Ni en la cocina, ni en el salón, ni en el despacho encontró nada fuera de lo común, pero en el baño descubrió a Ralph Cottle. Muerto.

Capítulo
25

Una fuerte luz fluorescente dibujaba una capa de falso rocío sobre los ojos abiertos de Cottle.

El borracho estaba sentado sobre la tapa del inodoro, recostado contra el tanque, con la cabeza echada hacia atrás y la boca abierta. Sus podridos dientes amarillos enmarcaban una lengua que tenía un aspecto rosado lechoso y se hallaba ligeramente agrietada por la deshidratación de la perpetua embriaguez.

Billy se quedó sin aliento, atontado; luego salió del baño hacia el pasillo, observando el cadáver a través del marco de la puerta.

No retrocedió a causa de ningún mal olor. Cottle no había vaciado sus intestinos ni su vejiga en sus postreros estertores. Seguía desaliñado pero no sucio: lo único de su persona de lo que parecía haber estado orgulloso.

Pero Billy no podía respirar en el baño, era como si se hubiese sacado todo el aire de ese lugar, como si el hombre muerto hubiese sido asesinado por un súbito vacío que ahora amenazaba con asfixiar al propio Billy.

En el pasillo pudo respirar de nuevo. Pudo comenzar a pensar.

Por primera vez advirtió el mango del cuchillo que sobresalía de la arrugada chaqueta de Cottle. Un mango amarillo claro. La hoja había sido introducida desde un ángulo elevado entre las costillas del lado izquierdo, clavándola hasta la empuñadura. Le había perforado el corazón, deteniéndolo.

Billy sabía que la hoja medía quince centímetros. El cuchillo amarillo era suyo. Lo guardaba en su maletín de pesca en el garaje. Era un cuchillo de pesca con filo de sierra para limpiar y filetear truchas.

El asesino no estaba en el bosque ni oculto entre la vegetación, ni en la casa de al lado observándolo con la mira telescópica de su rifle. Todo eso era mentira, y el borracho se lo había creído.

Cuando Cottle se acercó al porche delantero, el psicópata debió de entrar por la puerta trasera. Mientras Billy y su visitante estaban sentados en las mecedoras, su adversario había estado dentro de la casa, a pocos metros de ellos.

Billy se había negado a elegir a alguien de su entorno como próxima víctima. Según lo prometido, el asesino tomó entonces la decisión con sorprendente premura. Si bien Cottle era lo más cercano a un extraño, innegablemente estaba en la vida de Billy. Y ahora en su casa. Muerto.

En menos de un día y medio, en sólo cuarenta y una horas, tres personas habían sido asesinadas. Con todo, a Billy esto seguía pareciéndole el primer acto; quizá se trataba del *final* del primer acto, pero su instinto le decía que todavía quedaban por delante acontecimientos importantes.

Ante cada situación, él había hecho lo que parecía más sensato y prudente, sobre todo considerando su historia personal. Su sentido común y prudencia, sin embargo, jugaban a favor del asesino. Hora tras hora, Billy Wiles se alejaba cada vez más de cualquier atisbo de seguridad.

En Napa el demente había colocado pistas para incriminarlo en la casa donde Giselle Winslow había sido asesinada. Pelos de la rejilla de su ducha. Y no sabía qué más.

Seguro que también había dejado pistas incriminatorias en casa de Lanny Olsen. El señalador del libro bajo la mano muerta de Lanny seguramente no era otra cosa que una fotografía de Giselle Winslow, que conectaba los crímenes. Ahora en su baño se desplomaba un cadáver del que sobresalía un cuchillo que le pertenecía.

Aquí, en medio del verano, Billy se sentía como si estuviera sobre una ladera helada, en lo más profundo de una niebla fría, quieto en un salvaje deslizamiento, pero ganando una velocidad que, segundo a segundo, amenazaba su equilibrio.

Al principio, el descubrimiento del cadáver de Cottle impactó a Billy, paralizándolo mental y físicamente. Ahora se le ocurrían diversas opciones de actuación, y permanecía en pie presa de la indecisión.

Lo peor que podía hacer era actuar de manera precipitada. Necesitaba pensar, intentar prever las consecuencias de cada una de sus opciones. No podía permitirse más errores. Su libertad dependía de su ingenio y su valentía. Su supervivencia, de otras tantas cosas.

Al volver a entrar al baño, se dio cuenta de que no había sangre. Tal vez eso quería decir que Cottle no había sido asesinado allí. Tampoco había notado rastros de violencia en otros lugares de la casa.

Esta señal le hizo concentrarse en el mango del cuchillo. La sangre oscura empapaba el ligero traje de verano alrededor del punto de penetración, pero la mancha no era tan grande como se habría esperado.

El asesino había acabado con Cottle de un solo golpe. Sabía precisamente cuándo y cómo clavar la delgada hoja entre las costillas. El corazón se había detenido al primer o segundo latido después de ser alcanzado, lo que reducía la hemorragia.

Las manos de Cottle yacían sobre su regazo, con una palma arriba y la otra encima, como si hubiera muerto aplaudiendo a su asesino. Aunque casi oculto, había algo atrapado entre sus manos.

Cuando Billy aferró una esquina del objeto y tiró para liberarlo de las manos del cadáver, descubrió un disquete de computadora: rojo, de alta densidad, de la misma marca que él utilizaba cuando trabajaba con la computadora.

Estudió el cuerpo desde distintos ángulos. Dio una vuelta lentamente, revisando el baño en busca de cualquier pista que el asesino pudiera haber dejado bien intencionadamente o bien sin querer.

Más tarde o más temprano, probablemente tendría que palpar los bolsillos de la chaqueta y de los pantalones de Cottle. El disquete le daba una excusa para postergar esa ingrata tarea.

Una vez en el despacho, tras dejar la pistola y el disquete sobre el escritorio, quitó la funda protectora de su anticuada computadora. Prácticamente no la había utilizado en cuatro años.

Curiosamente nunca la había desenchufado. Suponía que eso se debería a una expresión inconsciente de su obstinada —si no frágil— esperanza de que Barbara Mandel algún día se recuperase.

En su segundo año de facultad, cuando comprendió que casi nada de lo que aprendía allí le ayudaría a convertirse en el escritor que quería ser, abandonó la carrera. Había realizado diversos trabajos manuales, escribiendo diligentemente en su tiempo libre.

A los veintiún años tuvo su primer trabajo como camarero de barra, que resultó ser ideal para un escritor. Veía material para sus novelas en cada cliente.

Desarrolló su talento con paciencia, vendiendo más de una colección de relatos cortos, que tuvieron una buena acogida, a varias revistas. Cuando tenía veinticinco años, un editor importante quiso reunir todos los relatos en un libro. La antología se vendió modestamente pero consiguió elogios de la crítica, lo que le sugirió que el bar no sería para siempre su principal ocupación.

Cuando Barbara apareció en la vida de Billy, no sólo le aportó ánimo sino también inspiración. Por el solo hecho de conocerla, por amarla, encontró una voz más auténtica y clara para su prosa.

Escribió su primera novela, y su editor respondió con entusiasmo. Las correcciones sugeridas por el editor eran menores, un mes de trabajo.

Entonces perdió a Barbara a causa del coma.

La voz más auténtica y clara de su prosa no se había perdido junto con ella. Él podía seguir escribiendo.

El deseo de escribir, no obstante, le fue desapareciendo, y la voluntad de escribir, y todo interés en narrar. Ya no quería explorar la condición humana a través de la ficción, porque tenía una experiencia demasiado dura de ella en la realidad.

Durante dos años, su agente y su editor tuvieron paciencia. Pero el mes de trabajo de su manuscrito se convirtió para él en algo más que una vida de trabajo. No pudo hacerlo. Devolvió el anticipo y canceló el contrato.

Al encender la computadora, aunque sólo fuera para enterarse de lo que el asesino había dejado en manos de Ralph Cottle, sintió que traicionaba a Barbara, a pesar de que ella habría rechazado —incluso se habría burlado— semejante pensamiento.

Se sintió un poco sorprendido cuando la máquina, tras tanto tiempo sin utilizar, al momento volvió a la vida. La pantalla se aclaró y apareció el logotipo del sistema operativo mientras la música de inicio surgía de los altavoces.

La computadora debía de haberse utilizado más recientemente de lo que pensaba. La coincidencia de que el disquete fuera de la misma marca que los que había sin utilizar en uno de los cajones de su escritorio le sugirió que de hecho podía ser uno de los suyos y que el psicópata había redactado su último mensaje desde ese mismo teclado.

Por extraño que parezca, este descubrimiento lo espantó incluso más de lo que lo había hecho encontrar el cadáver en el baño.

Apareció el menú de inicio, por mucho tiempo olvidado pero familiar. Como había escrito su novela en Microsoft Word, probó primero con ese programa.

La elección resultó ser acertada. El asesino también había escrito su mensaje en Word, y apareció en el acto.

El disquete contenía tres documentos. Antes de que Billy pudiera leer el texto sonó el teléfono.

Supuso que sería el psicópata.

Capítulo 26

Billy descolgó el auricular.

—¿Hola?

No era el psicópata. Una mujer dijo:

—¿Con quién hablo?

—¿*Quién* habla? Usted llamó.

—Billy, ¿eres tú verdad? Soy Rosalyn Chan.

Rosalyn era amiga de Lanny Olsen. Trabajaba en el departamento de policía del condado de Napa. Iba por el bar de vez en cuando.

Debían de haber encontrado el cuerpo de Lanny antes de que Billy pudiera decidir qué hacer con él.

Justo cuando se dio cuenta de que no le había respondido, Rosalyn preguntó de manera inquisitiva:

—¿Estás bien?

—¿Yo? Estoy bien. Todo tranquilo. Aunque el calor me está volviendo loco.

—¿Hay algún problema por allí?

Tuvo un relámpago mental del cadáver de Cottle en el baño, y la culpa rodó por su mente desorientándolo.

—¿Problema? No. ¿Por qué iba a haber problemas?

—¿No llamaste aquí hace un momento y después colgaste sin decir nada?

Creció de pronto una nube de confusión y luego se evaporó repentinamente. Por un momento había olvidado lo que hacía Rosalyn en el departamento de policía. Ella era la operadora del 911.

El nombre y la dirección de todo el que llamaba al 911 aparecían en su pantalla en cuanto ella levantaba el auricular.

—Eso fue... ¿fue hace menos de un minuto? —preguntó pensando rápido, o intentándolo.

—Ahora hace un minuto y diez segundos —dijo Rosalyn—. ¿Tú...?

—Lo que hice —dijo él— fue marcar el 911 cuando lo que en realidad quería hacer era llamar a información.

—¿Querías marcar el 411?

—Quería marcar el 411, pero apreté el 911. Enseguida me di cuenta de lo que había hecho, por eso colgué.

El psicópata todavía estaba en la casa. El psicópata había llamado al 911. Billy no entendía por qué lo había hecho y qué esperaba conseguir, y menos bajo semejante presión.

—¿Por qué no permaneciste en la línea —preguntó Rosalyn Chan— para aclararme que te habías equivocado?

—Me di cuenta del error enseguida y colgué rápido, no me imaginé que ya se había establecido la comunicación. Fue una estupidez. Lo siento, Rosalyn. Estaba llamando al 411.

—¿Entonces estás bien?

—Estoy bien. Es sólo este calor de locos.

—¿No tienes aire acondicionado?

—Tenía, pero se estropeó.

—Eso sí que es grave.

—Totalmente.

La pistola yacía sobre el escritorio. Billy la recogió. El psicópata seguía en la casa.

—Bueno, tal vez me dé una vuelta por el bar a eso de las cinco —dijo ella.

—De acuerdo, pero yo no voy a estar. No me encuentro muy bien, así que avisé de que estaba enfermo.

—Pensé que habías dicho que estabas bien.

Tan fácil era tropezar solo. Necesitaba buscar al intruso, pero tenía que parecer convincente a Rosalyn.

—Estoy bien. Todo está en orden. Nada grave. Sólo una molestia en el estómago. Tal vez es un resfrío de verano. Estoy aplicándome un gel nasal.

—¿Qué clase de gel?

—Ya sabes, ese gel de cinc que te pasas por la nariz. Te corta el catarro en seco.

—Me suena —dijo ella.

—Es bueno. Funciona. Jackie O'Hara me lo recomendó. Deberías tener uno a mano.

—¿Entonces todo está en orden por allá? —insistió.

—Salvo por el calor y mi estado griposo, pero no me puedes ayudar demasiado. El 911 no te puede curar una gripe ni arreglar el aire acondicionado. Lo siento, Rosalyn. Me siento como un idiota.

—No pasa nada. La mitad de las llamadas que recibimos no son emergencias.

—¿No?

—La gente llama porque su gato está en un árbol, porque los vecinos están dando una fiesta ruidosa, cosas por el estilo.

—Eso me hace sentir mejor. Al menos no soy el mayor idiota del barrio.

—Cuídate, Billy.

—Lo haré. Tú también. Cuídate.

—Adiós —dijo ella.

Colgó el auricular y se levantó de la silla.

Mientras Billy estaba en el baño con el cadáver, el psicópata había regresado a la casa. O quizá siempre había estado dentro, oculto en un armario o en alguna parte que Billy no había revisado.

El tipo tenía huevos. Enormes huevos a prueba de todo. Sabía que tenía una treinta y ocho milímetros, y aun así había vuelto a la casa y marcado el 911 mientras Billy retiraba el protector del ordenador.

El psicópata posiblemente siguiera allí. ¿Haciendo qué? Haciendo algo.

Billy cruzó el despacho hacia la puerta, que había dejado abierta. Lo atravesó rápido, con las dos manos aferrando la pistola, apuntando a derecha e izquierda.

El psicópata no estaba en el pasillo. Se encontraba en alguna parte.

Capítulo 21

A pesar de que Billy Wiles no llevaba reloj, supo que el tiempo estaba corriendo tan rápido como el agua por un colador.

En el dormitorio deslizó a un lado una de las puertas del armario. Nadie.

El espacio bajo la cama era demasiado estrecho. Nadie se escondería allí abajo ya que no era posible salir con rapidez; un escondite como ése sería una trampa. Además, no había colcha que tapara con el borde ese hueco.

Mirar bajo la cama sería una pérdida de tiempo. Billy se dirigió hacia la puerta. Regresó a la cama y se arrodilló. Una tontería.

El psicópata se había ido. Estaba loco, pero no lo bastante como para permanecer allí después de llamar al 911 y colgar.

De nuevo en el pasillo, Billy se apresuró a alcanzar la puerta del baño. Cottle estaba allí sentado, solo.

La cortina de la ducha estaba descorrida. Si hubiera estado corrida, habría sido el primer lugar para revisar.

Un enorme armario estaba ocupado por la caldera. No ofrecía opciones.

El salón. Un espacio abierto, fácil de revisar con un vistazo.

Entre las alacenas de la cocina había una alta y estrecha para escobas. Nada.

Abrió con energía la puerta de la despensa. Latas de conserva, cajas de pasta, botellas de salsa picante, reservas para la casa. Nada donde se pudiera ocultar un hombre.

De nuevo en el salón, metió la pistola bajo uno de los almohadones del sofá. No dejaba una marca visible, pero cualquiera que se sentara sobre él lo percibiría.

Había dejado la puerta principal abierta. Una invitación. Antes de volver al cuarto de baño la cerró.

Cottle, con su cabeza echada hacia atrás, la boca abierta y sus manos juntas sobre las piernas como si aplaudiera, podría parecer que estaba tarareando melodías del oeste y marcando el ritmo.

El cuchillo serró los huesos cuando Billy lo sacó de la herida. La sangre cubría la hoja.

Con unos pocos pañuelos de papel que cogió de una caja junto al lavabo repasó el cuchillo hasta dejarlo limpio. Hizo una bola con los pañuelos y los puso sobre el tanque del inodoro.

Plegó la hoja dentro de la empuñadura amarilla y dejó el cuchillo junto a la bañera.

Cuando movió el cadáver a un lado del inodoro, la cabeza cayó hacia delante y una exhalación gaseosa escapó de entre los labios de Cottle, como si hubiese muerto inhalando y su último aliento hubiera quedado atrapado hasta ese momento en la garganta.

Enganchó sus brazos bajo los del cadáver e, intentando evitar la zona empapada de sangre del saco, lo levantó del inodoro.

Delgado a base de una dieta de alcohol, Cottle apenas pesaba más que un adolescente. Cargarlo sería muy difícil, no obstante, porque era de piernas largas.

Afortunadamente, el *rigor mortis* no había comenzado a actuar. Cottle estaba manejable, flexible.

Billy arrastró el cuerpo fuera del baño deslizándose hacia atrás. Los talones de las zapatillas del muerto chirriaban por los azulejos del suelo. También protestaron contra el pulido piso de caoba que iba desde el pasillo al despacho, durante todo el recorrido hasta el escritorio, bajo el que dejó el cadáver.

Billy se escuchó a sí mismo respirar agitado, no tanto por agotamiento como por profunda angustia.

El tiempo volaba, volaba como un río que se precipita por una cascada.

Tras empujar la silla giratoria a un lado, sepultó el cadáver en el espacio del escritorio destinado a las piernas. Debía flexionar las piernas del muerto para que encajara.

Volvió a colocar la silla frente a la computadora, empujándola lo más que pudo.

El escritorio era profundo y tenía el frente tapado. Cualquiera que entrara en el cuarto debía rodear el mueble y mirar con absoluta intención para ver el cadáver.

Incluso en ese caso, con la silla y dependiendo del ángulo de visión, una mirada casual no desvelaría necesariamente el macabro secreto.

Las sombras serían de ayuda. Billy apagó las luces del techo. Solo dejó encendida la lámpara del escritorio.

De nuevo en el baño, advirtió una mancha de sangre en el suelo. No la había visto antes de mover a Cottle.

Su corazón era un caballo desbocado golpeando contra las paredes de su pecho.

Un error. Si cometía un solo error allí, todo terminaría para él.

Su percepción temporal estaba trastornada. *Sabía* que habían pasado sólo unos pocos minutos desde que comenzara a revisar la casa, pero sentía como si hubiesen transcurrido diez o quince minutos.

Deseó tener a mano su reloj. No se atrevía a tomarse el tiempo necesario para recuperarlo de la baranda de la galería delantera.

Limpió la sangre del suelo con un trozo de papel higiénico. Las baldosas quedaron limpias, pero una pálida decoloración permaneció en las junturas. Parecía óxido, no sangre. Eso era lo que él quería creer.

Arrojó al inodoro el trozo de papel higiénico y los pañuelos que había utilizado para limpiar la hoja del cuchillo y tiró de la cadena.

El arma asesina yacía sobre la mesada junto a la pileta. La metió bien en el fondo del botiquín, detrás de frascos de crema para afeitar y aceites bronceadores.

Al cerrar la puerta del botiquín de forma tan apresurada y tan fuerte, tanto que sonó como un disparo, supo que necesitaba mantener un mayor control sobre sí mismo.

Enséñanos a que nos importe y a que no nos importe. Enséñanos a estar sentados tranquilos.

Lograría calmarse si recordaba su verdadero propósito. Éste no era el infinito ciclo de idea y acción, ni la preservación de su libertad, y ni siquiera de su vida. Debía vivir para que ella pudiera vivir, indefensa pero a salvo, indefensa y durmiendo y soñando pero no sujeta a ninguna indignidad, a ningún mal.

Él era un hombre superficial. A menudo se había demostrado esa verdad.

Frente al sufrimiento, no había tenido la fuerza de voluntad para desarrollar su talento para escribir. Rechazó el talento no una vez, sino infinidad de ellas, ya que los dones concedidos por el poder que le había otorgado el suyo son ofrecidos permanentemente y pueden quedarse en nada sólo si son permanentemente rechazados.

En su sufrimiento, se había visto humillado por las limitaciones del lenguaje, lo cual era necesario. También había sido derrotado por las mismas limitaciones, cosa que podía haberse evitado.

Él era un hombre superficial. No poseía en su interior la capacidad de preocuparse profundamente por multitudes, de aceptar al prójimo en su corazón sin reservas. El *poder* de compasión era en él simplemente una *habilidad,* y su potencialidad parecía estar satisfecha por su preocupación por una mujer.

Debido a su superficialidad, se consideraba un hombre débil, tal vez no tanto como Ralph Cottle, pero tampoco fuerte. Se había sentido estremecido, aunque no sorprendido, cuando el desgraciado le dijo: «Veo que usted es un poco como yo».

La mujer durmiente, segura y soñando, era su verdadera razón de ser y su única esperanza de redención. Para eso debía preocuparse y no preocuparse; debía quedarse quieto.

Más tranquilo que cuando cerró de un portazo el botiquín, Billy revisó una vez más el baño. No encontró rastros del crimen.

El tiempo seguía siendo como un río que fluía, como una rueca en movimiento.

Rápida pero meticulosamente, retrocedió por el camino que había trazado arrastrando el cadáver en busca de otras manchas de sangre como la del baño. Encontró una.

Dudando de sí mismo, recorrió raudo el dormitorio, el salón y la cocina una vez más. Intentaba verlo todo con los ojos suspicaces de la ley.

Sólo quedaba por revisar la galería delantera. Lo había dejado para el final porque era menos urgente que ocultar el cadáver.

Por si no tenía tiempo de arreglar la galería, tomó de una alacena de la cocina la botella de *bourbon* con la que había mezclado la cerveza Guinness la noche del lunes. Bebió directamente de la botella.

En lugar de tragar, deslizó el whisky entre sus dientes, por toda la boca, como si se tratara de un enjuague bucal. Cuanto más tiempo retuviera el alcohol, más quemaría sus encías, la lengua, las mejillas.

Escupió en la pileta antes de recordar hacer gárgaras.

Se enjuagó la boca con otro trago que también dejó agitarse en la garganta durante varios segundos.

Con dificultad pero sin ahogarse, escupió el segundo trago en la pila justo cuando el golpe esperado sonó en la puerta delantera, fuerte y claro.

Habrían transcurrido cuatro minutos desde su conversación con Rosalyn Chan. Tal vez cinco. Parecía una hora; parecían diez segundos.

Mientras llamaban a la puerta, Billy abrió el agua fría para lavar los rastros de su enjuague de la pileta. La dejó correr.

En la quietud que siguió a la llamada, tapó la botella de *bourbon* y la volvió a guardar en la alacena.

De nuevo frente a la pila, cerró la canilla mientras volvían a llamar.

Contestar a la primera lo habría hecho parecer nervioso. Esperar una tercera llamada habría dado la sensación de que no pensaba abrir.

Mientras cruzaba el salón recordó examinar sus manos. No vio nada de sangre.

Capítulo 28

Cuando Billy Wiles abrió la puerta principal, encontró a un oficial del comisario a tres prudentes pasos del umbral y a un lado. La mano derecha del policía descansaba sobre la pistola dentro del estuche que colgaba de su cinturón; permanecía allí no como si estuviese preparado para empuñarla, sino tan casualmente como cualquiera con una mano sobre su pierna.

Billy tenía la esperanza de conocerlo. No fue así.

La placa del oficial mostraba un nombre: Sargento V. Napolitino.

A los cuarenta y seis años, Lanny Olsen seguía en el mismo rango —asistente del comisario— que cuando entró en el servicio de joven.

A sus veintitantos, a V. Napolitino ya lo habían ascendido a sargento. Tenía el prolijo aspecto —inteligente, pulcro, con ojos claros— de un hombre que llegaría a teniente a los veinticinco, a capitán a los treinta, a comandante a los treinta y cinco y a jefe antes de los cuarenta.

Billy habría preferido un espécimen gordo, arrugado, cansado y cínico. Tal vez era uno de esos días en que es mejor no levantarse.

—¿Señor Wiles?

—Sí. Soy yo.

—¿William Wiles?

—Billy, sí.

El sargento Napolitino dividía su atención aquí y allá, entre Billy y el salón a sus espaldas. Su cara permaneció inexpresiva. Sus ojos no revelaban aprensión, ni siquiera inquietud o desconfianza, sino sólo atención.

—¿Le importaría acompañarme al coche, señor Wiles?

El coche patrulla del departamento de policía aguardaba en el camino.

—¿Quiere pasar? —preguntó Billy.

—No necesariamente, señor. Sólo vamos hasta el auto uno o dos minutos, si no le importa.

Casi sonaba como una petición, aunque no lo era.

—Claro —dijo Billy—. De acuerdo.

Un segundo patrullero se había desviado de la carretera del condado hacia el camino y se había detenido a pocos metros del primero.

Mientras Billy extendía su brazo hacia el picaporte para cerrar la puerta tras él, el sargento Napolitino dijo:

—Por qué no la deja abierta, señor.

El tono de voz del oficial no implicaba una pregunta ni una sugerencia. Billy la dejó abierta.

Era evidente que Napolitino esperaba que fuera delante.

Billy se tropezó con la petaca y pasó por encima del Seagram's derramado.

A pesar de que el charco se había hecho al menos hacía quince minutos, más de la mitad se había evaporado con el calor. En el aire estático, la galería apestaba a whisky.

Billy bajó los escalones hacia el jardín. No pretendió fingir falta de equilibrio. No era lo bastante buen actor para hacerse el borracho, y cualquier intento de hacerlo pondría en duda su sinceridad.

Pretendía apoyarse en su fuerte aliento para sugerir una embriaguez funcional y dar así credibilidad a la historia que pensaba contar.

Cuando el otro oficial bajó del segundo patrullero, Billy lo reconoció. Era Sam Sobieski. Él también era sargento, y unos cinco años mayor que el sargento Napolitino.

Sobieski visitaba el bar muy de vez en cuando, por lo general con alguna compañía. Acudía más por la comida que por la bebida, y su límite eran dos cervezas. Billy no lo conocía demasiado. No eran amigos, pero al menos conocerlo era mejor que lidiar con dos extraños.

En el jardín delantero, Billy se dio la vuelta para mirar la casa.

Napolitino permanecía quieto en la galería. Se las arregló para cruzar hacia los escalones y comenzar a descender sin dar del todo la espalda a la puerta abierta o a las ventanas, y además aparentando despreocupación.

Pasó delante y condujo a Billy al coche patrulla, que quedó entre ellos y la casa.

El sargento Sobieski se les unió.

—Hola, Billy.

—¿Cómo anda, sargento Sobieski?

Todo el mundo llama a un camarero por su nombre de pila. En algunos casos se sabe que esa familiaridad espera reciprocidad, pero no en éste.

—Ayer fue día de chile y me olvidé —dijo Sobieski.

—Ben hace el mejor chile —respondió Billy.

—Ben es el dios del chile —convino Sobieski.

El coche, como un imán para el sol, concentraba todo el calor y sin duda podía producir una ampolla con solo tocarlo.

Napolitino asumió su papel:

—¿Se encuentra usted bien, señor Wiles?

—Claro. Estoy perfectamente. Supongo que esto se debe a mi metedura de pata.

—Usted llamó al 911 —dijo Napolitino.

—Quería llamar al 411. Se lo dije a Rosalyn Chan.

—No se lo dijo hasta que ella le devolvió la llamada.

—Colgué tan rápido que no me di cuenta de que ya se había establecido la comunicación.

—¿Se encuentra bajo coacción, señor Wiles?

—¿Coacción? Pues no. ¿Quiere decir que si alguien me apuntaba con un arma a la cabeza mientras hablaba por teléfono con Rosalyn? Vaya, ¡ésa sí que es una idea descabellada! No se lo tome a mal, sé que esa clase de cosas sucede, pero no a mí.

Billy se obligó a sí mismo a dar respuestas cortas. Las frases largas podían sonar como un parloteo nervioso.

—¿Usted avisó en su trabajo que estaba enfermo? —preguntó Napolitino.

—Sí. —Gesticulando, pero no demasiado dramáticamente, se llevó una mano al abdomen—. Tengo algo en el estómago.

Deseó que pudieran oler su aliento. Él mismo podía. Si lo olían, pensarían que su reivindicación de enfermedad era un intento fallido de esconder el hecho de que era un poco liberal con el alcohol.

—¿Quién más vive aquí, señor Wiles?

—Nadie. Sólo yo. Vivo solo.

—¿Hay alguien en la casa en este momento?

—No. Nadie.

—¿Ningún amigo o familiar?

—No. Ni siquiera un perro. A veces pienso en tener un perro, pero nunca me decido.

Un escalpelo no era más afilado que los ojos oscuros del sargento Napolitino.

—Si hay un criminal ahí dentro, señor...

—No hay ningún criminal —le aseguró Billy.

—Si alguien que le preocupa está siendo retenido ahí dentro bajo coacción, lo mejor que puede hacer es contármelo.

—Desde luego. Lo sé. ¿Quién no lo sabe?

El intenso calor que provenía del coche le provocó a Billy una náusea. Sentía la cara abrasada. A ninguno de los sargentos parecía molestarle el aire escaldado.

—Bajo tensión o intimidación —dijo Sobieski—, la gente toma decisiones erradas, Billy.

—Por Dios —contestó Billy—; esta vez sí que quedé como un imbécil al marcar el 911 y con lo que le dije a Rosalyn.

—¿Qué le dijo? —preguntó Napolitino.

Billy estaba seguro de que conocían lo esencial de lo que había dicho, y él mismo recordaba cada palabra con abrumadora claridad, pero esperaba convencerlos de que estaba demasiado confundido por el estado alcohólico como para recordar con exactitud cómo se había metido en semejante situación.

—Sea lo que fuere lo que haya dicho, debe de haber sido bastante estúpido si le di la sensación de que había alguien causándome problemas... Coacción... ¡Hombre! Esto es bastante embarazoso.

Sacudió la cabeza ante su insensatez, encontró una risa seca y volvió a mover la cabeza. Los sargentos se limitaban a observarlo.

—Aquí no hay nadie más que yo. En estos días nadie viene a visitarme. Nunca hay nadie aquí más que yo. Me las arreglo bastante bien solo, así soy yo.

Era suficiente. De nuevo se acercaba peligrosamente al parloteo.

Si ellos estaban enterados de lo de Barbara, entonces sabían quién era él. Y si no sabían nada, se lo habría contado Rosalyn.

Había asumido un riesgo al decir que nadie lo visitaba últimamente. Para bien o para mal, sintió que debía recalcar la calidad recluida de su vida.

Si alguien de las casas cercanas había visto a Ralph Cottle remontando a pie este camino o sentado en la galería, y si los sargentos decidían consultar a los vecinos, Billy se vería atrapado en una mentira.

—¿Qué le pasó en la frente? —preguntó Napolitino.

Hasta ese momento Billy se había olvidado de las heridas de los anzuelos de la frente, pero un lento y punzante dolor se despertó en ellas cuando el sargento le hizo la pregunta.

Es una venda? —insistía el sargento Napolitino.

A pesar de que el pelo le caía sobre la frente, no ocultaba del todo los paños de gasa ni la tela adhesiva.

—Tuve un pequeño accidente con el serrucho —dijo Billy, gratamente sorprendido por la rapidez con la que se le había ocurrido una mentira aceptable.

—Parece grave —dijo el sargento Sobieski.

—No lo es. No es nada. Tengo un taller de carpintería en la cochera. Yo me encargué de toda la carpintería de la casa. La otra noche estaba trabajando, cortando una plancha de nogal, y había un nudo en la madera. La hoja lo rompió y unas cuantas astillas me dieron en la frente.

—Así puede perder un ojo —advirtió Sobieski.

—Llevo antiparras protectoras. Siempre las uso.

Napolitino preguntó:

—¿Ha visto a un médico?

—No. No hace falta. Sólo son unas astillas. Me las saqué con unas pinzas. Diablos, la única razón por la que necesito vendas es que me lastimé más con las pinzas cuando sacaba las astillas que cuando éstas me saltaron.

—Tenga cuidado de que no se infecten.

—Las humedecí con alcohol y agua oxigenada. Me puse Neosporin. Estoy bien. Estas cosas pasan.

Billy sintió que los convencía. Lo que decía no le sonaba a sus propios oídos como un hombre bajo coacción con un problema de vida o muerte.

El sol era un horno, una fragua, y el calor que provenía del coche lo cocía como si estuviera en un microondas, pero permanecía tranquilo.

Cuando el interrogatorio tomó un rumbo negativo y más agresivo, no se dio cuenta del cambio en el acto.

—Señor Wiles —dijo Napolitino—, ¿llamó luego a información?

—¿Si hice qué?

—Después de marcar por error el 911 y cortar, ¿llamó usted al 411 como pretendía?

—No, sólo me quedé sentado durante un minuto pensando en lo que había hecho.

—¿Se quedó sentado durante un minuto pensando que había marcado por error el 911?

—Bueno, no un minuto completo. Lo que fuera. No quería volver a meter la pata. Me encontraba un poco mal. Es el estómago, como le dije. Entonces Rosalyn me llamó.

—Antes de que usted pudiera llamar al 411 de información, ella le devolvió la llamada.

—Así es.

—Después de su conversación con la operadora del 911...

—Rosalyn.

—Sí. Después de su conversación con ella, ¿llamó entonces al 411?

La compañía telefónica cobraba el servicio por cada llamada al 411. Si él había hecho esa llamada tendrían un registro.

—No —respondió Billy—. Me sentía como un idiota. Necesitaba un trago.

La referencia al trago surgió con espontaneidad, no como si intentara venderles su supuesta embriaguez. Pensó que sonaba natural, convincente.

Napolitino preguntó:

—¿Qué número necesitaba para tener que llamar al 411?

Billy comprendió que estas indagaciones ya no se relacionaban con su bienestar y seguridad. Un antagonismo velado coloreaba las preguntas de Napolitino de manera sutil pero inequívoca.

Billy se preguntó si debía reconocer abiertamente este nuevo giro y cuestionar su actitud. No quería parecer culpable.

—Steve —dijo él—. Necesitaba el número de Steve Zillis.

—¿Él es...?

—Es un camarero del bar.

—¿Lo reemplaza cuando está enfermo? —preguntó Napolitino.

—No. Trabaja en el turno que sigue al mío. ¿Cuál es el problema?

—¿Por qué necesitaba llamarlo?

—Solo quería avisarle que iba a faltar y de que cuando él llegara se iba a encontrar con un lío de cosas para lavar porque Jackie había estado atendiendo la barra solo.

—¿Jackie? —preguntó Napolitino.

—Jackie O'Hara. Es el dueño. Está cubriendo mi turno. Jackie no limpia continuamente la barra como debería. La pila de platos y las bebidas derramadas se amontonan tanto que el que viene después necesita quince minutos frenéticos para que vuelva a ser un lugar aceptable para trabajar.

Cada vez que Billy tenía que dar una respuesta más larga y explicativa sentía un temblor en la voz. No creía que fuera fruto de su imaginación; pensaba que los sargentos también podían notarlo.

Tal vez todos sonaban así cuando hablaban con policías de servicio por un lapso prolongado de tiempo. Quizá la incomodidad era natural.

Sin embargo, lo que no era natural era gesticular demasiado, sobre todo en el caso de Billy. Durante sus respuestas más largas se dio cuenta de que utilizaba demasiado las manos, no podía controlarlas.

A la defensiva pero intentando mostrarse natural, deslizó las manos dentro de los bolsillos del pantalón. Sus dedos encontraron en cada bolsillo tres cartuchos del calibre treinta y ocho, su munición de repuesto.

Napolitino dijo:

—De modo que usted quiso avisar a Steve Zillis que se encontraría con una pila de platos.

—Así es.

—¿No tiene el número de teléfono del señor Zillis?

—No lo llamo muy a menudo.

Ya no estaban enfrascados en un inocente juego de preguntas y respuestas. Todavía no habían descendido al nivel de un interrogatorio, pero iban en camino.

Billy no terminaba de comprender por qué tenía que ser así; salvo quizá porque sus respuestas y su comportamiento no ayudaban a exculparlo como pensaba.

—¿El número del señor Zillis no está en la guía?

—Supongo. Pero a veces es más fácil llamar al 411.

—A menos que marque por error el 911 —dijo Napolitino.

Billy decidió que no responder sería mejor que parecer un idiota, como había hecho antes.

Si la situación empeoraba hasta el punto de que ellos decidieran registrarlo, o simplemente palparlo, le encontrarían los cartuchos en los bolsillos.

Se preguntó si sería capaz de dar una explicación sobre las balas con otra mentira fluida y convincente. En ese momento no se le ocurría ninguna.

Pero no podía creer que la situación llegara hasta ese punto. Los oficiales estaban allí porque creían que podía estar en peligro. Sólo debía convencerlos de que estaba a salvo y se retirarían.

Algo de lo que había dicho —o de lo que no había dicho— los dejaba con dudas. Si sólo pudiera encontrar las palabras adecuadas, las palabras mágicas, los sargentos se irían. Ahora, allí, volvía a luchar contra sus limitaciones de lenguaje.

A pesar de lo real que parecía el cambio de actitud de Napolitino, una parte de Billy sostenía que sólo lo estaba imaginando. El esfuerzo por disimular su nerviosismo había sesgado su percepción, poniéndolo un poco paranoico.

Se aconsejó permanecer tranquilo, tener paciencia.

—Señor Wiles —dijo Napolitino—, ¿está absolutamente seguro de que usted mismo marcó el 911?

A pesar de que Billy podía comprender la frase, no le encontró sentido. No podía captar la intención que yacía tras la pregunta y, teniendo en cuenta todo lo que les había dicho hasta ese momento, ya no sabía qué respuesta esperaban de él.

—¿Existe alguna remota posibilidad de que alguien más en su casa haya hecho esa llamada al 911? —lo presionó Napolitino.

Por un instante Billy pensó que de algún modo ellos estaban enterados de lo del psicópata, pero entonces comprendió. *Comprendió.*

La pregunta del sargento Napolitino había sido pronunciada con vistas a eventuales cargos legales, según el procedimiento policial. Lo que él *quería* preguntarle a Billy era más directo: *Señor Wiles, ¿está usted reteniendo a alguien en su casa bajo coacción? ¿Acaso esa persona se liberó el tiempo suficiente para marcar el 911 y luego usted le arrebató el auricular de la mano y colgó, con la esperanza de que no se hubiera establecido la comunicación?*

Para hacer esa pregunta de forma más clara de lo que lo había hecho, Napolitino tendría que haberle informado primero a Billy sobre sus derechos constitucionales a permanecer en silencio y a tener un abogado presente durante el interrogatorio.

Billy Wiles se había convertido en un sospechoso.

Estaba al borde de un precipicio.

Billy nunca había conjeturado opciones y consecuencias tan febrilmente, consciente de que cada segundo de vacilación lo hacía parecer más culpable.

Por fortuna, no tuvo que simular una expresión de asombro. Su mandíbula debió de parecer desquiciada.

Sin confiar en su habilidad para fingir ira o siquiera indignación ante cualquier convicción, Billy en cambio representó una genuina sorpresa:

—Dios santo, ¿no creerá usted...? Usted cree que... Dios santo. Soy el último tipo que esperaría ser confundido con Hannibal Lecter.

Napolitino no dijo nada.

Tampoco Sobieski.

Los ojos de ambos estaban tan fijos como el eje de un giroscopio en movimiento.

—Comprendo que ustedes tengan que considerar esa posibilidad —dijo Billy—. Lo comprendo. De veras. Está bien. Entren si quieren. Echen una mirada.

—Señor Wiles, ¿nos está invitando a registrar su casa en busca de intrusos o algo parecido?

Sus yemas acariciaban los cartuchos de los bolsillos, mientras su imaginación se detenía en la forma indeterminada de Cottle bajo el escritorio...

—Busquen lo que quieran —dijo afablemente, como aliviado al comprender al fin lo que esperaban de él—. Adelante.

—No le estoy *pidiendo* registrar su domicilio, señor Wiles. ¿Comprende la situación?

—Claro. Lo sé. Está bien. Adelante.

Si los invitaba a entrar, cualquier pista que encontrasen podría ser utilizada en un tribunal. Si en cambio entraban sin invitación, sin un permiso o sin una razón adecuada para creer que alguien pudiera estar en peligro dentro, un tribunal rechazaría esa misma prueba.

Los sargentos considerarían la cooperación de Billy, generosamente ofrecida, como una decisiva señal de inocencia.

Se sintió lo bastante relajado como para sacar las manos de los bolsillos.

Si se mostraba abierto, tranquilo y lo bastante alentador, ellos podrían determinar que no tenía nada que esconder. Se marcharían sin molestarse en registrar la casa.

Napolitino miró a Sobieski, y éste asintió.

—Como se va a sentir mejor si lo hago, echaré un breve vistazo por la casa, señor Wiles.

El sargento Napolitino rodeó la parte delantera del coche patrulla y se encaminó hacia los escalones del porche, dejando a Billy con Sobieski.

Capítulo 30

La culpa se derrama en el temor de derramarse, dijo alguien, tal vez Shakespeare, quizá O. J. Simpson. Billy no podía recordar quién había captado tan bien con palabras ese pensamiento, pero advertía la verdad en el aforismo y ahora la sentía con intensidad.

En la casa, el sargento Napolitino subió los escalones y cruzó la galería, pasando por encima de la petaca y lo que quedaba del whisky derramado que todavía no se había evaporado.

—Demasiada cara de póquer —dijo Sobieski.

—¿Perdón?

—Vince. Es demasiado inexpresivo. Te mira con esa cara de nada, como de cemento, pero en realidad no es tan imbécil como parece.

Al compartir el nombre de pila de Napolitino, Sobieski parecía darle confianza a Billy.

Astutamente alerta ante el engaño y la manipulación, Billy sospechó que el sargento no le daba más confianza que la que ofrece una araña a un escarabajo desprevenido.

En la casa, Vince Napolitino desapareció tras la puerta principal, que estaba abierta.

—Vince todavía conserva demasiadas mañas de la academia —continuó Sobieski—. Cuando esté un poco más curtido, no se pasará tanto.

—Se limita a hacer su trabajo —dijo Billy—. Puedo entenderlo. No es grave.

Sobieski permanecía en el camino porque todavía creía, al menos a medias, que Billy era sospechoso de algún crimen. Si no los dos oficiales habrían revisado la casa juntos. El sargento Sobieski estaba allí por si Billy intentaba escapar.

—¿Cómo te encuentras?

—Estoy bien —respondió Billy—. Sólo me siento estúpido por haberlos metido en todo este problema.

—Me refería a tu estómago —dijo Sobieski.

—No lo sé. Tal vez comí algo en mal estado.

—No puede ser el chile de Ben Vernon —dijo Sobieski—. Esa cosa es tan fuerte que *cura* cualquier enfermedad conocida por la ciencia.

Comprendiendo que un hombre inocente, sin nada que temer, no permanecería escudriñando ansiosamente la casa a la espera de que Napolitino terminara de registrarla, Billy se colocó de espaldas a ella y recorrió con la vista el valle hasta los viñedos, que reverberaban en el resplandor dorado y que llegaban a las montañas que se perdían entre la bruma azul.

—Pudo ser cangrejo —dijo Sobieski.

—¿Cómo?

—Cangrejo, camarones, langosta... si están un poco pasados pueden provocar un verdadero desarreglo.

—Anoche cené lasaña.

—Eso suena bastante seguro.

—Tal vez no *mi* lasaña —dijo Billy, intentando equipararse a la aparente despreocupación de Sobieski.

—Vamos Vince —dijo el sargento con un deje de impaciencia—. Ya sé que eres concienzudo, *compadre*. A mí no me tienes que demostrar nada. —Luego le preguntó a Billy—: ¿Tienes ático?

—Sí.

El sargento suspiró.

—Querrá revisarlo.

Desde el oeste, una bandada de pequeñas aves llegó planeando bajo y luego se elevó, para volver a planear. Eran picarros, muy activos para el calor que hacía.

—¿Estabas buscando uno de éstos? —preguntó Sobieski.

El oficial le ofreció un paquete abierto de caramelos de menta.

Por un instante Billy se quedó desconcertado, hasta que comprendió que sus manos estaban nuevamente en los bolsillos, acariciando las balas. Sacó las manos de los pantalones.

—Me temo que ya es un poco tarde —dijo, pero aceptó el caramelo.

—Deformación profesional, como dicen —contestó Sobieski—. Siendo camarero, estarás todo el día rodeado de botellas.

Con el caramelo en la boca, Billy dijo:

—En realidad no bebo demasiado. Me desperté a las tres de la mañana, no pude desconectar, preocupado por cosas que de todos modos no puedo controlar, y pensé que uno o dos tragos me iban a dejar fuera de combate.

—Todos tenemos noches así. Yo las llamo «escalofríos nocturnos». Pero no las puedes solucionar a base de copas. Una buena taza de chocolate caliente te puede curar cualquier insomnio, pero ni siquiera eso funciona con los escalofríos nocturnos.

—Como la bebida no hizo su efecto, me seguía pareciendo la única manera de pasar la noche. Hasta la mañana.

—Lo aguantas bien.

—¿Eso crees?

—No se te ve como una cuba.

—No lo estoy. Reduje la cantidad en las últimas horas, tratando de beber con *calma* para evitar una resaca.

—¿Es ése el truco?

—Es uno de los trucos.

Era fácil hablar con el sargento Sobieski; *demasiado* fácil.

Los picarros planeaban bajo de nuevo en dirección a ellos, viraban repentinamente y se elevaban para volver a girar; eran treinta o cuarenta ejemplares volando como si poseyeran una única mente.

—Son un verdadero incordio —se quejó Sobieski.

Con sus puntiagudos picos, los pájaros carpinteros de esa zona preferían casas, establos e iglesias del condado de Napa para tallar elaborados diseños en cornisas de madera, arquitrabes, aleros y tablas.

—Aquí nunca me molestan —dijo Billy—. Este lugar está lleno de cedros.

Mucha gente consideraba tan hermosa la labor destructiva de estos pájaros que la madera dañada no se reemplazaba hasta que la intemperie y el tiempo la deshacían.

—¿No les gusta el cedro? —preguntó Sobieski.

—No lo sé. Por lo menos no les gusta el mío.

Una vez perforada la madera, los carpinteros colocan bellotas en muchos de los agujeros, en lo más alto del edificio, para que el sol pueda calentarlas. Tras unos pocos días, el pájaro regresa para escuchar las bellotas. Si oye ruido en el interior, la abre a picotazos para comer las larvas que viven dentro. Todo por el hogar.

Los pájaros carpinteros y los sargentos harán su trabajo. Despacio, sin tregua, lo harán.

—No es una casa tan grande —dijo Billy, permitiéndose sonar levemente impaciente, tal como imaginaba que lo haría un hombre inocente.

Cuando el sargento Napolitino regresó, no lo hizo por la puerta principal. Apareció por el lado sur de la casa, por donde estaba el garaje.

No se acercó con una mano sobre su pistola. Quizá eso era una buena señal.

Como si acabaran de vislumbrar a Napolitino, los pájaros se alejaron hacia el cielo.

—Tiene usted un buen taller de carpintería —le dijo a Billy—. Puede hacer de todo ahí.

De algún modo el joven sargento lo dijo como si Billy hubiera podido utilizar las herramientas para desmembrar un cuerpo.

Mirando hacia el valle, Napolitino prosiguió:

—Tiene una vista fabulosa desde aquí.

—Es agradable —respondió Billy.

—Es el paraíso.

—Sí —corroboró Billy.

—Me sorprende que tenga todas las persianas bajadas.

Billy se había relajado demasiado pronto. De forma no del todo coherente dijo:

— Lo hago cuando hace este calor... el sol.

—Hasta en los lugares de la casa donde no pega el sol.

—En un día radiante como éste, lidiando con una jaqueca de whisky, lo único que quieres es oscuridad.

—Ha ido reduciendo el ritmo de alcohol por la mañana —dijo Sobieski a Napolitino—, para tratar de ponerse sobrio y evitar la resaca.

—¿Ése es el truco? —preguntó Napolitino.

—Es uno de los trucos —respondió Billy.

—Se está bien y fresco ahí dentro.

—El fresco también ayuda —explicó Billy.

—Rosalyn dijo que se quedó sin aire acondicionado.

Billy había olvidado esa pequeña mentira, un minúsculo filamento en esta enorme red de engaños.

—Se detiene un par de horas, luego arranca, después se para de nuevo. No sé si no será un problema del compresor.

—Se supone que mañana hará un calor infernal —informó Napolitino, todavía observando el valle—. Será mejor que consiga un técnico, si no es que ya están ocupados hasta Navidad.

—Yo mismo voy a echarle un vistazo más tarde —dijo Billy—. Soy bastante hábil con esas cosas.

—No se haga el listo con ningún aparato hasta que no esté del todo sobrio.

—No. Esperaré.

—Sobre todo con cosas eléctricas.

—Voy a hacerme algo de comer. Eso ayuda. Tal vez incluso ayude a mi estómago.

Napolitino finalmente miró a Billy.

—Siento haberlo tenido aquí fuera bajo el sol, con su dolor de cabeza y demás.

El sargento parecía sincero, conciliador por primera vez, pero sus ojos eran tan fríos, oscuros y temibles como los cañones de un par de pistolas.

—Todo fue culpa mía —respondió Billy—. Ustedes se limitan a hacer su trabajo. Ya les dije de seis maneras distintas que soy un idiota. No se puede decir de otra forma. Siento de veras haberles hecho perder el tiempo.

—Estamos aquí «para servir y proteger» —contestó Napolitino con una ligera sonrisa—. Incluso pone eso en la puerta del coche.

—Me gusta más cuando pone «los mejores oficiales que el dinero puede comprar» —dijo el sargento Sobieski, arrancando una risa a Billy pero sólo una vaga mirada censora a Napolitino—. Billy, tal vez sea el momento de dejar de emborracharte como una cuba y cambiar a la comida.

Billy asintió.

—Tienes razón.

Mientras caminaba hacia la casa, sintió que ellos lo observaban. No miró atrás.

Su corazón se había mantenido relativamente tranquilo. Ahora volvía a latir con fuerza.

No podía creer en su buena suerte. Temió que no durara.

Cuando llegó al porche, cogió el reloj de la balaustrada y se lo colocó en la muñeca. Se agachó para recoger la petaca; no encontró la tapa. Posiblemente habría rodado por el porche o bajo una mecedora.

Metió las tres galletitas dentro de la caja vacía de Ritz que estaba sobre la mesa, que en su momento había ocultado la pistola del treinta y ocho. Recogió el vaso de Coca Cola.

Esperaba oír los motores de los patrulleros, pero no escuchó nada.

Sin mirar atrás, llevó el vaso, la caja y la botella dentro. Cerró la puerta y se apoyó contra ella.

Fuera el día seguía tranquilo, los motores en silencio.

Capítulo 31

Una súbita superstición le advirtió a Billy que mientras permaneciera con la espalda contra la puerta, los sargentos Napolitino y Sobieski no se irían.

Se dirigió a la cocina sin dejar de prestar atención. Tiró la caja de Ritz al tacho de la basura.

Todavía atento, vació lo que quedaba de whisky de la botella en la pileta e hizo lo propio con la gaseosa del vaso. Tiró la botella a la basura y metió el vaso en el lavavajillas.

Como para entonces seguía sin escuchar que los motores se hubieran puesto en marcha, la curiosidad lo atormentó con implacable persistencia.

La casa, con todas las persianas bajadas, se le hizo más y más claustrofóbica. Tal vez saber que escondía un cadáver le daba la sensación de estar encogiéndose hasta alcanzar las dimensiones de un ataúd.

Se dirigió al salón, muy tentado de levantar una, o mejor, todas las persianas. Pero no quería que los sargentos pensaran que las levantaba para observarlos y que su continuada presencia lo alarmaba.

Con cautela, torció el borde de una de las persianas. No se encontraba en un ángulo desde donde pudiera ver el camino.

Se trasladó a otra ventana, lo intentó de nuevo y vio a los dos hombres de pie junto al coche de Napolitino, donde los había dejado. Ninguno de los oficiales miraba hacia la casa.

Parecían estar enfrascados en una conversación. Aunque no daban la sensación de estar discutiendo sobre béisbol.

Se preguntó si Napolitino había pensado en buscar en el taller de carpintería la plancha de nogal de uno por seis a medio cortar con el agujero del nudo. El sargento no habría encontrado ese tamaño de madera, desde luego, porque no existía.

Cuando Sobieski giró la cabeza hacia la casa, Billy soltó la persiana de inmediato. Esperaba haber sido lo bastante rápido.

Hasta que se fueran, Billy no podía hacer nada más que preocuparse. Sin embargo, resultaba extraño que, con todas las cosas que le quedaban por resolver, todo el nerviosismo que lo acosaba se concentrara en la extravagante idea de que el cuerpo de Ralph Cottle ya no descansaba bajo el escritorio del despacho, donde lo había dejado.

Para mover el cadáver, el asesino tendría que haber regresado a la casa mientras los dos oficiales hablaban con Billy en el camino, antes de que él hubiese regresado a la casa. El psicópata había demostrado sangre fría, pero eso habría sido una imprudencia, si no una temeridad.

Pero si el cadáver había sido movido, entonces tendría que encontrarlo. No podía arriesgarse a esperar a que apareciera por sorpresa en un momento inconveniente y comprometedor.

Billy sacó la pistola de debajo del almohadón del sofá.

Cuando abrió el cargador y comprobó que seguían las seis balas, se repitió que eso era un acto de sana sospecha y no un signo de progresiva paranoia.

Siguió por el pasillo mientras en su interior aumentaba la inquietud y, cuando cruzó el umbral del despacho, el corazón le golpeaba el pecho con fuerza.

Apartó la silla del escritorio. Empotrado en el pequeño espacio destinado para las piernas, entre los suaves pliegues de su holgado y arrugado traje, Ralph Cottle parecía una nuez acoplada dentro de su cáscara.

Pocos minutos antes, Billy no habría podido imaginar que alguna vez se sentiría *aliviado* de encontrar un cadáver en su casa.

Sospechaba que sobre el cuerpo de Cottle habría varias pruebas, sutiles pero innegables, que llevaban directamente a él. Incluso aunque se tomaba tiempo para una meticulosa inspección del cadáver, seguramente se le escaparía uno u otro detalle incriminatorio.

El cuerpo debía destruirse o enterrarse donde jamás fuera encontrado. Billy todavía no había decidido cómo deshacerse de él; pero incluso mientras trataba de asimilar los crecientes frentes de su crisis, en los oscuros rincones de su mente tenían lugar escenas macabras.

Al encontrar el cuerpo tal como lo había dejado, también descubrió la pantalla del ordenador encendida. Había cargado el disquete que había encontrado entre las manos muertas de Cottle, pero antes de estar en condiciones de ver lo que contenía, Rosalyn Chan había llamado para preguntarle si acababa de marcar el 911.

Arrastró la silla del escritorio frente al mueble una vez más. Se sentó ante el ordenador, metiendo las piernas bajo la silla, lejos del cadáver.

El disquete contenía tres documentos. El primero se llamaba POR QUÉ, sin signos de interrogación.

Cuando abrió el documento, vio que era breve:

Porque yo, también, soy un pescador de hombres.

Billy leyó la frase tres veces. No sabía qué podría significar, pero las heridas de los anzuelos de su frente volvieron a abrasarle.

Reconoció la referencia religiosa. Cristo había sido llamado pescador de hombres.

La conclusión más sencilla era que el asesino podría ser un fanático religioso que creía escuchar voces divinas que le pedían que matara, pero por lo general las deducciones más fáciles eran erróneas. Un profundo razonamiento inductivo requería más de un particular para generalizar.

Por otra parte, el psicópata poseía una habilidad para la duplicidad, una facultad para la confusión, un talento para el engaño y un genio para establecer enigmas cuidadosamente elaborados. Prefería lo oblicuo a lo recto, lo tortuoso a lo directo.

POR QUÉ.
Porque yo, también, soy un pescador de hombres.

No se podía suponer el verdadero y completo significado de esa frase, y no digamos determinarlo, ni con cientos de lecturas, y menos con el poco tiempo que Billy podía dedicar a su análisis.

El segundo documento se llamaba CÓMO. Demostraba ser no menos misterioso que el primero:

Crueldad, violencia, muerte.
Movimiento, velocidad, impacto.
Carne, sangre, hueso.

A pesar de no tener rima ni métrica, la tríada casi parecía ser la estrofa de un verso. Como en la más alambicada poesía, el significado no se encontraba a primera vista.

Billy tuvo la extraña sensación de que esas tres líneas eran tres respuestas y que si simplemente supiera las preguntas, también conocería la identidad del asesino.

Que esa impresión fuese una intuición de la que se pudiera fiar o simplemente una idea delirante, ahora no tenía tiempo para considerarlo. El cuerpo de Lanny todavía esperaba su disposición final, al igual que el de Cottle. Billy estaba medio convencido de que si miraba el reloj, vería las agujas de los minutos y las horas avanzar como si fueran segundos.

El tercer documento del disquete llevaba el nombre de CUÁNDO, y justo en el momento en que lo estaba abriendo, el cadáver junto a sus rodillas atrapó su pie.

De haber podido respirar, Billy habría pegado un grito. Cuando la exhalación atrapada explotó fuera de su garganta, no obstante, advirtió que la explicación era menos sobrenatural de lo que parecía en principio.

El hombre muerto no lo había atrapado; en su nerviosismo, Billy había apretado su pie contra el cadáver. Volvió a colocar los pies bajo la silla.

En la pantalla el documento titulado CUÁNDO ofrecía un mensaje que requería menos interpretación que POR QUÉ y CÓMO.

Mi último asesinato: medianoche del jueves.
Tu suicidio: poco después.

Capítulo 32

i último asesinato: medianoche del jueves.
Tu suicidio: poco después.

Billy Wiles consultó el reloj. Pasaban pocos minutos del mediodía del miércoles.

Si el psicópata hablaba en serio, su *representación*, o lo que fuese, concluiría en treinta y seis horas. El infierno era eterno, pero cualquier infierno en la tierra debía ser, por definición, finito.

La referencia a un «último» asesinato no necesariamente implicaba que quedara por cometerse un solo crimen más. En el pasado día y medio el psicópata había matado a tres personas, y en el día y medio que tenía por delante podía ser igual de sanguinario.

Crueldad, violencia, muerte.
Movimiento, velocidad, impacto.
Carne, sangre, hueso.

De esas nueve palabras del segundo documento, una le pareció a Billy más pertinente que las demás: *velocidad*.

El *movimiento* había comenzado cuando apareció la primera nota bajo el limpiaparabrisas del Explorer. El *impacto* vendría con el último asesinato, el destinado a hacerle considerar el suicidio.

Mientras tanto, a un ritmo acelerado y constante, a Billy le proponían nuevos desafíos, desconcertándolo. La palabra *velocidad* parecía prometerle que los descensos más abruptos de esta montaña rusa estaban por llegar.

No descreyó la promesa de una velocidad cada vez mayor ni descartó la afirmación de que él se suicidaría.

El suicidio era un pecado mortal, pero Billy se consideraba un hombre superficial, débil en ciertos sentidos, con fallos. En ese momento no estaba preparado para la autodestrucción; pero los corazones, al igual que las mentes, pueden ser destruidos.

Tuvo pocas dificultades para imaginarse qué podría conducirlo a tal extremo. De hecho, no tuvo ninguna.

La muerte de Barbara Mandel no lo conduciría al suicidio. Durante casi cuatro años se había estado preparando para su muerte. Se había acostumbrado a la idea de vivir incluso sin la esperanza de que ella se recuperase.

La manera en que la asesinaran, sin embargo, podría causar un impacto de funestas consecuencias en la arquitectura mental de Billy. En su coma, ella no sería consciente de mucho de lo que pudiera hacerle el asesino. Con todo, al asumir que sería sometida al dolor, al abuso vil, a indignas vejaciones, Billy podía imaginar el peso de un horror tan grande que se desmoronaría bajo el mismo.

Era un hombre que golpeaba a adorables maestras jóvenes hasta matarlas y que desollaba rostros de mujer.

Además, si el psicópata pretendía maquinar unas circunstancias en las que pareciera que el propio Billy había matado no sólo a Giselle Winslow, a Lanny y a Ralph Cottle sino también a Barbara, entonces él no querría soportar durante meses ser la sensación de los medios de comunicación o el centro de atención del juicio, o estar siempre bajo sospecha aun si lo declaraban inocente en un tribunal.

El asesino mataba por placer, pero también con un propósito y un plan. Fuera el propósito que fuera, el plan sería convencer a la policía de que Billy había cometido los homicidios que conducían al asesinato de Barbara en su cama de Whispering Pines y que su intención había sido demostrar que había un brutal asesino en serie en el condado, dirigiendo de ese modo las sospechas que recaían sobre él hacia un psicópata que no existía.

Si el demente era listo —y lo sería—, las autoridades se tragarían la teoría como si fuera una cucharada de helado de vainilla.

Después de todo, a sus ojos, Billy tenía fuertes motivos para deshacerse de Barbara.

La atención médica que ella recibía estaba cubierta por los ingresos de una inversión acumulada en un fondo de siete millones de dólares establecido gracias a una suma aportada por la compañía responsable de su estado comatoso. Billy era el principal de los tres albaceas que administraban los fondos.

Si Barbara moría en estado de coma, Billy era el único heredero de su patrimonio.

Él no quería el dinero, ni un centavo, y no lo conservaría si lo recibía. En ese triste caso, siempre había considerado donar los millones.

Nadie, naturalmente, creería que ésa era su intención. Y menos después de que el psicópata le tendiera una trampa, si es que era eso lo que estaba haciendo.

Desde luego, la llamada al 911 parecía demostrar tal intención. Había atraído la atención del departamento de policía hacia Billy en un contexto que ellos recordarían... y del que sospecharían.

Ahora Billy combinó los tres documentos y los imprimió en una sola hoja:

> *Porque yo, también, soy un pescador de hombres.*
> *Crueldad, violencia, muerte.*
> *Movimiento, velocidad, impacto.*
> *Carne, sangre, hueso.*
> *Mi último asesinato: medianoche del jueves.*
> *Tu suicidio: poco después.*

Billy recortó con unas tijeras la parte donde estaba el texto, con la intención de doblarlo y meterlo en su cartera, donde lo tuviera a mano para repasarlo fácilmente.

Al terminar, advirtió que ese papel parecía idéntico al de los cuatro primeros mensajes del asesino. Si el disquete que encontró en las manos de Cottle había sido preparado en su computadora, quizá también las cuatro primeras notas.

Salió de Microsoft Word y luego volvió a entrar en el programa. Abrió la lista de documentos. No era larga. Sólo había utilizado ese programa para escribir la novela.

Reconoció las palabras clave de los títulos de su única novela y de los relatos cortos que había completado, así como de aquellas historias que nunca llegó a finalizar. Sólo un documento le resultaba poco familiar: MUERTE.

Cuando abrió el documento, descubrió el texto de los cuatro primeros mensajes del asesino.

Dudó, recordando los procedimientos. Luego apretó varias teclas, buscando la fecha en que se había realizado el documento por primera vez, que resultó ser el viernes anterior a las 10:09 de la mañana.

Ese día Billy había salido hacia el trabajo quince minutos antes de lo habitual. Había pasado por la oficina de correos para enviar algunas facturas.

Las dos notas dejadas sobre su parabrisas, la que estaba pegada al volante del auto e incluso la que había encontrado en su nevera esa misma mañana habían sido hechas en su computadora más de tres días antes de que le fuera enviada la primera, antes de que la pesadilla comenzara la noche del lunes.

Si Lanny no hubiese destruido las dos primeras notas para salvar su trabajo, si Billy las hubiera llevado a la policía como prueba, tarde o temprano las autoridades habrían revisado su computadora, llegando a la inexorable conclusión de que el propio Billy era el autor de las notas.

El psicópata estaba preparado para cualquier contingencia. Era tremendamente minucioso. Y había confiado en que su guión se representara tal y como él esperaba.

Billy borró el documento titulado MUERTE, que aún podía ser utilizado como prueba en su contra, dependiendo de cómo se desarrollaran los acontecimientos de ahí en adelante.

Sospechó que borrarlo de la lista no lo eliminaría del disco duro. Debería encontrar una manera de preguntarle a alguien que entendiera de ordenadores.

Cuando apagó el equipo, recordó que todavía no había escuchado encenderse los motores de los patrulleros.

Capítulo 33

Corriendo a un lado la cortina de una de las ventanas del despacho, Billy descubrió el camino vacío bajo los oleadas de sol. Se había concentrado hasta tal punto con el disquete que no había escuchado arrancar los motores de los patrulleros. Los sargentos se habían ido.

Esperaba encontrar otro desafío en el disquete: una elección entre dos víctimas inocentes, un plazo breve para tomar su decisión. Sin duda pronto aparecería algo, pero por ahora era libre para ocuparse de otros asuntos urgentes. Tenía muchos.

Fue a al garaje y regresó con un trozo de cuerda y tela de poliuretano con la que había cubierto el mobiliario cuando volvió a pintar el interior de la casa en primavera. Extendió la lona sobre el suelo del despacho frente al escritorio.

Tras lidiar con el cuerpo de Cottle para sacarlo de debajo del escritorio y arrastrarlo fuera, lo colocó, haciéndolo rodar, sobre la lona.

La mera idea de vaciar los bolsillos al cadáver le dio asco. Se puso a ello de todos modos.

Billy no estaba buscando pruebas colocadas para inculparlo. Si el psicópata había preparado el cadáver, lo habría hecho de forma sutil; Billy no podría encontrarlo todo.

Además, su propósito era deshacerse del cuerpo en un lugar donde jamás pudiera ser encontrado. Por esa razón no le preocupaba dejar huellas sobre la lona.

El saco del traje tenía dos bolsillos interiores. En el primero, que estaba vacío, Cottle guardaba la petaca de whisky que había derramado. Billy sacó del segundo una petaca de ron y la volvió a dejar en su sitio.

En los dos bolsillos exteriores había cigarrillos, un encendedor barato y una caja de caramelos Life Savers. En los bolsillos delanteros del pantalón encontró sesenta y siete centavos en monedas, un mazo de cartas y un silbato de plástico con la forma de un canario.

Su cartera contenía seis billetes de un dólar, uno de cinco y catorce de diez. Estos últimos provendrían del psicópata.

Diez dólares por cada año de su inocencia, señor Wiles.

Fundamentalmente parco, Billy no quería enterrar el dinero con el cuerpo. Se planteó dejarlo en la caja para limosnas de la iglesia en la que había estacionado —y había sido atacado— la noche anterior.

La escrupulosidad se impuso a la parquedad. Billy dejó el dinero en la cartera. Así como los faraones muertos eran enviados al otro lugar con sal, trigo, vino, oro y criados sacrificados, Ralph Cottle viajaría a través de la Estigia con dinero de sobra.

Entre los otros pocos objetos de la cartera había dos de interés. El primero era una foto gastada y ajada de Cottle de joven. Era apuesto, viril, radicalmente diferente al hombre abatido de los últimos años, pero aun así reconocible. Junto a él había una encantadora joven. Sonreían. Se los veía felices.

El segundo objeto era un carnet de socio de 1983 de la Sociedad Americana de Escépticos. «Ralph Truman Cottle, miembro desde 1978».

Billy se quedó con la foto y el carnet y devolvió el resto al bolsillo trasero del pantalón.

Enrolló cuidadosamente el cadáver en la lona. Plegó hacia dentro los extremos y aseguró el paquete con metros de cinta adhesiva.

Esperaba que, dentro de las múltiples capas de poliuretano opaco, el cuerpo pareciera una alfombra envuelta en plástico protector. Pero parecía un cadáver envuelto en plástico.

Ayudándose de la cuerda, elaboró un asa que anudó y ciñó a un extremo del cadáver empaquetado, de modo que pudiera arrastrarlo.

No tenía intención de deshacerse de Cottle hasta la caída del sol. El maletero de su Explorer tenía ventanas. Las 4x4 eran vehículos útiles, pero si uno anda transportando cadáveres a plena luz del día, es mejor tener un coche con un maletero amplio.

Como comenzaba a sentir que se podía transitar por su casa tan libremente como por una estación de ómnibus, Billy sacó el cuerpo a rastras del despacho y lo llevó al salón, donde lo dejó detrás del sofá. No podía verse desde la puerta principal ni tampoco desde el vano de la cocina.

Se lavó las manos con fuerza en la pileta de la cocina, con un agua que casi lo escalda.

Luego se preparó un sándwich de jamón. Hambriento, se preguntó cómo podía tener apetito tras el macabro asunto que acababa de realizar.

Nunca habría pensado que su voluntad de sobrevivir se mantendría tan fuerte durante sus años de retiro. Se preguntó qué otras cualidades suyas, buenas y malas, volvería a descubrir o descubriría durante las treinta y seis horas que tenía por delante.

Hay alguien que recuerda el camino hacia tu puerta: de la vida puedes escapar, pero no de la muerte.

ientras Billy terminaba el sándwich de jamón sonó el teléfono.

No quería contestar. No solía recibir muchas llamadas de amigos, y Lanny estaba muerto. Sabía quién era. Pero todo tenía un límite.

A la duodécima llamada apartó la silla de la mesa.

El psicópata nunca había dicho nada por teléfono. No quería revelar su voz. Lo único que hacía era escuchar a Billy con un silencio burlón.

A la decimosexta llamada Billy se levantó de la mesa.

Estas llamadas no tenían otro propósito que intimidarlo. No tenía sentido atenderlas.

Permaneció junto al teléfono, mirándolo fijamente. A la vigésimo sexta llamada levantó el auricular.

El lector digital no identificaba el origen.

Billy no dijo hola. Escuchó.

Tras unos pocos segundos de silencio en el otro extremo, un chasquido mecánico fue seguido por un silbido. Había ruidos y chirridos que se intercalaban con el silbido: el sonido de una cinta de audio virgen sobre un cabezal reproductor.

Cuando llegaron las palabras, eran varias voces diferentes, algunas de hombre, otras de mujer. Nadie decía más de tres palabras, casi siempre sólo una.

A juzgar por el inconstante nivel de volumen y otros detalles, el psicópata había montado el mensaje pegando voces preexistentes, quizá de libros en casete de diferentes lectores.

«Yo... mataré a... una linda pelirroja. Si tú... dices... liquida a la perra... yo... la... mataré... rápido. Si no... ella... sufrirá... grandes... torturas. Tú... tienes... un minuto... para... decir... liquida a la perra. Tú... eliges».

De nuevo se oyó el silbido, y los ruidos, y los chirridos en la cinta virgen...

El mensaje había sido elaborado a la perfección. No le dejaba a un hombre evasivo posibilidad de seguir evadiéndose.

Antes lo habían cooptado moralmente sólo al punto de que la elección de las víctimas fuera hecha a causa de su inacción, y en el caso de Cottle a causa de su negativa a actuar.

En la elección entre una adorable maestra y una anciana caritativa, las muertes parecían igualmente trágicas a menos que uno tomara partido por la bella en detrimento de la anciana. Tomar una decisión activa tenía como resultado una tragedia ni menor ni mayor que la inacción.

Cuando las posibles víctimas habían sido un soltero «al que el mundo no echará de menos» o una joven madre de dos niños, la mayor tragedia parecía la muerte de la madre. En ese caso, la elección había sido dirigida de modo que la negativa de Billy a acudir a la policía asegurara la supervivencia de la madre, recompensando la inacción y jugando con su debilidad.

Una vez más se le pedía escoger entre dos males, y por consiguiente convertirse en colaborador del psicópata. Pero esta vez la inacción no era una opción viable. Si no decía nada, estaría condenando a la pelirroja a la tortura, a una prolongada y horrenda muerte. Si respondía, le estaría concediendo un grado de clemencia.

No podía salvarla.

Cualquiera de los dos casos significaba la muerte.

Pero una de las muertes sería más limpia que la otra.

La cinta de audio, que seguía corriendo, dejó dos palabras más: *«... treinta segundos...».*

Billy sentía que no podía respirar, pero sí podía. Notaba como si fuera a ahogarse si intentaba tragar, pero no se ahogó.

«... *quince segundos...*».

Tenía la boca seca. La lengua se le espesó. No podía creer que pudiera hablar, pero lo hizo: «Liquida a la perra».

El psicópata colgó. Billy hizo lo mismo.

Eran colaboradores.

El jamón, el pan y la mayonesa se revolvieron en su estómago.

De haber sospechado que el psicópata realmente se pondría en contacto por teléfono, se podría haber preparado para grabar el mensaje. Ahora era demasiado tarde.

De cualquier modo, la grabación de una grabación no convencería a la policía, a menos que apareciera el cadáver de una pelirroja. Y si eso ocurría, la pista colocada para inculparle lo relacionaría con Billy.

El aire acondicionado funcionaba bien, aunque el aire de la cocina parecía sofocante, claustrofóbico, se atoraba en su garganta y se agarraba a sus pulmones.

Liquida a la perra.

Sin conciencia de haber abandonado la casa, Billy se encontró bajando los escalones del porche trasero. No sabía adónde se dirigía.

Se sentó sobre un escalón.

Se quedó mirando al cielo, los árboles, el jardín.

Se miró las manos. No las reconoció.

Capítulo 35

Abandonó la ciudad dando un rodeo y vio que nadie lo seguía. Sin el bulto del cadáver en el Explorer, Billy corrió el riesgo de exceder el límite de velocidad durante la mayor parte del trayecto hacia el extremo sur del condado. Un viento caliente luchaba en la ventanilla rota del asiento del conductor mientras cruzaba los límites de la ciudad de Napa a las 13:52 de la tarde.

Napa es un lugar extraño, más bien pintoresco, en su mayor parte gracias a su naturaleza, no a fuerza de políticos y corporaciones que conspiran para replantearlo como un parque temático a la manera de Disneylandia, el triste destino de muchos lugares de California.

Harry Avarkian, el abogado de Billy, tenía sus oficinas en el centro, no muy lejos de los juzgados, en una calle en la que se alineaban antiguos olivos. Esperaba a Billy y lo estrechó fuertemente entre sus brazos.

Cincuentón, alto y robusto, de aspecto protector, con una cara gruesa y sonrisa rápida, Harry parecía el portavoz de un regenerador capilar milagroso. Tenía un pelo negro áspero y abundante, un bigote de morsa y una mata tal de pelos negros en el dorso de sus grandes manos que parecía preparado para hibernar.

Trabajaba en el escritorio de un viejo socio, de modo que cuando Billy se sentó frente a él, la relación no parecía la de un abogado y su cliente sino la de viejos amigos metidos en un proyecto financiero.

Tras los habituales «cómo estás» y la conversación sobre el calor, Harry dijo:

—¿Y qué es tan importante como para no hablarlo por teléfono?

—No es que no quisiera hablar por teléfono —mintió Billy. El resto era bastante cierto—: Tuve que acercarme hasta aquí para hacer un par de cosas, así que se me ocurrió que igual podía verte en persona y preguntarte por lo que me preocupa.

—Entonces dispara tus preguntas y veremos si sé algo de las malditas leyes.

—Es sobre el patrimonio de Barbara.

Harry Avarkian y Gi Minh «George» Nguyen, el contable de Billy, eran los otros dos albaceas.

—Hace sólo dos días revisé la liquidación del segundo trimestre —dijo Harry—. Los intereses fueron del cuarenta por ciento. Es excelente para este mercado. El capital continúa creciendo, aun a pesar de los gastos de Barbara.

—Veo que invertimos con inteligencia —reconoció Billy—. Pero por las noches la idea de que alguien pueda meter la mano en la lata me quita el sueño.

—¿Meter la mano en la lata? ¿Al dinero de Barbara? Si tienes que preocuparte de alguna cosa, que sea de que un asteroide choque contra la Tierra.

—Me preocupo. No puedo evitarlo.

—Billy, yo preparé los documentos del patrimonio, y están más protegidos que el trasero de un mosquito. Además, contigo custodiando las arcas por ella, nadie va a sacar ni un centavo.

—Quiero decir si algo me sucede a mí.

—Sólo tienes treinta y cuatro años. Desde mi perspectiva, apenas has pasado la pubertad.

—Mozart murió antes de los treinta y cuatro.

—No estamos en el siglo XVIII, y tú ni siquiera tocas el piano —contestó Harry—, así que la comparación no tiene sentido. —Frunció el ceño—. ¿Estás enfermo o algo así?

—He tenido mejores días —admitió Billy.

—¿Qué es esa venda que tienes en la frente?

Billy le hizo el cuento del nudo en la tabla de nogal.

—No es nada serio.

—Estás pálido para ser verano.

—No he ido a pescar demasiado. Mira, Harry, no tengo cáncer ni nada por el estilo, pero siempre puede atropellarme un camión.

—¿Te han estado persiguiendo camiones últimamente? ¿Tuviste que esquivar un par de ellos? ¿Desde cuándo eres tan pesimista?

—¿Qué hay de Dardre?

Dardre era la hermana de Barbara. Eran mellizas, pero no idénticas. No se parecían en absoluto, y además eran totalmente distintas como personas.

—En el tribunal no sólo la desenchufaron —dijo Harry—, sino que le cortaron el cable y le quitaron las baterías.

—Lo sé, pero...

—Es una aprendiza de bruja, lo admito, pero pertenece tanto al pasado como el bife con papas que me comí la semana pasada.

La madre de Barbara y de Dardre, Cicily, era adicta a las drogas. Nunca pudo identificar al padre de las chicas, y en sus partidas de nacimiento las mellizas llevaban el nombre de soltera de la madre.

Cicily terminó en un psiquiátrico cuando las niñas tenían dos años y perdió la custodia de sus hijas, que fueron a un hogar adoptivo. La mujer murió once meses más tarde.

Hasta que cumplieron cinco años, las hermanas estuvieron juntas en la misma serie de hogares adoptivos. A partir de entonces permanecieron separadas.

Barbara nunca volvió a ver a Dardre. De hecho, cuando a los veintiún años averiguó su paradero e intentó restablecer una relación con su hermana, ésta la rechazó.

Aunque no tan autodestructiva como Cicily, Dardre adquirió el gusto de su madre por los compuestos químicos ilegales y por la vida festiva. Consideraba que su limpia y sobria hermana era aburrida y poco sofisticada.

Ocho años más tarde, tras la difundida cobertura de los medios de comunicación del caso, cuando la compañía de seguros pagó millones para el cuidado a largo plazo de Barbara, Dardre desarrolló una profunda vinculación emocional con su hermana. En su calidad de única pariente de sangre, inició acciones legales para ser declarada su albacea exclusiva.

Por fortuna, ante la oportuna presión de Harry inmediatamente después de su compromiso, Billy y Barbara habían firmado, en esa misma oficina, sencillos testamentos nombrándose mutuamente herederos y albaceas.

La historia, las tácticas y la abierta avaricia de Dardre le valieron el desprecio del juez. Su acción fue desestimada.

Ella intentó volver a juicio para apelar. No tuvo éxito. No habían vuelto a tener noticias suyas en dos años.

Billy dijo:

—Pero si yo muriera...

—Tú mismo elegiste albaceas suplentes para reemplazarte. Si un camión te atropella, uno de ellos lo hará.

—Comprendo. Sin embargo...

—Si tú, yo y George Nguyen somos aplastados por un camión —dijo Harry—, de hecho si cada uno de nosotros es aplastado por tres camiones distintos, hay candidatos dispuestos a ser albaceas, aceptables para el tribunal y listos para hacerse cargo. Hasta el momento en que puedan ser nombrados, los asuntos cotidianos del patrimonio quedarán en manos de una compañía de fideicomiso.

—Has pensado en todo.

Con sus espesos bigotes elevados por una sonrisa, Harry respondió:

—De todos mis logros, de lo que estoy más orgulloso es de no haber sido nunca inhabilitado para el ejercicio de la abogacía.

—Pero si algo me sucediera...

—Me estás volviendo loco.

—... ¿hay alguien más aparte de Dardre de quien debamos preocuparnos?

—¿Como quién?

—Cualquiera.

—No.

—¿Estás seguro?

—Sí.

—¿Nadie se puede quedar con el dinero de Barbara?

Inclinándose hacia adelante, con los brazos sobre el escritorio, Harry dijo:

—¿Qué es todo esto?

Billy alzó los hombros.

—No lo sé. Últimamente he estado... asustado.

Tras un silencio, Harry señaló:

—Tal vez sea el momento de que vuelvas a tener una vida propia.

—Tuve una vida —respondió Billy con la voz demasiado aguda teniendo en cuenta que Harry era un amigo y un tipo decente.

—Puedes cuidar de Barbara, ser fiel a su recuerdo, y aun así tener tu vida.

—Ella no es sólo un recuerdo. Ella está viva. Harry, eres la última persona a quien quisiera tener que dar un puñetazo en la boca.

Harry suspiró.

—Tienes razón. Nadie puede decirte lo que debe sentir tu corazón.

—Diablos, Harry, nunca te he dado un puñetazo en la boca.

—¿Acaso parezco asustado?

Con una risa suave, Billy contestó:

—Sólo te ves como eres. Como un *muppet*, eso decía Barbara.

Las gráciles sombras de los olivos acariciados por el sol se movían sobre el cristal de la ventana y en la habitación.

Tras silencio, Harry Avarkian dijo:

—Hay casos en que la gente ha salido de un coma por botulismo con la mayoría de sus facultades intactas.

—No es lo común —reconoció Billy.

—Que no sea lo común no es lo mismo que nunca.

—Trato de ser realista, pero en realidad no quiero serlo.

—Antes me gustaba la *vichyssoise* —dijo Harry—. Ahora, si de pronto veo una lata en el supermercado, se me revuelve el estómago.

Un sábado, mientras Billy trabajaba en el bar, Barbara abrió una lata de sopa para cenar. *Vichyssoise*. También se hizo un tostado de queso fundido.

Como el domingo por la mañana ella no contestó el teléfono, Billy fue a su departamento y entró con la llave que tenía. La encontró inconsciente en el piso del baño.

En el hospital le suministraron antitoxina lo bastante rápido como para evitar que muriera. Y ahora dormía. Y dormía.

El alcance del daño cerebral no se podía determinar con exactitud hasta que despertara, si es que lo hacía.

La reputada compañía que fabricaba la sopa retiró de manera instantánea una partida entera de *vichyssoise* de los estantes de las tiendas. De más de tres mil latas, sólo seis se encontraban contaminadas.

Ninguna de las seis latas mostraba los delatores signos de hinchazón; por consiguiente, en cierto sentido, el sufrimiento de Barbara había salvado al menos a otras seis personas de un destino similar. Billy nunca consiguió encontrar consuelo en ese hecho.

—Ella es una mujer adorable —dijo Harry.

—Está pálida y delgada, pero para mí sigue siendo hermosa —proclamó Billy—. Y en algún lugar dentro suyo, ella está viva. Dice cosas. Te lo conté. Está allí, viva, y pensando.

Observó las sombras de los olivos proyectadas sobre el escritorio por los cristales de las ventanas.

No miraba a Harry. No quería ver lástima en los ojos de su abogado.

Tras unos instantes, Harry habló un poco más del tiempo y entonces Billy dijo:

—¿Te has enterado de que en Princeton, o quizá en Harvard, los científicos están tratando de crear un cerdo con cerebro humano?

—Están haciendo ese tipo de basura en todas partes —dijo Harry—. Nunca aprenden. Cuanto más listos se creen, más tontos se ponen.

—Es un caso horroroso.

—Ellos no ven el horror. Sólo la gloria y el dinero.

—Yo no veo la gloria.

—¿Qué gloria pudo haber visto alguien en Auschwitz? Pero algunos la vieron.

Tras un momento de silencio, los ojos de Billy se encontraron con los de Harry.

—No me puedes decir que no sé cómo animar una reunión.

—No me reía tanto desde Abbot y Costello.

Capítulo 36

En un negocio de aparatos electrónicos de Napa, Billy compró una cámara de video compacta. El equipo se podía utilizar de la manera habitual o se podía programar para compilar series continuas de instantáneas tomadas en intervalos de pocos segundos.

En esa segunda modalidad, cargado con el disco indicado, el sistema era capaz de hacer una grabación de vigilancia durante una semana, de manera similar a la que se utilizaba en los comercios.

Tendiendo en cuenta que la ventanilla rota del Explorer no le permitía guardar nada valioso en el vehículo, pagó su adquisición y quedó en pasar a recogerlo media hora más tarde.

Desde la tienda de aparatos electrónicos salió en busca de una máquina expendedora de periódicos. Encontró una frente a la farmacia.

La noticia principal se refería a Giselle Winslow. La maestra había sido asesinada en las primeras horas de la mañana del martes, pero su cuerpo no había sido encontrado hasta última hora de la tarde del martes, menos de veinticuatro horas antes.

El retrato del periódico era distinto del que había aparecido en el libro sobre el regazo de Lanny Olsen, pero era la misma atractiva mujer.

Tomó el periódico y caminó hacia el ala principal de la biblioteca del condado. La computadora de su casa ya no disponía de acceso a internet, y la biblioteca ofrecía ambas cosas.

Estaba solo entre las filas de mesas de trabajo. Otros lectores se encontraban frente a sus textos o buscando libros por las estanterías. Tal vez el influjo de las «alternativas de lectura» no se convertiría en el futuro de las bibliotecas después de todo.

Cuando había estado escribiendo ficción utilizaba la red para investigar. Más tarde le había proporcionado distracción, un escape. En los últimos dos años no había navegado en absoluto por la red.

Entretanto, las cosas habían cambiado. El acceso era más veloz. Las búsquedas también eran más rápidas y sencillas.

Billy escribió en un buscador. Como no aparecieron resultados, modificó los términos de la búsqueda, y luego los volvió a cambiar.

Las leyes sobre la edad para beber alcohol variaban según los Estados. En muchas jurisdicciones, Steve Zillis no habría sido lo suficientemente mayor como para atender un bar, así que Billy quitó *camarero de barra* del buscador.

Steve llevaba trabajando en el bar sólo cinco meses. Él y Billy nunca habían intercambiado biografías.

Billy recordaba vagamente que Steve había ido a la universidad. No podía recordar dónde. Añadió *estudiante* al buscador.

Tal vez la palabra *asesinato* era demasiado restrictiva. La reemplazó por *actos delictivos*.

Obtuvo un resultado. Del *Denver Post*.

La historia databa de cinco años y ocho meses atrás. A pesar de que Billy se había propuesto no leer en este descubrimiento nada más de lo que realmente contuviera, la información le pareció relevante.

Ese mes de noviembre, en la Universidad de Colorado de Denver, había desaparecido una estudiante llamada Judith Sarah Kesselman, de dieciocho años. En principio, al menos, no había señales de actos delictivos.

En lo que parecía ser el primer fragmento periodístico acerca de la joven desaparecida, otro estudiante de la universidad, Steven Zillis, de diecinueve años, aparecía citado diciendo que Judith era «una chica maravillosa, compasiva y atenta, amiga de todo el mundo». Se preocupaba porque «Judi es demasiado responsable como para irse un par de días sin contar a nadie sus planes».

Otra búsqueda relacionada con Judith Sarah Kesselman produjo una lista de resultados. Billy se preparó mentalmente para descubrir que el cadáver de la chica había sido descubierto sin rostro.

Recorrió los artículos, leyendo al principio con atención. A medida que el material se volvía repetitivo, comenzó a leerlo rápidamente.

Amigos, parientes y profesores de Judith Kesselman aparecían citados a menudo. Steven Zillis no volvía a ser mencionado.

A juzgar por el valor del material de que disponía Billy, nunca se había encontrado ninguna pista de Judith. Se había esfumado por completo, como si hubiera saltado de este universo a otro.

La frecuencia de la cobertura periodística iba disminuyendo según se acercaba a la Navidad. Se interrumpía de pronto con el cambio de año.

Los medios de comunicación dan más prioridad a los cadáveres que a los cuerpos desaparecidos, la sangre va antes que el misterio. Siempre hay violencia nueva y excitante.

El último fragmento estaba fechado en el quinto aniversario de la desaparición de Judith. Su lugar natal era Laguna Beach, California, y el artículo aparecía en el Archivo del Condado de Orange.

Un columnista, compasivo ante el drama sin resolver de la familia Kesselman, escribía de manera conmovedora sobre su imperecedera esperanza de que Judith todavía estuviese viva. De alguna manera. En algún lugar. Y que algún día regresara a casa.

Ella había estudiado música. Tocaba bien el piano y la guitarra. Le gustaba la música *gospel*. Y los perros. Y los largos paseos por la playa.

La prensa había proporcionado dos fotos suyas. En ambas se la veía juguetona, divertida y amable.

A pesar de que Billy nunca había conocido a Judith Kesselman, no podía soportar la promesa encerrada en ese rostro jovial. Evitó mirar sus fotografías.

Imprimió varios artículos para revisarlos más tarde. Los dobló y los metió en el periódico que había obtenido de la máquina expendedora.

Mientras salía de la biblioteca, al pasar junto a las mesas de lectura, un hombre dijo:

—Billy Wiles, cuánto tiempo sin verte.

En una silla frente a una de las mesas, con una sonrisa de oreja a oreja, estaba sentado el comisario John Palmer.

Capítulo 37

Aunque llevaba su uniforme sin el sombrero, el comisario se parecía menos a un agente de la ley que a un político. Como el suyo era un puesto elegido por el pueblo, realmente era tanto policía como político.

Peinado hasta casi la afectación, afeitado tan suave como la seda, con los dientes cuidados, blancos y perfectos y con unos rasgos apropiados para una moneda romana, parecía diez años más joven de lo que era, y perfectamente preparado para las cámaras.

A pesar de que Palmer estaba sentado en una mesa de lectura, no había frente a él ni una revista ni un periódico ni un libro. Parecía como si ya lo supiera todo.

No se levantó. Billy permaneció de pie.

—¿Cómo van las cosas allá arriba en Vineyard Hills? —preguntó Palmer.

—Muchas viñas y montañas —contestó Billy.

—¿Sigues atendiendo el bar?

—Siempre hace falta. Es la tercera profesión más antigua.

—¿Cuál sería la segunda, después de las putas? —preguntó Palmer.

—Los políticos.

Al comisario le hizo gracia.

—¿Estás escribiendo últimamente?

—Un poco —mintió Billy.

Uno de sus relatos publicados presentaba un personaje que era de hecho un retrato apenas velado de John Palmer.

—¿Estás haciendo alguna investigación para tu obra? —preguntó Palmer.

Desde donde se sentaba, el comisario tenía una visión directa de la computadora en la que Billy había estado trabajando, pero no de la pantalla.

Quizá Palmer tuviera una manera de descubrir qué había estado haciendo Billy en la computadora. Una computadora pública conservaría un registro de los últimos movimientos del usuario en cuestión.

No. Probablemente no. Por otra parte, existían leyes de privacidad.

—Sí —dijo Billy—. Algo de investigación.

—Uno de mis oficiales te vio estacionar frente a la oficina de Harry Avarkian.

Billy no contestó nada.

—Tres minutos después de que dejaras a Harry, expiró el tiempo de tu parquímetro.

Eso podía ser cierto. Palmer prosiguió:

—Puse dos monedas por ti.

—Gracias.

—La ventanilla del conductor está rota.

—Un pequeño accidente —dijo Billy.

—No es una infracción del código, pero debes arreglarla.

—Tengo cita para el viernes —mintió Billy.

—¿No te molesta, verdad? —preguntó el comisario.

—¿Qué?

—Que tú y yo estemos hablando así. —Palmer recorrió la biblioteca con la vista. No había nadie cerca—. Sólo nosotros dos.

—No me molesta —respondió Billy.

Tenía todo el derecho y el motivo para irse. En cambio se quedó, decidido a no dar siquiera la apariencia de sentirse intimidado.

Veinte años atrás, cuando era un niño de catorce años, Billy Wiles había soportado interrogatorios llevados a cabo de una manera que debería haber destruido la carrera de policía de John Palmer.

En cambio Palmer fue ascendido de teniente a capitán, y más tarde a jefe. Al final hizo campaña para el puesto de comisario y resultó elegido. Dos veces.

Harry Avarkian tenía una sucinta explicación para el ascenso de Palmer y aseguraba haberla oído entre los oficiales del departamento: la mierda flota.

—¿Cómo anda la señorita Mandel estos días? —preguntó Palmer.

—Igual.

Se preguntó si Palmer sabría lo de la llamada al 911. Napolitino y Sobieski no tenían ningún motivo para presentar un informe, sobre todo si había sido una falsa alarma. Además, los dos sargentos trabajaban fuera del área de St. Helena. Si bien el comisario Palmer recorría toda su jurisdicción, su oficina se encontraba en el centro del condado.

—Qué triste fue eso —dijo Palmer. Billy no respondió—. Al menos con todo ese dinero cuenta con los mejores cuidados para el resto de su vida.

—Se pondrá bien. Lo superará.

—¿De verdad lo crees?

—Sí.

—Todo ese dinero... espero que tengas razón.

—La tengo.

—Debería tener una oportunidad de disfrutar de todo ese dinero.

Con expresión imperturbable, Billy no manifestó el menor signo de entender la directa alusión de Palmer.

Bostezando, desperezándose, tan relajado y despreocupado en su silla, Palmer probablemente se veía a sí mismo como un gato jugando con un ratón.

—Bueno, la gente se alegrará de escuchar que no estás quemado, que estás escribiendo un poco.

—¿Qué gente?

—Gente a la que le gusta tu escritura, desde luego.

—¿Conoces a alguno?

Palmer alzó los hombros.

—No me muevo en esos círculos. Pero estoy bien seguro de algo...

Como el comisario quería que le preguntara «¿qué?», Billy no preguntó.

Ante su silencio, Palmer dijo:

—Estoy seguro de que tu padre y tu madre estarían muy orgullosos.

Billy se alejó de él y salió de la biblioteca.

Después del aire acondicionado, el calor del verano lo atacó. Se sentía como si se asfixiara cuando tomaba aire y como si se ahogara cuando lo expulsaba. O quizá no se trataba del calor, sino del pasado.

Capítulo 38

A toda velocidad por la carretera 29, entrando y saliendo del sol, con el famoso y fértil valle estrechándose imperceptible al principio y luego perceptiblemente, Billy estaba preocupado por proteger a Barbara.

La compañía de fideicomiso podía contratar seguridad diaria mientras durara la situación, hasta que Billy encontrara al psicópata o hasta que el psicópata acabara con él. El dinero no era un problema.

Pero ésa no era una ciudad grande. La guía telefónica no contenía páginas y páginas de publicidad de empresas de seguridad privada.

Explicar a los guardias por qué los necesitaba podía ser arriesgado. La verdad completa relacionaría a Billy con tres asesinatos de los que casi con total seguridad sería declarado culpable.

Si ocultaba demasiado la verdad, los guardias no sabrían contra qué debían actuar. Estaría poniendo en peligro sus vidas.

Por otra parte, la mayoría de los guardias de seguridad de los alrededores eran antiguos policías o incluso algunos aún en servicio que aprovechaban sus horas libres para trabajar. Muchos de ellos habían trabajado —o todavía lo hacían— para o con John Palmer.

Billy no quería que Palmer se enterara de que Barbara estaba vigilada por guardaespaldas contratados. El comisario podía sospechar. Haría preguntas.

Tras unos pocos años durante los cuales había permanecido ajeno al radar de Palmer, estaba nuevamente bajo su óptica. No se atrevía a concitar más atención sobre sí mismo.

No podía pedir a sus amigos que lo ayudaran a vigilar a Barbara. Eso sería un gran riesgo.

De cualquier manera, no tenía amigos tan cercanos como para sentirse cómodo pidiendo esa clase de favor. La gente en su vida eran en su mayoría *conocidos*.

Había organizado las cosas así. No hay vida que no sea en comunidad. Él lo sabía. Lo sabía. Aun así, no había hecho una siembra apropiada, y ahora no tenía cosecha.

El viento por la ventanilla rota le hablaba del caos.

En las horas de mayor peligro de Barbara, tendría que protegerla él solo. Si es que podía.

Ella merecía a alguien mejor que Billy. Con su historia, nadie que necesitara un guardián acudiría a él en primer lugar. Ni en segundo, ni en ningún caso.

Mi último asesinato: medianoche del jueves.

Si Billy había interpretado correctamente al psicópata —no estaba nada seguro de eso—, el asesinato de Barbara sería el clímax tras el cual caería el telón de esta cruel «representación».

Tu suicidio: poco después.

Al día siguiente, hacia el crepúsculo, mucho antes de la medianoche, se apostaría junto a la cama de Barbara.

Esta noche no podría estar con ella. En su agenda había tareas urgentes que posiblemente lo mantendrían ocupado hasta el amanecer.

Si estaba equivocado, si la sorpresa del segundo acto consistía en el asesinato de Barbara, el soleado valle se convertiría en algo tan oscuro para él como los vacíos espacios interestelares.

Aumentando la velocidad, impulsado hacia delante por un deseo de redención, con la luz del sol brillando desde la izquierda y con el gran monumento del valle, el monte St. Helena, justo delante y siempre igual de lejos, Billy llamó desde su teléfono celular a Whispering Pines, pulsando 1 y esperando a que se marcara el número registrado en la memoria.

Como Barbara tenía una habitación individual con baño incluido, no se aplicaban las acostumbradas normas de horarios de visita. Con un permiso por adelantado, un miembro de la familia podía incluso quedarse a pasar la noche.

Esperaba detenerse en Whispering Pines en su camino hacia casa y comunicarles que se quedaría con Barbara desde la noche del jueves al menos hasta la mañana del viernes. Había pergeñado una historia que aceptarían sin sospechas.

La recepcionista que respondió a su llamada le informó de que la señora Norlee, la gerente, estaría reunida hasta las cinco y media pero que a partir de esa hora podría recibirlo. Billy concertó la cita.

Llegó a casa poco antes de las cuatro, esperando en parte ver coches patrulla, el coche del juez de instrucción, numerosos oficiales del condado y al sargento Napolitino en la galería delantera, parado junto a una mecedora en la que aparecía sentado el cuerpo de Ralph Cottle, sin su lona. Pero todo estaba tranquilo.

En vez de utilizar la cochera, Billy aparcó en la calle, cerca de la parte trasera de la casa.

Entró y revisó cada habitación. No encontró señales de que hubiera habido un intruso en su ausencia.

El cadáver seguía envuelto detrás del sofá.

Capítulo 39

Sobre el microondas, detrás las puertas de una alacena, un profundo espacio albergaba asaderas, dos moldes perforados para hacer pizzas y otros artículos estrechos guardados verticalmente. Billy retiró los moldes —y la base desmontable sobre la que se encontraban— y los dejó en la despensa.

En el fondo de ese espacio ahora vacío había un tomacorriente con dos receptáculos. Un enchufe ocupaba uno de ellos, cuyo cable desaparecía por un agujero hecho en la pared trasera del armario.

El enchufe pertenecía al microondas. Billy lo desenchufó.

Subido a una escalera, hizo un agujero con una taladradora en el suelo del armario superior, a través del techo del microondas. Esto echaba a perder el microondas, pero no le importaba.

Utilizó la taladradora como si fuera una lima eléctrica, moviéndola alrededor del perímetro del agujero y al mismo tiempo perforando hacia arriba y hacia abajo, para ensanchar el agujero. El ruido era horrendo.

Notó un ligero olor a material aislante quemado, pero completó el trabajo antes de que el calor del rozamiento aumentara hasta convertirse en un problema.

Limpió los restos que habían caído en el microondas y colocó dentro la cámara de video.

Después de insertar en la cámara el enchufe de salida del cable de transmisión del video, pasó el otro extremo por el agujero que había hecho en el techo del microondas. Hizo lo mismo con el cable de alimentación.

Colocó el reproductor de vídeo en el armario que hasta ese día guardaba los moldes de cocción. Siguiendo las instrucciones impresas, enchufó el extremo libre del cable de transmisión en el reproductor.

Enchufó el cable de alimentación de la cámara en el receptáculo superior del enchufe del fondo del armario y el reproductor en el receptáculo inferior, donde había estado conectado el microondas.

Colocó un disco de siete días. Programó el sistema según las instrucciones, lo encendió y cerró la puerta del microondas. La cámara apuntaba hacia la puerta trasera, atravesando la cocina.

Cuando la luz del microondas se apagó, Billy observó que la cámara sólo se podía ver si se ponía la cara muy cerca del cristal. El psicópata no la descubriría a menos que decidiera hacerse palomitas de maíz en el microondas.

Como la puerta del microondas tenía una fina pantalla laminada entre los paneles de cristal, Billy no supo si la cámara tendría una visión clara. Necesitaba probarla.

Todas las ventanas de la cocina tenían las persianas bajadas. Las levantó y encendió las luces del techo.

Durante un momento se situó junto a la puerta trasera. Luego cruzó la habitación a paso tranquilo.

El reproductor poseía una pequeña pantalla para un repaso rápido. Cuando Billy subió a la escalerita y reprodujo la grabación, vio una figura oscura. Según cruzaba la habitación, la resolución mejoraba, y pudo reconocerse.

No le gustaba verse a sí mismo. Lívido, enjuto y vacilante, decidido para la acción pero con un determinación titubeante.

Para ser justos con él, la imagen era en blanco y negro y un poco granulada. Su aparente tambaleo era simplemente el efecto de la grabación a intervalos.

Teniendo en cuenta todo eso, seguía viendo una figura poco convincente: sombra y perfil, pero sin más sustancia que una aparición. Parecía un extraño en su propia casa.

Programó de nuevo la cámara. Cerró las puertas del armario y guardó la escalerita.

En el baño, se cambió la venda de la frente. Las heridas de los anzuelos tenían un tono rojo fuerte, pero no peor que antes.

Se cambió de ropa: camiseta negra, vaqueros negros, zapatillas negras. Todavía quedaban cuatro horas para la puesta de sol, y cuando la luz se extinguiera, Billy tendría que moverse inadvertidamente en la noche hostil.

Capítulo 40

Gretchen Norlee sentía predilección por austeros trajes oscuros, no llevaba joyas, se peinaba el pelo hacia atrás desde la frente, miraba el mundo desde sus anteojos de montura de acero... y decoraba su oficina con muñecos de peluche. Un osito, un sapo, un pato, un conejo y un gatito azul yacían en fila sobre la estantería como parte de una colección que consistía principalmente en perros que daban la bienvenida a sus visitantes con una explosión de lenguas desenrolladas de terciopelo rosa y rojo.

Dirigía las ciento dos camas de la residencia Whispering Pines con eficiencia militar y máxima compasión. Sus cálidos modales se contradecían con la aspereza de su aguda voz.

No encarnaba más contradicciones que cualquier otra persona que encuentra un equilibrio temporal en este mundo básicamente temporal. Las suyas sólo eran más visibles, y más encantadoras.

Dejando su escritorio para indicar que veía el caso con más consideración personal que un mero asunto de negocios, Gretchen se sentó en una silla de amplio respaldo en diagonal a Billy.

—Como Barbara ocupa una habitación individual —explicó—, puede tener compañía fuera de los horarios normales de visita sin incomodar a otros pacientes. No veo ningún problema, a pesar de que por lo general las familias se quedan a pasar la noche sólo cuando acaban de trasladar al paciente de otro hospital.

A pesar de que Gretchen tenía demasiada clase como para expresar su curiosidad de forma directa, Billy se sintió obligado a satisfacerla con alguna explicación, a pesar de que cada palabra que le dijera fuera una mentira.

—Mi grupo de estudio sobre la Biblia ha estado discutiendo qué dicen las escrituras acerca del poder de la oración.

—Así que está en un grupo de estudio sobre la Biblia —dijo intrigada, como si no fuera un hombre al que pudiera imaginar fácilmente en semejante búsqueda piadosa.

—Hubo una importante investigación médica que demostró que cuando amigos y parientes rezan activamente por un ser querido que está enfermo, a menudo el paciente se recupera, y se recupera más rápido.

Al llegar a los periódicos, esa controvertida investigación había dado pábulo a debates en el bar. Fue el recuerdo de todo ese parloteo de borrachos, y no un riguroso grupo de estudio sobre la Biblia, lo que había inspirado a Billy a elaborar esta historia.

—Creo que recuerdo haber leído algo así —dijo Gretchen Norlee.

—Rezo por Barbara todos los días, desde luego.

—Desde luego.

—Pero llegué a darme cuenta de que la oración es más intensa cuando implica cierto sacrificio.

—Sacrificio —repitió ella pensativa.

Billy sonrió.

—No estoy diciendo que vaya a sacrificar un cordero.

—Bien. El equipo de limpieza se alegrará de saberlo.

—Pero rezar junto a la cama en mi casa, aunque sea sincero, no es sacrificado.

—Ya entiendo.

—Seguro que la oración es más valiosa y efectiva si surge a partir de un sacrificio personal, como por lo menos la pérdida de una noche de sueño.

—Nunca lo pensé de esa manera —dijo ella.

—De vez en cuando —prosiguió Billy— me gustaría pasar con ella toda la noche rezando. Si eso no la ayuda, al menos me ayuda a mí.

Escuchándose hablar, pensó que sonaba tan falso como un evangelista de la televisión proclamando la virtud de la abstinencia en el momento en que lo atrapan desnudo con una prostituta en el asiento trasero de su limusina.

Evidentemente, Gretchen Norlee lo escuchaba de forma distinta. Detrás de sus anteojos de montura de acero, sus ojos estaban húmedos y conmovidos.

Su recién descubierto talento perturbó a Billy, y lo dejó preocupado. Cuando un mentiroso se vuelve demasiado hábil en el engaño puede perder la capacidad de discernir lo verdadero y él mismo puede ser fácilmente engañado.

Supuso que habría que pagar un precio por tomar a una buena persona como Gretchen Norlee por tonta, como había un precio para todo.

Capítulo 41

Cuando Billy avanzaba por el pasillo principal hacia la habitación de Barbara, en el ala oeste, el doctor Jordan Ferrier, su médico, salió de la habitación de otro paciente. Casi chocaron.

—¡Billy!

—Hola, doctor Ferrier.

—Billy, Billy, Billy.

—Siento que se avecina un sermón.

—Has estado evitándome.

—Lo mejor que he podido —admitió Billy.

El doctor Ferrier aparentaba ser más joven que sus cuarenta y dos años. Tenía pelo color arena, ojos verdes, siempre alegres, y era un vendedor de muerte entregado a su profesión.

—Nuestro informe semestral lleva semanas de retraso.

—El informe semestral es idea tuya. Yo estoy muy contento con un informe por década.

—Vamos a ver a Barbara.

—No —contestó Billy—. No hablaré de esto delante de ella.

—Está bien. —Tomando a Billy del brazo, el doctor Ferrier lo condujo hacia la sala en la que el cuerpo médico se tomaba sus descansos.

Estaban solos en la habitación. Las máquinas expendedoras de golosinas y bebidas zumbaban, listas para entregar premios de altas calorías, alto colesterol y alta cafeína a los trabajadores de la medicina que conocían las consecuencias de sus deseos, pero que tenían el buen criterio de pasarlas por alto.

Ferrier acercó una silla de plástico de una mesa anaranjada de fórmica. Como Billy no siguió su ejemplo, el médico suspiró, volvió a poner la silla en su sitio y se quedó de pie.

—Hace tres semanas completé mi evaluación sobre Barbara.

—Yo la completo todos los días.

—No soy tu enemigo, Billy.

—Es difícil creerlo a estas alturas del año.

Ferrier era un médico que trabajaba mucho, inteligente, talentoso y bienintencionado. Por desgracia, la universidad que le había dado el título lo había infectado con lo que ellos denominaban «ética utilitaria».

—No ha mejorado —dijo el doctor Ferrier.

—Tampoco ha empeorado.

—Cualquier posibilidad de recuperar sus funciones cognitivas...

—A veces habla —interrumpió Billy—. Lo sabes.

—¿Alguna vez tiene sentido lo que dice? ¿Es coherente?

—De vez en cuando —respondió Billy.

—Dame un ejemplo.

—No tengo ninguno a mano. Tendría que revisar mi libreta.

Ferrier tenía unos ojos enternecedores. Sabía cómo utilizarlos.

—Era una mujer maravillosa, Billy. Aparte de ti, nadie la respetaba más que yo. Pero ahora no tiene ninguna calidad de vida significativa.

—Para mí es muy significativa.

—No eres tú quien sufre. Es ella.

—No parece estar sufriendo —dijo Billy.

—No podemos saberlo con exactitud, ¿verdad?

—Exacto.

A Barbara le gustaba Ferrier. Ésa era una de las razones por las que Billy no lo había cambiado por otro médico.

En algún nivel profundo, ella podría percibir lo que sucedía a su alrededor. En ese caso, se sentiría más segura sabiendo que la atendía Ferrier en lugar de un extraño que no conociera.

A veces esta ironía era una piedra de afilar que agudizaba el sentido de injusticia de Billy como si fuera la hoja de una navaja.

De haber conocido ella la contaminación bioética de Ferrier, de haber sabido que él creía poseer la sabiduría y el derecho a determinar si un bebé con síndrome de Down, un niño discapacitado o una mujer en coma disfrutaban de una calidad de vida digna de ser vivida, habría cambiado de médico. Pero ella no lo sabía.

—Era una persona tan vibrante, tan comprometida... —dijo Ferrier—. No habría aceptado estar así esperando, año tras año.

—Ella no está esperando —contestó Billy—. No está perdida en el fondo del mar. Está flotando cerca de la superficie. Está *aquí al lado*.

—Comprendo tu dolor, Billy. Créeme que lo comprendo. Pero tú no tienes el conocimiento médico para determinar su condición. Ella no está *aquí al lado*. Nunca lo estará.

—Recuerdo algo que dijo justo el otro día. «Quiero saber lo que dice... el mar, qué es lo que sigue diciendo».

Ferrier lo observó con la misma expresión de ternura y frustración.

—¿Ése es tu mejor ejemplo de coherencia?

—En primer lugar, no hagas daño —espetó Billy.

—Daño es lo que se hace a otros pacientes cuando derrochamos recursos limitados en casos sin esperanza.

—Ella no es un caso perdido. A veces se ríe. Ella está *aquí al lado,* y la respalda una buena cantidad de dinero.

—Que podría hacer tanto bien si se aplica adecuadamente.

—No quiero el dinero.

—Lo sé. No eres la clase de gente que se gastaría un centavo en sí mismo. Pero podrías emplear esos recursos en gente que tiene mucho mayor *potencial* para una calidad de vida aceptable del que tiene ella, gente que está mucho más necesitada de ayuda.

Billy también aguantaba a Ferrier porque había sido tan eficaz en las declaraciones previas al juicio que el fabricante de la *vichyssoise* prefirió llegar a un acuerdo extrajudicial que ir a los tribunales.

—Sólo pienso en Barbara —continuó Ferrier—. Si yo estuviera en su estado, no me gustaría vegetar ahí año tras año.

—Y yo respetaría tus deseos —repuso Billy—. Pero no sabemos cuáles son *sus* deseos.

—Dejarla ir no requeriría ninguna medida activa —le recordó Ferrier—. Sólo necesitamos ser pasivos. Quitar la sonda de alimentación.

En su coma, Barbara no tenía reflejos para tragar, y por lo tanto no podía hacerlo correctamente. La comida terminaría en sus pulmones.

—Quitar la sonda de alimentación y dejar que la naturaleza siga su curso.

—O sea, inanición.

—Sólo naturaleza.

Billy también la mantenía al cuidado de Ferrier porque el médico era franco en su fe en la bioética utilitarista. Otro médico podía tener las mismas creencias pero ocultarlas... y presentarse como un ángel —o un agente— de la misericordia.

Dos veces al año Ferrier volvía a la carga con su argumento, pero jamás actuaría sin el consentimiento de Billy.

—No —concluyó Billy—. No. No lo haremos. Vamos a seguir adelante como lo hemos hecho hasta ahora.

—Cuatro años es mucho tiempo.

—La muerte es más larga que eso —dijo Billy.

Capítulo 42

El sol de las seis de la tarde sobre los viñedos llenaba la ventana con verano, vida y magnificencia.

Bajo sus pálidos párpados, los ojos de Barbara Mandel seguían el curso de vívidos sueños.

Sentado en una banqueta a su lado, Billy dijo:

—He visto a Harry hoy. Todavía sonríe cuando recuerda que tú decías que era un *muppet*. Dice que su mayor logro es no haber sido nunca inhabilitado para el ejercicio de la abogacía.

No le contó ninguna otra cosa de su día. El resto de las cosas no habría servido para levantarle el ánimo.

Desde la perspectiva de la seguridad, los dos puntos débiles del dormitorio eran la puerta que daba al pasillo y la ventana. El baño carecía de ventana.

La ventana contaba con una persiana y un cerrojo. La puerta no se podía cerrar con llave.

Como cualquier cama de hospital, la de Barbara tenía ruedas. El jueves, cuando se acercara la medianoche, Billy podía sacarla de allí, donde el asesino esperaba encontrarla, y llevarla a otra habitación más segura.

No estaba conectada a ningún monitor. Su reserva de alimento y el goteo colgaban de una barra fijada al marco de la cama.

Desde el puesto de enfermeras, en medio del largo pasillo principal, no se podía ver esta habitación del ala oeste. Con suerte, podría trasladar a Barbara sin ser visto y luego regresar a esperar al psicópata. Dando por hecho que se llegaría a tal momento de crisis.

Dejó sola a Barbara y caminó por el ala oeste, echando una ojeada a los cuartos de otros pacientes, inspeccionando un armario de material, un cuarto para cambiarse, estudiando las posibilidades.

Cuando regresó a la habitación, Barbara estaba hablando:

—... empapado de agua... cubierto de barro... golpeado por piedras...

Sus palabras sugerían un mal sueño, pero su tono de voz no. Hablaba con toda tranquilidad, como si estuviera hechizada.

—... cortado por piedras afiladas... pinchado por espinas... desgarrado por zarzas...

Billy había olvidado la libreta y el bolígrafo. Aunque las pudiera recordar, no tenía tiempo para registrar estas frases.

—¡Rápido! —dijo ella.

De pie junto a la cama, apoyó una mano tranquilizadora sobre el hombro de Barbara.

—¡Que le den una boca! —susurró ella con apremio.

Casi esperaba verla abrir los ojos y fijarlos en él, pero no fue así.

Cuando Barbara dejó de hablar, Billy hurgó en busca del cable que conectaba el mecanismo del colchón ajustable de la cama. Si necesitaba trasladarla la noche siguiente, debía desenchufar ese cable.

En el suelo, justo debajo de la cama, vio una foto de una cámara digital. La tomó y la examinó bajo la luz.

—... se arrastra y se arrastra... —susurró Barbara.

Miró la foto desde tres ángulos diferentes antes de comprender que se trataba de una mantis religiosa, aparentemente muerta, pálida contra una superficie pálida.

—... se arrastra y arrastra... y lo desgarra...

De pronto su susurro tembló como una mantis moribunda en los oídos de Billy, provocándole un estremecimiento y un escalofrío.

Durante las horas normales de visita, las familias y amigos de los pacientes aparecían por la puerta principal e iban donde querían, sin necesidad de ningún registro.

—... manos de los muertos... —susurró ella.

Como Barbara requería menos atención que los enfermos conscientes con su infinidad de quejas y pedidos, las enfermeras no se ocupaban de ella con tanta frecuencia como de los demás.

—... grandes piedras... rojo furioso...

Un visitante silencioso podía permanecer junto a la cama media hora sin ser visto ni entrar ni salir.

No quería dejar sola a Barbara hablando en una habitación vacía, aunque debía de haberlo hecho en innumerables ocasiones. La noche de Billy, ya completamente organizada, se complicaba con el añadido de otra tarea urgente.

—... cadenas colgando... terrible...

Billy se guardó la foto en el bolsillo.

Se inclinó sobre Barbara y la besó en la frente. Su sien estaba fría, como siempre.

Fue hacia la ventana y corrió las cortinas.

Reacio a irse, se quedó en el umbral de la puerta abierta, mirándola.

Entonces ella dijo algo que resonó en el interior de Billy, aunque no sabía por qué.

—Señora Joe —dijo ella—. Señora Joe.

Él no conocía a ninguna señora Joe o señora Joseph, o señora Johanson, o señora Jonas, ni a nadie con un nombre parecido al que Barbara había pronunciado. Y sin embargo... pensó que sí.

La mantis espectral volvió a agitarse en sus oídos y por su columna.

Con una plegaria tan real como con las que había mentido a Gretchen Norlee, dejó sola a Barbara en la última noche que estaría segura.

Quedaban menos de tres horas de luz en un cielo demasiado seco para tolerar ni una pequeña nube, un sol de brillo termonuclear, un aire tan quieto que anticipaba el estallido de una catástrofe.

Capítulo 43

El jardín delantero enrejado no tenía césped, sino una exuberante alfombra de tréboles y, bajo los hermosos brotes de los pimenteros, flores silvestres.

Dando sombra al camino principal, un túnel de árboles aparecía cubierto de flores. Una silenciosa orquesta de pimpinelas elevaba sus aromáticas campanas hacia el sol.

El arqueado entramado que formaba el túnel, un anticipo de la puesta de sol, conducía a un soleado patio con macetas llenas de granadas y valerianas rojas.

La casa era una construcción de estilo español. Modesta pero agradable, se notaba que era mantenida con ternura.

Sobre la puerta roja principal estaba pintada la silueta negra de un ave. Sus alas estaban desplegadas, en ángulo de ascenso.

Nada más llamar Billy a la puerta, ésta se abrió como si lo hubieran estado esperando.

—Hola Billy —dijo Ivy Elgin sin sorpresa, como si lo hubiera visto por la ventana de la puerta. Pero no había ventana.

Iba descalza, con unos pantalones caqui cortados para resultar más cómodos y una holgada camiseta roja sin ninguna publicidad. Aunque hubiera estado encapuchada y cubierta por completo, Ivy igualmente habría sido una lámpara para cualquier mariposa nocturna.

—No estaba muy seguro de encontrarte —dijo él.

—Tengo franco los miércoles. —Se alejó de la puerta.

Dudando en el lado soleado del umbral, Billy dijo:

—Sí, pero tienes tu vida.

—Estaba pelando pistachos en la cocina.

Se dio vuelta y se adentró en la casa, confiando en que Billy la siguiera como si lo hubiera hecho mil veces. Ésta era la primera vez que iba.

Una pesada cortina y una lámpara de pie con una pantalla de seda color zafiro daban forma a las sombras del salón.

Billy echó un vistazo al oscuro suelo de madera de abeto, al mobiliario de tela de angora de color negro azulado, a la alfombra estilo persa. Las obras de arte parecían datar de la década de 1930.

Hizo algo de ruido sobre el suelo de madera, pero Ivy no; cruzó el salón como si una corriente de aire separara las suelas de sus pies de las tablas de abeto, como lo haría una mosca al cruzar una superficie de agua.

En la parte trasera de la casa, la cocina presentaba las mismas dimensiones que el salón e incluía una zona para comer.

Mesadas de madera, puertas de alacenas acristaladas, un suelo de baldosas blancas con un diamante negro en el centro, más una cualidad inefable, lo hicieron pensar en los pantanos y en el encanto de Nueva Orleans.

Entre la cocina y la puerta de la galería trasera dos ventanas permanecían abiertas para ventilar. Sobre una de ellas había un enorme pájaro negro. La perfecta quietud del ave sugería taxidermia. Pero en ese momento sacudió la cabeza.

Aunque Ivy no dijo nada, Billy se sintió invitado a sentarse a la mesa, e incluso cuando se sentaba, ella puso un vaso de hielo frente a él. Luego tomó una jarra de la mesa y sirvió té.

Sobre el hule de cuadros blancos y rojos había otro vaso de té, un plato con cerezas frescas, un molde de tarta lleno de nueces y un recipiente medio lleno con los pistachos pelados.

—Tienes una bonita casa —dijo Billy.

—Era de mi abuela. —tomó tres cerezas del plato—. Me crió ella.

Ivy hablaba con suavidad, como siempre. Ni siquiera en el bar levantaba la voz, pero nunca dejaba de hacerse entender.

Aunque no era entrometido, Billy se sorprendió al escucharse preguntar en un tono de voz parecido al de ella:

—¿Qué le pasó a tu madre?

—Murió en el parto —respondió Ivy mientras alineaba las cerezas en el alféizar de la ventana junto al pájaro—. Mi padre sencillamente se fue.

El té estaba endulzado con néctar de durazno y una pizca de menta.

Cuando Ivy regresó a la mesa, se sentó y continuó pelando las nueces. El pájaro miró a Billy e ignoró las cerezas.

—¿Es una mascota? —preguntó Billy.

—Nos pertenecemos mutuamente. Es difícil que se atreva a pasar de la ventana, pero cuando lo hace, respeta mis reglas de limpieza.

—¿Cómo se llama?

—Todavía no me lo dijo. Algún día lo va a hacer.

Hasta ahora, Billy nunca se había sentido tan cómodo y a la vez tan desorientado. De otro modo, no habría hecho una pregunta tan extraña como ésta:

—¿Qué vino primero, el pájaro de verdad o el de la puerta principal?

—Llegaron juntos —contestó ella, respondiéndole de una forma no menos extraña que la pregunta.

—¿Qué es? ¿Una corneja?

—Es algo más señorial que eso. Es un cuervo, y quiere que creamos que no es otra cosa.

Billy no sabía qué responder a eso, así que no dijo nada. Se sentía cómodo en el silencio, y por lo visto ella también.

Se dio cuenta de que había perdido la sensación de urgencia con la que se había ido de Whispering Pines. El tiempo ya no parecía correr; de hecho, allí ni siquiera parecía importar.

Por fin el pájaro se puso manos a la obra con las cerezas, utilizando su pico para separar la pulpa del carozo con gran destreza.

Los largos y huesudos dedos de Ivy parecían trabajar lentamente, si bien añadía pistachos pelados al recipiente con bastante velocidad.

—Esta casa es tan tranquila... —comentó Billy.

—Porque las paredes no se saturaron con años de charla inútil.

—¿No?

—Mi abuela era sorda. Nos comunicábamos con el lenguaje de signos y por medio de la escritura.

Más allá de la galería trasera había un florido jardín en el que todos los brotes eran de color rojo, azul oscuro o púrpura real. Si una hoja se agitaba, si un grillo se afanaba por allí, si una abeja rodeaba una rosa, ningún sonido se abría paso por las ventanas abiertas.

—Seguro que prefieres un poco de música —dijo Ivy—, pero yo no.

—¿No te gusta la música?

—En el bar tengo de sobra.

—A mí me gusta la música *country*. Y el *swing*. Los Texas Top Hands, Bob Wills y los Texas Playboys.

—De cualquier manera siempre hay música si te mantienes lo suficientemente quieto como para escucharla.

Billy no debía de estar lo bastante silencioso.

Mientras sacaba la foto de la mantis muerta de su bolsillo y la colocaba sobre la mesa, Billy dijo:

—Encontré esto en el suelo de la habitación de Barbara en Whispering Pines.

—Te la puedes quedar si quieres.

No supo cómo interpretar la frase.

—¿Fuiste a visitarla? —preguntó Billy.

—A veces me siento a su lado.

—No lo sabía.

—Se portó muy bien conmigo.

—No comenzaste a trabajar en el bar hasta un año después de que ella entrara en coma.

—La conocía de antes.

—¿Ah, sí?

—Se portó muy bien conmigo cuando mi abuela se estaba muriendo en el hospital.

Barbara había sido enfermera, y muy buena además.

—¿Cada cuánto la visitas? —preguntó Billy.

—Una vez al mes.

—¿Por qué nunca me lo has dicho, Ivy?

—Entonces habríamos tenido que hablar de ella, ¿no?

—¿Hablar de ella?

—Hablar de cómo está, de lo que sufrió. ¿Acaso eso te da paz? —preguntó Ivy.

—¿Paz? No. ¿Cómo podría darme paz?

—¿Recordar cómo era ella antes del coma te da paz?

Billy lo pensó.

—A veces.

La mirada de Ivy se desplazó de los pistachos y sus extraordinarios ojos color brandy se encontraron con los suyos.

—Entonces ahora no hablemos de ello. Sólo recuerda cuándo.

Cuando terminó con dos cerezas, el cuervo hizo una pausa para desplegar sus alas. Se abrieron y se cerraron en silencio.

Billy volvió a mirar a Ivy, que había vuelto a concentrarse en lo que estaba pelando con las manos.

—¿Por qué llevaste esta foto cuando fuiste a visitarla? —preguntó.

—Llevo a todas partes las fotos más recientes de animales muertos.

—¿Pero por qué?

—Aruspicina —le recordó ella—. Las leo. Pronostican.

Billy dio un sorbo a su té.

El cuervo lo observaba con el pico abierto, como a punto de graznar. No produjo ningún sonido.

—¿Qué es lo que pronostican sobre Barbara? —preguntó Billy.

La serenidad y el aspecto de vidente de Ivy ocultaban o bien el cálculo de su respuesta o bien, en cambio, si vacilaba sólo porque sus pensamientos estaban divididos entre el aquí y el ahora y algún otro lugar.

—Nada.

—¿Nada de nada?

Había dado su respuesta. No dio ninguna otra.

En la foto, sobre la mesa, la mantis no le decía nada a Billy.

—¿De dónde sacaste la idea de leer en cosas muertas? —preguntó—. ¿De tu abuela?

—No. Ella no lo aprobaba. Era una católica devota y anticuada. Para ella creer en lo oculto era un pecado. Ponía en peligro el alma inmortal.

—Pero tú no estás de acuerdo.

—En parte sí y en parte no —contestó Ivy con más suavidad que de costumbre.

Una vez que el cuervo terminó con la tercera cereza, dejó los carozos desnudos uno al lado del otro sobre el alféizar de la ventana, como en respuesta a las reglas domésticas de pulcritud y orden.

—Jamás escuché la voz de mi madre —dijo Ivy.

Billy no supo cómo interpretar esa frase, y luego recordó que su madre había muerto en el parto.

—Desde que era muy pequeña —prosiguió—, sabía que mi madre tenía algo muy importante que decirme.

Billy reparó de repente en el reloj de la pared. No tenía segundero, ni minutero ni manecillas para la hora.

—Esta casa fue siempre muy tranquila —dijo Ivy—. Muy tranquila... Aquí aprendes a escuchar. —Billy escuchaba—. Los muertos tienen cosas que decirnos.

Con sus ojos de antracita pulida, el cuervo escrutaba a su ama.

—La pared es más fina aquí —prosiguió ella—. La pared entre los mundos. Un espíritu puede hablar a través de ella si realmente lo necesita.

Empujando a un lado las cáscaras vacías y dejando caer los pistachos en el recipiente, hizo la más suave sinfonía de sonidos, más suave incluso que el hielo que se derretía en los vasos del té.

—A veces —comenzó Ivy—, por la noche o en un momento particularmente silencioso, o durante el crepúsculo, cuando el horizonte se traga al sol y lo silencia por completo, sé que ella me llama. Casi puedo reconocer su voz... pero no sus palabras. Todavía no.

Billy pensó en Barbara hablando desde el abismo de su sueño artificial, sus palabras sin sentido para todos los demás, y para él, sin embargo, llenas de enigmáticos sentidos.

Encontraba a Ivy Elgin tan perturbadora como fascinante. Si su inocencia por momentos parecía acercarse a lo inmaculado, Billy se obligó a advertirse de que en su corazón, como en el corazón de todo hombre y mujer, debería haber una cámara que la luz no alcanzaba, donde el tranquilizador silencio no podía ser perturbado.

No obstante, sin tener en cuenta lo que él mismo pudiera creer sobre la vida y la muerte, y a pesar de cualquier motivo impuro que Ivy pudiera esconder, si es que de hecho escondía alguno, Billy sintió que era sincera en su creencia de que la madre trataba de ponerse en contacto con ella, que seguiría intentándolo y que al final lo lograría.

Y lo que era más importante: ella lo impresionaba tanto, no desde la razón, sino desde el juicio de su inconsciente adaptable, que era incapaz de calificarla de mera excéntrica. En esta casa, la pared entre los mundos bien podía haberse desgastado y aclarado tras tantos años de silencio.

Sus predicciones basadas en la aruspicina eran pocas veces acertadas. Culpaba de esto a su incompetencia para leer los signos, y no toleraba comentarios de que el arte de la adivinación era inútil en sí.

Billy ahora comprendía su obstinación. Si uno no podía leer el futuro en la condición única de cada cosa muerta, también podía ser cierto que los muertos no tuvieran nada que decirnos y que una niña esperando oír la voz de la madre perdida jamás la entendería por muy bien que la escuchara o por muy silenciosa y atenta que se mantuviera.

Y así ella estudiaba fotos de zarigüeyas muertas junto al camino, de mantis muertas, de pájaros caídos del cielo.

Caminaba en silencio por la casa, pelaba pistachos en silencio, le hablaba suavemente al cuervo o no le dirigía la palabra, y por momentos la quietud se convertía en un perfecto silencio.

Un silencio semejante acababa de caer ahora sobre ellos, pero Billy lo rompió.

Menos interesado en el análisis de Ivy que en su reacción, observándola incluso más atentamente de lo que lo hacía el pájaro, Billy dijo:

—A veces los asesinos psicópatas conservan recuerdos para no olvidar a sus víctimas.

Como si el comentario de Billy no hubiera sido más extraño que una referencia al calor, Ivy hizo una pausa para dar un sorbo al té y luego retomó sus pistachos.

Billy sospechaba que nada de lo que alguien pudiera decirle a Ivy jamás despertaría en ella una reacción de sorpresa, como si supiera siempre las palabras que se iban a decir antes de que fueran pronunciadas.

—Me enteré de un caso —continuó él— en el que un asesino en serie cortó la cara de una víctima y la conservó en un frasco de formaldehído.

Ivy recogió las cáscaras de la mesa y las tiró en una lata de desperdicios que había junto a su silla. En realidad no las tiró, sino que las *depositó* de forma que no sonaran.

Al observar a Ivy, Billy no pudo decidir si ella había oído antes algo sobre el criminal del rostro o si era una novedad para ella.

—Si te encontraras con ese cuerpo sin rostro, ¿qué leerías en él? No me refiero al futuro, sino acerca de *él,* del asesino.

—Teatro —dijo ella sin vacilar.

—No sé si te entiendo.

—Que le gusta el teatro.

—¿Por qué dices eso?

—El drama de arrancar un rostro —dijo ella.

—No logro ver la relación.

Tomó una cereza del plato.

—El teatro es engaño. Ningún actor se interpreta a sí mismo.

Billy sólo pudo decir «de acuerdo» y esperar.

—En cada papel —prosiguió ella—, un actor asume una identidad falsa.

Ivy se llevó la cereza a la boca. Un momento después, escupió el hueso en la palma de su mano y tragó la fruta. Si pretendía insinuar que el carozo era la última realidad de la cereza o no, eso fue lo que él infirió.

Una vez más Ivy se encontró con sus ojos.

—El no quería la cara porque fuera una cara. La quería porque era una máscara.

Sus ojos eran más hermosos que inteligibles, pero Billy no pensaba que sus propias reflexiones la asustaran tanto como lo asustaban a él. Tal vez cuando uno se pasa la vida escuchando las voces de los muertos no se estremece con tanta facilidad.

—¿Quieres decir que a veces, cuando está solo y con ganas, la saca del frasco y se la pone? —preguntó.

—Quizá. O tal vez sólo la quería porque le recordaba un drama importante de su vida, alguna representación que le gustaba.

Representación.

Esa palabra se la había recalcado Ralph Cottle. Puede que Ivy la hubiera repetido a conciencia o con absoluta inocencia. No podía saberlo.

Continuaba mirándolo.

—¿Crees que todos los rostros son máscaras, Billy?

—¿Y tú?

—Mi abuela, muda, tan dulce y cordial como un santo, no dejaba de tener sus secretos. Eran secretos inocentes, hasta encantadores. Su máscara era casi tan transparente como el cristal; pero aun así llevaba una.

Billy no sabía lo que le estaba contando ni qué pretendía que dedujese de lo que decía. No creía que por preguntarle de forma directa obtuviese una respuesta más directa.

No significaba necesariamente que ella quisiera engañarlo. Su conversación era con frecuencia más alusiva que directa, y no a propósito sino por su naturaleza. Todo lo que ella decía sonaba límpido como una nota de campana y al mismo tiempo poco claro para la interpretación.

A menudo los silencios decían más que las palabras que pronunciaba, algo que posiblemente tenía sentido en una chica criada por una sorda.

Si había entendido medio bien, Ivy no lo estaba engañando de ninguna manera. ¿Pero entonces por qué acababa de sugerir que todo rostro, incluido el suyo, era una máscara?

Si Ivy visitaba a Barbara sólo porque había sido amable hace tiempo y llevaba fotos de animales muertos a Whispering Pines sólo porque las llevaba a todas partes, entonces la foto de la mantis no tenía relación con la trampa en la que Billy se encontraba y ella no tenía conocimiento del psicópata.

En ese caso, podía levantarse, irse y hacer lo que le urgía. Sin embargo, permaneció sentado a la mesa.

Ivy había bajado una vez más los ojos hacia los pistachos y sus manos habían retomado la tranquila y útil tarea de pelar.

—Mi abuela era sorda de nacimiento —dijo Ivy—. Nunca oyó hablar una palabra y no sabía cómo articularlas.

Observando sus delgados dedos, Billy sospechó que los días de Ivy estaban llenos de tareas útiles: ocuparse del jardín, mantener su hermosa casa en su actual perfecto estado, cocinar; y evitaba la pereza a toda costa.

—Nunca oyó tampoco una risa, pero es cierto que sabía cómo reír. Tenía una agradable risa contagiosa. Nunca la escuché llorar hasta que tuve ocho años.

Billy interpretó la obsesiva diligencia de Ivy como un reflejo de la suya propia, y lo comprendió perfectamente. Aparte de si podía o no confiar en ella, le agradaba.

—Cuando era mucho más joven —dijo Ivy—, no terminaba de entender lo que significaba que mi madre hubiera muerto en el parto. Pensaba que de alguna manera yo la había matado, que era la responsable de su muerte.

El cuervo volvió a desplegar sus alas en la ventana, tan silenciosamente como lo había hecho antes.

—Tenía ocho años cuando comprendí que no era culpable —prosiguió Ivy—. Cuando le transmití mi descubrimiento a mi abuela, la vi llorar por primera vez. Esto suena curioso, pero yo pensaba que cuando ella llorara, iba a ser el sollozo de un mudo total, nada más que lágrimas y espasmos ahogados en el silencio. Pero su llanto era tan normal como su risa. En lo que respecta a esos dos sonidos, no era una mujer distinta a los que pueden oír y hablar; era una más de la comunidad.

Billy pensaba que Ivy hechizaba a los hombres con su belleza y sexualidad, pero el hechizo que producía venía de un lugar más profundo.

Comprendió lo que ella pretendía revelar sólo cuando se escuchó pronunciar las siguientes palabras:

—Cuando tenía catorce años disparé a mi madre y a mi padre.

Sin levantar la vista, dijo:

—Lo sé.

—Los maté.

—Lo sé. ¿Alguna vez has pensado que uno de ellos pudiera querer hablar contigo a través de la pared?

—No. Nunca. Y, por Dios, espero que no lo quieran hacer.

Ella pelaba, él observaba, y al rato Ivy comentó:

—Debes irte.

Por su tono quería decir que se podía quedar pero que comprendía que debía irse.

—Sí —convino él, y se levantó de la silla.

—Estás en problemas, ¿verdad, Billy?

—No.

—Me estás mintiendo.

—Sí.

—Y eso es todo lo que vas a decirme.

Billy no dijo nada.

—Viniste aquí en busca de algo. ¿Lo encontraste?

—No estoy seguro.

—A veces —aseguró ella— uno puede oír con tanta intensidad el más delicado de los sonidos que ni siquiera escucha los sonidos más fuertes.

Pensó en la frase por un momento y luego dijo:

—¿Me acompañas a la puerta?

—Ya conoces el camino.

—Deberías cerrar con llave cuando me vaya.

—La puerta se cierra sola.

—Eso no es suficiente. Antes de que se haga de noche deberías pasar el cerrojo. Y cerrar las ventanas.

—No le tengo miedo a nada —respondió ella—. Nunca lo tuve.

—Yo siempre tuve miedo.

—Lo sé. Por veinte años.

Al salir, Billy hizo menos ruido sobre los tablones de madera que al entrar. Cerró la puerta principal, comprobó que quedaba bien cerrada y siguió el camino ensombrecido por los árboles hasta la calle, dejando a Ivy Elgin con su té y sus pistachos, con el atento cuervo a sus espaldas, en el silencio de la cocina en la que el reloj no tenía manecillas.

CAPÍTULO 44

Steve Zillis vivía en una casa alquilada de una planta, sin ningún rasgo arquitectónico notable, en una calle en la que la filosofía común de los vecinos parecía ser el descuido de las propiedades.

La única vivienda bien mantenida se encontraba justo al norte de la casa de Zillis. Celia Reynolds, la amiga de Jackie O'Hara, vivía allí.

Celia aseguraba haber visto a Zillis furioso cortando con un hacha sillas, sandías y maniquíes en el jardín trasero.

La cochera independiente se levantaba en el lado sur de la casa, fuera del alcance de la vista de Celia Reynolds. Tras mirar varias veces los espejos del auto y asegurarse de que el camino estaba desierto, Billy estacionó audazmente en el acceso a la casa.

Entre Zillis y su vecino del lado sur se elevaba una línea de eucaliptos silvestres de unos veinte metros que aseguraban la privacidad.

Cuando Billy bajó del Explorer, su disfraz se limitaba a una gorra azul de béisbol. Se la había encasquetado hasta dejar bien tapada la frente.

Su caja de herramientas le daba legitimidad. Un hombre con una caja de herramientas, moviéndose con una intención definida, se da por hecho que es alguna clase de reparador y no despierta sospechas.

Como camarero, Billy tenía una cara muy conocida en ciertos círculos. Pero no pensaba permanecer a la vista mucho tiempo.

Caminó entre los fragrantes eucaliptos y la cochera. Tal como esperaba, encontró una puerta. En consonancia con el descuido de la propiedad y el barato alquiler, sólo una sencilla cerradura aseguraba la entrada.

Billy utilizó la licencia de conducir plastificada para forzar el pestillo. Una vez dentro del caluroso lugar tomó su caja de herramientas y encendió la luz.

En su camino desde Whispering Pines hacia la casa de Ivy Elgin había pasado por el bar. El coche de Steve estaba estacionado en la playa de estacionamiento.

Zillis vivía solo. El camino estaba despejado.

Billy abrió el garaje, metió dentro su auto y cerró la puerta. Actuó con tranquilidad, sin apresurarse por quedar fuera de la vista.

Por lo general los miércoles por la noche eran días de mucho trabajo en el bar. Steve no volvería a casa hasta pasadas las dos de la mañana.

Sin embargo, Billy no podía permitirse estar siete horas registrando la casa. Tenía que ocuparse de dos cadáveres con pruebas que lo incriminaban mucho antes del amanecer.

Adornada con telarañas y polvo, la cochera estaba ordenada. En menos de diez minutos encontró varias arañas pero ninguna llave de repuesto de la casa.

Quería evitar dejar señales de allanamiento de morada; sin embargo, forzar una cerradura no es tan fácil como parece en las películas. Tampoco lo es seducir a una mujer o matar a un hombre, o cualquier otra cosa.

Como había instalado cerraduras nuevas en su casa, Billy no sólo sabía cómo hacer el trabajo bien, sino que además estaba al corriente de cuántas veces se hace mal. Tenía la esperanza de encontrarse con un trabajo mediocre; y así fue.

Abrió la puerta en menos tiempo del que habría perdido buscando otra llave. Antes de continuar volvió a cerrarla. Limpió toda evidencia de lo que acababa de hacer y borró todas sus huellas de la puerta.

Volvió a guardar las herramientas en la caja y sacó de ésta su pistola. Para facilitar una posible salida apresurada, dejó las herramientas en el Explorer.

Además de la caja de herramientas había traído una caja de guantes de látex descartables. Se puso un par.

Con una hora de luz por delante, recorrió la casa encendiendo lámparas y luces a medida que avanzaba.

Muchos de los estantes de la despensa estaban vacíos. Las provisiones de Steve eran las típicas de cualquier soltero: sopas deshidratadas, guisos de lata, papas fritas, galletitas de queso.

Los platos sucios y los recipientes apilados en la pileta superaban en número a los artículos limpios de las alacenas, que en su mayor parte se encontraban vacías.

En un cajón encontró una colección de llaves de un coche y de candados, tal vez de la casa. Probó unas pocas en la puerta trasera y descubrió que una de ellas funcionaba. Se metió en el bolsillo esa llave y volvió a guardar las demás en el cajón.

Steve Zillis despreciaba el mobiliario. La única silla del pequeño comedor de la cocina no combinaba con la ajada mesa de fórmica.

El salón sólo contaba con un sofá apelotonado, una otomana con el cuero cuarteado y un televisor con un reproductor de DVD en una mesa con ruedas. Las revistas estaban apiladas en el suelo y cerca de ellas había un par de medias sucias.

Salvo por la falta de pósters, la decoración era la de una habitación de estudiantes. La adolescencia tardía era patética, pero no criminal.

Si una mujer llegaba a visitar la casa, no volvería nunca, ni se quedaría a dormir. Ser capaz de anudar los cabos de las cerezas con la lengua no era suficiente para asegurar una vida de tórridos romances.

La habitación de invitados no tenía muebles, sólo cuatro maniquíes. Todos eran de mujeres desnudas, sin peluca, calvas. Tres habían sido alterados.

Uno yacía de espaldas, sobre el suelo, en el centro de la habitación. Empuñaba dos cuchillos. Cada uno había sido clavado en su garganta, como si se hubiera apuñalado dos veces a sí mismo. Entre sus piernas había sido perforado un agujero. También entre las piernas había una barra con una punta de lanza de una reja de hierro forjado. El extremo afilado de la barra había sido insertado en la rudimentaria vagina.

En lugar de pies, el maniquí tenía otro par de manos. Ambas piernas estaban torcidas para permitir que las manos adicionales sostuvieran la barra de hierro.

Un tercer par de manos crecía a la altura de la muñeca desde el pecho. Trataban de agarrar el aire, buscando con ansia, como si el maniquí fuera insaciable.

Capítulo 45

Si se pudiera echar un vistazo al interior de las casas, en más de una se encontrarían evidencias de perversidad, secretos obscenos.

Como se había empleado tanto tiempo y cuidado en alterar los maniquíes, parecían representar algo más que eso. Esto no era una expresión de deseo sino de un apetito voraz, de una *necesidad* ávida que nunca se podría satisfacer por completo.

Un segundo maniquí se hallaba sentado de espaldas a una pared, con las piernas abiertas. Le habían cortado los ojos y en su lugar se habían insertado dientes, que parecían ser de animales, quizá de reptiles y tal vez reales. Se trataba de colmillos ganchudos e incisivos cortantes.

Cada diente había sido meticulosamente pegado en el borde del agujero. Parecían haber sido diseñados con la única intención de conseguir el efecto más pavoroso y aterrador.

La boca había sido abierta de un tajo y se habían colocado unos dientes maléficos e inhumanos. Al igual que los pétalos de una flor carnívora, alrededor de las orejas se habían puesto dientes colgantes.

De los pezones y del ombligo brotaban más dientes. La vagina mostraba más colmillos que los demás orificios.

Billy no tenía ni idea ni le importaba si esta macabra figura representaba un pánico a la feminidad devoradora o si en cambio estaba siendo devorada por su propia voracidad. Sólo quería salir de allí. Había visto suficiente. Sin embargo, continuó mirando.

El tercer maniquí también estaba sentado de espaldas a la pared. Sus manos descansaban sobre su regazo, sosteniendo un recipiente, que era en realidad la tapa de su cráneo, que estaba cortada con una sierra.

Fotografías de genitales masculinos rebosaban en el recipiente. Billy no las tocó, pero pudo ver lo suficiente para sospechar que todas las fotos representaban los mismos genitales.

Un ramillete de fotos similares, decenas de ellas, sobresalían del borde del cráneo abierto. Y más todavía brotaban de la boca del maniquí.

Era evidente que Steve Zillis había pasado mucho tiempo sacándose fotos desde varios ángulos, en diversos estados de erección.

Los guantes de Billy tenían otro propósito además de evitar dejar huellas. Sin ellos habría sentido asco al tocar los picaportes, pulsar los interruptores, cualquier cosa de la casa.

El cuarto maniquí aún no había sido mutilado. Zillis probablemente estaba deseoso de poder encararse con él.

Durante su turno en el bar, mientras despachaba cervezas desde la barra contando chistes y haciendo sus trucos, eran *éstos* los pensamientos que bullían detrás de su sonrisa radiante.

El dormitorio de Steve estaba tan escasamente amueblado como el resto de la casa. La cama, una mesita, una lámpara, un reloj. Nada de cuadros en las paredes, ningún adorno, ningún recuerdo personal.

Las sábanas estaban completamente desordenadas. En el suelo yacía una almohada.

Era evidente que un rincón del dormitorio hacía las veces de cesto de la ropa sucia. Camisetas arrugadas, pantalones, vaqueros y calzoncillos sucios aparecían apilados tal como Steve los había arrojado.

Tras registrar el dormitorio y el armario descubrió otra cosa inquietante. Bajo la cama había una docena de videos pornográficos, en cuyas portadas aparecían mujeres desnudas esposadas, encadenadas, algunas amordazadas, otras con los ojos vendados, mujeres sometidas bajo la amenaza de hombres sádicos.

No se trataba de videos caseros. Estaban profesionalmente empaquetados y era probable que estuvieran disponibles en cualquier videoclub de adultos, ya fuera un local o por internet.

Billy los volvió a dejar donde los había encontrado y evaluó si había descubierto lo suficiente como para justificar una llamada a la policía.

No. Ni los maniquíes ni la pornografía probaban que Steve Zillis hubiese hecho daño alguna vez a un ser humano real, sino que sólo alimentaba una enfermiza y obsesiva vida de fantasía.

Mientras tanto, en casa de Billy esperaba un hombre muerto envuelto y escondido detrás del sofá.

Si se convertía en sospechoso del asesinato de Giselle Winslow o si el cuerpo de Lanny Olsen era descubierto y Billy pasaba a ser sospechoso de ese crimen, como mínimo sería puesto bajo vigilancia. Perdería su libertad de acción. Si encontraban el cuerpo de Cottle, lo arrestarían.

Nadie comprendería o creería en la amenaza a Barbara. No se tomarían en serio sus advertencias. Cuando la policía te considera sospechoso principal, lo que ellos quieren escuchar de ti es lo que *esperan* escuchar de ti, esto es, una confesión. Sabía cómo funcionaba. Lo sabía de sobra.

Durante las veinticuatro horas, o las cuarenta y ocho —o la semana, el mes o el año— que llevara probar su inocencia, si es que acaso lograba hacerlo, Barbara sería vulnerable sin su protección.

Había sido arrastrado a lo más profundo. Nadie podría salvarlo excepto él mismo.

Si encontraba el rostro en el frasco de formaldehído y otros macabros recuerdos, las autoridades estarían en condiciones de atrapar a Zillis. Pero sólo eso podría convencerlos.

Al igual que casi todas las casas californianas, ésta no poseía sótano, pero sí un ático. El techo del pasillo presentaba una portezuela de la que colgaba una cuerda.

Tiró hacia abajo para abrir la portezuela y una escalera de acordeón se desplegó desde la parte interna de la puerta.

Escuchó algo tras él. En su mente vio a un maniquí con dientes en las órbitas de los ojos acercándose hacia él. Se dio vuelta, agarrando la pistola que llevaba en el cinturón. Estaba solo. Probablemente no había sido más que un ruido de la madera, el quejido de una casa vieja reacomodándose bajo la insistencia de la gravedad.

Al final de la escalera encontró un interruptor de luz colocado en el marco de la portezuela. Dos bombitas, casi tapadas por el polvo, iluminaban un espacio cubierto de vigas completamente vacío, salvo por el olor de la madera podrida.

Evidentemente, el psicópata era lo bastante astuto como para conservar sus recuerdos incriminatorios en otra parte.

Billy sospechaba que Zillis pasaba el tiempo en esta casa alquilada pero que no *vivía* allí en el sentido estricto de la palabra. Tan falto de muebles y de objetos decorativos, el lugar parecía más bien ser un sitio de paso. Steve Zillis no tenía raíces allí. Sólo estaba de paso.

Trabajaba en el bar desde hacía cinco meses. ¿Dónde había estado durante el periodo que iba desde que estudió en la Universidad de Colorado, cinco años y medio antes, cuando Judith Kesselman desapareció, hasta que había llegado a este lugar?

En internet su nombre aparecía asociado a una sola desaparición, pero no a un asesinato. Ni el propio Billy aparecería tan limpio.

Pero si conseguía una lista de los lugares en los que Steve Zillis había vivido durante algún tiempo, si investigaba los asesinatos y desapariciones que habían ocurrido en esas comunidades, saldría la verdad a la luz.

Los asesinos en serie más exitosos eran vagabundos, nómadas que cubrían largas distancias entre sus frenéticos asesinatos. Si los homicidios quedaban separados por kilómetros y distintas jurisdicciones, tenían menos posibilidades de que los relacionaran; los rasgos del paisaje, visibles desde un avión, son pocas veces perceptibles para un hombre a pie.

Un camarero itinerante que haga bien su trabajo, que sea sociable y capaz de caer bien a los clientes, puede conseguir trabajo en cualquier parte. Si se presenta en los lugares indicados, normalmente no se le pedirá un historial de sus empleos, sino sólo la tarjeta de la seguridad social, la licencia de conducir y un informe limpio por parte del consejo estatal de control de alcohol. Jackie O'Hara, típico de su generación, jamás llamaba a los anteriores jefes del aspirante a un empleo; tomaba sus decisiones de acuerdo con lo que le dictaba el instinto.

Billy apagó las luces cuando salió de la casa. Utilizó la llave de repuesto para cerrar y se la guardó en el bolsillo porque tenía pensado regresar.

Capítulo 46

El sol postrero derramaba una llameante luz sangrienta sobre el enorme mural en construcción que se veía al otro lado de la autopista desde el bar.

Mientras Billy conducía hacia su casa para recoger el cuerpo de Cottle, un centelleante despliegue llamó su atención. Lo atrajo tanto que se detuvo en la banquina.

Alrededor de la enorme carpa de color amarillo y púrpura en la que los artistas y artesanos del proyecto se reunían con frecuencia para sus almuerzos, reuniones de trabajo y recepciones en honor a artistas y dignatarios del mundo académico, se congregaban ahora para evaluar esta efímera obra de la naturaleza.

Estacionada cerca de la carpa, la gigantesca casa rodante de color amarillo y púrpura, construida sobre un chasis de autobús y con el nombre de *Valis* a modo de blasón, presentaba mucho cromo y acero en el que el sol podía revelar un fuego latente. Las ventanas oscuras brillaban con un fulgor carmesí, sombrío y ahumado, y aun así incandescente.

Ni la festiva carpa, ni la casa rodante al estilo de una estrella de rock, ni los glamorosos artistas y artesanos que disfrutaban de los efectos de la puesta de sol fue lo que hizo a Billy detenerse.

Al principio habría asegurado que lo primero que le había atraído había sido el resplandor escarlata y dorado del espectáculo. Este análisis, no obstante, no captaba la verdad.

La construcción era de un color gris pálido, pero los reflejos furiosos del sol fulguraban sobre el esmalte brillante. Este resplandor cegador y el calor que saturaba el aire a medida que ascendía por las calientes superficies pintadas se combinaban para crear la ilusión de que el mural estaba en llamas.

Y *eso*, en resumen, pareció ser lo que empujó a Billy a la banquina de la carretera: esta clarividente visión de la construcción ardiendo, que de hecho sería destruida una vez completada.

Había allí un extraño e inquietante presagio motivado, casualmente, por la luz de esa estación del año y las condiciones atmosféricas. El fuego que sobrevendría. Hasta las últimas cenizas podrían ser consideradas como el gris que subyace en las llamas espectrales.

A medida que la intensidad de estas pirotecnias aumentaba al mismo tiempo que la destilación de la última luz solar, a Billy se le hizo evidente una razón más verosímil para el poder hipnótico de la escena. Lo que le hipnotizaba era la gran figura atrapada en la estilizada maquinaria, el hombre luchando por sobrevivir entre gigantescas ruedas que chirriaban, palancas que desgarraban, pistones que martilleaban.

Durante las semanas de construcción, mientras se levantaba y perfeccionaba el mural, el hombre de la máquina siempre parecía estar atrapado por ella, tal como el artista pretendía. Era víctima de fuerzas más grandes que él mismo.

Ahora, gracias al peculiar encanto del sol poniente, el hombre no parecía estar quemándose tal como lo hacían las figuras mecánicas a su alrededor. Él estaba luminoso, sí, pero sólo eso, luminoso, sólido y fuerte, sin ser consumido por las llamas, sino resistente a ellas.

Nada de la fantasmagórica máquina tenía un sentido verdaderamente mecánico. Se trataba de un mero ensamblaje de *símbolos* mecánicos, sin un fin funcional.

Una máquina sin función productiva no tiene sentido. No puede servir siquiera de prisión.

El hombre podría salir de la máquina cada vez que quisiera. No estaba atrapado. Él sólo *creía* estar atrapado, creencia nacida de una desesperación autocompasiva y que por consiguiente demostraba ser falaz. El hombre debía alejarse del sinsentido, encontrar un significado, y desde el significado, por fin, asumir para sí mismo un propósito que mereciera la pena.

Billy Wiles no era un hombre dado a las epifanías. Había pasado su vida huyendo de ellas. Introspección y dolor para él eran sinónimos.

Reconoció esto como una epifanía, no obstante, y no huyó de ella. En cambio, mientras volvía a la autopista y continuaba hacia casa bajo el crepúsculo cada vez más oscuro, trepó por una escalera mental de consecuencias ascendentes, llegó a un rellano, y siguió trepando, y llegó a otro rellano.

No sabía qué podía sacar en claro de esa súbita percepción intuitiva. No sería lo bastante hombre como para sacar algo valioso de ella, pero sabía que *algo* conseguiría.

Cuando llegó a casa, se apartó del camino y se dirigió al jardín trasero. Estacionó con el paragolpes trasero cerca de los peldaños de la galería para facilitar la carga de Ralph Cottle.

No se la podía ver desde la carretera del condado ni desde la propiedad del vecino más cercano. Cuando bajaba del vehículo, escuchó el primer grito de una lechuza. Sólo la lechuza lo vería, y las estrellas.

Una vez dentro, sacó la escalera de la despensa y revisó la cámara de video que estaba apostada dentro del armario de encima del microondas. Reprodujo la grabación a alta velocidad en la pantalla y comprobó que no había entrado nadie en la casa durante su ausencia, al menos a la cocina.

No esperaba ver a nadie. Steve Zillis estaba trabajando en el bar.

Después de guardar la escalera, arrastró a Cottle por la casa hasta el porche de atrás y bajó los escalones, utilizando la cuerda que había atado alrededor de la lona que envolvía el cadáver. Cargar a Cottle en el baúl del Explorer requirió más paciencia y músculos de lo que Billy esperaba.

Miró con atención el jardín y el negro bosque, donde filas de árboles surgían cual centinelas. No tenía la sensación de ser observado. Se sentía sumamente solo.

A pesar de que parecía absurdo cerrar la casa con llave, sí lo hizo, y luego condujo el Explorer hasta el garaje.

Al ver su mesa de trabajo, su torno y sus herramientas, de un modo irracional quiso huir de la crisis que atravesaba. Quería oler madera recién cortada, experimentar la satisfacción de una juntura de machimbre bien hecha.

En los últimos años había construido él mismo gran parte de la casa, con sus propias manos. Si ahora tuviera que hacerlo para otros, empezaría con lo que más necesitaba: ataúdes. Se habría forjado una carrera haciendo ataúdes.

De manera resuelta, metió en el Explorer otra lona de plástico, una lazada de cuerda resistente, cinta adhesiva, una linterna y otros objetos necesarios. Añadió unas pocas sábanas dobladas y un par de cajas de cartón vacías encima y alrededor del cuerpo para disimular su forma delatora.

Ante Billy se presentaba una larga noche de muerte y trabajo de enterrador, y tenía miedo no sólo del psicópata homicida, sino de muchas cosas de la oscuridad que tenía delante. La oscuridad trae a la mente infinitos terrores, pero es verdad —y de eso sacó fuerzas— que la oscuridad también nos recuerda la luz. La luz. A pesar de lo que depararan las siguientes horas, creyó firmemente que volvería a vivir en la luz.

Capítulo 47

Las cuatro horas de sueño facilitadas por el Vicodin y la cerveza Elephant no habían sido descanso suficiente.

Habían transcurrido más de doce horas de actividad desde que Billy se levantara de la cama. Todavía conservaba recursos físicos, pero las ruedas de su mente, tanto tiempo en carrera, ya no giraban tan rápido como antes, al menos no a la velocidad necesaria.

Confiando en que el Explorer no pareciera el catafalco que era, se detuvo en un local conveniente. Compró Anacin para el dolor de cabeza y un paquete de pastillas de cafeína No-Doz.

Había comido dos tostadas en el desayuno y más tarde un sándwich de jamón. Estaba en déficit de calorías, y tembloroso.

En la tienda vendían sándwiches envasados al vacío y había un microondas para calentarlos. Por alguna razón, sólo pensar en la carne le provocó una sensación de malestar en el estómago.

Compró seis barras de chocolate Hershey, seis de maníes Planters para ingerir proteínas y una botella de Pepsi para bajar las No-Doz.

Refiriéndose a todas las golosinas, el cajero dijo:

—¿Es San Valentín ahora o algo por el estilo?

—Es la víspera de Halloween —respondió Billy.

Sentado en el auto, se tomó el Anacin y el No-Doz.

Sobre el asiento del acompañante yacía el periódico que había comprado en Napa. Todavía no había tenido tiempo para leer la historia del asesinato de Winslow.

Junto con el periódico había unos pocos artículos del *Denver Post* sacados de la computadora de la biblioteca. Judith Kesselman, desaparecida para siempre.

Mientras comía una barra de Hershey's y luego otra de Planters, leyó los documentos impresos. Aparecían citados gente de la universidad, de la zona y oficiales de policía. Todos menos la policía expresaban su confianza de que encontraran a Judith sana y salva.

Los policías eran más cautos en sus declaraciones. A diferencia de los académicos, los burócratas y los políticos, evitaban decir tonterías. Ellos eran los únicos que al hablar daban la impresión de preocuparse de verdad por la joven.

El oficial a cargo de la investigación era el detective Ramsey Ozgard. Algunos de sus colegas lo llamaban Oz.

Ozgard tenía cuarenta y cuatro años en el momento de la desaparición. Por aquel entonces, había recibido tres condecoraciones por su valentía.

A los cincuenta probablemente siguiera en la policía, una suposición apoyada por la única otra información personal que aparecía en los artículos. Cuando tenía treinta y ocho años, le habían disparado en la pierna derecha. Le dieron la invalidez permanente, pero él la había rechazado. No cojeaba.

Billy quería hablar con Ozgard. Para hacerlo, no obstante, no podía utilizar su nombre verdadero ni su teléfono.

Mientras las golosinas, la Pepsi y el No-Doz comenzaron a lubricar los engranajes de su mente, Billy condujo hacia la casa de Lanny Olsen.

No estacionó en la iglesia para ir caminando desde allí, como había hecho antes. Cuando llegó a la aislada casa al final de la calle, condujo por el jardín trasero, cruzando la zona en la que se hallaban los blancos de paja a los que Lanny disparaba.

El jardín daba paso a un prado de hierba alta, con arbustos y matorrales diseminados. El terreno se volvía pedregoso y accidentado.

Se detuvo a dos tercios del camino, sobre la elevación, dejó el auto estacionado y puso el freno de mano.

Podría haber sacado provecho de las luces delanteras. Sin embargo, a esa altura de la ladera, se podrían ver desde las casas que se encontraban más abajo, cerca de la carretera del condado. Preocupado por la idea de atraer la atención e inspirar curiosidad, apagó las luces y el motor.

A pie y con la ayuda de una linterna, rápidamente encontró el agujero, a seis metros del vehículo.

Antes de los viñedos, antes de la llegada de los europeos, antes de que los antepasados de los indios americanos cruzaran un puente de tierra o de hielo desde Asia, los volcanes daban forma a este valle. Ellos habían definido su futuro.

La antigua bodega Rossi, las ahora avejentadas bodegas de Heitz y otros edificios del valle estaban construidos con riolito, la forma volcánica del granito, extraído de la cantera local. La colina sobre la que se elevaba la casa de Olsen era en gran medida de basalto, otra piedra volcánica, oscura y densa.

Cuando una erupción se acaba, a veces deja conductos de lava, largos túneles que atraviesan la piedra circundante. Billy no entendía tanto de vulcanología como para saber si la abertura inactiva de esa colina era un conducto semejante o si se trataba de una fumarola que expelía gases ardientes.

Sin embargo, sabía que el respiradero tenía algo más de un metro de ancho en la boca; y que era enormemente profundo.

Esta propiedad estaba estrechamente ligada a Billy, ya que cuando tenía catorce años y se había quedado solo, Pearl Olsen le había ofrecido un hogar. Ella nunca le temió, como otros. Supo la verdad en cuanto la escuchó. Su buen corazón se abrió a él y, a pesar de su cáncer constante, lo crio como si fuera su hijo.

La diferencia de doce años de edad entre Billy y Lanny significó que nunca se sintieran hermanos, a pesar de que vivieran en la misma casa. Por otra parte, Lanny siempre había sido introvertido, y cuando no estaba de servicio en el departamento de policía se perdía en sus caricaturas.

Los dos habían sido bastante amigos. Y de vez en cuando Lanny podía ser un encantador tío postizo. Un día como ése, Lanny había enredado a Billy en un intento por determinar la profundidad de la fumarola.

A pesar de que ningún niño pequeño jugaba en esa loma cubierta de zarzas, Pearl se preocupaba hasta de imaginarios cuzcos. Años antes había hecho sellar un marco de madera de sándalo sobre el borde de piedra de la fumarola y atornillar al marco una tapa también de sándalo.

Tras quitar la tapa, Lanny y Billy comenzaron su investigación con un reflector manual de la policía alimentado por el motor de una camioneta. El haz de luz iluminaba las paredes hasta cerca de noventa metros pero no llegaba al fondo.

Pasada la boca, el agujero se ensanchaba entre dos y dos metros y medio. Las paredes eran onduladas y extrañas.

Ataron medio kilo de arandelas de cobre en el extremo de un hilo de encuadernación y las bajaron hasta el centro del agujero, esperando escuchar el ruido distintivo de los metales al chocar contra el fondo del agujero. Sólo tenían treinta metros de hilo, y resultó ser escaso.

Finalmente tiraron al abismo bulones de acero, contando el tiempo que transcurría hasta al primer impacto, ayudados de fórmulas de libros de texto para calcular la distancia. Ningún bulón llegó a golpear antes de los ciento veinte metros.

El fondo no se encontraba a ciento veinte metros.

Tras una larga caída vertical, la fumarola aparentemente seguía descendiendo en ángulo, quizá también cambiando de dirección más de una vez. Tras el rudo *toc* del golpe inicial, cada bolita rebotaba de pared en pared, resonando, sin que el ruido llegase a detenerse nunca de golpe sino siempre desvaneciéndose, desvaneciéndose hasta que se perdía en el silencio.

Billy conjeturó que el conducto de lava medía varios kilómetros y descendía al menos a alrededor de medio centenar de metros bajo la superficie del valle.

Ahora, a la luz de la linterna, utilizó un destornillador eléctrico para extraer los doce tornillos de acero que fijaban la tapa de madera, una más reciente que la que habían quitado hacía casi veinte años. Deslizó la tapa a un lado.

No se elevó ninguna brisa por el agujero. Billy no podía oler nada más que un leve aroma a ceniza, y bajo eso el aún más débil rastro de sal, con una pizca de cal.

Jadeando por el esfuerzo, sacó el cadáver del vehículo y lo arrastró hasta la fumarola.

No le preocupaba la huella que dejaba a través de los arbustos ni la que había dejado el Explorer. La naturaleza era resistente. En pocos días no se notaría nada.

A pesar de que el hombre muerto no lo habría aprobado, dada su posición como antiguo miembro de la Sociedad de Escépticos, Billy murmuró una breve plegaria por él antes de enterrar su cuerpo en el agujero.

Al caer, Ralph Cottle hizo mucho más ruido que cualquiera de aquellas arandelas. Los primeros impactos sonaron a chasquido de huesos.

La resbaladiza lona produjo luego un silbido sobrenatural cuando el túnel perdía su verticalidad y la momia envuelta en plástico se deslizaba cada vez a mayor velocidad hacia las profundidades, tal vez girando en espiral sobre de las paredes del conducto de lava como una bala gira en el cañón acanalado de una pistola.

Capítulo 48

Billy estacionó el Explorer en el prado de detrás de la cochera, donde no lo pudiera ver ningún conductor que utilizara el final de la calle para dar la vuelta. Deslizó sus manos dentro de unos guantes de látex.

Con la llave de repuesto que había tomado del agujero del tronco de roble unas diecinueve horas antes, penetró en la casa por la puerta trasera.

Llevaba consigo una lona, la cinta adhesiva y la cuerda. Y desde luego la pistola treinta y ocho.

A medida que avanzaba a través de la planta baja, encendía las luces.

Los miércoles y jueves eran los días libres de Lanny, de modo que no lo echarían en falta durante otras treinta y seis horas. No obstante, si algún amigo pasaba de visita sin avisar, vería luces en la casa pero no obtendría respuesta al timbre, y eso supondría problemas.

Billy pretendía hacer lo que debía lo más rápido posible y luego ir apagando las luces a su paso.

Las manos dibujadas que señalaban el camino hacia el cadáver seguían pegadas a las paredes. Tenía pensado quitarlas más tarde, como parte de la limpieza.

Si el cuerpo de Lanny había sido sembrado de pruebas que apuntaban a Billy, como Cottle decía que se había hecho con Giselle Winslow, nada de ello podría ser utilizado en un tribunal de justicia si Lanny descansaba para siempre a varios kilómetros bajo tierra.

Billy cayó en la cuenta de que al eliminar las pruebas colocadas para incriminarlo también estaba destruyendo cualquier prueba de la culpabilidad del asesino que el psicópata pudiera haber dejado involuntariamente. Estaba haciendo la limpieza para ambos.

La astucia con la que había sido diseñada esta trampa y las opciones que Billy había elegido mientras se desarrollaba la *representación* prácticamente habían garantizado que llegara a esa coyuntura y tuviera que proceder como lo estaba haciendo en ese momento.

No le importaba. Lo único que importaba era Barbara. Tenía que seguir libre para protegerla, porque ninguna otra persona lo haría.

Si Billy quedaba bajo sospecha de homicidio, John Palmer lo pondría pronto entre rejas. El comisario buscaría una confirmación en la convicción de que Billy era un asesino, y si tenía semejante convicción, la utilizaría asimismo para reescribir la historia.

Sólo podían detenerlo bajo sospecha. No estaba seguro por cuánto tiempo. Al menos cuarenta y ocho horas, desde luego.

Para entonces Barbara estaría muerta. O desaparecida, esfumada, como Judith Kesselman, estudiante de música, amante de los perros y aficionada a los paseos por la playa.

La representación habría concluido. Y tal vez el psicópata tendría un nuevo rostro en otro frasco.

Pasado, presente, futuro, todo el tiempo eternamente presente en el aquí y el ahora, y *pasando a toda velocidad* —él hubiera jurado que podía oír las manecillas de su reloj girando—, de modo que corrió hasta las escaleras y subió.

Antes incluso de llegar a la casa, temió no encontrar el cuerpo de Lanny en el sillón del dormitorio donde lo había visto por última vez. Otra jugada de la partida, una nueva peripecia de la representación.

Cuando llegó a lo alto de las escaleras, dudó, paralizado por el mismo temor. Volvió a dudar frente al umbral del dormitorio principal. Luego entró y encendió la luz.

Lanny estaba sentado con el libro sobre su regazo; la fotografía de Giselle Winslow sobresalía del libro.

El cadáver no tenía buen aspecto. La descomposición, quizá un poco demorada por el aire acondicionado, aún no se había producido, pero los vasos capilares de la cara comenzaban a mostrar un tono verdoso.

Los ojos de Lanny se movieron para seguir a Billy por el cuarto, pero sólo se trataba de un reflejo de la luz.

Capítulo 49

Después de extender la lona de poliuretano sobre el piso y antes de seguir avanzando, Billy se sentó en el borde de la cama y levantó el teléfono. Con cuidado de no cometer el error que había asegurado haber cometido esa misma mañana, marcó el 411, el número de información. Ahí consiguió el prefijo de Denver.

Aun si Ramsey Ozgard seguía trabajando como detective para el departamento de policía de Denver, era posible que no viviera en la ciudad. Podía estar en uno de los diversos barrios de las afueras, en cuyo caso localizarlo sería demasiado difícil. Además, su número de teléfono podía no aparecer en la guía.

Billy llamó al servicio de información de Denver y tuvo suerte. Se la merecía. Tenían un número para Ozgard, Ramsey G., en la ciudad.

Eran las 22:54 en Colorado, pero la hora haría que la llamada pareciera más urgente y por lo tanto más creíble.

A la segunda llamada, un hombre respondió y Billy dijo:

—¿Detective Ozgard?

—Al habla.

—Señor, le habla el oficial Lanny Olsen del departamento de policía del condado de Napa, en California. En primer lugar quisiera disculparme por molestarlo a estas horas.

—Soy insomne de toda la vida, oficial, y ahora tengo como seiscientos canales en la tele, así que estaré viendo reposiciones de *La isla de Gilligan* o alguna otra porquería hasta las tres de la mañana. ¿Qué sucede?

—Señor, lo llamo desde mi casa por un caso del que usted se ocupó hace algunos años. Tal vez quiera llamar al comandante de guardia de nuestra área norte del condado para confirmar que soy del departamento y pedirles a ellos mi número para llamarme.

—Tengo identificador de llamadas —contestó Ozgard—. Por ahora puedo ver bien quién es usted. Si lo que quiere de mí me parece poco claro, entonces haré lo que dice. Pero ahora vamos al grano.

—Gracias, señor. Hay un caso suyo de persona desaparecida que podría tener algo que ver con algo que tenemos aquí. Hace cerca de cinco años y medio...

—Judith Kesselman —dijo Ozgard.

—Lo ha recordado de inmediato.

—Oficial, no me diga que la ha encontrado. Al menos no me diga que la ha encontrado muerta.

—No señor. Ni muerta ni viva.

—Que Dios la ayude; no creo que esté *viva* —declaró Ramsey—. Pero será un día triste cuando tenga la seguridad de que está muerta. Quiero a esa muchacha.

Sorprendido, Billy dijo:

—¿Perdón?

—Nunca la conocí, pero la quiero. Como a una hija. Investigué tanto sobre Judi Kesselman que la conozco mejor que mucha gente que pertenece a mi vida.

—Ya veo.

—Era una joven maravillosa.

—Eso es lo que oí.

—Hablé con muchos amigos y familiares suyos. Ni un solo comentario negativo sobre ella. Las historias de las cosas que hacía por los demás, su amabilidad... Ya sabe que cuando uno se obsesiona con un caso no se puede ser del todo objetivo.

—Claro —respondió Billy.

—Estoy obsesionado con el caso —admitió Ozgard—. Era una gran escritora de cartas. Una vez que alguien entraba en su vida se preocupaba por esa persona, no se olvidaba, seguía en contacto. Leí cientos de cartas de Judi, oficial Olsen, cientos.

—De modo que la dejó entrar.

—Con ella no se puede evitar; ella entra directamente. Eran cartas de una mujer que se preocupaba por la gente, que entregaba su corazón a todos. Cartas *luminosas*.

Billy se encontró mirando fijamente el agujero de bala en la frente de Lanny Olsen. Miró por la puerta abierta hacia el pasillo que conducía a las escaleras.

—Tenemos algo aquí —dijo—. No se lo puedo contar con detalle en este momento, porque todavía estamos trabajando en las pruebas y no estamos preparados para presentar cargos.

—Comprendo —le aseguró Ozgard.

—Pero hay un nombre que quisiera corroborar con usted, para ver si le suena algo.

—Se me ponen los pelos de punta —dijo Ozgard—. Cuánto deseo que esto signifique algo.

—Busqué en Google a nuestro tipo, y lo único que conseguí fue este resultado relacionado con la desaparición de Kesselman. Pero fue menos que nada.

—Entonces pruebe conmigo —dijo Ozgard.

—Steven Zillis.

Desde Denver, Ramsey Ozgard dejó escapar con un silbido su respiración contenida.

—¿Lo recuerda? —preguntó Billy.

—Claro que sí.

—¿Era sospechoso?

—No oficialmente.

—Pero usted personalmente sentía...

—Me inquietaba.

—¿Por qué?

Ozgard se quedó en silencio. Luego dijo:

—No hay que tomar a la ligera la reputación de nadie, ni siquiera la de alguien con el que no me tomaría una cerveza ni le daría la mano.

—Esto no constará en los registros —le aseguró Billy—. Usted dígame todo lo que pueda mientras se sienta cómodo para hacerlo y luego yo decidiré si debo tomarlo al pie de la letra o no.

—La cosa es que, durante todo el día en que Judi probablemente fue secuestrada, si es que eso ocurrió, como yo creo, Zillis tenía una coartada para cada una de las veinticuatro horas que no se podía echar abajo ni con una bomba nuclear.

—Usted lo intentó.

—Créame que sí. Pero incluso de no haber tenido coartada, no había pruebas que apuntaran en esa dirección.

—¿Entonces por qué le inquietaba?

—Era demasiado amable.

Billy no dijo nada, pero estaba decepcionado. Había ido al mercado en busca de certeza y Ozgard no tenía allí nada que vender.

Notando su decepción, el detective se explayó sobre lo que acababa de decir.

—Vino a mí aun antes de estar en mi punto de mira. El caso es que *jamás* habría estado en el punto de mira si no *hubiese* venido a verme. Estaba tan ávido por ayudar. Hablaba y hablaba. Se preocupaba demasiado por ella, como por una hermana querida, pero *sólo hacía un mes que la conocía*.

—Usted dice que ella era excepcional para las relaciones, que se preocupaba por la gente y que establecía vínculos duraderos.

—Según sus mejores amigos, ni siquiera llegó a conocer tan bien a Zillis. Sólo fue algo casual.

Jugando a su pesar a abogado del diablo, Billy dijo:

—Pudo haberse sentido más cerca de ella que ella de él. Quiero decir, si ella tenía esa clase de magnetismo, ese atractivo...

—Tendría que haber visto cómo se me acercaba —dijo Ozgard—. Era como si *quisiera* que yo dudara de él, que lo registrara y encontrara la coartada perfecta. Y una vez que lo hice, estaba ese aire de suficiencia...

Notando una contenida repulsión en la voz de Ozgard, Billy dijo:

—Todavía le afecta.

—Desde luego. Zillis... poco a poco vuelvo a verlo, veo cómo era. Por un tiempo, antes de que finalmente se esfumara, siguió insistiendo en ayudar, llamaba, aparecía, ofrecía ideas, y yo tenía la sensación de que todo era una burla, que estaba representando un papel.

—Representando. Yo también tengo esa sensación —dijo Billy—, pero en realidad necesito algo más.

—Es un imbécil. Eso no quiere decir que sea algo peor, pero es un imbécil pagado de sí mismo. El pequeño cretino hasta comenzó a actuar como si fuéramos compinches, él y yo. Los sospechosos en potencia... ellos nunca hacen eso. No es natural. Diablos, ya sabe. Pero él tenía esa manera de ser, fácil, graciosa.

—Qué se cuenta, Kemosabe.

—Mierda, ¿todavía dice lo mismo? —preguntó Ozgard.

—Todavía.

—Es un imbécil. Lo trataba de disimular con ese encanto torpe, pero es un perfecto estúpido.

—De modo que estaba encima suyo todo el tiempo y de pronto se desvaneció.

—Toda la investigación se desvaneció. Judi desapareció como si jamás hubiese existido. Zillis dejó la universidad al final de ese año, su segundo año. Nunca volví a verlo.

—Bien, ahora está aquí —aseguró Billy.

—Me pregunto dónde habrá estado entre un lugar y otro.

—Quizá lo descubramos.

—Espero que lo hagan.

—Volveré a ponerme en contacto con usted —dijo Billy.

—A la hora que sea, en cualquier momento. ¿Lleva la chapa en la sangre, oficial?

Por un momento Billy no comprendió, y luego casi no se acordó de quién se suponía que era, pero reaccionó con la respuesta correcta:

—Sí. Mi padre era policía. Lo enterraron con su uniforme.

—También mi padre y mi abuelo —respondió Ozgard—. Tengo tanta chapa en la sangre que rechina en mis venas, ni siquiera necesito la placa para que la gente sepa quién soy. Pero Judith Kesselman, ella está en mi sangre igual que la chapa. Quiero que descanse con cierta dignidad, y no que esté... tirada en cualquier parte. Dios sabe que mucha justicia no hay, pero *tiene* que haber alguna en este caso.

Después de colgar, durante unos instantes Billy no se pudo mover del borde de la cama. Se quedó sentado mirando a Lanny, y Lanny parecía mirarlo a él.

Ramsey Ozgard estaba *en* la vida, siempre luchando contra las mareas, nadando, no vadeando con cuidado a lo largo de la orilla. *Inmerso* en la vida de su comunidad, comprometido con ella.

Billy había podido escuchar el compromiso del detective a través de la línea desde Denver, tan fresco para los sentidos como si ambos hubiesen estado en la misma habitación. Escuchándolo, Billy se había sentido aguijoneado por la constatación de lo completa, y peligrosa, que había sido su propia retirada.

Barbara había logrado alcanzarlo; luego vino la *vichyssoise*. La vida preparaba un astuto y doble golpe bajo: crueldad y absurdo.

Ahora se encontraba en medio de la marejada, pero no por decisión propia. Los acontecimientos lo habían arrojado a aguas profundas y rápidas.

El peso de veinte años de emociones contenidas, de estudiada evitación, de aislamiento defensivo lo agobiaba. Ahora intentaba aprender a nadar una vez más, pero una fuerte corriente parecía arrastrarlo más y más lejos de cualquier lugar, hacia un aislamiento más profundo.

Capítulo 50

Como si supiera que iban a arrojarlo por el conducto de lava sin poder siquiera disfrutar de un entierro digno o de un servicio fúnebre, Lanny no quería que lo envolvieran.

El disparo no había tenido lugar en esa habitación, de modo que ni las paredes ni el mobiliario estaban manchados con sangre o sesos. Billy quería que Lanny desapareciera de tal manera que no provocara una intensa e inmediata investigación por homicidio, por lo que deseaba mantener todo limpio.

Del armario de ropa blanca sacó un buen cargamento de suaves y esponjosas toallas. Lanny todavía utilizaba el mismo jabón en polvo y suavizante para la ropa que usaba Pearl. Billy reconoció el característico y limpio olor.

Revistió con toallas los brazos y el respaldo del sillón en el que estaba sentado el cadáver. Si quedaba algo por derramarse del agujero de la herida en la nuca, las toallas lo absorberían.

Había traído de su casa una bolsa de plástico que utilizaba para tirar los tarros vacíos y demás objetos de baño. Evitando los peculiares ojos saltones de Lanny, metió la cabeza del cadáver en la bolsa y la selló con cinta adhesiva lo mejor que pudo alrededor del cuello, con cuidado por posibles derramamientos.

Aunque sabía que nadie se volvía loco por un trabajo macabro, que el horror venía después de la locura, no antes, se preguntó cuánto más podría traficar con muertos antes de que cada uno de sus sueños, si no sus horas de vigilia, se convirtieran en una auténtica pesadilla.

Lanny pasó de la silla a la lona con bastante facilidad, pero luego se resistió a cooperar. Yacía en el suelo en la posición de un hombre sentado en una silla; y sus piernas no se podían estirar.

Rigor mortis. El cadáver estaba duro y permanecería en ese estado hasta que la descomposición avanzara lo suficiente para suavizar los tejidos que ahora estaban rígidos.

Billy no tenía ni idea de cuánto tiempo duraría tal estado. ¿Seis horas? ¿Doce? No podía quedarse esperando para comprobarlo.

Luchó para envolver a Lanny en la lona. Por momentos la resistencia del hombre muerto parecía consciente y concienzuda.

El último paso era difícil pero quedaba adecuadamente sellado. Esperaba que la cuerda resistiera.

Las toallas quedaron impecables. Las plegó y las volvió a guardar en el armario de la ropa blanca. No parecían oler tan bien como al principio.

Lanny, en el vano de las escaleras, demostró mansedumbre, pero en el primer escalón resultó algo difícil de soportar. En su posición medio fetal, el cuerpo golpeaba y rebotaba escalón tras escalón, arreglándoselas para sonar a hueso y a gelatina al mismo tiempo.

En el descanso, Billy recordó que Lanny lo había traicionado en un intento por salvar su puesto y su pensión, y que ambos estaban allí por culpa de eso. Esta verdad, aunque ineludible, no hizo que el descenso del último tramo de escalones fuera menos inquietante.

Resultó bastante sencillo arrastrar el cuerpo por el pasillo de la planta baja, a través de la cocina y de la galería trasera. Luego más escalones, un pequeño tramo nada más, y ya estaban en el jardín.

Se planteó cargar el cuerpo en el Explorer y acercar el auto lo más cerca posible a la antigua fumarola. Sin embargo, la distancia no era grande y arrastrar a Lanny por todo el camino hasta su lugar de descanso final parecía requerir menos esfuerzo que izarlo dentro del auto y luego luchar para sacarlo.

Como si fuera una caldera, la tierra ahora devolvía el calor acumulado durante el día, pero al final una débil brisa bajó de las estrellas.

Una vez en camino, se dio cuenta de que el trecho de jardín empinado y de pastizales de altos arbustos era bastante más largo de lo que había imaginado desde los escalones del porche. Le empezaron a doler los brazos, así como los hombros y el cuello.

Las heridas de los anzuelos, que últimamente no le habían molestado, comenzaron dar punzadas de nuevo.

En algún punto del camino advirtió que estaba llorando. Esto lo asustó. Necesitaba ser fuerte.

Comprendió la causa de las lágrimas. Cuanto más se acercaba al conducto de lava, menos podía considerar su carga como un cadáver incriminatorio. Ni ungido ni elogiado, se trataba de Lanny Olsen, el hijo de una buena mujer que había abierto su corazón y su hogar a un adolescente de catorce años destrozado emocionalmente.

Ahora, bajo la luz de las estrellas, ante los ojos de Billy, que se adaptaban a la oscuridad, el conjunto de rocas que rodeaba al conducto de lava se parecía cada vez más a una calavera.

No importaba lo que hubiera más allá, ya fuese una montaña de calaveras o una vasta llanura de ellas; no podía retroceder, y por supuesto no podía devolver la vida a Lanny, pues él era sólo Billy Wiles, un buen camarero y un escritor fracasado. En él no había milagros, sólo una esperanza obstinada y una capacidad de perseverancia ciega.

De modo que bajo la luz de las estrellas y en medio de la brisa caliente, llegó al lugar fatal. No se demoró allí ni siquiera para recuperar el aliento, sino que empujó al agujero el cadáver envuelto.

Se apoyó contra el marco de madera, escudriñando dentro de la negrura sin fondo, escuchando el largo descenso del cuerpo, la única manera de atestiguarlo.

Cuando se produjo el silencio, cerró los ojos contra la oscuridad que se abría debajo y dijo: «Se acabó».

Por supuesto que sólo se había acabado esta tarea; lo esperaban otras por delante, quizá igual de malas, aunque seguramente ninguna peor.

Había dejado la linterna y el destornillador eléctrico en el suelo junto al agujero de la fumarola. Volvió a colocar la tapa de madera de secoya en su sitio, hurgó en su bolsillo en busca de los tornillos de acero y aseguró la tapa.

Cuando volvió a la casa, el sudor había borrado las últimas lágrimas de su rostro.

Dejó el destornillador y la linterna en el Explorer, detrás del garaje. Los guantes de látex estaban desgarrados. Se los quitó, los metió en la bolsita de basura del vehículo y sacó un par nuevo.

Volvió a la casa para inspeccionarla de cabo a rabo. No se atrevía a dejar nada que pudiera indicar que tanto él como un cadáver habían estado allí.

En la cocina no supo decidir qué hacer con el ron, la Coca Cola, el limón cortado y los demás objetos que había sobre la mesa. Se dio tiempo para pensar al respecto.

Con la intención de subir las escaleras hacia el dormitorio principal, siguió la alfombra decorada con rosas a lo largo del pasillo hasta la fachada principal de la casa. A medida que se acercaba al vestíbulo, fue consciente de una inesperada claridad a su derecha, detrás del arco del salón.

La pistola que llevaba en la mano de pronto dejó de ser un peso molesto para convertirse en una herramienta esencial.

En su primera pasada por la casa, en su camino escaleras arriba para ver si el cuerpo de Lanny permanecía en el sillón del dormitorio, Billy había encendido la luz del techo del salón, pero sólo eso. Ahora todas las lámparas estaban encendidas.

Sentado en el sofá, frente al arco abovedado, como testimonio de la sinrazón y la durabilidad de las ropas de saldo, estaba Ralph Cottle.

Capítulo 51

Ralph Cottle, el escéptico asesinado, se había desembarazado prodigiosamente de su mortaja de plástico, había subido de manera inverosímil miles de metros desde la base del valle y había llegado increíblemente hasta la casa de Olsen sólo cuarenta minutos después de haber sido arrojado en lo profundo del conducto de lava, y todo eso mientras seguía estando muerto.

Tanto lo desorientaba la visión de Cottle que por un momento Billy creyó que el hombre tenía que estar vivo, que de alguna manera *nunca* había estado muerto, pero en el *siguiente* instante advirtió que el primer cuerpo que había tirado en la fumarola no era el de Cottle, que el relleno del paquete del cadáver había sido reemplazado.

Billy se escuchó a sí mismo decir «¿quién?», mediante lo cual pretendía preguntar quién estaba dentro de la lona, y comenzó a darse la vuelta hacia el pasillo que se abría a sus espaldas, con la intención de disparar a cualquiera que hubiese allí, sin hacer preguntas.

Algo parecido al plomo le golpeó con absoluta precisión en el punto justo encima de la nuca, en la base del cráneo, produciendo menos dolor que color. Brillantes y breves relámpagos de color azul y rojo se abrieron en abanico dentro de su cabeza, reverberando en la cara interna de sus párpados.

No sintió el piso viniendo a su encuentro. En lo que parecieron horas, se lanzó en caída libre a través de un conducto de lava sin luz, preguntándose cómo se entretendrían los muertos en el frío corazón de un volcán extinguido.

La oscuridad parecía requerirlo más que la luz, ya que despertó entre sacudidas y sobresaltos, volviendo hacia atrás repetidas veces, hacia las profundidades, mientras comenzaba a flotar sobre la superficie de la conciencia.

Por dos veces una voz apremiante se dirigió a él, o dos veces la escuchó. En ambos casos la comprendió, pero sólo en la segunda ocasión estuvo en condiciones de responder.

Aunque mareado y confundido, Billy se obligó a escuchar la voz, a recordar el tono y el timbre, para luego poder identificarla. La identificación sería difícil porque no sonaba demasiado a una voz humana; ronca, extraña, distorsionada, planteaba una pregunta con insistencia.

—*¿Estás preparado para tu segunda herida?*

Después de la repetición de la frase, Billy descubrió que era capaz de responder.

—No.

Tras haber recuperado la voz, preocupado de que sonara tan agitada, también encontró fuerza para abrir los ojos.

A pesar de que su visión estaba desenfocada y se aclaraba demasiado despacio, pudo ver al hombre con el pasamontañas y ropa oscura mirándolo. Sus manos estaban cubiertas con unos guantes de mullido cuero negro y necesitaba ambas para empuñar una pistola futurista.

—No —dijo Billy una vez más.

Yacía de espaldas, con la mitad del cuerpo sobre la alfombra de rosas y la otra mitad sobre el suelo de madera oscura, con su brazo derecho cruzado sobre el pecho, el izquierdo extendido a su lado y la pistola en ninguna de sus manos.

Cuando por fin se le fue aclarando por completo la visión, Billy vio que la pistola, después de todo, no constituía la prueba de un viajero en el tiempo o de un visitante extraterrestre. Se trataba de una de esas pistolas neumáticas para clavar que funcionan sin cables.

La mano izquierda de Billy yacía con la palma hacia arriba sobre el suelo, y el hombre enmascarado la clavó contra el suelo de madera.

Tercera parte

TODO LO QUE TIENES ES CÓMO VIVES

l dolor y el miedo enturbian la razón, cubren de niebla la mente.

Billy soltó un alarido cuando notó la carne perforada. Una bruma de terror paralizante retrasó sus pensamientos cuando comprendió que estaba clavado al piso, inmovilizado en presencia del psicópata.

El dolor sólo se puede soportar y derrotar si antes se acepta. Si se le teme o se niega, crece en la percepción, cuando no en la realidad.

La mejor respuesta al terror es la furia desatada, la confianza en la justicia última, el rechazo a dejarse intimidar.

Estos pensamientos no desfilaban ahora de manera ordenada por su mente. Eran verdades contenidas en su adaptado inconsciente, basadas en experiencias duras, y actuaban como si se tratara de instintos nacidos en carne y hueso.

Al caer había dejado escapar la pistola. El psicópata no parecía tenerla. El arma podía estar a su alcance.

Billy giró la cabeza, tratando de localizar el pasillo. Tocó con su mano libre el suelo que se extendía a su derecha.

El psicópata arrojó algo a la cara de Billy.

Se estremeció, esperando más dolor. No era más que una fotografía.

No podía ver la imagen. Sacudió la cabeza para quitarse la foto de la cara. Ésta cayó sobre su pecho, donde de pronto pensó que el psicópata la ensartaría.

No. Empuñando la pistola neumática, el asesino caminó por el pasillo, hacia la cocina. Un clavo bien colocado. Su trabajo aquí había terminado.

Hazte una imagen de él. Congélala en la memoria. Altura aproximada, peso. ¿Cargado de hombros o no? ¿Ancho o estrecho de caderas? ¿Algo característico en la manera de caminar, ligera o pesada?

El dolor, el miedo, la perspectiva y, sobre todo, el ángulo extremo de visión —Billy tumbado de espaldas, el asesino a sus pies— frustraron la posibilidad de crear un perfil físico del hombre que en pocos segundos estaría fuera de su vista.

El psicópata desapareció en la cocina. Se movió por allí haciendo ruido. En busca de algo. Haciendo algo.

Billy captó el brillo nítido del hierro sobre el suelo de madera oscura del vestíbulo: la pistola. El arma yacía detrás de él y fuera de su alcance.

Después de haber ido a la fumarola y arrojar a Lanny por el conducto de lava, Billy había perdido su capacidad de horror, o pensó que lo había hecho hasta que comprendió que tenía que poner a prueba el clavo para saber si estaba bien fijado al suelo. Se resistía a mover la mano.

El dolor era constante pero tolerable, malo pero no tan terrible como creía. No obstante, intentar mover la mano, tratar de aflojar el clavo, sería como masticar un caramelo duro con un absceso en los dientes.

No sólo se resistía a mover la mano, sino también a mirarla. A pesar de saber que la imagen guardada en su mente tenía que ser peor que la realidad, le dio un vuelco el corazón cuando giró la cabeza y fijó la vista en la herida.

Salvo por un exceso de dedos, el guante de látex blanco hacía que su mano se pareciera a la de Mickey Mouse, como las manos de caricatura pegadas en las paredes y señalando el camino hacia el sillón en el que Lanny había sido colocado con uno de los libros de su madre. Incluso el puño del guante estaba levemente enrollado.

Al arrastrar la muñeca vio fluir un hilo de sangre. Creía que la hemorragia sería mucho peor. El clavo obstruía todo derrame. Cuando lo extrajera...

Conteniendo la respiración, Billy se quedó quieto para escuchar. No había ruidos en la cocina. Aparentemente el asesino se había ido.

No quería que el psicópata le volviera a escuchar gritar, no quería darle esa satisfacción.

El clavo. La cabeza no llegaba a tocar la carne. Cerca de dos centímetros del clavo separaban la cabeza de su palma. Podía ver las marcas de fabricación en el acero.

No había manera de conocer la longitud del clavo. A juzgar por su diámetro, estimó que mediría al menos siete centímetros de la cabeza a la punta.

Restando tanto la parte que había por encima de su palma como la que la atravesaba, al menos cuatro centímetros estarían clavados en el suelo. Después de penetrar en la superficie de la madera y el suelo de debajo, quedaría poco del clavo para incrustarse en una vigueta.

Sin embargo, si tenía *diez* centímetros de largo, seguramente estaría incrustado en una vigueta. Tratar de arrancarlo supondría un dolor aún mayor.

Las casas de aquel tipo normalmente tenían una edificación sólida. Ya fuera de cinco por diez o de cinco por quince, lo más probable era que el entramado midiera treinta centímetros de centro a centro.

No obstante, sus posibilidades eran buenas. De cada treinta y cinco centímetros de extensión del suelo, sólo diez quedaban debajo de las viguetas.

Clavando diez clavos al azar en el suelo, sólo tres se hundirían en viguetas. Los otros siete penetrarían en los espacios vacíos.

Cuando intentó cerrar la mano para comprobar su flexibilidad, ahogó un involuntario aullido de dolor que se convirtió en un quejido. No pudo cortarlo del todo.

No vino ninguna risa de la cocina, confirmando su sospecha de que el psicópata se había ido.

De pronto Billy se preguntó si, antes de irse, el asesino había marcado el 911.

Capítulo 53

Quieto y atento como sólo puede estarlo un cadáver, Ralph Cottle permanecía sentado en el sofá como un centinela.

El asesino había cruzado la pierna derecha del muerto sobre la izquierda y había dispuesto sus manos sobre el regazo para otorgarle un aspecto casual. Parecía estar esperando con paciencia a que apareciera su anfitrión con una bandeja de cócteles... o los sargentos Napolitino y Sobieski.

Aunque Cottle no había sido mutilado ni adornado, a Billy le recordó a los macabros maniquíes arreglados con tanto esmero de casa de Steve Zillis.

Zillis estaba trabajando en el bar. Billy había visto anteriormente su coche allí, cuando paró en la banquina de la autopista del bar para observar el sol poniente sobre el gigantesco mural.

Cottle después. Zillis después. Ahora el clavo.

Con cuidado, Billy se volvió sobre su lado izquierdo para poder ver la mano perforada. Tomó la cabeza del clavo con el pulgar y el índice de la mano derecha. Intentó girarla con delicadeza a un lado y a otro, con la esperanza de detectar algo que cediera, pero el clavo estaba rígido y profundamente asentado.

Si la cabeza hubiese sido pequeña, habría intentado deslizar la mano hacia arriba y liberarla, dejando el clavo en el suelo. Pero era ancha. Aunque hubiera podido soportar el dolor al atravesar el clavo la mano, se habría hecho un daño inimaginable durante el proceso.

Cuando tomó el clavo con más fuerza, el dolor lo convirtió en un niño. Se mordió los dientes, tan fuerte que las muelas rechinaron en la mandíbula.

Sin embargo, el clavo no crujió en la madera, y daba la impresión de que perdería los dientes antes de extraer el clavo. Entonces se movió.

Entre su pulgar e índice el clavo se aflojó, no mucho pero de manera perceptible. Mientras se movía en la madera del suelo, también lo hacía en la carne de su mano.

El dolor era una luz. Como una luz encadenada, relampagueaba dentro de él, relampagueaba y reverberaba.

Sintió cómo el metal chirriaba contra el hueso. Si el clavo había roto o astillado un hueso, necesitaría atención médica más pronto que tarde.

A pesar del aire acondicionado, antes la casa no le había parecido fría. Ahora el sudor se convertía en hielo sobre su piel.

Billy siguió intentando mover el clavo, y la luz del dolor interior se hizo más clara, más brillante, hasta que pensó que ya debía de ser traslúcido, que la luz sería visible desde fuera de él, si es que alguien, aparte de Cottle, estaba allí para presenciarlo.

A pesar de que no había muchas posibilidades de que el clavo hubiera encontrado una vigueta, éste se había incrustado no sólo en el suelo de madera y en el de debajo, sino también en un grueso madero. La primera nefasta verdad de la ruleta de la desesperación: tú juegas al rojo y sale el negro.

El clavo se aflojó y, en un arrebato de triunfo y furia, Billy casi lo lanzó lejos, hacia el salón. Si lo hubiera hecho, habría tenido que ir en su busca porque su sangre mojaba el acero.

Lo colocó en el suelo junto al agujero que había hecho.

El ardor de dolor se oscureció hasta quedar en brasas punzantes, y vio que podía ponerse de pie.

La mano izquierda le sangraba por el orificio de entrada y de salida, pero no a borbotones. Después de todo, le habían clavado un clavo, no taladrado, y la herida no era ancha.

Cubriéndose la mano izquierda con la derecha para evitar salpicaduras de sangre en la alfombra del pasillo o sobre el suelo de madera de los lados, se apresuró hacia la cocina.

El asesino había dejado abierta la puerta trasera. No estaba en el porche, y probablemente tampoco en el jardín.

Billy abrió la canilla de la pileta y sostuvo su mano izquierda bajo el chorro hasta que se volvió medio insensible con el agua fría.

Pronto el chorro de sangre se redujo a un hilillo. Tomó pañuelos de papel de una caja y se envolvió la mano con varias capas.

Salió a la galería de atrás. Contuvo la respiración, atento no sólo al asesino sino también a posibles sirenas acercándose.

Pasado un minuto, decidió que esta vez no debía de haber hecho ninguna llamada al 911. El psicópata, el *representador*, se jactaba de su inteligencia; jamás repetiría un truco.

Billy regresó a la casa. Vio la fotografía que el asesino le había arrojado a la cara y de la que se había olvidado, y la recogió del piso del pasillo.

Era una hermosa pelirroja. Miraba a la cámara. Aterrorizada.

Debía de haber tenido una hermosa sonrisa.

No la había visto nunca. Eso no importaba. Era la hija de alguien. En algún lugar habría gente que la quería.

Liquida a la perra.

Esas palabras, cuyo eco resonaba en su memoria, casi lo hicieron caer de rodillas.

Durante veinte años, sus emociones no habían sido simplemente reprimidas. Algunas de ellas habían sido negadas. Se había permitido sentir sólo lo que le parecía seguro.

Se había permitido furia sólo con moderación, pero nada de odio, fuera el que fuera. Tenía miedo de admitir una gota de odio que desatara furiosos torrentes que acabaran por destruirlo.

La represión frente al mal, sin embargo, no era una virtud, y odiar a este psicópata homicida no era un pecado. Era una pasión justificada, más intensa que la aversión, más clara incluso que el dolor que lo había convertido en una lámpara incandescente.

Tomó la pistola. Abandonando a Cottle a su suerte en el salón, subió las escaleras, preguntándose si cuando regresara, el cadáver seguiría en el sofá.

CAPÍTULO 54

En el botiquín del baño de Lanny, Billy encontró alcohol, un paquete cerrado de gasas y un conjunto de frascos de farmacia, todos con etiquetas que advertían: «¡Precaución! Manténgase alejado del alcance de los niños».

El clavo, que estaba limpio, no sería en sí mismo una fuente de infección. Pero podría haber transportado a la herida las bacterias de la superficie de la piel.

Billy derramó alcohol sobre su mano izquierda, con la esperanza de que penetrara en la perforación. Tras un momento comenzó el ardor.

Como había tenido cuidado de no flexionar la mano más de lo necesario, la hemorragia prácticamente se había detenido. El alcohol no la reinició.

No era una esterilización perfecta. No tenía ni el tiempo ni los recursos para hacerlo mejor.

Aplicó gasa humedecida sobre ambos lados de la herida. Así ayudaría a evitar que la suciedad se introdujera en la perforación.

Y lo que era más importante: la gasa humedecida —que absorbía gracias a un sello gomoso flexible— evitaría posteriores hemorragias.

Había una plétora de frascos de farmacia; cada uno contenía unas pocas pastillas o cápsulas. Evidentemente, Lanny había sido un mal enfermo que nunca lograba terminar del todo un tratamiento; además, siempre se reservaba una parte con la que poder tratarse por su cuenta en el futuro.

Billy encontró dos frascos de antibióticos: Cipro, 500 mg. Uno de los frascos contenía tres pastillas, el otro cinco.

Metió las ocho en un solo frasco. Arrancó la etiqueta y la tiró a la papelera.

Más que una infección, lo que le preocupaba era una inflamación. Si se le hinchaba la mano y se le ponía rígida, estaría en desventaja ante cualquier enfrentamiento que pudiera sobrevenir.

Descubrió Vicodin entre los medicamentos. No evitaba la inflamación pero aliviaría el dolor si éste empeoraba. Quedaban cuatro pastillas, y las añadió a las de Cipro.

Sintió una punzada de dolor en la mano herida. Y cuando volvió a mirar la fotografía de la pelirroja, un dolor de otra naturaleza, más emocional que física, también comenzó a dejarse notar.

El dolor es un don. Sin dolor, la humanidad no conocería ni el miedo ni la piedad. Sin miedo, no podría existir la humildad, y cada hombre sería un monstruo. El reconocimiento del dolor y del miedo en los demás despierta en nosotros la piedad, y en nuestra piedad reside nuestra humanidad, nuestra redención.

En los ojos de la pelirroja había puro terror. En su rostro, el horrible reconocimiento de su destino.

Billy no estaba en condiciones de ayudarla. Pero si el psicópata había jugado según sus propias reglas, no habría sido torturada.

Mientras la atención de Billy se desplazaba de la cara de la chica a la habitación que aparecía en el fondo de la fotografía, reconoció su propia habitación. La habían mantenido prisionera en la casa de Billy. La habían asesinado allí.

Capítulo 55

Sentado en el borde de la bañera de Lanny, con la fotografía de la pelirroja en la mano, Billy repasó la cronología del asesinato.

El psicópata había estado en su casa. ¿Cuándo? Quizá alrededor de las doce y media del mediodía de ese mismo día, después de que los sargentos se hubieran ido y de haber envuelto a Cottle. Le había puesto a Billy una grabación con dos opciones: la chica podía ser torturada hasta morir o asesinada con un único disparo o puñalada.

En ese momento el asesino la tenía prisionera. Casi con seguridad le habría permitido escuchar la cinta mientras la reproducía por teléfono.

Billy había salido hacia Napa a la una. A partir de entonces, el asesino llevó a la mujer a su casa, hizo la foto y la mató limpiamente.

Cuando el psicópata encontró a Ralph Cottle envuelto en la lona y oculto detrás del sofá, su espíritu de diversión se habría visto desafiado. Los intercambió: la joven mujer por el borracho.

Sin saberlo, Billy había arrojado a la pelirroja por la fumarola, impidiendo por consiguiente a su familia el pequeño alivio que les supondría tener un cuerpo que enterrar.

El intercambio de cadáveres tenía un aire a Zillis: ese humor adolescente, la frescura con la que a veces podía hacer una broma malintencionada.

Steve no había ido a trabajar hasta las seis. Habría estado libre para jugar.

Pero ahora el asqueroso *estaba* en el bar. No podía haber colocado a Cottle en el sofá y disparado el clavo.

Billy echó un vistazo a su reloj. 23:41.

Se obligó a mirar de nuevo a la pelirroja porque había decidido hacer un manojo con todas las demás pruebas y arrojarlas por la fumarola. Quería recordarla, se sentía obligado a fijar su rostro en la memoria para siempre.

Cuando el psicópata reprodujo el mensaje grabado en el teléfono, si esta mujer estaba allí, amordazada y escuchando, quizá también había oído la respuesta de Billy: *Liquida a la perra.*

Esas palabras le habían ahorrado a ella la tortura, pero ahora lo torturaban a él.

No podía tirar su fotografía. Conservarla no era un acto prudente; resultaba peligroso. Sin embargo, la dobló, asegurándose de que el pliegue no pasara por el rostro, y se la metió en la cartera.

Con cautela, salió hacia el Explorer. Pensó que advertiría si el psicópata estaba todavía por los alrededores, vigilando. La noche parecía segura, limpia.

Tiró el guante de látex perforado al cubo de la basura y sacó uno nuevo. Desenchufó el celular y se lo llevó.

De nuevo en la casa, recorrió todas las habitaciones de punta a punta, recogiendo todas las pruebas y metiéndolas en una bolsa de basura de plástico, incluyendo la foto de Giselle Winslow (que al final no se quedaría), los dibujos de las manos, el clavo...

Cuando terminó, colocó la bolsa junto a la puerta trasera.

Sacó un vaso limpio. De la jarra que había sobre la mesa se sirvió un poco de Coca Cola caliente.

Con el ejercicio, el dolor de la mano había empeorado. Se tomó una pastilla de Cipro y otra de Vicodin.

Decidió erradicar toda evidencia del festín de bebidas de su amigo. La casa no debía ofrecer nada inusual de cara a la policía.

Cuando Lanny llevase ausente demasiado tiempo, se presentarían en la casa para llamar a la puerta y mirar por las ventanas. Entrarían. Si veían que había estado bebiendo ron, pensarían en una depresión y la posibilidad de un suicidio.

Cuanto antes llegaran a conclusiones funestas, antes registrarían los rincones más alejados de la propiedad. Cuanto más tiempo tuvieran para recuperar su forma los arbustos pisoteados a su paso, menos probable sería que se concentraran en el conducto de lava sellado.

Una vez que estuvo todo limpio, Billy cerró la bolsa de basura llena de pistas con un fuerte nudo. Cuando sólo quedaba encargarse de Ralph Cottle, utilizó el teléfono móvil para llamar al número de la cocina del bar.

Jackie O'Hara respondió.

—Bar.

—¿Cómo andan los cerdos con cerebro humano? —preguntó Billy.

—Van a beber a algún otro lado.

—Porque es un bar familiar.

—Así es. Y así va a ser siempre.

—Escucha, Jackie...

—Odio el «escucha, Jackie». Siempre significa que me van a complicar la vida.

—Tendré que tomarme libre también el día de mañana.

—Me complicas la vida.

—No, eres un melodramático.

—No pareces tan enfermo.

—No es un resfriado. Es algo de estómago.

—Lleva el auricular a tu panza, déjame escuchar.

—De pronto eres un cabrón.

—No está muy bien visto que el dueño atienda demasiado a los clientes.

—Si el lugar está tan lleno supongo que Steve podrá ocuparse del gentío de medianoche por su cuenta.

—Steve no está aquí. Estoy yo solo.

La mano de Billy se aferró al móvil.

—Pasé hace un rato. Su coche estaba estacionado delante.

—Es su día libre, ¿recuerdas?

Billy lo había olvidado.

—Como no pude conseguir un empleado temporal para ocupar tu turno, Steve vino de tres a nueve para salvarme el día. ¿Qué andas haciendo conduciendo por ahí si estás enfermo?

—Iba a una cita con el médico. ¿Steve sólo te ayudó seis horas?

—Tenía cosas que hacer antes y después.

Como por ejemplo asesinar a una pelirroja y luego clavar la mano de Billy al suelo.

—¿Qué te dijo el médico? —preguntó Jackie.

—Es un virus.

—Eso es lo que dicen cada vez que no saben qué demonios es.

—No, en realidad creo que es un virus de cuarenta y ocho horas.

—Como si un virus supiera lo que son cuarenta y ocho horas —dijo Jackie—. Si andas por la calle con un tercer ojo creciéndote en la frente, dirán que es un virus.

—Lo siento, Jackie.

—Sobreviviré. Después de todo, no es más que el trabajo del bar. No es la guerra.

Tras apretar «colgar» para terminar la llamada, Billy se sintió como si estuviera en la guerra.

Sobre la encimera de la cocina yacían la billetera, las llaves del coche, algo de cambio, el celular y la pistola de servicio de nueve milímetros de Lanny Olsen, donde estaban la noche anterior.

Billy tomó la billetera. Cuando se fuera, también se llevaría el celular, la pistola y la pistolera Wilson Combat.

Del cajón del pan tomó media hogaza, que introdujo en una bolsa con cierre hermético.

Fuera, en el extremo este del porche, lanzó las migas de pan sobre la hierba. Los pájaros de la mañana se iban a dar un festín.

De nuevo en la casa, cubrió la bolsa de plástico vacía con un paño de cocina.

En el despacho había un armario con puertas de cristal para guardar armas. En los cajones, debajo de las puertas, Lanny guardaba cajas de municiones, latas de aerosol de diez centímetros con gas químico para defensa personal y una cartuchera de repuesto.

En la cartuchera había compartimentos para cargadores de repuesto, una funda para el gas, otra para la pistola eléctrica, un receptáculo para guardar esposas, la funda para el llavero, otra para el bolígrafo y una pistolera. Todo listo para usarlo.

Billy retiró del cinturón un cargador lleno, así como las esposas, un bote de gas químico y la pistola eléctrica. Metió todos los artículos en la bolsa del pan.

Capítulo 56

Veloces presencias aladas, acaso murciélagos alimentándose de polillas en las primeras horas de la madrugada del jueves, sobrevolaban muy bajo por el jardín, por encima de Billy, y luego volvían a subir. Al seguir el sonido de lo que no podía ver, su mirada se elevó hacia la delgadísima viruta plateada de una luna nueva.

A pesar de que debía de llevar tiempo allí, haciendo su recorrido hacia el oeste, no había notado la frágil media luna hasta ahora. No era sorprendente. Desde el anochecer no había tenido mucho tiempo para mirar el cielo, con su atención tristemente atada a la tierra.

Ralph Cottle, con las extremidades rígidas en ángulos poco convenientes por el *rigor mortis,* envuelto en una manta ya que no había podido encontrar ninguna lona de plástico, sostenido como un paquete gracias a la colección completa de corbatas de Lanny —tres—, no se dejaba arrastrar fácilmente a través del inclinado jardín hacia la línea de arbustos.

Cottle había dicho que él no era el héroe de nadie. Y no hay duda de que había muerto como un cobarde.

Quería seguir viviendo, aunque se tratara de una existencia miserable —¿*Qué más hay aparte de esto?*—, porque no podía imaginar que hubiera algo mejor por lo que luchar, o que aceptar.

En el momento en que la hoja penetró entre sus costillas y detuvo su corazón, habría comprendido que aunque la vida puede evitarse, no sucede lo mismo con la muerte.

Billy sintió cierta simpatía solemne hacia el hombre, cuya desesperación era más profunda que la de Billy y cuyos recursos eran más limitados.

Entonces, cuando los arbustos y ramitas atrapaban la suave manta y hacían demasiado dificultoso el traslado del cuerpo, lo levantó y se lo subió a los hombros, sin repugnancia ni queja. Tropezó pero no cayó bajo el peso.

Había regresado minutos antes para quitar, una vez más, la tapa de madera de la fumarola. El respiradero abierto aguardaba.

Cottle dijo que no había un mundo, sino billones, que el suyo era distinto del de Billy. Fuera verdad o no, aquí sus mundos confluían.

El cuerpo envuelto cayó. Y golpeó. Y retumbó. Y siguió cayendo. Hacia la oscuridad, hacia el vacío dentro del vacío.

Cuando el silencio se hizo prolongado, sugiriendo que el escéptico había alcanzado su descanso profundo junto con el buen hijo y la mujer desconocida, Billy deslizó la tapa sobre el agujero, se ayudó de la linterna para asegurarse de que los agujeros estuvieran alineados y la atornilló una vez más.

Esperaba no volver a ver jamás ese lugar. Sospechaba, no obstante, que no tendría otro remedio que regresar.

Tras salir con el coche de la casa de Olsen, no supo adónde ir. Finalmente tendría que enfrentarse a Steve Zillis, pero no de inmediato, por ahora no. Primero tenía que prepararse.

Antiguamente, los hombres, en la víspera de una batalla, iban a las iglesias para prepararse espiritual, intelectual y emocionalmente. Acudían al incienso, a la luz de las velas, a la humildad que el redentor les imponía.

Durante esos días, las iglesias permanecían abiertas todo el día y toda la noche, ofreciendo un santuario incondicional.

Los tiempos habían cambiado. Ahora algunas iglesias podían permanecer abiertas las veinticuatro horas, pero muchas seguían horarios fijados y cerraban sus puertas mucho antes de la medianoche.

Algunas negaban el perpetuo santuario porque no podían costear la calefacción ni la electricidad. Los presupuestos se interponían con la misión.

Otras eran arrasadas por vándalos con aerosol y por ateos que, con espíritu de burla, iban a tener sexo y dejaban allí los condones.

En épocas anteriores de odio endémico, tales intolerancias se habrían resuelto con resolución, con enseñanza y con el cultivo del remordimiento. Ahora el consenso clerical era que las cerraduras y las alarmas funcionaban mejor que todos los anteriores y suaves remedios.

En lugar de trasladarse de iglesia en iglesia, probando sus puertas para encontrarse con santuarios que sólo abrirían previa cita, Billy fue hacia donde la mayoría de los hombres modernos con necesidad de un refugio para la reflexión acuden pasada la medianoche: un bar de carretera.

Como ninguna autopista interestatal atravesaba el condado, el local disponible, en la autopista estatal 29, era modesto para los parámetros de la cadena Little America, con bares del tamaño de aldeas. Pero ofrecía numerosos surtidores de gasolina iluminados para rivalizar con la luz diurna, una tienda que no estaba mal, duchas gratis, acceso a internet y un restaurante abierto las veinticuatro horas que servía cualquier cosa frita y un café que ponía los pelos de punta.

Billy no quería café, ni colesterol. Sólo buscaba el ajetreo de un comercio racional para equilibrar la irracionalidad con la que había estado lidiando, y un lugar público como para no encontrarse bajo el peligro de un ataque.

Estacionó frente al restaurante, bajo un poste de luz con tanta potencia que habría podido leer con la claridad que entraba a través del parabrisas.

De la guantera sacó un paquete de toallitas húmedas que utilizó para limpiarse las manos. Se habían inventado para limpiarse después de un Big Mac con papas fritas en el coche, no para esterilizar las manos después de haber manipulado cadáveres. Pero Billy no estaba en una posición —ni en un estado mental— como para ponerse quisquilloso.

Su mano izquierda, que había sido clavada y empalada, estaba caliente y ligeramente rígida. La flexionó con lentitud y sumo cuidado.

Gracias al Vicodin no sentía dolor. Eso podía no ser bueno. Un problema creciente en la mano, no percibido anteriormente, podría manifestarse en una repentina debilidad de sujeción en un momento de auténtica crisis, justo cuando más necesitara sus fuerzas.

Con la ayuda de una Pepsi caliente se tragó dos Anacin más, que tenían algo de efecto antiinflamatorio. El Motrin habría sido mejor, pero lo único que tenía era Anacin.

Una dosis correcta de cafeína podía compensar en cierto modo las pocas horas de sueño que tenía, pero demasiada cafeína podía alterar sus nervios e impulsarlo a la acción violenta. En cualquier caso se tomó otro No-Doz.

Habían tenido lugar horas muy ajetreadas desde que tomara las barras de Hershey's y Planters. Se comió una más de cada una.

Mientras comía, consideró a Steve Zillis, su principal sospechoso. Su único sospechoso.

Las pruebas contra Zillis parecían abrumadoras. Sin embargo, todas eran circunstanciales.

Eso no quería decir que el caso fuese poco sólido. La mitad o más de las convicciones obtenidas en tribunales criminales se basaban en concatenaciones convincentes de pruebas circunstanciales, y mucho menos del uno por ciento de ellas eran injusticias.

Los asesinos no dejaban amablemente pruebas directas en los escenarios de sus crímenes. Sobre todo en esta época de las comparaciones de ADN, cualquier malhechor con una televisión podía ver los capítulos de *CSI* y aprender los sencillos pasos que debía dar para evitar incriminarse.

Todo, no obstante, desde los antibióticos hasta la música *country,* tenía sus inconvenientes, y Billy conocía demasiado bien los peligros de las pruebas circunstanciales.

Se recordó a sí mismo que su problema no habían sido las pruebas, sino John Palmer, ahora comisario, por entonces un ambicioso y joven teniente ávido de una promoción a capitán.

La noche en que Billy se había convertido en huérfano por sí mismo, la verdad había sido horrorosa pero clara y fácil de determinar.

Capítulo 57

El muchacho de catorce años Billy Wiles se despierta de un sueño erótico por voces elevadas, por furiosos gritos.

Al principio se siente confundido. Siente como si se hubiera pasado de un sueño agradable a otro que no lo es tanto.

Se tapa la cabeza con una almohada y entierra su cara en otra, intentando forzar su camino de regreso a aquella fantasía sedosa.

La realidad se entromete. La realidad *insiste*.

Las voces son las de su madre y su padre, que suben tan altas desde el piso de abajo que la distancia apenas si las sofoca.

Nuestros mitos son ricos en magos y magas: ninfas marinas que cantan desde las rocas para los marineros, Circe convirtiendo a los hombres en cerdos, flautistas tocando para niños en sus habitaciones. Son metáforas para la siniestra y secreta necesidad de autodestrucción que ha estado en nosotros desde el primer mordisco de la primera manzana.

Billy es su propio flautista, y se permite ser arrastrado fuera de la cama por las estridentes voces de sus padres.

Las discusiones no son corrientes en esa casa, pero tampoco son inusuales. En general, los desacuerdos suelen ser tranquilos, intensos y breves. Si la amargura persiste, se expresa en hoscos silencios que con el tiempo cicatrizan, o parecen hacerlo.

Billy no piensa en sus padres como un matrimonio infeliz. Se aman. Él sabe que se aman.

Descalzo, con el torso desnudo y los pantalones del pijama, terminándose de despertar mientras camina, Billy Wiles avanza por el pasillo, baja las escaleras...

No duda de que sus padres lo quieren. A su manera. Su padre expresa un cariño severo. Su madre oscila entre un abandono benévolo y arrebatos de amor maternal tan genuinos como desproporcionados.

La naturaleza de las frustraciones mutuas de su padre y su madre ha sido siempre un misterio para Billy y parecen no tener consecuencias. Hasta ahora.

Cuando llega al comedor, cerca de la cocina, Billy se ve inmerso contra su voluntad —¿o no?— en las frías verdades y las identidades secretas de aquellos a los que mejor creía conocer del mundo.

Jamás habría imaginado que su padre albergara una ira tan violenta en su interior. No sólo el salvaje volumen de voz, sino además el tono hiriente y la brutalidad del lenguaje revelan un resentimiento largamente fermentado que ahora hierve como brea negra proporcionando el combustible ideal para la ira.

Su padre acusa a su madre de traición sexual, de adulterio sistemático. La llama prostituta, y algo peor que eso, pasando del enfado a la ira.

En el comedor, donde Billy permanece inmóvil por esta revelación, su mente da vueltas a las acusaciones arrojadas contra su madre. Sus padres le habían parecido asexuados, atractivos pero indiferentes a semejantes deseos.

De haberse preguntado por su concepción, la habría atribuido a una obligación marital y a un deseo de formar una familia más que a la pasión.

Más chocantes que las acusaciones resulta el reconocimiento que hace su madre de esta verdad, así como sus contraacusaciones, que revelan a su padre como un hombre y como algo menos que un hombre. En un lenguaje más hiriente que el de su marido, ella lo desprecia y se burla de él.

Sus burlas disparan la furia de él y lo conducen a la violencia. El sonido de carne contra carne indica una fuerte mano contra un rostro.

Ella grita de dolor pero al instante dice:

—No me asustas, ¡tú no puedes asustarme!

Las cosas se hacen añicos, se rompen, entrechocan, rebotan... y luego viene un sonido más terrible, de una brutal *ferocidad,* el de alguien aporreando.

Ella grita de dolor, de terror.

Sin recuerdo de haber abandonado el comedor, Billy se encuentra en la cocina, gritándole a su padre que se detenga, pero éste no parece escucharlo y ni siquiera se da cuenta de su presencia.

Su padre está embelesado, hipnotizado, *poseído* por el horrendo poder del instrumento que empuña. Se trata de una llave inglesa.

Sobre el suelo, su madre, deshecha de dolor, se arrastra como un insecto aplastado, ya incapaz de gritar, emitiendo sonidos torturados.

Billy ve otras armas sobre la encimera. Un martillo. Un cuchillo de carnicero. Una pistola.

Por lo visto, su padre ha dispuesto estos instrumentos asesinos para intimidar a su madre.

Ella no se habrá sentido intimidada, habrá pensado que él era un cobarde, un necio y un inepto. Un cobarde seguramente lo es, valiéndose de una llave inglesa contra una mujer indefensa, pero ella ha juzgado muy erróneamente su capacidad para hacer el mal.

Tomando la pistola, sosteniéndola con ambas manos, Billy grita a su padre que se detenga, que por el amor de Dios se detenga, y, como hace caso omiso de sus advertencias, dispara un tiro al techo.

El inesperado retroceso lo sacude hasta los hombros, y tropieza sorprendido.

Su padre se vuelve hacia él pero no con ánimo de rendirse. La llave inglesa es una encarnación de la oscuridad que controla al hombre al menos tanto como el hombre la controla a ella.

—¿De qué simiente eres tú? —le pregunta su padre—. ¿A qué hijo estuve alimentando todos estos años? ¿A qué pequeño bastardo?

Increíblemente, el terror aumenta, y cuando comprende que debe matar o morir, Billy aprieta una vez el gatillo, y una segunda, y una tercera, con sus brazos sacudiéndose con cada descarga.

Dos disparos errados y una herida en el pecho.

Su padre da tumbos, tropieza y cae de espaldas mientras su pecho se tiñe de rojo.

Al caer, la llave inglesa da vueltas sobre el suelo y rompe una baldosa, y después de eso ya no hay más gritos, ni más palabras de furia, sólo la respiración de Billy y las apagadas expresiones de sufrimiento de su madre.

Entonces ella dice:

—¿Papá?

Su voz se arrastra, rota por el dolor.

—¿Papá Tom?

Su padre, militar de carrera, había muerto en servicio cuando ella tenía diez años. Papá Tom era su padrastro.

—Ayúdame. —Su voz se espesa, penosamente cambiada—. Ayúdame, papá Tom.

Papá Tom era un hombre anodino con pelo de color polvo y ojos del color de la arenisca. Sus labios estaban permanentemente secos y su risa atrofiada atacaba los nervios de cualquier oyente.

Sólo en extremas circunstancias alguien podría pedir ayuda a papá Tom, y nadie esperaba recibirla.

—Ayúdame, papá Tom.

Por otra parte, el anciano vive en Massachusetts, a un continente de distancia del condado de Napa.

La urgencia de la situación se abre paso a través del espanto que paraliza a Billy, y una compasión de terror lo lleva hacia su madre.

Ella parece estar paralizada, con el meñique de su mano derecha temblando, temblando, pero no se mueve nada más del cuello para abajo.

Como una porcelana rota mal reparada, la figura de su cráneo y su cara están mal, muy mal.

Su único ojo abierto, el único que le queda, mira a Billy, y ella dice:

—Papá Tom.

No reconoce a su hijo, a su único hijo, y cree que es el viejo de Massachusetts.

—Por favor —suplica, con su voz agrietándose con el dolor.

La cara rota revela un daño cerebral irreparable de tal grado que le arranca a Billy un sollozo ahogado.

Su mirada se desplaza desde su cara a la pistola que hay en su mano.

—Por favor, papá Tom. *Por favor.*

Sólo tiene catorce años, es apenas un muchacho, hace muy poco era un niño, y hay elecciones que no se le deberían pedir que tome.

—*Por favor.*

Es una elección capaz de atribular a cualquier adulto, y él no puede elegir, no quiere elegir. Pero, oh, el dolor de su madre. Su miedo. Su *espanto.*

Con la lengua pastosa, ella ruega:

—Oh, Dios mío, Dios mío, ¿dónde estoy? ¿Quién eres tú? ¿Quién se está arrastrando ahí, quién es? ¿Quién eres, allí, que me asustas? ¡Me asustas!

A veces el corazón toma decisiones que la mente no puede tomar, y a pesar de que no tenemos dudas de que el corazón, sobre todo, es engañoso, también sabemos que en ocasiones excepcionales de tensión y profunda pérdida, puede ser purgado mediante el sufrimiento.

En los años venideros, nunca sabrá si haber confiado en su corazón en aquel momento fue la elección correcta. Pero hace lo que el corazón le dicta.

—Te quiero —dice él, y mata a su madre de un tiro.

El teniente John Palmer es el primer oficial que llega.

Lo que en principio parece ser una atrevida entrada de un oficial digno de confianza más tarde se revelará, para Billy, como la irrupción ávida de un buitre sobre la carroña.

Mientras esperaba a la policía, Billy ha sido incapaz de moverse de la cocina. No puede soportar dejar sola a su madre. Siente que ella no se ha marchado del todo, que su espíritu permanece y se consuela con su presencia. O quizá no siente nada parecido y sólo desea que eso sea verdad.

Aunque no puede seguir mirándola, mirando en lo que ella se ha convertido, se queda cerca, apartando la mirada.

Cuando el teniente Palmer entra, cuando Billy ya no está solo y no necesita ser fuerte, su compostura se viene abajo. Los temblores prácticamente sacuden al muchacho hasta dejarlo de rodillas.

—¿Qué pasó aquí, hijo? —pregunta el teniente Palmer.

Con esas dos muertes, Billy ya no es el hijo de nadie, y siente soledad en los huesos, frialdad en el corazón, miedo al futuro.

Al escuchar la palabra *hijo,* ésta se le antoja más que una mera palabra, parece una mano extendida, una esperanza.

Billy se mueve hacia John Palmer. Como el teniente es calculador, o sólo porque, después de todo, es humano, le abre sus brazos.

Billy se desploma temblando sobre esos brazos y John Palmer lo abraza fuerte.

—Hijo, ¿qué ha sucedido aquí?

—Él la golpeó. Yo le disparé. Él la golpeó con la llave.

—¿Tú le disparaste?

—Él la golpeó con la llave inglesa. Yo le disparé a él. Yo le disparé a ella.

Otro hombre habría tenido en cuenta el torbellino emocional de este joven testigo, pero el pensamiento principal del teniente es que todavía no le habían hecho capitán. Es un hombre ambicioso. E impaciente.

Dos años antes, un adolescente de diecisiete años del condado de Los Ángeles, al sur de Napa, había matado a sus padres a tiros. Se declaró inocente alegando abusos sexuales prolongados.

Ese juicio, que había concluido sólo dos semanas antes de esta noche crucial en la vida de Billy Wiles, terminó con la condena del chico. Los expertos predijeron que el muchacho quedaría libre, pero el detective a cargo del caso fue diligente; acumuló un convincente conjunto de pruebas y descubrió al responsable en una mentira tras otra.

En las últimas dos semanas, ese infatigable detective había sido un héroe de los medios. Había salido en todos los programas de televisión. Su nombre era más conocido que el del alcalde de Los Ángeles.

Con la confesión de Billy, John Palmer no ve la ocasión de buscar la verdad, sino sólo una *ocasión.*

—¿A quién le disparaste, hijo? ¿A él o a ella?

—Yo le... le disparé a él. Le disparé a ella. Él la golpeó tanto con la llave que tuve que di-di-dispararles a los dos.

Mientras las demás sirenas se oyen cada vez más cerca, el teniente Palmer lleva a Billy fuera de la cocina, al salón. Le indica al muchacho que se siente en el sofá.

Su pregunta ya no es «*¿Qué ha sucedido aquí, hijo?*», sino: «¿Qué es lo que has hecho, muchacho? ¿Qué es lo que has hecho?».

Durante demasiado tiempo, el joven Billy Wiles no comprende la diferencia.

Así comienzan dieciséis horas de infierno.

Con catorce años, no puede ser procesado como un adulto. Con la pena de muerte y la cadena perpetua fuera de consideración, las presiones del interrogatorio deberían ser menores que con un infractor adulto.

John Palmer, no obstante, está decidido a ir a por Billy, a arrancarle la confesión de que él mismo golpeó a su madre con la llave inglesa, le disparó a su padre cuando éste trataba de proteger a su mujer y luego la liquidó a ella, también, de un balazo.

Como la pena a los menores es mucho menos severa que la de los adultos, el sistema a veces protege los derechos de aquéllos de manera menos diligente de la que debería. Para empezar, si el sospechoso no sabe que puede exigir un abogado, no se le informa de ese derecho de la forma oportuna.

Si la falta de recursos del sospechoso le obliga a procurarse un defensor público, siempre existe la posibilidad de que el que le asignen sea irresponsable. O imbécil. O que tenga una terrible resaca.

No todos los abogados son tan nobles como los que defienden a los oprimidos en los melodramas televisivos, del mismo modo que los mismos oprimidos pocas veces son tan nobles en la vida real.

Un oficial experimentado como John Palmer, con la cooperación de selectos superiores, guiado por una ambición despiadada y deseoso de aportar riesgo a su carrera, tiene todo tipo de trucos para mantener a un sospechoso alejado de un abogado y disponible para interrogatorios ilimitados en las horas inmediatamente posteriores a la detención.

Una de las estratagemas más efectivas es convertir a Billy en un «chico móvil». Un defensor público llega al centro de reclusión de menores de Napa y descubre que, debido al limitado espacio de las celdas o por otras razones falaces, su cliente ha sido trasladado al área de Calistoga. Al llegar a Calistoga se entera del imperdonable error que se ha cometido: al chico en realidad lo llevaron a St. Helena. En St. Helena envían al abogado de regreso a Napa.

Además, mientras transportan al sospechoso, un vehículo a veces tiene problemas mecánicos. Un viaje de una hora se convierte en tres o cuatro dependiendo de lo que haya que reparar.

Durante estos dos días y medio, Billy pasa por una nube de anodinos oficiales, salas de interrogatorios y celdas. Sus emociones son siempre crudas, y sus temores tan constantes como irregulares sus comidas, pero los peores momentos ocurren en el patrullero, durante el camino.

Billy retrocede tras la barrera de seguridad. Sus manos están esposadas y una cadena aferra las esposas a un anillo fijado en el suelo.

Hay un conductor que nunca tiene nada que decir. A pesar de las normas que prohíben semejante conducta, John Palmer comparte el asiento trasero con su sospechoso.

El teniente es un hombre grande, y su sospechoso un muchacho de catorce años. A esa distancia, la diferencia de sus tamaños es en sí misma perturbadora para Billy.

Sumado a eso, Palmer es un experto de la intimidación. Su charla interminable y sus preguntas sólo son interrumpidas por silencios acusadores. Mediante miradas calculadas, palabras cuidadosamente seleccionadas y cambios de humor intimidadores menoscaba el ánimo con tanta eficacia como una motosierra traspasa la madera.

El tacto es lo peor.

Palmer se sienta más cerca que otras veces. En esta ocasión se sienta tan cerca como un chico lo haría con una chica, con su costado izquierdo contra el derecho de Billy.

Acaricia el pelo de Billy con un cariño a todas luces falso. Una enorme mano descansa sobre el hombro de Billy, luego sobre su rodilla y después sobre su pierna.

—Haberlos matado no es un crimen si tienes una buena razón, Billy. Si tu padre te acosó durante años y tu madre lo sabía, nadie podrá culparte.

—Mi padre nunca me tocó de esa manera. ¿Por qué insiste en que fue así?

—No lo digo, Billy. Lo pregunto. No tienes nada de qué avergonzarte si te ha estado molestando desde que eras pequeño. Eso te convierte en *víctima*, ¿no te das cuenta? Incluso si te gustaba...

—No me habría gustado.

—Incluso si te gustaba, no tienes motivo para sentirte avergonzado. —La mano en el hombro—. Seguirías siendo una víctima.

—No lo soy. No lo fui. No diga eso.

—A veces hay hombres... ellos... hacen cosas horribles a niños indefensos, y algunos de esos chicos llegan a disfrutarlo. —La mano en la pierna—. Pero eso no le quita nada de inocencia al chico, Billy. El dulce niño sigue siendo inocente.

Billy casi desea que Palmer lo golpee. El tacto, la suave caricia y la insinuación son peores que un golpe porque da la impresión de que el puño vendrá igualmente cuando la caricia falle.

En más de una ocasión, Billy casi llega a confesar sólo para escapar de las enloquecedoras cadencias de la voz del teniente Palmer, para quedar libre de su contacto.

Comienza a preguntarse por qué... después de poner fin al sufrimiento de su madre, por qué llamó a la policía en lugar de meterse el cañón de la pistola en la boca.

Billy al final se salva por el buen trabajo de un perito médico y de los técnicos criminológicos, y por las dudas de otros oficiales que dejaron que Palmer manejara el caso como quería. Las pruebas acusan al padre; ninguna apunta al hijo.

La única huella en la pistola es de Billy, pero en la llave inglesa hay una clara marca de dedo y parte de la palma que pertenece al padre de Billy.

El asesino empuñó la llave inglesa con su mano izquierda. A diferencia de su padre, Billy es diestro.

Las ropas de Billy estaban manchadas con poca cantidad de sangre, sin demasiadas salpicaduras. Un chorro de sangre había empapado las mangas de la camisa del padre de Billy.

Ella había intentado desarmar a su marido. Su sangre y su piel, y no las de Billy, se encontraron bajo sus uñas.

Con el tiempo, dos miembros del departamento son obligados a renunciar, y otro es despedido. Cuando el humo se disipa, el teniente John Palmer de alguna forma se las arregla para no quemarse.

Billy considera la idea de acusar al teniente, teme testificar y, sobre todo, teme las consecuencias de no convencer al tribunal. La prudencia le sugiere retirarse.

Quédate tranquilo, quédate quieto, no compliques las cosas, no esperes demasiado, disfruta de lo que tienes. Sigue adelante.

Increíblemente, seguir adelante al final significa mudarse con Pearl Olsen, viuda de un oficial y madre de otro.

Ella se ofrece a rescatar a Billy del limbo del servicio de custodia de menores y, desde el primer encuentro, él sabe instintivamente que ella siempre será ni más ni menos que lo que *parece*. A pesar de que sólo tiene catorce años, ha aprendido que la armonía entre la realidad y las apariencias puede ser menos frecuente de lo que cualquier chico imagina, y es una cualidad que él mismo espera desarrollar en su interior.

Capítulo 58

Con el coche aparcado bajo las brillantes luces del bar de carretera, frente al restaurante, Billy Wiles comía Hershey's y Planters y cavilaba acerca de Steve Zillis.

Las pruebas contra Zillis, aunque circunstanciales, parecían confirmar sus sospechas mucho más que cualquiera de las que utilizó John Palmer para justificar su ataque a Billy.

No obstante, le preocupaba estar a punto de entrar en acción contra un hombre inocente. Los maniquíes, la pornografía sádica y el estado general de la casa de Zillis demostraban que era un ser morboso y quizá incluso perturbado, pero nada de eso probaba que hubiera matado a nadie.

La experiencia de Billy a manos de Palmer lo había dejado marcado para buscar siempre la certeza.

Esperando encontrar un hecho que fortaleciera el caso, aunque fuera algo mínimo, Billy tomó el periódico que había comprado en Napa y que desde entonces no había tenido tiempo de leer. La historia que salía en primera plana era el asesinato de Giselle Winslow.

De manera infantil, esperaba que los policías hubieran encontrado un cabo de cereza anudado cerca del cadáver. En cambio, lo que le llamó la atención del artículo, lo que *voló* hacia él tan rápido como un murciélago, fue el hecho de que la mano izquierda de Winslow había sido cortada. El psicópata se había llevado un *souvenir*, esta vez no un rostro, sino una mano.

Lanny no lo había mencionado. Pero cuando el policía apareció en el estacionamiento del bar mientras Billy tomaba la segunda nota del limpiaparabrisas del Explorer, el cuerpo de Winslow apenas acababa de ser descubierto. Aún no se habrían difundido todos los detalles por la línea de emergencias del departamento.

De manera inevitable, Billy recordó la nota pegada a la heladera diecisiete horas antes y que él había ocultado en su ejemplar de *En nuestro tiempo*. El mensaje decía: «Un socio mío irá a verte a las 11:00. Espéralo en la galería delantera».

En su memoria podía ver las últimas líneas de esa nota, que le resultaron desconcertantes en su momento pero que ahora no lo eran tanto.

> *Pareces enfadado.*
> *¿Acaso no te he tendido la mano de la amistad?*
> *Sí, lo he hecho.*

Incluso en una primera lectura, esas líneas parecían una broma, una burla. Ahora lo sentía como un abucheo que lo desafiaba a aceptar que lo había superado totalmente.

En algún lugar de su casa, la mano cercenada esperaba ser descubierta por la policía.

Capítulo 59

Un hombre y una mujer, una pareja de camioneros en vaqueros, camisetas y gorras de béisbol —la de él decía FIERA, la de ella DIOSA DEL CAMINO—, salieron del restaurante. El hombre se hurgaba los incisivos con un escarbadientes, mientras ella bostezaba y se estiraba.

Sentado ante el volante del Explorer, Billy se encontró estudiando las manos de la mujer, pensando en lo pequeñas que eran, en lo fácil que sería esconder una de ellas.

En el desván. Bajo el suelo de madera. Detrás del horno. Al fondo de un armario. En el espacio libre debajo de cualquiera de los porches. Quizá en la cochera, en la cajonera del taller. Conservada en formaldehído o no.

Si una de las manos de la víctima estaba oculta en su propiedad, ¿por qué no también otra parte de ella? ¿Qué recuerdo habría conservado el psicópata de la pelirroja, y dónde lo habría puesto?

Billy tuvo la tentación de conducir de inmediato hacia su casa para revisar a fondo la vivienda, de punta a punta. Para ello necesitaría lo que quedaba de noche y toda la mañana siguiente si quería encontrar esos horrores colocados allí para incriminarlo.

Y si no los encontraba, ¿también se pasaría el resto de la tarde buscando? ¿Cómo podría evitarlo?

Una vez comenzada la búsqueda, se sentiría impulsado, obsesionado por continuar hasta descubrir el truculento grial.

Según su reloj era la 1:36 de la madrugada del jueves. Para la medianoche señalada quedaban poco más de veinticuatro horas.

Mi último asesinato: medianoche del jueves.

Billy estaba funcionando a base de cafeína y chocolate, de Anacin y Vicodin. Si se pasaba el día registrando frenéticamente en busca de pedazos de cuerpos, si para el crepúsculo no había logrado identificar al psicópata ni lograba descansar un poco, estaría física, mental y emocionalmente extenuado; en semejantes condiciones, no sería un guardián solvente para Barbara.

No debía perder tiempo buscando la mano.

Por otra parte, mientras leía el periódico por segunda vez, recordó otra cosa además de la nota pegada a la heladera: el maniquí con seis manos.

Los puños en el extremo de sus brazos sostenían cuchillos para cortar carne que habían sido clavados en su cuello.

Sus pies habían sido reemplazados por manos, para sostener mejor la barra de hierro con punta de lanza con la que se violaba a sí mismo.

A otro maniquí le habían *cercenado* un tercer par de manos, que brotaban de los pechos del espécimen de seis manos como si fuera una representación obscena de la diosa hindú Kali.

A pesar de que otros tres maniquíes de aquella habitación presentaban un número normal de manos, el de seis sugería que Zillis podía tener una fijación fetichista por las manos.

En las fotografías de las portadas de los videos pornográficos, las manos de las mujeres solían estar reducidas. Con esposas. Con cuerda. Con cintas de cuero firmemente apretadas.

El hecho de que una mano de Giselle Winslow se hubiese cortado como recuerdo parecía significativo, cuando no condenatorio.

Billy estaba extendiéndose. Ampliando su perspectiva. No tenía suficiente cuerda para elaborar la soga de Steve Zillis.

¿Acaso no te he tendido la mano de la amistad? Sí, lo he hecho.

Humor ordinario, juvenil. Billy podía ver a Zillis gesticulando, lo podía escuchar diciendo esas mismas palabras. Las podía escuchar pronunciadas con esa voz de chulo, bromista, típica del camarero que ofrece espectáculo.

De repente parecía que gran parte de las actuaciones de Zillis en el bar tenían sus manos como protagonistas. Era muy hábil. Hacía malabarismos con aceitunas y otras cosas. Conocía trucos de cartas, todos de prestidigitación. Podía hacer «caminar» una moneda entre sus nudillos, hacerla desaparecer.

Nada de esto ayudaba a Billy a preparar la soga.

Pronto serían las dos. Si iba detrás de Zillis, prefería hacerlo bajo la protección de la noche.

La venda sobre las heridas de la perforación de su mano había sido expuesta a una rigurosa prueba. Se había agrietado en los bordes, deshilachándose.

Abrió el paquete de gasas y se colocó otra capa sobre la primera, preguntándose si era significativo que la prometida segunda herida fuese un clavo en su *mano*.

Si iba detrás de Zillis, tendría en primer lugar una conversación con él. Nada más. Nada peor. Sólo una conversación seria.

En el caso de que Zillis fuera el psicópata, las preguntas deberían hacerse a punta de pistola.

Desde luego, si el chico no demostraba ser nada más que un morboso enfermo, no sería comprensivo; se molestaría. Querría presentar cargos por allanamiento de morada, o lo que fuera.

La única manera de mantenerlo tranquilo sería intimidarlo. No se dejaría intimidar con facilidad, a menos que Billy le hiciera tanto daño como para que le prestara atención y a menos que él creyera que le lastimaría todavía más si llamaba a la policía.

Antes de ir tras Zillis, Billy tenía que estar seguro de poder atacar a un hombre inocente y amenazarlo para mantenerlo en silencio.

Flexionó y abrió su mano izquierda, ligeramente rígida. La flexionó y la abrió.

Aquí se le presentaba una opción no del todo forzada: podía pasar a la acción, lastimar e intimidar a un hombre inocente... o demorarse, pensar, esperar a que se desarrollaran los acontecimientos y, por consiguiente, posiblemente poner a Barbara en un peligro mayor.

Tú eliges.

Siempre había sido así. Siempre lo sería. Actuar o no actuar. Esperar o marcharse. Cerrar una puerta o abrirla. Retirarse de la vida o entrar en ella.

No tenía horas ni días para analizar el dilema. De cualquier manera, si contara con más tiempo sólo lograría perderse en el análisis.

Buscó la sabiduría aprendida de experiencias difíciles y que fuera aplicable a esta situación, pero no encontró nada. La única sabiduría es la sabiduría de la humildad.

A fin de cuentas, podía tomar una decisión basada nada más que en la pureza de su motivo. Pero posiblemente incluso no conocía la verdad completa de su motivo.

Arrancó el motor. Se alejó del bar de carretera.

No podía encontrar la luna, esa finísima media luna. Estaría a sus espaldas.

Capítulo
60

A las 2:09 de la madrugada, Billy estacionó en una tranquila calle residencial, a dos manzanas y media de la casa de Steve Zillis.

Las copas bajas de los árboles colgaban bajo las luces de calle, y a través del amarillo artificial de las veredas, las sombras de las hojas se derramaban como un tesoro de monedas negras.

Caminaba sin prisa, como si fuera un insomne que sale a pasear en esas horas muertas.

Las ventanas de las casas estaban oscuras, las luces de las galerías apagadas. No veía pasar coches.

La tierra ya había devuelto una buena cantidad del calor acumulado durante el día. La noche no era calurosa ni fría.

El cuello retorcido de la bolsa del pan estaba enganchado a su cinturón, y la otra bolsa, con un paño, colgaba de su lado izquierdo. Ahí dentro llevaba las esposas, la pequeña lata de gas paralizante y la pistola eléctrica.

Suspendida del cinturón y rozando la pierna derecha iba la pistolera Wilson Combat. Su contenido era la pistola cargada.

Se había sacado la camiseta por fuera de los pantalones para llevarla holgada. La camiseta ocultaba un poco la pistola. A unos pocos metros, de noche, nadie reconocería la forma delatora del arma.

Cuando llegó a la casa de Zillis, abandonó la vereda para pasar al camino de acceso y entonces siguió la pared de eucaliptos hasta más allá de la cochera.

En la fachada, la casa aparecía oscura tras las persianas bajadas; en cambio, en algunas ventanas traseras brillaban tenues luces. El dormitorio de Zillis, su baño.

Billy se detuvo en el jardín trasero, estudiando la propiedad, atento a cada matiz de la noche. Dejó que sus ojos olvidaran la luz de la calle y se adaptaran mejor a la oscuridad.

Volvió a meterse la camiseta dentro de los vaqueros, para tener el estuche de la pistola a mano.

De un bolsillo sacó un par de guantes de látex y embutió sus manos en ellos.

El vecindario estaba tranquilo. Las casas no distaban mucho entre sí. Debía tener cuidado de no hacer ruido cuando entrara. Se podría escuchar cualquier grito, así como un disparo de pistola no bien ensordecido por una almohada.

Abandonó el jardín y entró en el patio cubierto, en el que se hallaba una silla de aluminio. No había mesa, ni barbacoa, ni macetas.

A través de los cristales de la puerta trasera podía ver la cocina iluminada sólo por dos relojes digitales, uno sobre el horno y otro sobre el microondas.

Aflojó la bolsa del pan del cinturón y sacó de ella la lata de gas paralizante. El paño de cocina suavizaba el sonido de las esposas al entrechocar. Cerró la bolsa y la volvió a atar con firmeza al cinturón.

En su primera visita había robado una llave de repuesto del cajón de la cocina. La introdujo con mucho cuidado, la hizo girar despacio, preocupado por si la cerradura era ruidosa y por si el sonido se pudiera oír por la pequeña casa.

La puerta se abrió con facilidad. Las bisagras susurraron por la corrosión pero no chirriaron.

Entró y cerró la puerta tras sí.

Durante un minuto no se movió. Sus ojos estaban bien acostumbrados a la oscuridad, pero todavía necesitaba orientarse.

Su corazón se aceleró. Tal vez fuera en parte por culpa de las pastillas de cafeína.

Mientras cruzaba la cocina, las suelas de goma de sus Rockports chirriaron levemente sobre el suelo de vinilo. Se estremeció pero siguió andando.

El salón tenía una alfombra. Dio dos pasos silenciosos sobre ella antes de volver a detenerse para orientarse.

El desprecio de Zillis hacia el mobiliario era una bendición. No había demasiados obstáculos de los que preocuparse en la oscuridad.

Billy escuchó unas débiles voces. Alarmado, prestó atención. No podía descifrar lo que estaban diciendo.

Como esperaba encontrar solo a Zillis, consideró la posibilidad de retirarse. Pero tenía que averiguar más.

Un resplandor apagado marcaba la entrada al pasillo que salía del salón hacia los dos dormitorios y el baño. Las luces del pasillo estaban apagadas, pero un resplandor suave entraba por las puertas abiertas de las dos últimas habitaciones, al fondo.

Éstas estaban enfrentadas. Tal como lo recordaba Billy, la de la izquierda era el baño; el dormitorio de Zillis estaba a la derecha.

A juzgar por el tono y el timbre, no por el contenido, pensó que había dos voces, una de hombre y otra de mujer.

Sostuvo el gas en su mano derecha, con el pulgar bajo la perilla de seguridad, directamente sobre el botón disparador.

El instinto le susurró que era mejor cambiar el gas por la pistola. No todo instinto era más fiable que la razón. Si comenzaba a disparar a Zilllis, no tendría adónde ir. Primero debía reducirlo, no herirlo.

Moviéndose a lo largo del pasillo, pasó el matadero improvisado donde los maniquíes se sentaban con sus mutilaciones sin sangre.

A medida que las escuchaba mejor, las voces presentaban un tono cada vez más fingido. Eran actores compartiendo una mala representación. El sonido vagamente metálico sugería que provenían de los altavoces de una televisión barata.

La mujer de pronto gritó de dolor, pero con sensualidad, como si su dolor fuese también de placer.

Billy casi había alcanzado el final del pasillo cuando Steve Zillis salió del baño, desde la izquierda.

Descalzo, con el torso desnudo y con los pantalones del pijama, se lavaba los dientes, apresurándose para ver lo que sucedía en la televisión de su habitación.

Sus ojos se agrandaron al ver a Billy. Habló con la boca ocupada por el cepillo:

—¿Qué demon...

Billy le arrojó el gas paralizante.

El gas que utiliza la policía es altamente efectivo hasta una distancia de seis metros, aunque lo ideal es cuatro. Steve Zillis estaba a tres metros de Billy.

El gas sobre la boca y la nariz inhibe un poco al atacante. Sólo se le puede detener rápida y eficazmente si se le echa de manera abundante en los ojos.

El aerosol alcanzó ambos ojos de lleno y también las fosas nasales.

Zillis dejó caer el cepillo de dientes, se cubrió los ojos con las manos demasiado tarde y se apartó a ciegas de Billy. Chocó de inmediato con la pared del pasillo. Emitiendo unos desesperados silbidos, se inclinó, con arcadas, y escupió grumos de espuma de dentífrico como si fuera un perro rabioso.

La picazón en sus ojos era infernal, sus pupilas estaba tan abiertas que sólo podía ver un fortísimo y borroso brillo, ni siquiera la forma de su atacante, ni siquiera una sombra. Su garganta también ardía a causa del gas que había pasado por la nariz, y sus pulmones intentaban expulsar cada una de las bocanadas contaminadas que había inhalado.

Billy se aproximó agazapado, agarró el dobladillo de una pernera del pijama y tiró de la pierna izquierda hacia abajo.

Lanzando sus garras al aire en busca de una pared, un umbral, algo que le ofreciera equilibrio, y sin encontrar nada, Zillis cayó con todo su peso, haciendo vibrar los tablones de madera.

Entre jadeos y resuellos, entre ataques de asfixia, gritó por el dolor de sus ojos, el punzante brillo.

Billy sacó la pistola de nueve milímetros y le golpeó con la empuñadura, lo suficiente para que le doliera.

Zillis aulló y Billy le advirtió:

—Tranquilízate o te volveré a pegar más fuerte.

Cuando Zillis lo maldijo, Billy le golpeó con la pistola una vez más, no tan fuerte como había prometido, pero al menos hizo que le quedara clara la idea.

—De acuerdo —dijo Billy—. Está bien. No verás bien durante veinte minutos, media hora...

Todavía inhalando en rápidos y superficiales jadeos, exhalando entre temblores, Zillis le interrumpió:

—Dios santo, estoy ciego, estoy...

—No es más que gas paralizante.

—¿Pero estás *chiflado?*

—Es gas paralizante. No tiene efectos secundarios.

—Estoy ciego —insistió Zillis.

—Tú quédate ahí.

—Estoy ciego.

—No estás ciego. No te muevas.

—Mierda. ¡Esto *duele!*

Un hilo de sangre se deslizó desde la coronilla de Zillis. Billy no le había golpeado fuerte, pero la piel se había abierto.

—No te muevas, escúchame —dijo Billy—, coopera y acabaremos con esto, todo irá bien.

Comprendió que ya estaba consolando a Zillis como si la inocencia de este hombre fuera una conclusión evidente.

Hasta ahora, parecía haber una manera de hacer esto. Una manera de hacerlo incluso si Zillis resultaba no ser el psicópata, y retirarse con las mínimas consecuencias.

En su imaginación, no obstante, el primer encuentro no había sido tan violento. Una rociada de gas, Zillis reducido al instante, obediente. Tan fácil era planearlo.

Apenas acababa de comenzar y la situación ya parecía fuera de control.

Luchando por parecer seguro, Billy dijo:

—No quieres salir herido, así que limítate a quedarte ahí hasta que te diga qué hacer después.

Zillis resolló.

—¿Me oyes? —preguntó Billy.

—Mierda, sí, ¿cómo no voy a oírte?

—¿Me comprendes?

—Te recuerdo que estoy ciego, no sordo.

Billy fue al baño, abrió la canilla del lavatorio y miró alrededor.

No vio lo que necesitaba, pero sí algo que no quería ver: su reflejo en el espejo. Esperaba verse frenético, incluso peligroso, y así fue. Esperaba verse asustado, y así fue. No esperaba ver el potencial para el mal, pero lo vio.

Capítulo 61

En la televisión del dormitorio, un hombre desnudo con una máscara negra azotaba los pechos de una mujer con un manojo de tiras de cuero.

Billy apagó la televisión.

—Cuando pienso que manipulas los limones que cortas para las bebidas me dan ganas de vomitar.

Tirado e incapacitado en el pasillo, Zillis no lo oyó o fingió no hacerlo.

La cama no tenía cabecera ni nada a los pies. El colchón y el somier descansaban sobre un marco de metal con ruedas.

Como Zillis no se preocupaba por detalles como edredones o puntillas, el marco de la cama estaba a la vista.

Billy tomó las esposas de la bolsa del pan y enganchó una a la barra del marco de la cama.

—Ponte a cuatro patas —dijo—. Arrástrate hacia mi voz.

Sin moverse del suelo del pasillo, respirando con menos dificultad pero todavía haciendo mucho ruido, Zillis escupió enérgicamente sobre la alfombra. Su torrente de lágrimas había llevado el gas químico hasta sus labios, y el sabor amargo se le había metido en la boca.

Billy fue hacia él y le puso la punta de la pistola contra la nuca. Zillis se puso muy rígido, resollando levemente.

Billy preguntó:

—¿Sabes lo que es esto?

—Hombre.

—Quiero que te arrastres hasta el dormitorio.

—Mierda.

—Estoy hablando en serio.

—De acuerdo.

—Hasta los pies de la cama.

A pesar de que la única luz del dormitorio procedía de una débil lámpara que había sobre la mesa de luz, Zillis entrecerró los ojos ante la punzante y cegadora claridad a medida que gateaba hacia la cama.

Billy tuvo que orientarlo dos veces. Entonces le ordenó:

—Siéntate en el suelo de espaldas a los pies de la cama. Así. Palpa junto a ti con la mano izquierda. Un par de esposas cuelga de la barra de la cama. Ya sabes lo que tienes que hacer.

—No me hagas esto, hombre. —Los ojos de Zillis lagrimeaban copiosamente. Los fluidos borboteaban en sus fosas nasales—. ¿Por qué? ¿Qué es esto?

—Coloca tu muñeca izquierda dentro del brazalete libre.

—Esto no me gusta —dijo Zillis.

—No tiene por qué gustarte.

—¿Qué es lo que vas a hacerme?

—Eso depende. Ahora colócatelo.

Después de que Zillis lidiara torpemente con las esposas, Billy se agachó para comprobar el doble cerrojo, que estaba bien asegurado. Zillis todavía no podía ver lo suficiente como para arremeter contra él o intentar quitarle el arma.

Si quería, Steve podía arrastrarse con la cama por el dormitorio. La podía levantar con esfuerzo, deshacerse del colchón y el somier y desmontar con paciencia el marco atornillado hasta que pudiera deslizar y liberar las esposas. Pero no se podía mover con rapidez.

La alfombra tenía un aspecto sucio. Billy no tenía intención de sentarse o arrodillarse en ella.

Fue hacia el armario que había en la zona de comer de la cocina y regresó con la única silla con respaldo que había en la casa. La colocó frente a Zillis, fuera de su alcance, y se sentó.

—Billy, me estoy muriendo aquí.

—No te estás muriendo.

—Tengo miedo por mis ojos. Todavía no puedo ver.

—Quiero hacerte algunas preguntas.

—¿Preguntas? ¿Estás loco?

—Estoy medio loco, sí —admitió Billy.

Zillis tosió. Esa única tos se convirtió en un ataque de tos, que pasó a ser un temible ahogo. No estaba fingiendo nada.

Billy esperó.

Cuando Zillis pudo hablar, su voz era ronca y temblorosa:

—Me estás pegando un susto horrible, Billy.

—Bien. Ahora quiero que me digas dónde guardas tu pistola.

—¿Pistola? ¿Para qué quiero una pistola?

—Ésa con la que le disparaste.

—¿Con la que le disparé? ¿A quién le disparé? No le disparé a nadie. Dios, Billy.

—Le disparaste en la frente.

—No. De ninguna manera. Yo no, hombre. —Sus ojos nadaban en lágrimas provocadas por el gas químico, de modo que no podía leerse en ellos engaño alguno. Pestañeó una y otra vez, tratando de ver—. Escucha, si esto es alguna clase de broma pesada...

—Tú eres el bromista —respondió Billy—. No yo. Tú eres el que representa.

Zillis no reaccionó ante la palabra. Billy se acercó a la mesita y abrió el cajón.

—¿Qué estás haciendo? —preguntó Zillis.

—Buscando la pistola.

—No hay *ninguna* pistola.

—No había ninguna antes, cuando no estabas aquí, pero ahora sí debe de estar. Seguro que la tienes siempre a mano.

—¿Has estado aquí antes?

—Te revuelcas en toda clase de mierda, ¿no es así, Steve? Tenía ganas de darme una ducha bien caliente cuando salí de aquí.

Billy abrió la puerta de la mesilla y hurgó en su interior.

—¿Qué piensas hacer si no encuentras una pistola?

—Quizá te clave la mano al suelo y te corte los dedos uno por uno.

Zillis parecía como si estuviera a punto de echarse a llorar en serio.

—Oh, hombre, no me vengas con locuras de mierda. ¿Qué es lo que te he hecho? No te he hecho nada.

Mientras abría la puerta del armario, Billy dijo:

—Cuando estuviste en mi casa, Stevie, ¿dónde escondiste la mano cercenada?

Zillis dejó escapar un gruñido y comenzó a sacudir la cabeza:

—No, no, no, no.

El estante que había en el armario encima de la ropa colgada se encontraba justo a la altura de los ojos. Mientras Billy palpaba en busca de la pistola, dijo:

—¿Y qué más escondiste en mi casa? ¿Qué le cortaste a la pelirroja? ¿Una oreja? ¿Un pecho?

—No sé de qué va esto —dijo Zillis tembloroso.

—¿No?

—Tú eres Billy Wiles, por el amor de Dios.

Regresó a la cama en busca de la pistola y palpó entre el colchón y el somier, algo que no hubiese tenido estómago para hacer de no llevar los guantes puestos.

—Tú eres *Billy Wiles* —repitió Zillis.

—Eso quiere decir... ¿que crees que no sé cómo cuidarme?

—No he hecho nada, Billy. Nada.

Mientras rodeaba la cama, Billy espetó:

—Bueno, sé cómo cuidarme solo, de acuerdo, aunque no destaque especialmente por tener *chispa*.

Reconociendo sus propias palabras, Zillis respondió:

—No quise decir nada con eso. ¿Pensaste que era un insulto? No era mi intención.

Billy registró entre el colchón y el somier una vez más. Nada.

—Soy de decir cosas, Billy. Ya sabes cómo soy. Siempre estoy bromeando. Tú me conoces. Diablos, Billy, soy un imbécil. Tú *sabes* que soy un imbécil, todo el tiempo hablando, la mitad del tiempo sin escuchar lo que digo.

Billy volvió a sentarse en la silla.

—¿Puedes verme mejor, Stevie?

—No demasiado, no. Necesito un pañuelo.

—Usa la sábana.

Con su mano libre, Zillis tiró hasta dejar libre la delgada sábana enrollada a los pies de la cama. Liberó un borde de la sábana, se limpió la cara con ella y se sonó la nariz.

Billy dijo:

—¿Tienes un hacha?

—Oh, Dios.

—¿Dónde está el hacha, Stevie?

—No.

—Sé sincero conmigo, Stevie.

—Billy, no.

—¿Tienes un hacha?

—No me hagas esto.

—¿Tienes un hacha, Stevie?

—Sí —admitió Zillis, y un sollozo de espanto se escapó de su boca.

—O eres un actor de primera o en realidad no eres más que el pobre y bobo Steve Zillis —dijo Billy, y era esta última posibilidad la que había empezado a preocuparlo.

Cuando destrozas maniquíes en el jardín, ¿sueñas que son mujeres de verdad? —preguntó Billy.

—Sólo son maniquíes.

—¿Te gusta cortar sandías porque son rojas por dentro? ¿Te gusta ver explotar la carne roja, Stevie?

Zillis parecía atónito.

—¿Qué? ¿Ella te lo contó? ¿Qué es lo que te dijo?

—¿Quién es «ella», Stevie?

—La vieja perra de al lado. Celia Reynolds.

—No estás en una posición como para llamar a nadie vieja perra —respondió Billy—. Para nada.

Zillis parecía arrepentido. Asintió, ávido por darle la razón.

—Tienes razón. Lo siento. Ella está sola, es eso. Lo sé. Pero Billy, es una vieja *entrometida.* No puede evitar meterse en asuntos ajenos. Siempre está en la ventana, mirando tras las persianas. No puedes salir al jardín sin que te observe.

—Y haces muchas cosas que te conviene que nadie vea, ¿no es así, Stevie?

—No. Yo no hago nada. Sólo quiero un poco de privacidad. Un par de veces le di un espectáculo con el hacha. Me hice el loco. Sólo para asustarla.

—Para asustarla.

—Sólo para que se metiera en sus propios asuntos. Lo hice sólo tres veces, y la tercera le hice *saber* que era un espectáculo, le di a entender que sabía que me observaba.

—¿Cómo se lo hiciste saber?

—No estoy orgulloso de eso ahora.

—Estoy seguro de que hay muchas cosas de las que no estás orgulloso, Stevie.

—Le hice un gesto con el dedo —contestó Zillis—. La tercera vez corté con un hacha una sandía y un maniquí, y no *sueño* con que sean otra cosa más que lo que son, y caminé hasta la verja divisoria y le hice un gesto con el dedo durante un buen rato.

—Una vez destrozaste una silla.

—Sí. Lo hice. ¿Y qué?

—La silla sobre la que estoy sentado es la única que tienes.

—Antes tenía dos. Sólo necesito una. Sólo era una *silla*.

—Te gusta ver sufrir a las mujeres —dijo Billy.

—No.

—¿Entonces esta tarde *encontraste* los videos porno bajo la cama? Un duendecito los puso ahí, ¿verdad Stevie? ¿Llamamos a Orkin para pedirle que mande un exterminador de duendes?

—No son mujeres de verdad.

—Tampoco son maniquíes.

—Quiero decir que no las hacen daño en serio. Están actuando.

—Pero a ti te gusta observarlas.

Zillis no respondió. Bajó la cabeza.

En cierto sentido, era más fácil de lo que Billy esperaba. Pensaba que hacer preguntas personales y desagradables y escuchar cómo un ser humano, abatido y humillado, se justificaba resultaría tan perturbador que no sería capaz de mantener un interrogatorio productivo. Ahora, en cambio, tenía un sentimiento de poder que le daba confianza. Y satisfacción. La facilidad de la situación le sorprendía. La facilidad de la situación lo asustaba.

—Son videos muy puercos, Stevie. Son muy enfermos.

—Sí —contestó Zillis suavemente—. Lo son, ya lo sé.

—¿Alguna vez has grabado videos de ti haciendo daño a mujeres de la misma forma?

—No. Dios, no.

—Estás susurrando, Stevie.

Levantó el mentón, pero no miró a Billy.

—Nunca he hecho daño a ninguna mujer de esa manera.

—¿Nunca? ¿Nunca has lastimado a una mujer de esa manera?

—No. Lo juro.

—¿Entonces cómo las lastimas, Stevie?

—No he hecho nunca eso. No podría.

—Eres un adorable monaguillo, ¿es eso?

—Me gusta... mirar.

—¿Mirar cómo hacen daño a mujeres?

—Me gusta mirar, ¿de acuerdo? Pero me avergüenza.

—No me parece que te avergüence para nada.

—Pero es así. Me avergüenza. No siempre en el momento, pero sí después.

—¿Después de qué?

—Después... de mirar. Así no es... Oh, hombre. Así no es como quiero ser.

—¿Quién quisiera ser lo que eres, Stevie?

—No lo sé.

—Nómbrame una persona. Una persona que quisiera ser como tú.

—Tal vez nadie —dijo Zillis.

—¿Cuánto te avergüenza? —insistió Billy.

—He tirado los videos. Miles de veces. He llegado a destruirlos. Pero después, ya sabes... después de un tiempo, compro videos nuevos. Necesito ayuda para acabar con esto.

—¿Alguna vez has buscado ayuda, Stevie?

Zillis no respondió.

—¿Alguna vez has buscado ayuda? —presionó Billy.

—No.

—Si de verdad quieres acabar con ello, ¿por qué no has buscado ayuda?

—Pensé que podría por mi cuenta. Pensé que podría.

Zillis se echó a llorar. Tenía los ojos todavía irritados por el gas, pero aquéllas eran lágrimas verdaderas.

—¿Por qué hiciste esas cosas con los maniquíes del otro cuarto, Stevie?

—No puedes entenderlo.

—Sí, sólo soy el pesado de Billy Wiles, no tengo *chispa,* pero de cualquier manera inténtalo.

—Lo que les hice no quiere decir nada.

—Para algo que no significa nada, estoy seguro de que inviertes bastante tiempo y energía en el asunto.

—No voy a hablar del tema. No lo voy a hacer. —No se negaba tanto como suplicaba—. No lo voy a hacer.

—¿Eso te hace sonrojar? ¿Stevie? ¿Acaso ofende tu tierna sensibilidad?

Ahora Zillis lloraba sin interrupción. No eran los sollozos que provoca el dolor, sino las continuas y ardientes lágrimas de la humillación, de la vergüenza. Como pudo, dijo:

—Hacerlo no es lo mismo que hablarlo.

—Quieres decir lo que haces con los maniquíes —aclaró Billy.

—Tú puedes... puedes volarme los sesos, pero no hablaré de eso. No *puedo.*

—¿Cuando mutilas los maniquíes te excitas, Stevie? ¿Te pones *duro* de excitación?

Zillis meneó la cabeza y luego la agachó.

—¿Hacerlo y hablarlo son cosas tan distintas? —preguntó Billy.

—Billy. Billy, *por favor.* No quiero escucharme, no quiero escucharme hablar de eso.

—Porque cuando lo haces, es sólo algo que haces. Pero si lo dices, entonces significa que *tú* eres eso.

La expresión de Zillis confirmó que Billy había dado en el clavo.

No se podía ganar gran cosa destrozando maniquíes. Eran lo que eran. Restregar a Steve Zillis su perversión podía ser contraproducente.

Billy todavía no había obtenido lo que necesitaba, lo que había ido a demostrar.

Estaba al mismo tiempo cansado y tenso, necesitado de sueño y nervioso por la cafeína. Por momentos le dolía la mano perforada; el Vicodin había comenzado a perder su efecto.

A causa de la fatiga disimulada con productos químicos, posiblemente no estaba llevando el interrogatorio con suficiente astucia.

Si Zillis era el psicópata, era un genio fingiendo.

Pero justamente eso es lo que *son* los sociópatas: arañas voraces con un talento asombroso para proyectar una imagen convincente de un ser humano complejo que oculta una realidad de cálculo gélido e intención rapaz.

Billy dijo:

—Cuando haces lo que haces a los maniquíes, cuando ves esos vídeos morbosos, ¿alguna vez piensas en Judith Kesselman?

Durante el interrogatorio, Zillis se había sorprendido más de una vez, pero esta pregunta lo impactó. Inyectados en sangre a causa del efecto residual del gas paralizante, sus ojos se abrieron. Su cara empalideció y perdió toda expresión, como si acabara de recibir un golpe.

Capítulo 63

Zillis estaba encadenado a la cama. Billy libre sobre la silla, pero con un sentimiento cada vez más claro de estar atrapado por la capacidad evasiva de su prisionero.

—¿Stevie? Te he hecho una pregunta.

—¿Qué *es* esto? —preguntó Zillis con evidente seriedad e incluso con un leve deje de indignación justificada.

—¿Qué es qué?

—¿Por qué has venido aquí? No comprendo qué *haces* aquí, Billy.

—¿Piensas en Judith Kesselman? —insistía Billy.

—¿Cómo sabes de ella?

—¿Cómo crees que lo sé?

—Contestas a las preguntas con preguntas, pero se supone que *yo* tengo que dar buenas respuestas para todo.

—Pobre Stevie. ¿Qué hay de Judith Kesselman?

—Algo le sucedió.

—¿Qué le sucedió, Stevie?

—Fue en la universidad. Cinco... hace cinco años y medio.

—¿Sabes lo que le sucedió, Stevie?

—Nadie lo sabe.

—Alguien sí —respondió Billy.

—Ella desapareció.

—¿Como en un juego de magia?

—Sencillamente desapareció.

—Era una chica tan encantadora, ¿verdad?

—Todos la querían —dijo Zillis.

—Una chica tan encantadora, tan inocente. Las inocentes son más deliciosas, ¿no es así, Stevie?

Frunciendo el ceño, Zillis dijo:

—¿Deliciosas?

—Las inocentes... son las más suculentas, las más satisfactorias. Sé lo que sucedió con ella —aseguró Billy, pretendiendo insinuar que sabía que Zillis la había secuestrado y asesinado.

Un escalofrío tan intenso atravesó a Steve Zillis que las esposas se sacudieron con su impulso contra el marco de la cama.

Satisfecho con la reacción, Billy dijo:

—Lo sé, Stevie.

—¿Qué? ¿Qué es lo que sabes?

—Todo.

—¿Lo que le ocurrió?

—Sí. Todo.

Zillis había permanecido sentado con la espalda contra la cama y las piernas estiradas en el suelo. De pronto encogió las rodillas contra su pecho.

—Oh, Dios. —Un gruñido de sufrimiento abyecto escapó entre sus labios.

—Exactamente todo —dijo Billy.

La boca de Zillis se aflojó y su voz se volvió trémula.

—No me hagas daño.

—¿Qué crees que podría hacerte, Stevie?

—No lo sé. No quiero pensarlo.

—Eres tan imaginativo, tienes tanto talento a la hora de maquinar maneras de hacer daño a mujeres, ¿pero de pronto no quieres *pensar*?

Ahora temblando de forma continuada, Zillis preguntó:

—¿Qué es lo que quieres de mí? ¿Qué puedo hacer?

—Quiero hablar de lo que sucedió con Judith Kesselman.

Cuando Zillis comenzó a sollozar como un niño pequeño, Billy se levantó de la silla. Sentía que se acercaba a algo importante.

—¿Stevie?

—Vete.

—Sabes que no lo haré. Hablemos de Judith Kesselman.

—No quiero hacerlo.

—Creo que sí quieres. —Billy no siguió acercándose a Zillis, sino que se acuclilló frente a él, llegando casi a su misma altura—. Creo que tienes muchas ganas de hablar de ella.

Zillis sacudió la cabeza con violencia.

—No. No. Si hablamos de ella seguro que me matas.

—¿Por qué lo dices, Stevie?

—Tú lo sabes.

—¿Por qué dices que voy a matarte?

—Porque entonces sabré demasiado, ¿no es eso?

Billy contempló a su prisionero, tratando de interpretarlo.

—Tú lo hiciste —dijo Zillis con un gruñido.

—¿Hice qué?

—Tú la mataste, y no sé por qué, no lo comprendo, pero ahora vas a matarme a mí también.

Billy respiró hondo y sonrió.

—¿Qué es lo que has hecho?

Zillis se limitó a sollozar como toda respuesta.

—Stevie, ¿qué es lo que has hecho contigo?

Zillis apretaba sus rodillas contra el pecho. Después volvió a estirar las piernas.

—¿Stevie?

La entrepierna del pijama se había oscurecido por la orina. Se había hecho pis encima.

CAPÍTULO
64

Algunos monstruos son más patéticos que asesinos. Sus guaridas no son tales en el sentido estricto de la palabra porque no acechan allí. Les gustan las madrigueras en mal estado, con el mobiliario mínimo y los objetos de su deforme sentido de la belleza. Sólo esperan poder satisfacer sus fantasías mutantes y vivir sus monstruosas vidas en la mayor paz que puedan encontrar, que es escasa, ya que se atormentan a sí mismos incluso cuando el resto del mundo los deja tranquilos.

Billy se resistía a pensar que Steve Zillis pertenecía a este patético linaje.

Si admitía que Zillis no era un sociópata homicida, debía aceptar que había desperdiciado muchísimo tiempo en la persecución de un lobo, presumiblemente feroz, que en realidad era un perro manso.

Y lo que era peor: si Zillis no era el psicópata, Billy no tenía ni idea de cómo seguir adelante. Todas las pistas parecían apuntar en una única dirección. Las pistas circunstanciales.

Y lo peor de todo: si el asesino no estaba en ese momento delante de él, entonces él se había rebajado a aquella brutalidad sin sentido.

Por consiguiente, continuó un rato más interrogando y acosando a su prisionero, pero al momento la contienda entre ambos parecía más bien un acto de opresión. Un torero no cosecha gloria

337

cuando el toro, atravesado por las banderillas y lanceado por el picador, pierde todo su ánimo y se muestra apático ante la muleta roja.

Poco después, ocultando su cada vez mayor desesperación, Billy se sentó de nuevo en la silla y planteó su último interrogante, con la esperanza de que surgiera la trampa cuando menos lo esperara.

—¿Dónde has estado esta noche, Steve?

—Lo sabes. ¿No lo sabes? Estuve en el bar, cubriendo tu turno.

—Sólo hasta las nueve. Jackie dice que has estado trabajando desde las tres hasta las nueve porque tenías cosas que hacer antes y después.

—Así es. Tenía cosas.

—¿Dónde has estado entre las nueve y la medianoche?

—¿Qué importa?

—A mí me importa —aseguró Billy—. ¿Dónde estabas?

—Vas a hacerme daño... de todas formas vas a matarme.

—No voy a matarte, y yo no maté a Judith Kesselman. Estoy seguro de que tú la mataste.

—¿*Yo?* —Su sorpresa sonaba tan real como cualquiera de las reacciones suyas desde que comenzaran con aquello.

—Eres realmente bueno en esto —afirmó Billy.

—¿Bueno en qué? ¿Matando gente? ¡Maldito loco hijo de puta! Jamás he matado a nadie.

—Steve, si puedes convencerme de que tienes una coartada sólida entre las nueve y la medianoche, esto terminará. Me iré por donde he venido y tú quedarás libre.

Zillis desconfiaba.

—¿Así de fácil?

—Sí.

—Después de todo esto... ¿terminará así de fácil?

—Puede ser. Depende de la coartada.

Zillis pensó la respuesta. Billy comenzó a especular con que la estaba urdiendo desde cero. Finalmente Zillis dijo:

—¿Qué sucedería si te digo dónde estaba, y resulta que *por eso* estás tú aquí, porque ya sabías dónde estaba yo, y quieres escucharme decirlo para que puedas echarme mierda encima?

—No te sigo —le dijo Billy.

—Está bien. De acuerdo. Estaba con alguien. Jamás he oído que te haya mencionado, pero si tienes algo con ella, ¿qué es lo que me vas a hacer?

Billy lo contemplaba con desconfianza.

—¿Estabas con una mujer?

—No estaba *con* ella, es decir, en la cama. Era sólo una cita. Una cena, que tuvo que ser tarde porque estaba cubriendo tu turno. Ésta ha sido nuestra segunda cita.

—¿Quién es?

Armándose de valor ante la celosa indignación de Billy, Zillis dijo:

—Amanda Pollard.

—¿Mandy Pollard? La conozco. Es una buena chica.

Con cautela, Zillis dijo:

—Eso es... «una buena chica».

Los Pollard poseían un próspero viñedo. Cultivaban uvas bajo contrato para uno de los mejores vinicultores del valle. Mandy tenía alrededor de veinte años, era bonita, simpática. Trabajaba en el negocio familiar. A juzgar por los indicios, era lo bastante sana como para provenir de una época mejor que la actual.

Billy recorrió con su mirada el sórdido dormitorio, desde el estuche de un video porno tirado en el suelo junto al televisor hasta la pila de ropa sucia que se amontonaba en un rincón.

—Ella nunca ha estado aquí —dijo Zillis—. Sólo hemos salido dos veces. Estoy buscando un lugar mejor, un departamento agradable. Quiero deshacerme de todas estas cosas. Empezar desde cero y limpio.

—Mandy es una chica decente.

—Sí —exclamó con entusiasmo—. Me imagino con ella en mi rinconcito, podría hacer borrón y cuenta nueva, comenzar de cero, hacer las cosas bien de una vez por todas.

—Ella debería ver este lugar.

—No, no. Billy, no, por el amor de Dios. Éste no es el yo que quiero ser. Quiero ser mejor para ella.

—¿Adónde fueron a cenar?

Zillis nombró un restaurante, y siguió:

—Llegamos allí cerca de las nueve y veinte. Nos fuimos alrededor de las once y cuarto porque sólo quedábamos nosotros.

—¿Y después?

—Dimos un paseo. Un bonito paseo en coche. No me refiero a que nos detuvimos. Ella no es así. Sólo dimos una vuelta en coche, charlando, escuchando música.

—¿Hasta qué hora?

—La llevé a su casa poco después de la una.

—Y volviste aquí.

—Sí.

—Y pusiste una cinta porno de un tipo azotando a una mujer.

—Está bien. Sé lo que soy, pero también sé lo que puedo ser.

Billy se acercó a la mesilla y cogió el teléfono. Tenía el cable largo. Lo llevó hasta donde estaba Zillis.

—Llámala.

—¿Qué, *ahora*? Billy, son más de las tres de la mañana.

—Llámala. Dile lo mucho que disfrutaste esta noche, lo especial que es ella. A ella no le va a importar si la despiertas para eso.

—Todavía no tenemos ese tipo de relación —contestó Zillis preocupado—. Va a pensar que es extraño.

—Tú llámala y déjame escuchar —dijo Billy—, o te pongo esta pistola en la oreja y te vuelo los sesos. ¿Qué piensas?

La mano de Zillis temblaba tanto que se equivocó dos veces. Pudo marcar bien al tercer intento.

Agachado junto a su prisionero, con el cañón de la pistola apretado contra el costado de Zillis para que no se le ocurriera ninguna tontería, Billy escuchó a Mandy Pollard contestar y expresar su sorpresa al escuchar a su nuevo pretendiente a esas horas.

—No te preocupes —le dijo Mandy a Zillis—. No me has despertado. Sólo estaba aquí acostada mirando el techo.

La voz de Zillis temblaba, pero Mandy podría pensar perfectamente que estaba nervioso por llamarla tan tarde y por tener que expresar su cariño de manera más directa que hasta entonces.

Durante unos minutos, Billy los escuchó recapitular la noche —la comida, el paseo— y luego hizo un gesto a Zillis para que pusiera fin a la conversación.

Mandy Pollard había pasado la noche con ese hombre, y ella no era una de esas medio chifladas que buscan emociones fuertes saliendo con chicos malos.

Si había cenado con Mandy, Steve Zillis no podía haber sido el psicópata que había colocado el cadáver de Ralph Cottle en el sofá del salón de Lanny y que había clavado la mano de Billy al suelo del pasillo.

Capítulo 65

ientras deslizaba la pistola dentro del estuche que llevaba en la cintura, Billy dijo:

—Te dejaré esposado a la cama.

Steve Zillis se mostró aliviado al ver el arma enfundada, pero permaneció cauteloso.

Billy arrancó el cable del teléfono de la pared y del aparato, lo anudó y lo metió en la bolsa del pan.

—No quiero que llames a nadie hasta que hayas tenido tiempo suficiente para tranquilizarte y pensar en lo que te voy a decir.

—¿En serio no vas a matarme?

—Te aseguro que no. Voy a dejar la llave de las esposas sobre la encimera de la cocina.

—De acuerdo. En la cocina. ¿Y eso de qué me sirve?

—Una vez que me vaya, puedes quitar el colchón y el somier del marco. Se sostiene con tornillos y tuercas, ¿no es así?

—Sí, pero...

—Puedes aflojar las tuercas con los dedos.

—Quizá estén oxidadas.

—Hace sólo seis meses que te has mudado. No pueden haberse oxidado en seis meses. Si están muy apretadas, tuerce las secciones del marco, intenta hacer girar las junturas. Te las arreglarás.

—Me las arreglaré, pero sigo sin saber por qué *demonios* has hecho esto. No puedes creer que yo haya matado a Judith Kesselman, como dijiste. Sé que no puedes creer eso. ¿Qué *ha sido* todo esto?

Guardando la lata de gas paralizante en la bolsa del pan, Billy respondió:

—No te lo voy a explicar, y tú no querrías saberlo. Créeme, no querrías saberlo.

—Mírame —gimoteó Zillis—. Me arden todavía los ojos. Estoy sentado en un charco de pis, por amor de Dios. Esto es humillante. Me has golpeado con esa pistola, me has cortado el pelo, me *has hecho daño*, Billy.

—Podría haber sido peor —aseguró Billy—. Podría haber sido muchísimo peor.

Eligiendo interpretar esas palabras como una amenaza, Zillis comenzó a tranquilizarse.

—Está bien, de acuerdo. Te escucho. Estoy tranquilo.

—Según lo apretados que estén los tornillos, vas a necesitar al menos una hora, probablemente dos, para desengancharte de la cama. La llave de las esposas estará en la cocina. Después de quitártelas, te pondrás a hacer tu equipaje.

Zillis parpadeó.

—¿Qué?

—Llama a Jackie, dile que lo dejas.

—No quiero dejarlo.

—Sé realista, Steve. No vamos a vernos las caras todos los días. No con lo que yo sé de ti y menos con lo que tú sabes de mí. Vas a tener que mudarte.

—¿Adónde?

—No me importa adónde. A cualquier lugar menos en el condado de Napa.

—Me gusta este lugar. Además, ahora mismo no me puedo permitir una mudanza.

—Ve al bar el viernes por la noche para buscar tu último sueldo —dijo Billy—. Le dejaré a Jackie un sobre para ti. Con diez mil dólares en efectivo dentro. Con eso podrás volver a empezar en cualquier parte.

—¿No he hecho nada y toda mi *vida* queda patas arriba? Esto no es justo.

—Tienes razón. No es justo. Pero así son las cosas. Tus muebles no valen ni como basura. Puedes tirarlos. Prepara tus efectos personales y sal de la ciudad el viernes por la noche.

—Podría llamar a la policía, podría presentar cargos.

—¿Seguro? ¿Quieres que los policías vean la escena del crimen y que aparezcan aquí, con el porno sádico y esos maniquíes en la otra habitación?

Aunque seguía asustado, Zillis encontró suficiente autocompasión para decir haciendo un mohín:

—¿Acaso te crees Dios todopoderoso?

Billy movió la cabeza.

—Steve, eres patético. Llévate los diez mil, agradece estar vivo y vete de aquí. Y una cosa más: nunca vuelvas a llamar a Mandy Pollard.

—Espera un minuto. Tú no puedes...

—No la llames, no la veas. Nunca más.

—Billy, ella podría significar un verdadero cambio para mí.

—Ella es una buena chica. Es una chica decente.

—Eso es lo que quiero decir. Sé que podría empezar de cero si ella...

—Una buena mujer puede cambiar a un hombre —dijo Billy—. Pero no a un hombre tan hundido en el fango como tú. Si la llamas o la ves, aunque sea una sola vez, me enteraré. Y te encontraré. ¿Me crees?

Zillis no dijo nada.

—Y si la *tocas,* que Dios me ayude, te mataré, Steve —amenazó Billy.

—Esto no está bien —se quejó Zillis.

—¿Me crees? Mejor que me creas, Steve.

Cuando Billy apoyó su mano sobre la culata de la pistola enfundada, Zillis dijo:

—Bueno, está bien. Entendido.

—Bien. Ahora me voy.

—De cualquier forma este lugar apesta —afirmó Zillis—. *Valle de los viñedos* es sólo una forma de decir *granja.* No soy un granjero.

—No, no lo eres —convino Billy desde el umbral.

—No hay acción por aquí.

—No hay *chispa* —acordó Billy.

—Vete a la mierda.

—Buen viaje, Kemosabe —dijo Billy.

Capítulo 66

Cuando sólo había conducido algo menos de un kilómetro desde la casa de Zillis, Billy comenzó a sentir temblores tan violentos que tuvo que pararse en el cordón, detener el Explorer y tratar de recuperar el control.

Bajo presión, se había convertido en lo que más despreciaba. Desde hacía un tiempo se había convertido en John Palmer.

Pagar a Zillis diez mil dólares tampoco lo diferenciaba mucho de John Palmer.

Cuando los temblores cesaron, no arrancó el vehículo porque no sabía adónde ir. Se sentía al límite. Y no podía conducir en ese estado.

Quería volver a casa, pero allí nada lo ayudaría a encontrar una solución para este rompecabezas.

Quería volver a casa sólo para *estar* en casa. Reconoció la familiar necesidad de aislamiento. Una vez en casa, podría encerrarse en su taller y trabajar con las planchas de roble, y el mundo podría irse al infierno.

Sólo que esta vez él también se iría al infierno. No podía llevar a Barbara consigo y, si la dejaba sola y en peligro, estaría tirando a la basura su única excusa para vivir.

Los acontecimientos lo habían empujado a actuar, a llevar una vida al límite, se sentía aislado y más allá de la desesperación.

Durante demasiado tiempo no había sembrado adecuadamente y ahora no tenía cosecha. Sus amigos no eran más que simples conocidos. Aunque la vida es comunidad, él no tenía ninguna.

De hecho, su situación era peor que la del aislamiento. Los amigos que no eran más que conocidos ahora parecían sospechosos más que conocidos. Había construido para sí una soledad de exquisita paranoia.

Tras retomar la carretera, Billy condujo sin destino en mente, al menos hasta donde era consciente. Como un pájaro, sobrevolaba las corrientes de la noche, sólo interesado en mantenerse en el aire y no caer en la desesperación absoluta antes de que apareciera un rayo de esperanza.

Había descubierto más sobre Ivy Elgin durante una breve visita a su casa que durante todos los años que llevaban trabajando juntos. A pesar de que le gustaba Ivy, la encontraba más misteriosa ahora que cuando sabía tan poco de ella.

No pensaba que Ivy pudiese tener alguna conexión con el psicópata que cometía los asesinatos. Pero la experiencia con sus propios padres le recordó que no podía estar seguro de nadie.

Harry Avarkian era un hombre amable y un buen abogado —pero también uno de los tres albaceas que supervisaban siete millones de dólares, una tentación que no se podía descartar—. Antes de salir con Barbara, Billy había estado en casa de Harry sólo una vez. Barbara le había vuelto más sociable. Habían ido a comer a casa de Harry media docena de veces en un año, pero desde el coma Billy sólo había visitado a Harry en la oficina.

Conocía a Harry Avarkian. Pero realmente *no* lo conocía.

La mente de Billy comenzó a dar vueltas al doctor Ferrier, lo cual era una locura. Un médico de renombre en la comunidad no anda por ahí matando gente.

A menos que el doctor Ferrier quisiera que Billy cooperara con él para matar a Barbara Mandel. Quitarle la sonda del estómago. Dejarla morir. Dejarla morir de hambre en su coma.

Si uno estuviera deseoso de decidir por otra persona —por alguien que no sufre un dolor visible— cuya calidad de vida es insuficiente para garantizar el derroche de recursos a su costa, ¿hasta qué punto sería fácil pasar de desenchufar un cable a apretar un gatillo?

Era ridículo. Sin embargo no conocía a Ferrier ni un ápice de lo que conocía a su padre; y contraviniendo todo lo que Billy *pensaba* que conocía, su padre había golpeado con esa llave inglesa de acero pulido con algo parecido a un *regocijo* despiadado.

John Palmer. Un hombre cuyo amor por el poder estaba a la vista de todos, pero cuyo paisaje interno resultaba tan enigmático como un planeta extraterrestre.

Cuanto más consideraba Billy a la gente que conocía, más cavilaba sobre la posibilidad de que el asesino fuese un perfecto desconocido, y más nervioso se ponía inútilmente.

Se repitió que debía preocuparse y no preocuparse, estar sentado tranquilo.

Para poseer lo que no posees, tienes que ir por el camino del desposeimiento. Y lo que no sabes es lo único que sabes.

Conduciendo y sin embargo entregándose a esa quietud interior, llegó en un breve lapso, sin propósito consciente, al bar de la carretera. Aparcó donde lo había hecho antes, frente al restaurante.

Le dolía la mano izquierda. Tras cerrarla y volverla a abrir, sintió que había comenzado a hincharse. Se le había pasado el efecto del Vicodin. No sabía dónde podría conseguir más, pero debía tomar algo de Motrin.

Estaba hambriento, pero la idea de otra barrita dulce cortó su apetito. Necesitaba una dosis de cafeína, pero quería algo más que pastillas.

Tras esconder las pistolas bajo el asiento delantero, a pesar de que la ventanilla rota dejaba al vehículo sin seguridad, entró en el restaurante.

A las 3:40 de la mañana tenía para elegir entre las mesas vacías.

Cuatro camioneros estaban sentados a la barra, tomando café y comiendo unas tartas.

Los atendía una robusta camarera con el cuello de un jugador de rugby y la cara de un ángel. Entre la mata de pelo teñido de un negro parecido al color del betún, llevaba unos moños amarillos.

Billy se sentó a la barra.

Capítulo 67

Según la credencial de su uniforme, el nombre de la camarera era Jasmine. Llamó a Billy «cariño» y le sirvió el café solo y la tarta de limón que había pedido.

Jasmine y los camioneros estaban inmersos en una acalorada conversación cuando Billy se sentó en una banqueta entre ellos. De sus palabras supo que uno de los hombres se llamaba Curly y otro Arvin. Nadie se dirigía al tercer hombre más que como «tú», y el cuarto tenía un diente de oro en medio de la dentadura.

Al principio estaban hablando del continente perdido de la Atlántida. Arvin proponía que la destrucción de esa civilización mítica había ocurrido porque los atlántidas se habían metido en experimentos genéticos y habían criado monstruos que los habían destruido.

Esto pronto hizo cambiar el tema de la Atlántida por el de la clonación y las investigaciones sobre el ADN, tras lo cual Curly mencionó el hecho de que en Princeton, Harvard o Yale, en uno u otro de esos lugares horribles, los científicos intentaban crear un cerdo con cerebro humano.

—No estoy segura de que eso sea algo nuevo —dijo Jasmine—. A lo largo de los años, déjame decirte, he tenido suficientes encuentros con cerdos humanos.

—¿Cuál sería el propósito de un cerdo humanizado? —se preguntó Arvin.

—Sólo que esté ahí —dijo Tú.

—¿Que esté dónde?

—Igual que una montaña está ahí, algunas personas tienen que subirla. Otras personas tienen que hacer cerdos humanizados quizá sólo porque pueden —aclaró Tú.

—¿Y qué sentido tendría? —preguntó Diente de Oro.

—No creo que lo hagan para que trabaje —dijo Curly.

—Lo hacen para que haga *algo* —respondió Diente de Oro.

—Una cosa es cierta —declaró Jasmine—, los activistas se pondrán locos de furia.

—¿Qué activistas? —preguntó Arvin.

—Una clase de activistas u otra —contestó—. Una vez que tienes cerdos con cerebros humanos, empezarán a prohibir que comamos jamón o tocino.

—No veo por qué. El jamón y el tocino seguirán viniendo de cerdos que no hayan sido humanizados —dijo Curly.

—Será por afinidad —predijo Jasmine—. ¿Cómo vas a justificar que comes jamón o tocino cuando tus hijos van al colegio con cerdos inteligentes y los invitan a dormir a tu casa?

—Eso nunca sucederá —respondió Tú.

—Nunca —convino Arvin.

—Lo que va a suceder es que con estos idiotas jugando por ahí con genes humanos, harán algo estúpido y nos matarán a todos —dijo Jasmine.

Ninguno de los cuatro camioneros discrepó. Tampoco Billy.

Diente de Oro seguía pensando que los científicos tenían en mente alguna clase de trabajo para los cerdos humanizados.

—No se gastan millones de dólares o lo que sea sólo por diversión, esa gente no.

—Oh, sí lo hacen —rebatió Jasmine—. El dinero no significa nada para ellos. No les pertenece.

—Es dinero de los impuestos —admitió Curly—. Tuyo y mío.

Billy hizo uno o dos comentarios, pero sobre todo escuchaba, acostumbrado a estos ritmos de conversación y curiosamente reconfortado al oírlos.

El café era espeso. La tarta de limón sabía muy rica y llevaba encima merengue tostado.

Se sorprendió de lo tranquilo que se sentía, sentado frente a la barra, limitándose a escuchar.

—Si quieres hablar de un derroche total de dinero —dijo Diente de Oro—, mira esa maldita monstruosidad que están construyendo junto a la autopista.

—¿Qué? ¿Te refieres a eso que hay frente al bar, esa cosa que van a quemar apenas la terminen? —preguntó Arvin.

—Oh, pero eso es *arte* —les recordó maliciosamente Jasmine.

—No veo cómo eso puede ser arte —dijo Tú—. ¿El arte no tiene que *perdurar*?

—Este tipo va a hacer millones vendiendo dibujos sobre el tema —les contó Curly—. Tiene un millón de canales desde donde distribuye su obra.

—¿Puede alguien simplemente autodenominarse artista? —preguntó Diente de Oro—. ¿No tienen que pasar un examen o algo así?

—Él se considera de una clase especial de artistas —dijo Curly.

—Especial, mis pelotas —dijo Arvin.

—Cariño —le contestó Jasmine—, no te lo tomes a mal, pero el bulto de tu entrepierna no me parece tan especial.

—Él se llama a sí mismo un artista de la *representación* —informó Curly.

—¿Qué quiere decir eso?

—Lo que yo entiendo por eso —respondió Curly— es que hace arte que no dura. Se hace para significar algo, y cuando lo hace, se termina.

—¿Con qué llenarán los museos dentro de cien años? —se preguntó Tú—. ¿Con espacios vacíos?

—Para entonces ya no habrá museos —contestó Jasmine—. Los museos son para la gente. Ya no habrá gente. Sólo cerdos humanizados.

Billy se había quedado muy quieto. Estaba sentado con la taza de café cerca de los labios, la boca abierta, pero incapaz de dar un sorbo.

—Cariño, ¿algún problema con la bebida? —preguntó Jasmine.

—No. No, está bien. De hecho, quiero otra taza. ¿Hay tazas grandes?

—Tenemos una medida triple en vaso de plástico. Lo llamamos el Gran Disparo.

—Dame uno de ésos —dijo Billy.

CAPÍTULO
68

Un local en el exterior del restaurante hacía las veces de cibercafé. Seis computadoras ofrecían conexión a la red.

Un camionero estaba sentado frente a una de ellas, afanándose con el teclado y el ratón, con la vista fija en la pantalla. Tal vez estaba controlando los horarios de carga de su compañía, o jugando a algún juego interactivo, o mirando una página porno.

La computadora estaba atornillada a una mesa que dejaba espacio para la comida. Un agujero de la mesa sostuvo el Gran Disparo de Billy.

No sabía la dirección de la página web de Valis, de modo que comenzó con páginas de arte de representación en general y fue siguiendo enlaces hasta llegar a www.valisvalisvalis.com.

El artista mantenía una página elaborada y atractiva. Billy hizo reproducir un colorido video del puente australiano en el que Valis había colocado veinte mil globos rojos. Vio cómo todos estallaban al unísono.

Leyó las declaraciones del artista acerca de sus proyectos individuales. Eran rimbombantes y coherentes a medias, salpicadas con la incomprensible jerga característica del arte moderno.

En un discurso muy pesado, Valis decía que todo gran artista era «un pescador de hombres» porque quería «tocar las almas, e incluso *capturar* las almas» de aquellos que contemplaran sus obras.

Valis ayudaba a los aficionados a comprender mejor la intención de cada uno de sus proyectos proporcionando tres líneas de «guía espiritual». Cada línea tenía tres palabras. Billy recorrió con la vista varias de ellas.

De su cartera extrajo el papel sobre el que estaban impresas las seis líneas contenidas en los tres documentos del disquete rojo que encontró entre las manos de Ralph Cottle. Lo desplegó y lo alisó sobre la superficie de la mesa.

La primera línea: *Porque yo, también, soy un pescador de hombres.*

La quinta línea: *Mi último asesinato: medianoche del jueves.*

La sexta línea: *Tu suicidio: poco después.*

La segunda, tercera y cuarta líneas eran escalofriantemente similares a la «guía espiritual» que Valis ofrecía para ayudar a sus admiradores a alcanzar una apreciación más profunda de sus obras.

La primera línea de estas guías siempre se refería al *estilo* del proyecto, a la *representación*. En ese caso, el estilo era *crueldad, violencia, muerte.*

La tercera línea resumía las *técnicas* mediante las cuales el artista pretendía ejecutar su obra de arte. Con Billy, la técnica era *movimiento, velocidad, impacto.*

La segunda línea describía *el medio o los medios* con los que Valis se proponía crear. En su actual representación, los medios eran *carne, sangre, hueso.*

A veces los asesinos en serie son vagabundos, nómadas libres que cubren mucho terreno entre sus actividades homicidas.

El psicópata no consideraba el asesinato como un juego. Sólo en parte lo veía como una representación. Para él, la esencia del *arte* residía en eso.

A través de páginas web sobre arte moderno, Billy se enteró de que su artista de la muerte siempre había sido tímido ante las cámaras. Valis pretendía creer que el arte debía ser más importante que el artista. Pocas veces lo habían fotografiado.

Esa filosofía le proporcionaba fama y fortuna, y aun así cierto grado de anonimato.

www.valisvalisvalis.com ofrecía un retrato oficial del artista, que resultó ser no una fotografía, sino un dibujo a lápiz realista y detallado hecho por él mismo.

Quizá a propósito, el retrato no era del todo fiel a la apariencia real de Valis, pero Billy lo reconoció de inmediato. Era el bebedor de Heineken que, durante la tarde del lunes, estaba sentado divirtiéndose pacientemente mientras Ned Pearsall lo entretenía con la historia de la muerte de Henry Friddle a manos del enano del jardín.

Eres un tipo interesante, Billy Barman.

Incluso entonces, el psicópata ya conocía el apellido de Billy, aunque había pretendido ignorarlo. Ya debía saber casi todo sobre él. Por razones que sólo Valis comprendería, Billy Wiles había sido identificado, estudiado y elegido para esta *representación*.

Ahora, además de otros vínculos bajo el retrato, Billy advirtió uno titulado HOLA BILLY.

A pesar de que ya no le quedaba demasiado margen de sorpresa, se quedó mirándolo durante un minuto.

Por fin movió el ratón y cliqueó.

El retrato se desvaneció y en la pantalla aparecieron las instrucciones: NIVEL PRIVADO-INTRODUZCA CONTRASEÑA.

Billy bebió café. Luego escribió WILES y apretó ENTER.

De inmediato recibió una respuesta: ERES BUENO.

Esas dos palabras permanecieron ante él durante diez segundos y luego la pantalla se quedó en blanco.

Sólo eso y nada más.

Volvió a aparecer el retrato a lápiz. Los vínculos de debajo ya no incluían el HOLA BILLY.

Capítulo 69

En ese momento, ninguna luz iluminaba el gigantesco mural dimensional. Las ruedas, los volantes, las palancas de cambio, los motores, los aparejos, las bielas y los extraños armazones menguaban en la oscuridad.

Atormentada, asediada, la enorme figura humana aparecía envuelta de oscuridad en su lucha silenciosa.

La carpa amarilla y púrpura surgía silente y oscura, pero una atrayente luz ámbar brillaba en las ventanas de la gran casa rodante.

Billy se detuvo primero en la banquina de la carretera y estudió el vehículo desde la distancia.

Los dieciséis artistas y artesanos que construían el mural bajo la dirección de Valis no vivían en ese lugar. Tenían una reserva de seis meses en el hotel Vineyard Hills Inn.

Valis, sin embargo, vivía allí mientras durara el proyecto. La casa rodante tenía tomas de electricidad y agua.

Los tanques de aguas residuales eran bombeados dos veces por semana por el Servicio Séptico de Glen. Glen Gortner estaba orgulloso de la fama que le proporcionaba este trabajo, aunque pensaba que el mural era «algo que también debería bombearse».

Mientras dudaba si detenerse o pasar de largo, Billy condujo el vehículo desde la banquina bajando por un suave terraplén hacia el prado. Dio un rodeo hasta una zona alejada de la casa rodante.

La puerta del compartimiento del conductor estaba abierta. La luz se recortaba entre los escalones y pintaba un felpudo de bienvenida sobre el suelo.

Se detuvo. Durante un momento permaneció con el motor encendido, con un pie en el freno y el otro apoyado sobre el acelerador.

La mayoría de las ventanas no estaban cubiertas. No podía ver a nadie en el interior.

Sólo las ventanas de la parte trasera, que probablemente pertenecieran al dormitorio, tenían cortinas. También allí brillaban lámparas, filtradas por un material dorado.

Inexorablemente, Billy concluyó que lo estaban esperando.

Se resistía a aceptar la invitación. Quería largarse de allí. No tenía adónde ir.

Quedaban menos de veinte horas hasta la medianoche, momento en que, como le habían anunciado, tendría lugar «el último asesinato». Barbara seguía en peligro.

Debido a las pruebas que Valis había colocado, además de las que había puesto en los cadáveres, Billy seguía siendo un sospechoso en potencia de las desapariciones que pronto serían descubiertas por la policía: Lanny, Ralph Cottle, la joven pelirroja.

En algún lugar de su casa o de su cochera, o enterrada en su jardín, estaba la mano de Giselle Winslow. Y seguramente también otros recuerdos.

Estacionó el Explorer y apagó las luces, pero no el motor.

Cerca de la carpa oscura había un Lincoln Navigator. Evidentemente era el que utilizaba Valis para moverse por la ciudad.

Eres bueno.

Billy se puso un par de guantes de látex nuevo.

Su mano izquierda presentaba algo de rigidez, pero no dolor.

Deseó no haber tomado Vicodin en casa de Lanny. A diferencia de la mayoría de los analgésicos, el Vicodin dejaba la mente clara, pero le preocupaba que sus percepciones y reflejos estuvieran embotados incluso en un cincuenta por ciento, ya que ese porcentaje perdido podía significar la muerte.

Tal vez las pastillas de cafeína y el café lo compensaran. Y la tarta de limón.

Apagó el motor. En ese instante, la noche le pareció tan silenciosa como una casa deshabitada.

Teniendo en cuenta lo imprevisible que era su adversario, se preparó para todo tipo de sorpresas, incluso letales.

En cuanto a la elección del arma más mortífera, prefirió la pistola del treinta y ocho por su familiaridad. Ya había asesinado con ella.

Salió del Explorer.

El sonido de los grillos se elevó y se deshizo el silencio; enseguida les acompañó el croar de las ranas. Los banderines de la carpa susurraban ante el menor soplo de brisa.

Billy caminó hasta la puerta abierta de la casa rodante. Se quedó bajo la luz pero vaciló antes de subir los escalones.

Desde dentro, con todos los sonidos estridentes suavizados por los altavoces de alta calidad del sistema de sonido de la casa rodante, que aparentemente también se usaban como intercomunicadores, una voz dijo: «Podemos permitir que Barbara viva».

Billy subió los escalones.

La cabina presentaba dos elegantes sillones giratorios para el conductor y el copiloto. Estaban tapizados con algo que posiblemente fuera piel de avestruz.

Manejada con control remoto, la puerta se cerró tras Billy. Supuso que también se habría cerrado sola con llave.

En este vehículo completamente personalizado, una mampara separaba la cabina de las habitaciones. Otra puerta abierta lo esperaba.

Billy entró en una deslumbrante cocina. Todo presentaba tonos crema y miel. Suelo de mármol, armarios de arce con los contornos sinuosos y redondeados de la cabina de un barco. La excepción eran las mesadas de granito negro y los electrodomésticos de acero inoxidable.

Desde los altavoces del techo, la voz melodiosa y persuasiva de Valis hizo una propuesta: «Si quieres puedo batir algo para un desayuno anticipado».

El suelo de mármol continuaba hacia un comedor, donde podían comer holgadamente seis, y ocho apretados.

La superficie de la mesa de arce tenía incrustaciones de ébano, cornalina y madera de acebo, blanca como el hueso, con un motivo de cintas entrelazadas; una obra maestra de artesanía espectacular y cara.

A través de un arco abovedado, Billy pasó a un amplio salón.

Ninguna de las telas costaba menos de quinientos dólares por metro cuadrado, y la alfombra alrededor del doble. El mobiliario, hecho a medida, era contemporáneo, y los numerosos bronces japoneses eran inestimables ejemplos del finísimo trabajo del periodo Meiji.

Según algunos clientes del bar que habían leído artículos en internet acerca de esta caravana, había costado más de un millón y medio. Eso no incluiría los bronces.

A veces a este tipo de vehículos se les llama «yates de tierra». El término no es una hipérbole.

La puerta cerrada al final del salón conduciría sin duda a un dormitorio y al baño. Estaría cerrada con llave.

Valis debía de estar en ese último reducto. Escuchando, observando y bien armado.

Billy se dio la vuelta cuando percibió un suave sonido a sus espaldas.

En la parte del salón, el biombo del comedor se había rematado con un hermoso cilindro de bambú de juncos delgados. Estos paneles se fueron enrollando despacio hasta desaparecer de la vista, mostrando vitrinas secretas.

Y, a continuación, persianas de pulido acero inoxidable descendieron cubriendo todas las ventanas, pero con un repentino chasquido neumático que asustaba.

Billy pensó que esas persianas no eran exclusivamente decorativas. Atravesarlas para salir por la ventana sería difícil, si no imposible.

Durante las fases de diseño e instalación lo más probable es que se las hubiera denominado «dispositivos de seguridad».

A medida que los ascendentes paneles cilíndricos continuaban dejando ver más vitrinas, la voz de Valis volvió a surgir de los altavoces:

—Puedes ver mi colección, cosa que pocos han hecho. Excepcionalmente, se te dará la oportunidad de salir de aquí con vida después de verla. Disfrútala.

Capítulo 70

Los mullidos interiores de las vitrinas de detrás de los paneles cilíndricos estaban tapizados con seda negra. Unos claros frascos de vidrio de dos tamaños contenían la colección.

La base de cada frasco descansaba en un nicho sobre su estante. Una abrazadera de esmalte negro sostenía la tapa, fijándola a la parte inferior del estante que tenía encima.

Estos recipientes no se movían en absoluto cuando el vehículo estaba en movimiento. Ni siquiera tintineaban.

Cada frasco estaba iluminado por filamentos de fibra óptica instalados debajo de ellos, de modo que el contenido resplandecía contra el tapizado de seda negra. Cuando la lámpara del salón se atenuó para realzar el efecto de la colección, Billy pensó en un acuario.

Ninguno de estos pequeños mundos de vidrio contenía peces, sino recuerdos de asesinatos. En un fluido conservante flotaban rostros y manos.

Cada rostro era fantasmal, como una mantis pálida nadando permanentemente, los rasgos de uno apenas distinguibles de los rasgos de otro.

Las manos eran distintas entre sí, decían más de cada víctima que los rostros y, etéreas y extrañas, resultaban menos espeluznantes de lo que hubiera pensado.

—¿No son hermosas? —dijo Valis, y sonó en parte como HAL 9000 en *2001: una odisea del espacio*.

—Son tristes —dijo Billy.

—Qué palabra más rara has elegido —respondió Valis—. A mí me llenan de alegría.

—A mí de desesperación.

—La desesperación es buena. La desesperación puede ser el nadir de una vida y el punto de partida del ascenso a otra vida mejor.

Billy no se alejó de la colección con miedo o asco. Supuso que estaba siendo observado por cámaras de circuito cerrado. Su reacción parecía ser importante para Valis.

Por otra parte, por más desesperación que pudiera inspirar la colección, poseía una elegancia espantosa, y ejercía cierta fascinación. El coleccionista no había sido tan vulgar como para incluir genitales o pechos.

Billy sospechaba que Valis no mataba por ningún tipo de gratificación sexual, que no violaba a sus víctimas femeninas, tal vez porque hacerlo significaría reconocer al menos ese único aspecto de humanidad compartida. Parecía querer pensar en sí mismo como una criatura aparte.

El artista tampoco arruinaba su colección con cosas chabacanas o grotescas. No había ojos ni vísceras. Rostros y manos, manos y rostros.

Mientras contemplaba los frascos iluminados, Billy pensó en mimos disfrazados de negro con caras maquilladas de blanco y blancas manos enguantadas.

Aunque perversa, allí había una mente estética activa.

—Un sentido del equilibrio —dijo Billy describiendo la vívida exhibición—, una armonía de líneas, una sensibilidad de formas. Y quizá lo más importante: una compostura sobria pero no obsesiva.

Valis no dijo nada.

Curiosamente, al enfrentarse cara a cara con la muerte y no dejar que le controlara el miedo, Billy al fin ya no se evadía de la vida en ningún sentido, sino que la aceptaba.

—He leído tu libro de relatos —dijo Valis.

—Que yo critique tu obra no significa que te invite a criticar la mía —respondió Billy.

Valis dejó escapar una breve carcajada de sorpresa, una risa cálida a través de los altavoces.

—En realidad, encuentro fascinante tu ficción, y fuerte. —Billy no respondió—. Son las historias de un buscador —prosiguió Valis—. Tú conoces la verdad de la vida, pero das vueltas en círculo alrededor de ese fruto, giras y giras, reacio a admitirlo, a probarlo.

Alejándose de la colección, Billy fue hacia los bronces Meiji más próximos, un par de peces, sinuosos, sencillos pero con detalles exquisitos, con el bronce minuciosamente acabado para imitar el tono y la textura del hierro oxidado.

—Poder —dijo Billy—. El poder es una parte de la verdad de la vida.

Tras la puerta cerrada, Valis aguardaba.

—Y el vacío —continuó—. La nada. El abismo.

Se trasladó hacia otro bronce: un erudito con toga, con barba y sonriente, sentado junto a un ciervo, cuya toga estaba bordada con hilos de oro.

—La elección —dijo Billy— es el caos o el control. Con poder, podemos crear. Con poder y un propósito puro, creamos arte. Y el arte es la única respuesta al caos y al vacío.

Tras un silencio, Valis respondió:

—Sólo una cosa te ata al pasado. Puedo liberarte de ella.

—¿Con otro asesinato? —preguntó Billy.

—No. Ella puede vivir, y tú puedes pasar a una nueva vida... cuando sepas.

—¿Y qué es lo que tú sabes que yo no sepa?

—A Barbara le gusta Dickens —contestó Valis.

Billy escuchó una inhalación brusca, la suya, una expresión de sorpresa y reconocimiento.

—Mientras estaba en tu casa, Billy, registré las libretas de notas que has llenado con todo lo que ella ha dicho en su estado de coma.

—¿De veras?

—Ciertas frases, ciertas construcciones se quedaron en mi cabeza. En los estantes de tu salón vi la colección completa de Dickens... que era de ella.

—Sí.

—Era una apasionada de Dickens.

—Leyó todas sus novelas, cada una varias veces.

—Pero tú no.

—Dos o tres —respondió Billy—. Nunca me ha entusiasmado Dickens.

—Demasiado lleno de vida, sospecho —dijo Valis—. Demasiado lleno de esperanza y exuberancia para ti.

—Quizá.

—Ella conoce tan bien esas historias que las *vive* en sueños. Las palabras que pronuncia desde su coma aparecen de manera secuencial en ciertos capítulos.

—La señora Joe —dijo Billy, recordando su más reciente visita a Barbara—. Ésa la leí. La mujer de Joe Gargery, la hermana de Pip, la arpía. Pip la llama «señora Joe».

—*Grandes esperanzas* —confirmó Valis—. Barbara vive todos los libros, pero más a menudo las aventuras más ligeras, rara vez los horrores de *Historia de dos ciudades*.

—No me di cuenta de...

—Es más probable que ella sueñe con *Cuento de Navidad* que con los momentos más violentos de la Revolución Francesa —aseguró Valis.

—No me di cuenta, pero tú sí.

—En cualquier caso, ella no conoce el miedo ni el dolor porque cada aventura es un camino conocido, un placer y una comodidad.

Billy se movió por el salón hacia otro bronce, y pasó de largo.

—Ella no necesita nada que tú puedas ofrecerle —afirmó Valis—, y nada más de lo que tiene. Ella vive en Dickens, y no conoce el miedo.

Intuyendo lo que se necesitaba para provocar al artista, Billy depositó la pistola sobre una antigua mesa, a modo de altar sintoísta, situada a la izquierda de la puerta del dormitorio. Luego volvió sobre sus pasos hasta el centro del salón y se sentó en un sillón.

Capítulo 71

Valis, más atractivo que el autorretrato en lápiz que podía verse en su página de internet, hizo su aparición.

Sonriente, recogió la pistola de la mesa-altar y la examinó.

Junto al sillón en el que se sentaba Billy, sobre una mesita, descansaba otro bronce japonés del periodo Meiji: un robusto perro sonriente sostenía una tortuga con una correa.

Valis se aproximó con la pistola. No muy distinto de Ivy Elgin, caminaba con gracia de bailarín, como si la gravedad no fuese del todo capaz de hacer bajar las suelas de sus zapatos contra el suelo.

Su espeso pelo negro aparecía salpicado de canas en las sienes. Su sonrisa era absolutamente encantadora. Sus ojos grises eran luminosos, cristalinos y directos.

Tenía la presencia de una estrella de cine. La desenvoltura de un rey. La serenidad de un monje.

De pie delante del sillón, apuntó con la pistola hacia la cara de Billy.

—Ésta es el arma.

—Sí —contestó Billy.

—Le disparaste a tu padre con ella.

—Sí.

—¿Qué se siente?

Mientras miraba fijamente el cañón, Billy respondió:

—Fue increíble.

—¿Y a tu madre, Billy?

—Sí.

—¿Te sentiste bien disparándola?

—En el momento, en ese instante —dijo Billy.

—¿Y más tarde?

—No estoy seguro.

—Lo falso es verdadero. Lo verdadero es falso. Todo es perspectiva, Billy.

Éste no dijo nada.

Para llegar a lo que no eres, tienes que ir por el camino en que no eres.

Observándolo por el cañón del arma, Valis dijo:

—¿A quién odias, Billy?

—Creo que a nadie.

—Eso está bien. Es saludable. El odio y el amor agotan la mente, impiden los pensamientos claros.

—Estos bronces me gustan mucho —comentó Billy.

—¿No son maravillosos? Puedes disfrutar de la forma, la textura, la inmensa habilidad del artista, y a la vez desentenderte por completo de la filosofía que hay detrás de ellos.

—Sobre todo los peces —dijo Billy.

—¿Por qué los peces en particular?

—La ilusión de movimiento. La apariencia de velocidad. Se ven tan libres.

—Has llevado una vida lenta, Billy. Quizá ahora estés preparado para algo de movimiento. ¿Estás preparado para la velocidad?

—No lo sé.

—Sospecho que sí.

—Estoy preparado para algo.

—Viniste aquí esperando violencia —aseguró Valis.

Billy levantó las manos de los brazos del sillón y se miró los guantes de látex. Se los quitó.

—¿Esto te parece extraño, Billy?

—Totalmente.

—¿Puedes imaginar lo que sucederá a continuación?

—No con claridad.

—¿Te importa, Billy?

—No tanto como pensé.

Valis dejó escapar un disparo. La bala perforó el amplio respaldo del sillón, a cinco centímetros del hombro de Billy.

Inconscientemente, debía de saber que el disparo se avecinaba. Vio en su mente al cuervo de la ventana, el inmóvil, silencioso y atento cuervo. Luego vino el disparo, y no voló y ni siquiera se asustó, sino que permaneció con una indiferencia zen.

Valis bajó el arma. Se instaló en un sillón enfrente de Billy.

Billy cerró los ojos e inclinó la cabeza hacia atrás.

—Podría haberte matado de dos maneras sin abandonar el dormitorio —afirmó Valis.

Seguramente era cierto. Billy no le preguntó cómo.

—Debes de estar muy cansado —dijo Valis.

—Mucho.

—¿Cómo está tu mano?

—Bien. Vicodin.

—¿Y tu frente?

—Aguanta.

Billy se preguntó si sus ojos se movían bajo los párpados, de la manera que a veces lo hacía Barbara en sus sueños. Los sentía quietos.

—Tenía una tercera herida planificada para ti —le informó Valis.

—¿No puedes esperar hasta la semana que viene?

—Eres un tipo gracioso, Billy.

—No me siento tan gracioso.

—¿Te sientes aliviado?

—Mmmmmm.

—¿Eso te sorprende?

—Sí. —Billy abrió los ojos—. ¿Tú estás sorprendido?

—No —respondió el artista—. Vi tu potencial.

—¿Cuándo?

—En tus relatos. Antes de conocerte. —Valis dejó la pistola sobre una mesa junto a su sillón—. Tu potencial tan explícito en la página. A medida que investigaba tu vida, el potencial se hacía más claro.

—Disparar a mis padres.

—No tanto eso. La pérdida de confianza.

—Ya veo.

—Sin confianza, no puede haber un descanso tranquilo para la mente.

—No hay descanso —convino Billy—. No hay verdadera paz.

—Si no confías, no puede haber fe. No crees en la bondad. Ni en la integridad. No crees en nada.

—Ves mejor dentro de mí que yo mismo.

—Bueno, soy mayor —contestó Valis—. Y más experimentado.

—Bastante más experimentado —señaló Billy—. ¿Durante cuánto tiempo planeaste esta representación? No sólo desde el lunes en el bar.

—Semanas y semanas —respondió Valis—. El gran arte requiere preparativos.

—¿Aceptaste el encargo de hacer el mural porque yo estaba aquí o el encargo vino primero?

—Las dos cosas —repuso Valis—. Fue una casualidad. Las cosas suelen ocurrir de esa manera.

—Asombroso. Y aquí estamos.

—Sí, aquí estamos.

—Movimiento, velocidad, impacto —dijo Billy, citando la fórmula de Valis para su estilo de producción.

· —A la luz de cómo se está desarrollando la representación, creo que editaré eso como «movimiento, velocidad, libertad».

—Como los peces.

—Sí. Como los peces. ¿Quieres libertad, Billy?

—Sí.

—Yo soy completamente libre.

Billy preguntó:

—¿Durante cuánto tiempo has...?

—Treinta y dos años. Desde que tenía dieciséis. Los primeros intentos fueron bochornosos. Destrozos burdos. Sin control. Sin técnica. Sin *estilo*.

—Pero ahora...

—Ahora me he convertido en lo que soy. ¿Conoces mi nombre?

Billy se encontró con aquellos ojos grises y brillantes.

—Sí —contestó Valis por él—. Sé que lo sabes. Sabes mi nombre.

Billy tuvo una idea, y se inclinó hacia adelante levemente en su sillón, con curiosidad.

—El resto del equipo que trabaja en tu proyecto...

—¿Qué?

—¿Son... otros éxitos tuyos?

Valis sonrió.

—Oh, no. Ninguno de ellos ha visto jamás mi colección. Hombres como tú y yo... somos privilegiados, Billy.

—Supongo que sí.

—Seguramente tendrás miles de preguntas sobre esto.

—Tal vez cuando logre dormir un poco.

—Regresé no hace mucho de la casa del oficial Olsen. La dejaste limpia como la nieve.

Billy gesticuló.

—No has vuelto a dejar pistas por allí, ¿verdad?

—No, no. Sabía que nos acercábamos a este momento, no había necesidad de seguir atormentándote. Sólo me acerqué a la casa para admirar cómo funciona tu mente, lo *minucioso* que has sido.

Billy bostezó.

—Prueba circunstancial. Ése era mi temor.

—Debes de estar muy cansado.

—Estoy agotado.

—Sólo tengo un dormitorio, pero el sofá está a tu disposición.

Billy sacudió la cabeza.

—Esto me asombra.

—¿Que sea hospitalario?

—No. Que yo esté *aquí*.

—El arte transforma, Billy.

—¿Me voy a sentir distinto al despertar?

—No —respondió Valis—. Has hecho tu elección.

—Esas elecciones significaban algo.

—Te dieron la oportunidad de comprender tu potencial.

—Los sofás parecen limpios, y yo estoy hecho polvo.

—Muy bien —repuso Valis—. Los sillones tienen tratamiento antimanchas.

Cuando se levantaron al mismo tiempo de sus respectivos sillones, Billy sacó el gas paralizante de debajo de su camiseta.

Aparentemente sorprendido, Valis intentó apartar la cara.

Se encontraba sólo a tres metros de distancia, y Billy le roció los ojos.

Cegado, Valis estiró la mano en busca de la pistola que había dejado sobre la mesa pero la tiró al suelo.

Billy se le adelantó de un salto y recogió el arma, mientras Valis lanzaba sus garras al aire, intentando encontrarlo.

Billy abordó al psicópata por detrás y le golpeó la nuca con la culata de la pistola en dos ocasiones.

Sin nada de su habitual elegancia, Valis se desplomó de cara sobre el suelo. Billy se arrodilló para asegurarse de que el psicópata estuviera inconsciente. Lo estaba.

Valis llevaba la remera metida por los pantalones. Billy la soltó y la pasó por encima de la cabeza del hombre, formando una apretada capucha al atar sus extremos.

Su propósito no era vendarle los ojos sino improvisar una venda por si le empezaba a sangrar la nuca donde el arma lo había golpeado. Billy quería evitar que la alfombra se manchara de sangre.

Capítulo 72

Billy deslizó las manos en los guantes de látex. Se puso manos a la obra.

El dormitorio era todavía más suntuoso que el resto de la caravana. El baño resplandecía y reverberaba, como un joyero de mármol, cristales, espejos esmerilados y apliques bañados en oro.

Incrustada en un hueco sobre la superficie de un escritorio de madera de arce del dormitorio, una pantalla sensible al tacto proporcionaba el control de los sistemas electrónicos, desde la música hasta la seguridad.

Aparentemente, a estos controles sólo se podía acceder introduciendo una contraseña. Por fortuna, Valis había dejado el sistema abierto después de utilizarlo para izar los paneles cilíndricos y hacer bajar las persianas de acero de las ventanas.

Todos los controles ofrecían carteles a prueba de idiotas. Billy abrió la puerta principal.

En el salón, Valis todavía permanecía flojo e inconsciente, con la cabeza encapuchada con su propia camiseta.

Billy arrastró a Valis fuera del salón, a través del comedor y la cocina, hasta la cabina. Tiró de él, golpeándolo contra los escalones, y lo sacó de la casa rodante.

No quedaba más que una hora de oscuridad. La delgada luna con forma de hoz ahora cosechaba estrellas más allá del horizonte occidental.

Había estacionado el Explorer entre la carpa y la casa rodante, fuera del alcance de la vista desde la autopista. No había tráfico.

Arrastró a Valis hasta el auto.

En los alrededores no vivía nadie. El bar del otro lado de la carretera seguiría estaría desierto durante horas.

Cuando Valis disparó el tiro al sillón, no había nadie para escucharlo.

Billy abrió la portezuela trasera. Desplegó una de las mantas escocesas de viaje con la que había disimulado el cuerpo envuelto del pobre Ralph Cottle. La alisó sobre el baúl.

En el suelo, Valis se movió. Comenzó a quejarse.

Billy de pronto se sintió débil, no tanto con fatiga física como de mente y corazón.

El mundo da vueltas y el mundo cambia, pero hay una cosa que no cambia. Por mucho que lo disimules, esta cosa no cambia: la lucha perpetua del Bien y el Mal.

Con otra manta, Billy se puso de rodillas junto al afamado artista. Incrustando la pistola entre los pliegues acolchados, para usarlos como silenciador, disparó los cinco tiros restantes contra el pecho del psicópata.

No se atrevió a esperar para ver si esta vez se habían oído los disparos. De inmediato desplegó la manta humeante sobre el suelo y enrolló al muerto con ella.

Meter el cadáver en el Explorer resultó ser más difícil de lo que esperaba. Valis era más pesado que el esquelético Ralph Cottle.

Si alguien hubiera estado filmando a Billy, habría obtenido con su cámara un ejemplo clásico de comedia macabra. Éste era uno de esos momentos en los que él se preguntaba por Dios; no dudaba de su existencia, sino que se preguntaba acerca de Él.

Con Valis envuelto y cargado, Billy cerró con fuerza la portezuela y regresó a la casa rodante.

La bala disparada por Valis había atravesado el respaldo tapizado. De rebote, había dañado un panel de la pared. Billy intentó seguirle la pista desde ahí.

Como su padre y su madre habían sido asesinados con una bala del calibre treinta y ocho, constaban los perfiles forenses de la pistola. No pensaba que hubiese muchas posibilidades de que lograran establecer la relación, pero no tenía intención de correr ningún riesgo.

A los pocos minutos encontró bajo una mesa de centro el trozo de metal usado. Se lo guardó en el bolsillo.

La policía reconocería el agujero en el sillón como un daño provocado por un arma de fuego. Sabrían que se había disparado un arma; y no habría nada que hacer al respecto.

Lo que sin embargo no sabrían era si había sido disparada por Valis o por él. Sin sangre, no estarían en condiciones de deducir contra quién se había cometido el acto violento, si es que se había cometido contra alguien.

Caminando lentamente en círculo, llevando su mente de vuelta a aquel momento, Billy intentó recordar si, durante el breve lapso que había estado sin guantes, había tocado alguna superficie en la que dejara su huella. No. El lugar estaba limpio.

Dejó las persianas de acero bajadas. Dejó los paneles de bambú levantados para poner al descubierto la colección de rostros y manos.

No cerró la puerta cuando salió de la casa rodante. Abierta, invitaba a entrar.

Qué sorpresa para el glamoroso equipo de artistas y artesanos.

No vio tráfico durante el tiempo que le llevó ir desde la casa rodante, atravesando el prado, hasta el pavimento.

Cualquier huella que el auto hubiera impreso en el polvo, si es que había dejado alguna, quedaría borrada cuando en pocas horas llegara el equipo.

Capítulo 73

Billy se dirigió una vez más hacia el conducto de lava; en esta ocasión eligió un camino distinto para evitar pisotear los mismos arbustos de antes.

Mientras quitaba la tapa de sándalo, la estrecha y rasgada herida de un apropiado amanecer sangriento se abrió a lo largo del contorno de las montañas del este.

Una plegaria no parecía apropiada.

Como si su peso específico fuera mayor que el de los otros tres cadáveres, le dio la sensación de que Valis caía más rápido por el abismo hambriento que guardaba a los muertos anteriores.

Cuando los sonidos del descenso del cuerpo se desvanecieron hasta convertirse en silencio, Billy dijo:

—Más viejo y experimentado, mis pelotas.

Luego se acordó de arrojar la cartera de Lanny por el conducto y volvió a colocar la tapa.

Mientras la noche se resistía inútilmente a la temprana luz purpúrea, Billy aparcó el Explorer en el jardín de detrás del garaje de Lanny. Entró en la casa.

Era jueves, sólo el segundo de los dos días libres de Lanny. No parecía probable que alguien se preguntara por él o apareciera buscándolo hasta el viernes.

A pesar de que Valis había asegurado que no había dejado más pistas tras la visita anterior de Billy, decidió registrar la casa una vez más. Sencillamente, no se puede confiar en ciertas personas.

Comenzó por arriba, moviéndose con la lentitud de la fatiga extrema, y regresó a la cocina sin haber encontrado nada que lo incriminara.

Sediento, tomó un vaso del armario y se sirvió agua fría de la canilla. Todavía con los guantes puestos, no le preocupaba dejar huellas.

Saciada la sed, enjuagó el vaso, lo secó con un trapo y lo volvió a dejar en el armario de donde lo había sacado.

Sentía que algo no iba bien.

Sospechaba que se le había escapado un detalle que tenía el poder de arruinarlo. Atontado por el cansancio, su mirada había pasado por delante de alguna maldita prueba sin que pudiera reconocer su importancia.

De nuevo en el salón, dio una vuelta alrededor del sofá en el que Valis había colocado el cadáver de Ralph Cottle. No había manchas en los muebles ni en la alfombra.

Billy levantó los cojines para ver si se había caído algo de los bolsillos de Cottle. No encontró nada y los volvió a colocar en su sitio.

Todavía asediado por la inquietante sensación de haber pasado algo por alto, se sentó a pensar. Como estaba hecho un desastre, no se arriesgó a ensuciar ningún asiento, así que, dejando escapar un suspiro de cansancio, se sentó en el suelo con las piernas cruzadas.

Acababa de matar a un hombre, o a algo similar a un hombre, pero aun así podía seguir preocupado por la tapicería del salón. Seguía siendo un chico educado. Un considerado pequeño salvaje.

Esta contradicción le pareció graciosa, y soltó una carcajada. Cuanto más reía, más gracioso le parecía su cuidado de la tapicería, y entonces se encontró riéndose de su propia risa, divertido ante su inapropiado atolondramiento.

Sabía que se trataba de una risa peligrosa, que podía deshacer el nudo cuidadosamente atado de su equilibrio. Se recostó sobre la alfombra, inmóvil, y respiró hondo para calmarse.

La risa amainó, respiraba con más normalidad y, de alguna manera, se las arregló para quedarse dormido.

Capítulo 74

Billy se despertó desorientado. Durante un momento, parpadeando ante las patas de todas las sillas y los sillones que lo rodeaban, pensó que se había quedado dormido en la recepción de un hotel y se maravilló de lo considerados que habían sido los empleados por dejarlo dormir tranquilo.

Entonces el recuerdo lo despertó del todo.

Se puso en pie y tomó el arma del sofá con la mano izquierda. Eso fue un error. La herida del clavo estaba inflamada. Gritó y casi se cayó, pero no lo hizo.

El día tras las cortinas de las ventanas se veía extremadamente brillante y bien avanzado. Cuando miró el reloj, vio que eran las 17:02. Había dormido casi diez horas.

Presa del pánico, su corazón comenzó a agitarse como frenéticas alas. Pensó que su ausencia sin explicaciones lo habría convertido en el principal sospechoso de la desaparición de Valis.

Luego recordó que había llamado para decir que estaba enfermo el segundo día. Nadie lo esperaba en ninguna parte. Y nadie sabía que él tuviera alguna clase de conexión con el artista muerto.

Si la policía estaba ávida de encontrar a alguien, buscarían al propio Valis para hacerle preguntas concretas sobre el contenido de los frascos que había en su salón.

Billy fue a la cocina, tomó un vaso del armario y lo llenó con agua de la canilla. A continuación hurgó en los bolsillos de sus vaqueros y encontró dos Anacin, que se tomó con un largo trago, además de una pastilla de Cipro y otra de Vicodin.

Por un momento sintió náuseas, pero la sensación pasó. Quizá todos esos medicamentos juntos resultaban una mezcla letal que lo dejaría muerto de un momento a otro, pero al menos no vomitaría.

Ya no le preocupaba la sensación de haber dejado pruebas que lo incriminaran dentro de la casa. Ese temor había sido un síntoma de agotamiento. Ahora, descansado, tras asegurarse de nuevo de que había tomado todo tipo de precauciones, supo que no había dejado nada al azar.

Tras cerrar la casa, volvió a dejar la llave de repuesto en el agujero del tronco del árbol.

Aprovechando la luz diurna, abrió el portón trasero del Explorer y revisó el suelo del maletero en busca de sangre de Valis. Ni una gota había traspasado las mantas de viaje, y éstas se habían ido por el conducto de lava junto con el cadáver.

Se alejó de la casa de Olsen con alivio, con prudente optimismo, con una creciente sensación de triunfo.

El lugar del proyecto de Valis parecía un concesionario donde sólo se vendieran coches de policía.

Decenas de uniformes se dispersaban alrededor de la casa rodante, la carpa, el mural. El comisario John Palmer sería uno de ellos porque también había furgonetas de televisión aparcadas, parachoques contra parachoques, en la banquina de la carretera.

Billy se dio cuenta de que todavía llevaba puestos los guantes de látex. De acuerdo. Ningún problema. Nadie podía verlo y preguntarse por qué.

En el estacionamiento del bar no había ni un solo espacio disponible. Las noticias sobre Valis y su espeluznante colección habrían llevado allí a todos los clientes habituales además de a otros nuevos, con algo más de qué hablar aparte de los cerdos con cerebros humanos. Bien por Jackie.

Cuando la casa de Billy apareció en el horizonte, su mera visión lo reconfortó. Hogar. Con el artista muerto, no tendría que cambiar las cerraduras. La seguridad era suya una vez más, y la privacidad.

En la cochera, limpió el Explorer, metió la basura en una bolsa y guardó el destornillador eléctrico y las otras herramientas.

En alguna parte de su propiedad había recuerdos incriminatorios, quedaba por hacer una última limpieza.

Al cruzar el umbral de la cocina, permitió que su instinto lo guiara. Valis no habría llevado allí una mano de Giselle Winslow dentro de un frasco lleno de formaldehído. Un recipiente semejante habría sido demasiado incómodo y frágil para permitir un trabajo rápido y disimulado. El instinto sugería la solución más sencilla.

Fue hacia heladera y abrió el congelador. Entre los tarros de helado y los paquetes de sobras había dos objetos envueltos en papel metalizado que no reconoció.

Los abrió en el piso. Eran dos manos, cada una de una mujer distinta. Una de ellas probablemente perteneciera a la pelirroja.

Valis había utilizado un nuevo papel metalizado antiadherente. El fabricante se alegraría de escuchar que funcionaba tal como anunciaban en la publicidad.

Billy no pudo evitar un temblor mientras volvía a envolver las manos. Por un instante llegó a pensar que se había vuelto insensible al horror. No era así.

Antes de que finalizara el día, tendría que tirar todo el contenido del congelador. No había podido producirse ninguna contaminación, pero sólo *pensar* en ello le revolvía el estómago. De hecho, posiblemente tendría que tirar la heladera entera.

Quería las manos fuera de su casa. No esperaba que la policía llamara a la puerta con una orden de registro, pero de cualquier forma quería deshacerse de las manos.

Enterrarlas en algún lugar de la propiedad le parecía una mala idea. Como mínimo tendría pesadillas de las manos deshaciendo sus pequeñas tumbas y arrastrándose hasta la casa por la noche.

Las colocó en una heladerita de picnic mientras decidía qué hacer con ellas.

Pensó en sacar de su cartera la instantánea doblada de Ralph Cottle de joven y su credencial de socio de la Sociedad Americana de Escépticos y la fotografía de la pelirroja. Había conservado todo esto con la vaga idea de devolverle la pelota al psicópata y colocar pistas en *su* territorio para incriminarlo. Las metió en la heladerita junto con las manos.

Tenía el teléfono celular de Lanny, y dudó si añadirlo también a la heladerita. Como si las manos pudieran deshacerse de su envoltorio y marcar el 911. Dejó el móvil sobre la mesa de la cocina.

Para sacar las manos de la casa, llevó la heladerita al garaje y la metió en el Explorer, en el suelo del asiento del acompañante. Cerró con llave la puerta de la cochera al salir.

La cálida tarde había llegado a su fin. 18:36.

Bien alto sobre su cabeza, un halcón se dedicaba a la última cacería del día.

Billy se quedó contemplándolo mientras el pájaro describía un círculo amplio. Luego entró en la casa, ávido por darse una ducha lo más caliente que pudiera soportar.

El asunto de las manos de las mujeres le había quitado el apetito. No pensó que pudiera sentirse cómodo comiendo en su casa.

Quizá regresara al bar de carretera para cenar. Sentía que le debía a Jasmine, la camarera, una propina aun mayor de la que le había dejado.

En el pasillo, de camino al baño, vio luz en el despacho. Cuando miró a través del umbral, encontró las persianas bajadas, tal como las había dejado. No recordaba haber dejado la lámpara encendida, pero había salido a todo correr, ansioso por deshacerse de Cottle. Sin dar la vuelta al escritorio, apagó la lámpara.

Aunque Cottle ya no estaba sentado sobre el inodoro, Billy podía recordarlo perfectamente. Pero ése era su único baño, y su deseo por darse una ducha resultó ser mayor que su asco.

El agua caliente fue haciendo desaparecer los dolores de sus músculos. El jabón olía a gloria.

Un par de veces sintió claustrofobia tras la cortina del baño y se convenció más o menos de que le habían dado el papel de Janet Leigh en una versión de *Psicosis* con los géneros cambiados.

Afortunadamente se las arregló para no pasar un mal momento cuando abrió la cortina de un tirón. Concluyó la ducha sin ser acuchillado.

Se preguntó cuánto tiempo debería pasar hasta que lograra superar sus miedos. Lo más probable: el resto de su vida.

Tras secarse con la toalla y vestirse, se aplicó una venda limpia sobre las heridas de los anzuelos de la frente.

Fue hacia la cocina, abrió una cerveza Elephant y la utilizó para tragar un par de Motrin. La inflamación de la mano izquierda lo tenía algo preocupado.

En la mesa, con la cerveza y unos pocos artículos de primeros auxilios, intentó introducir yodo en la herida del clavo. A continuación se puso una gasa humedecida nueva.

Detrás de las ventanas el crepúsculo se aproximaba.

Pretendía ir a Whispering Pines y pasar allí algunas horas. Había conseguido que le dejaran quedarse toda la noche en una vigilia de oración; pero, a pesar de sus diez horas de sueño, no pensaba que pudiera aguantar tanto tiempo. Con Valis muerto, la medianoche no tenía sentido.

Una vez que terminó con la herida del clavo, se sentó a la mesa para acabar la cerveza y su atención recayó en el microondas. El video de seguridad.

Todo este tiempo se había grabado a sí mismo a la mesa. Luego se dio cuenta de que se había filmado sacando las manos del congelador. La cámara tenía un gran angular, pero no creía que hubiese podido captar su horrendo trabajo tan bien como para servir de prueba.

Sin embargo...

Tomó la escalera de mano de la despensa. Se subió y abrió el armario de encima del microondas.

Utilizando el modo de rebobinado con imagen, escrutó la pequeña pantalla de control, observándose a sí mismo caminando hacia atrás por la cocina. El ángulo no había dejado ver las manos cercenadas.

Mientras continuaba rebobinando más allá de su llegada poco después de las seis de la tarde, de pronto se preguntó si Valis habría visitado la casa con algún propósito desde que él se había ido el día anterior hasta su encuentro en la casa rodante antes del amanecer.

No tuvo que rebobinar hasta el día anterior. A las 15:07 de ese *mismo* día, mientras Billy todavía dormía en casa de Olsen, un hombre salía del salón, cruzaba la cocina hasta la puerta y desaparecía de la casa.

El intruso no era Valis, desde luego, porque Valis estaba muerto.

Capítulo 75

Billy no recordaba el número. Utilizando el teléfono celular de Lanny, llamó al número de información de Denver, desde donde le pusieron en contacto con el detective Ramsey Ozgard.

Billy esperó mientras el teléfono sonaba allá lejos, a la sombra de las Rocosas.

Tal vez Valis había confiado en la conversión de Billy porque previamente había corrompido a otra persona en lugar de destruirla. Ninguno de los dieciséis miembros de su equipo era como él, pero eso no quería decir que el artista fuese un cazador solitario.

Ramsey Ozgard contestó a la quinta llamada, y Billy se identificó como Lanny Olsen. Ozgard dijo:

—Siento sangre en su voz, oficial. Dígame que encontró al criminal.

—Creo que pronto lo haremos —dijo Billy—. Tengo una cosa urgente. Necesito saber... si el año en el que Judith Kesselman desapareció había en la universidad algún profesor que se hiciera llamar Valis.

—No era profesor —dijo Ozgard—. Fue artista residente durante seis meses. Pasado ese tiempo, hizo esa cosa ridícula que se llama arte de representación, envolvió dos edificios del campus en miles de metros de seda azul y los colgó con...

Billy lo interrumpió.

—Steve Zillis tenía una coartada perfecta.

—A toda prueba —aseguró Ozgard—. Puedo explicarle todo si tiene diez minutos.

—No los tengo. Pero dígame, ¿recuerda qué estudiaba Zillis en la universidad?

—Arte.

—Hijo de puta.

No era de extrañar que Zillis no quisiera hablar de los maniquíes. No se trataba únicamente de expresiones de los sueños enfermizos de un asesino sociópata: era su *arte*. En aquel momento Billy todavía no había descubierto las palabras clave que revelarían la identidad del psicópata: *arte de representación*. Sólo tenía *representación*, y Zillis instintivamente no había querido darle el resto, no cuando le iba tan bien interpretar a un acorralado pervertido inofensivo.

—El hijo de puta merece un Oscar —exclamó Billy—. Salí de su casa sintiéndome la peor mierda del mundo por haberlo tratado así.

—¿Cómo dice, oficial?

—El famoso y respetado Valis testificó a favor de Steve Zillis, ¿no es así? Dijo que Steve estaba con él en un refugio o algo por el estilo el día que Judith Kesselman desapareció.

—Sí. Pero sólo puede llegar a eso si...

—Ponga el informativo de la tarde, detective Ozgard. En la época en la que desapareció Judi Kesselman, Steve y Valis estaban trabajando juntos. Ellos eran su *coartada mutua*. Tengo que irme.

Billy se acordó de pulsar «colgar» antes de dejar el teléfono de Lanny.

Todavía conservaba la pistola y la pistola eléctrica. Se colocó la pistolera Wilson Combat en el cinturón.

Del armario de su dormitorio sacó una campera deportiva y se la puso para ocultar la pistola lo mejor que pudo. Deslizó la pistola eléctrica en un bolsillo interior de la campera.

¿Qué había estado haciendo Steve allí por la tarde? Para entonces ya sabría que su mentor había desaparecido, que la colección de manos y rostros había sido descubierta. Incluso sospecharía que Valis estaba muerto.

Billy recordó haberse encontrado encendida la luz del despacho. Fue hacia allí, esta vez dando la vuelta entera al escritorio, y vio que la computadora se hallaba en estado de hibernación. Él no la había dejado encendida.

Cuando movió el ratón apareció un documento.

¿Puede la tortura despertar a los comatosos?
La sangre de ella, su mutilación,
serán tu tercera herida.

Billy voló por la casa. Saltó por encima de los escalones de la galería trasera, tropezó al aterrizar y corrió.

Había caído la noche. Una lechuza ululó. Las alas contra las estrellas.

Capítulo 76

A las 21:06 el estacionamiento para las visitas de Whispering Pines sólo albergaba un coche. La hora de visita terminaba a las nueve.

Todavía no habían cerrado la puerta principal. Billy la empujó para entrar y cruzó la recepción hacia el puesto principal de enfermeras.

Había dos enfermeras detrás del mostrador. Conocía a ambas.

—Tengo permiso para quedarme... —comenzó a decir.

Las luces del techo se apagaron. También las del estacionamiento. El pasillo principal estaba casi tan oscuro como un conducto de lava.

Dejó a las enfermeras en plena confusión y continuó por el pasillo hacia el ala oeste.

Al principio fue deprisa, pero tras una docena de pasos, en plena oscuridad, chocó contra una silla de ruedas. La palpó y sintió su forma.

Desde la silla, una anciana asustada dijo:

—¿Qué sucede? ¿Qué está haciendo?

—Todo está en orden, no se preocupe —le aseguró, y siguió adelante.

Ahora no se movía tan rápido, con los brazos extendidos tanteando como si se tratara de un ciego en busca de obstáculos.

Las luces de emergencia colocadas en la pared titilaron intentando encenderse, luego se apagaron, volvieron a encenderse y se extinguieron.

Una autoritaria voz masculina exclamó con calma:

—Por favor, permanezcan en sus habitaciones. Iremos a por ustedes. Por favor, permanezcan en sus habitaciones.

Las luces de emergencia trataron de funcionar nuevamente. Pero titilaban con un tercio de su brillo, de manera irregular.

Las sombras y los resplandores le desorientaban, pero Billy podía ver lo suficiente como para evitar a la gente que había en los pasillos. Otra enfermera, un camillero, un anciano en pijama con expresión de asombro...

La alarma de incendios emitió su alarido electrónico. Una voz grabada comenzó a dar las instrucciones de evacuación.

Una mujer con un andador interceptó a Billy cuando se acercaba. Lo aferró de la manga, buscando información.

—Está todo bajo control —le aseguró a la mujer mientras seguía de largo a toda prisa.

Torció hacia el ala izquierda. Justo delante, a la derecha. La puerta estaba abierta.

El cuarto se encontraba a oscuras. No había ninguna luz de emergencia. Su propio cuerpo bloqueaba la escasa luz que entraba temblorosa del pasillo oeste.

Oyó unos portazos, una cacofonía de portazos no producida por ninguna puerta, sino por su corazón.

Fue tanteando hasta la cama. Debía alcanzarla. Dio dos pasos adelante. La cama no estaba allí.

Dio unas vueltas a ciegas, barriendo el aire con los brazos. Todo lo que encontró fue la banqueta.

Barbara tenía una cama con ruedas. Alguien se la había llevado.

De nuevo en el pasillo, miró a la izquierda, miró a la derecha. Unos pocos pacientes capaces de andar habían salido de sus habitaciones. Una enfermera los dirigía para evacuarlos de manera ordenada.

Entre la danza de luz y sombras, Billy vio a un hombre empujando una cama en el extremo del pasillo, moviéndose rápido hacia un cartel rojo encendido que decía SALIDA.

Billy corrió esquivando pacientes, enfermeras, fantasmas de sombras.

La puerta al final del pasillo se abrió de golpe cuando el hombre empujó con la cama.

Una enfermera agarró a Billy del brazo, deteniéndolo. Intentó zafarse, pero ella tenía fuerza.

—Ayúdeme a sacar a los pacientes que no pueden levantarse de la cama —dijo ella.

—No hay fuego.

—Debe de haberlo. Tenemos que evacuarlos.

—Mi mujer —declaró él, aunque él y Barbara no se habían casado—, mi mujer necesita ayuda.

Se desprendió de un tirón de la enfermera, casi haciéndola caer, y corrió hacia el cartel de SALIDA.

Atravesó la puerta, hacia la noche. En el estacionamiento del personal había tachos de basura, coches y *jeeps*.

Por un momento no vio al hombre ni la cama.

Allí. Una ambulancia aguardaba a diez metros de distancia, a la izquierda, con el motor encendido. La amplia puerta trasera esperaba abierta. El tipo con la cama casi la había alcanzado.

Billy sacó la pistola de nueve milímetros pero no se atrevió a usarla. Podía herir a Barbara.

Mientras cruzaba el asfalto, se enfundó la pistola y sacó a tientas la pistola eléctrica del bolsillo de dentro de la chaqueta.

En el último instante, Steve oyó a Billy acercarse. El psicópata tenía una pistola. Se dio la vuelta y disparó dos veces.

Billy ya se estaba abalanzando bajo el brazo de Steve. La pistola resonó por encima de su cabeza.

Clavó el cañón de la pistola eléctrica en el abdomen de Steve y apretó el gatillo. Sabía que podía funcionar a través de ropa ligera como una remera, pero nunca la había revisado para asegurarse de que tuviera pilas nuevas.

Zillis sufrió un espasmo mientras la descarga eléctrica hacía estragos en los cables de su sistema nervioso. No soltó su arma, sino que ésta salió volando. Se le doblaron las rodillas. Se golpeó la cabeza contra el parachoques de la ambulancia mientras caía.

Billy le dio una patada. Intentó patearlo en la cabeza. Le dio otra patada.

El cuerpo de bomberos estaría en camino. La policía. El comisario John Palmer, tarde o temprano.

Puso una mano sobre la cara de Barbara. Su aliento cosquilleó contra su palma. Parecía estar bien. Podía sentir cómo sus ojos se movían bajo los párpados, soñando con Dickens.

Echó un vistazo a Whispering Pines y vio que todavía no se había evacuado a nadie por la salida del ala oeste.

Movió a un lado la cama de Barbara.

Sobre el suelo, Steve se retorcía haciendo extraños ruidos, en una mala imitación de un ataque epiléptico.

Billy le dio otra descarga con la pistola y acto seguido se la guardó en el bolsillo.

Agarró al psicópata del cinturón y del cuello de la camisa, izándolo del suelo. No creía tener la fuerza suficiente para levantarlo y meterlo en la ambulancia, pero el pánico le proporcionaba adrenalina.

Los nudillos de la mano derecha del psicópata golpeaban descontroladamente el suelo de la ambulancia, así como su nuca.

Cerró la puerta con fuerza, agarró la barra de los pies de la cama de Barbara y la empujó hacia Whispering Pines.

Cuando estaba a menos de tres metros de distancia de la puerta, ésta se abrió y apareció un camillero ayudando a un paciente con un andador.

—Ésta es mi mujer —dijo Billy—. La he sacado. ¿Podría cuidarla mientras ayudo a otra gente?

—No se preocupe —le aseguró el camillero—. Mejor que la deje a una distancia prudente por si hay fuego.

Tras pedir al hombre del andador que lo esperara, el camillero empujó la cama de Barbara lejos del edificio, pero también de la ambulancia.

Cuando Billy estuvo frente al volante y cerró la puerta del conductor, escuchó al psicópata tamborileando con sus talones contra algo y emitiendo sonidos ahogados, que posiblemente fueran maldiciones interrumpidas.

Billy no sabía cuánto duraba el efecto de una pistola eléctrica. Tal vez no era correcto rezar para que le siguieran dando convulsiones, pero lo hizo.

Quitó el freno de mano, metió primera y dio la vuelta al edificio. Estacionó junto a su Explorer.

La gente salía de la residencia hacia el estacionamiento. Todos estaban muy ocupados como para preocuparse de lo que él hacía.

Trasladó a la ambulancia la heladerita con las manos amputadas y luego se fue de allí. Anduvo dos manzanas hasta que pudo localizar el botón de las sirenas y las luces de emergencia.

Cuando se cruzó con coches de bomberos procedentes de Vineyard Hills, la ambulancia era todo luces y sonido.

Pensó que cuanto más llamara la atención, menos sospechoso parecería. Rompió todos los límites de velocidad mientras atravesaba el extremo noreste del pueblo, y dobló al este en la carretera estatal que conducía a la casa de Olsen.

Cuando estaba tres kilómetros fuera de la ciudad, con los viñedos a ambos lados de la carretera, oyó al psicópata murmurando de manera más coherente y golpeando por todas partes, evidentemente intentando incorporarse.

Billy se desvió hacia la banquina y se detuvo, aunque dejó las luces encendidas. Trepó por encima de los asientos, hacia la parte trasera.

De rodillas, aferrado a la botella de oxígeno, Zillis intentaba a duras penas ponerse en pie. Sus ojos brillaban como los de un coyote en la noche.

Billy le dio otra descarga y Zillis se desplomó, retorciéndose, pero la pistola eléctrica no era un arma mortal.

Si le disparaba al psicópata, la sangre se desparramaría por todo el equipo de asistencia médica, un desastre tremendo. Y una prueba.

Sobre la camilla con ruedas había dos delgadas almohadas de gomaespuma. Billy las tomó.

Zillis se retorcía, girando su cabeza de un lado a otro, sin ninguna clase de control sobre sus músculos.

Billy se dejó caer sobre su pecho con ambas rodillas, cortándole la respiración, haciendo crujir más de una costilla, y le colocó las almohadas sobre la cara.

Aunque el psicópata luchó por su vida, fue inútil.

Billy casi no pudo terminar. Se obligó a pensar en Judith Kesselman, en sus ojos llenos de vida, su sonrisa menuda y delicada, y se preguntó si Zillis le habría clavado una barra de hierro con punta de lanza, si le habría cortado la parte superior del cráneo mientras estaba viva y se la ofrecía como una copa para beber.

Entonces se acabó.

Sollozando, pero no por Zillis, volvió a trepar por los asientos hasta quedar frente al volante. Se incorporó a la autopista.

A tres kilómetros del desvío hacia la casa de Olsen, Billy apagó las luces de emergencia y la sirena. Aminoró la marcha por debajo del límite de velocidad.

Como la alarma de Whispering Pines había sido falsa, el equipo de bomberos no se quedaría demasiado tiempo allí. Cuando finalmente regresara con la ambulancia, el estacionamiento del personal volvería a estar desierto.

Había dejado el destornillador eléctrico en casa. Estaba casi seguro de que Lanny tendría uno. Lo tomaría prestado. A Lanny no le importaría.

Cuando se acercaba a la casa, vio la luna recortada, esta noche un poco más ancha que la anterior, y con la hoja de plata quizá algo más afilada.

C a p í t u l O
77

A lo largo de todo el año, el valle es el hogar de toda clase de palomas, del gorrión y del incluso más musical pinzón de ojos oscuros.

El halcón de largas alas y larga cola conocido como cernícalo americano también pasa aquí todo el año. Su característico plumaje es claro y alegre. Sus gritos, serenos sonidos de llamada que suenan como *killy-killy-killy-killy,* no deberían resultar agradables al oído, y sin embargo lo son.

Billy compró una heladera nueva. Y un microondas.

Tiró abajo una pared, uniendo el despacho con el salón, porque tenía planeado utilizar el espacio de forma diferente a como lo había hecho hasta entonces.

Eligió un alegre color amarillo manteca y volvió a pintar cada habitación.

Tiró las alfombras y los muebles, y compró todo nuevo, porque no sabía dónde habría estado sentada o acostada la pelirroja cuando fue estrangulada o liquidada de alguna otra manera.

Se le pasó por la cabeza demoler la casa y construirla de nuevo, pero comprendió que las casas no quedan embrujadas. Somos *nosotros* los embrujados, y a pesar de la arquitectura de la que nos rodeemos, nuestros fantasmas permanecen con nosotros hasta que nosotros mismos somos fantasmas.

Cuando no trabajaba en la casa o detrás de la barra del bar, se sentaba en la habitación de Whispering Pines o en la galería delantera a leer novelas de Charles Dickens; lo más indicado para saber donde vivía Barbara.

Con la llegada del otoño, los pibís del bosque emigraban del valle, y su *pi-didip, pi-didip* no se volvía a escuchar hasta la primavera. Del mismo modo emigraba la mayoría de los papamoscas de sauce, a pesar de que unos pocos pueden adaptarse si se quedan rezagados.

En otoño, Valis seguía siendo noticia, sobre todo en los tabloides y en esos programas de televisión que hacen pasar la mezquindad de sus espectáculos carnavalescos como periodismo de investigación. Se alimentarían de él al menos durante un año, igual que los pájaros carpinteros se alimentan de las larvas que descubren en las bellotas que hacen ruido, si bien la naturaleza no les ha dado a aquéllos el imperativo que le ha dado a los carpinteros.

Steve Zillis fue relacionado con Valis. La pareja había sido vista —disfrazados pero reconocibles— y denunciada en Sudamérica, en Asia, en las regiones más oscuras de la antigua Unión Soviética.

Se supuso que Lanny Olsen también había muerto, de alguna misteriosa manera, como un héroe. No era un detective, sino un simple oficial, y nunca antes había sido un oficial *motivado;* sin embargo, sus llamadas a Ramsey Ozgard, del departamento de policía de Denver, indicaban que tenía razones para sospechar de Zillis y, al final, también de Valis.

Nadie podía explicar por qué Lanny no había llevado sus sospechas a un superior. El comisario Palmer sólo dijo que Lanny siempre había sido «un lobo solitario que hizo lo mejor de su trabajo fuera de los canales habituales», y por alguna razón nadie se rio o preguntó al comisario de qué demonios hablaba.

Una teoría —generalizada en el bar— sostenía que Lanny había disparado y herido a Valis, pero que Steve Zillis había irrumpido en la escena y asesinado a Lanny. Luego Steve se había ido con el cuerpo de Lanny para deshacerse de él, y también con el artista herido, para cuidarlo hasta que se recuperase en algún escondite, ya que todos los médicos legales están obligados a dar parte de heridas de bala.

Nadie sabía en qué vehículo había huido Steve, puesto que el suyo estaba en el garaje de su casa; pero era obvio que le había robado el coche a alguien. No se había llevado la casa rodante porque no la había conducido nunca, y sin duda porque además habría atraído demasiado la atención una vez que se denunciara la desaparición de Valis.

Psicólogos y criminólogos con conocimientos acerca del comportamiento sociopático argumentaban contra la idea de que un psicópata homicida se sintiera desinteresadamente dispuesto a cuidar a otro psicópata homicida para devolverle la salud. Sin embargo, la idea de estos dos monstruos preocupándose bondadosamente el uno del otro agradó a la prensa y al público. Si el conde Drácula y Frankenstein podían ser buenos amigos, tal como aparecían en un par de viejas películas, Zillis podría sentirse impulsado a proteger a su mentor artístico, herido de gravedad.

Nadie se dio cuenta jamás de que Ralph Cottle se había esfumado.

Seguramente alguien habría echado en falta a la joven pelirroja, pero quizá procedía de algún lugar distante del país y había sido secuestrada cuando pasaba por la región de los viñedos. Si en algún otro Estado existían historias acerca de su desaparición, nunca se la relacionó con el caso Valis, y Billy jamás supo su nombre.

La gente desaparece todos los días. Los medios de comunicación nacionales no tienen suficiente espacio o tiempo para informar sobre la caída de cada gorrión.

A pesar de que los pájaros verdes del bosque y los papamoscas de sauce se van con el verano, la gallina de agua aparece cuando el otoño se acerca al invierno, tal como lo hace el reyezuelo de copete rojo, que posee un sonoro, claro y alegre canto de múltiples frases.

En aquellos círculos enrarecidos donde los pensamientos más sencillos son profundos y donde incluso el gris tiene sombras de gris, surgió un movimiento para completar el mural inconcluso. Y quemarlo como estaba planeado. Valis posiblemente estuviera loco, según se discutía, pero el arte de todas maneras es arte, y debe ser respetado.

La quema atrajo a tal número de entusiastas, entre ellos motociclistas, anarquistas organizados y sinceros nihilistas, que Jackie O'Hara cerró el bar ese fin de semana. No los quería tener en su bar familiar.

Hacia finales de otoño, Billy dejó su trabajo de camarero y llevó a Barbara a su casa. Una parte del salón ampliado servía tanto de dormitorio para ella como de despacho para él. Con su tranquila compañía, descubrió que podía volver a escribir.

A pesar de que Barbara no necesitaba aparatos para mantenerse viva, únicamente una sonda para asegurarle comida continuada a través de un tubo en el estómago, Billy al principio tuvo que recurrir a la ayuda ininterrumpida por parte de enfermeras profesionales. Aprendió a cuidarla, no obstante, y, tras varias semanas, apenas si necesitaba una enfermera más que de noche, cuando él dormía.

Vaciaba la bolsa del catéter, le cambiaba los pañales, la limpiaba, la bañaba, y nunca sintió rechazo alguno. Se sentía mejor haciendo estas cosas por ella que cuando dejaba que lo hicieran extraños. Tuvo que reconocer que no esperaba que atenderla de ese modo la hiciera parecer bella a sus ojos, pero así ocurrió.

Ella lo había salvado una vez, antes de que se la arrebataran, y ahora volvía a salvarlo. Tras el terror, la violencia brutal, el asesinato, le daba la oportunidad de volver a familiarizarse con la compasión y de encontrar en sí mismo la ternura que de otro modo hubiera perdido para siempre.

Curiosamente, los amigos comenzaron a visitarlo. Jackie, Ivy, los cocineros Ramón y Ben, y Shirley Trueblood. Harry Avarkian venía en coche desde Napa. A veces iban acompañados de algún familiar, así como de amigos que se hicieron amigos de Billy. A la gente parecía gustarle cada vez más pasar por casa de los Wiles. El día de Navidad se reunió un buen grupo.

Llegada la primavera, cuando los pájaros carpinteros y los papamoscas regresaban en bandadas, Billy amplió la puerta principal y colocó una rampa en la entrada para acomodar la cama de Barbara en el porche. Con una extensión del cable para mantener en funcionamiento el motor de la sonda de alimentación y para permitir el ajuste del colchón, Barbara disfrutaba de una posición cómoda, con las cálidas brisas primaverales rozando su cara.

En la galería él leía, a veces en voz alta. Y escuchaba el canto de los pájaros. Y observaba a Barbara soñando con *Cuento de Navidad*.

Ésa fue una buena primavera, un mejor verano, un agradable otoño, un precioso invierno. Fue el año en que la gente comenzó a llamarlo Bill en lugar de Billy, y en cierto modo él no se dio cuenta hasta que el nuevo nombre fue de uso común.

En la primavera del año siguiente, un día que él y Barbara estaban juntos en la galería, Bill leía para sí cuando ella dijo:

—Golondrinas.

Ya no llevaba la libreta para apuntar las cosas que ella decía, pues ya no le preocupaba que estuviera asustada, perdida o sufriendo. Ella no estaba perdida.

Cuando levantó la vista del libro, descubrió una bandada de esos mismos pájaros, moviéndose como uno, describiendo graciosos dibujos sobre la hierba más allá del porche.

Cuando la miró, vio que ella tenía los ojos abiertos y que parecía estar observando las golondrinas.

—Se mueven con más gracia que otras golondrinas —dijo él.

—Me gustan —dijo ella.

Las aves eran elegantes, con sus largas, esbeltas y puntiagudas alas y sus extensas colas de tijera. Sus lomos eran azul oscuro, los pechos anaranjados.

—Me gustan mucho —dijo ella, y cerró los ojos.

Tras contener la respiración un momento, él dijo:

—¿Barbara?

Ella no respondió.

Dije a mi alma, calla y espera sin esperanza, pues esperanza sería esperanza de lo que no debiera.

Esperanza, amor y fe, todo reside en la espera. El poder no es la verdad de la vida; el amor por el poder es el amor a la muerte.

Las golondrinas volaron a otra parte. Bill regresó al libro que estaba leyendo.

Sucederá lo que tenga que suceder. Hay tiempo para los milagros hasta que no haya más tiempo, pero el tiempo no tiene fin.

Nota del AUTOR

En momentos de tensión e indecisión hay sabias palabras que pasan por la mente de Billy Wiles, y él se guía por ellas. Aunque Billy no menciona sus fuentes, estas palabras pertenecen a la obra de T. S. Eliot.

Capítulo 9: *Protégeme del enemigo que tiene algo que ganar y del amigo que tiene algo que perder.* También en ese capítulo: *Enséñanos a que nos importe y a que no nos importe. Enséñanos a estar sentados tranquilos.*

Capítulo 13: *La única sabiduría que podemos esperar adquirir es la sabiduría de la humildad...*

Capítulo 17: *Ojalá el juicio sobre nosotros no sea demasiado duro.*

Capítulo 33: *Hay alguien que recuerda el camino hacia tu puerta: de la vida puedes escapar, pero no de la muerte.*

Capítulo 66: *Para poseer lo que no posees tienes que ir por el camino del desposeimiento. Y lo que no sabes es lo único que sabes.*

Capítulo 71: *Para llegar a lo que no eres, tienes que ir por el camino en que no eres.*

Capítulo 72: *El mundo da vueltas y el mundo cambia, pero hay una cosa que no cambia. Por mucho que lo disfraces, esta cosa no cambia: la lucha perpetua del Bien y el Mal.*

Capítulo 77: *Dije a mi alma, calla y espera sin esperanza, pues esperanza sería esperanza de lo que no debiera.*

El departamento de policía del condado de Napa en esta novela no manifiesta semejanza alguna con la superlativa agencia de justicia del mismo nombre de la vida real. Tampoco ninguna de las personas de esta historia está basada en absoluto en cualquier persona real del condado de Napa, California.

La frase más misteriosa de Barbara —*Quiero saber lo que dice el mar. Qué es lo que sigue diciendo*— pertenece a *Dombey e hijo*.

Este libro se terminó de imprimir
en el mes de julio de 2006
en Impresiones Sud América SA,
Andrés Ferreyra 3767/69, 1437,
Buenos Aires, República Argentina.